Rosetta Loy
Straßen aus Staub

Rosetta Loy
Straßen aus Staub

Roman

Aus dem Italienischen
von Maja Pflug

Arche

1. Auflage August 1989
2. Auflage August 1989
3. Auflage September 1989

Die italienische Ausgabe erschien 1987 u.d.T.
Le strade di polvere

Umschlag: Max Bartholl, Frankfurt

Satz: Uhl + Massopust, Aalen
Druck, Bindung: Wilhelm Röck, Weinsberg
Printed in Germany
ISBN 3-7160-2086-9

Straßen aus Staub

Erstes Kapitel

Der Pidrèn

Ende des achtzehnten Jahrhunderts, als der Gran Masten ein *particulare* wurde, einer, der eigenes Land besaß, eigene Rinder, Kühe, Hühner und Kaninchen und so viele Scheffel, daß er fremde Hände brauchte, ließ er das Haus bauen. Er hatte es eilig und verwendete nicht sonderlich viel Mühe auf die Grundmauern, aber das Haus mit seiner hellgelben Fassade blieb doch über die Zeit hinweg in der Erde verankert, eine lange Reihe von Zimmern, eines neben dem anderen. Ein zweistöckiges Gebäude, dazu der Kornspeicher mit den unter das Dach geduckten Fenstern. Ein Backsteinpfad verband das Haus mit der Allee, die im Bogen zum eisernen Hoftor hinunterführte, während sich seitlich der Heuschober und die Ställe bis zur Straße hin erstreckten, wo sich das große Gatter aus Holzbrettern öffnete. Wie jene Straße damals hieß, läßt sich nicht mehr herausfinden; das Haus war das letzte im Dorf, und als später noch eins gebaut wurde, erhielt es zur Auflage, daß die Mauer dort, wo sie zum Garten hin gewandt war, keine Fenster haben dürfe.

Niemand hat je den wahren Namen des Gran Masten gekannt, denn die Kirchenbücher verbrannten während des ersten Napoleonfeldzuges. Gewiß war er einer, der sich an dem Kommen und Gehen der Soldaten bereichert hatte, indem er Pferdefutter und Getreide hortete und dann dreimal so teuer verkaufte. Wein feilbot, mit dem sich Franzosen und Österreicher, Russen, Bayern, Elsässer betrinken konnten während jener endlosen Kriege, die in einem ständigen Hin und Her die Landkarte Mitteleuropas buntgefärbt hatten. Man weiß von ihm nur, daß er die Scheffel Land in wenigen Jahren verdoppelte, da er von früh bis spät arbeitete, ohne je eine Ruhepause einzulegen, und daß er so lange Beine hatte, daß er über die Gräben schritt, ohne zu springen. Er heiratete spät, und von den vielen Kindern, die zur Welt kamen, blieben ihm nur zwei übrig: Pietro und Giuseppe. Pietro, genannt der Pidrèn, erhielt später den Spitznamen Sacarlott, Giuseppe dagegen war so blond, daß er von klein auf der Giai genannt wurde, was der Gelbe bedeutet.

Zuerst folgte seine Frau all den Kindern, die beim Klang der Kindertotenglocke gestorben und rasch begraben worden waren, nur mit einem Stein auf der Erde, der die Stelle bezeichnete. Er, der Gran Masten, geriet unter die Räder des Karrens, in einem Sommer, in dem es in Strömen regnete, so daß der Tanaro über die Ufer trat und die Felder überschwemmt wurden, als der Mais noch nicht geerntet war. Es blieb nicht einmal mehr Zeit, seinen Todeskampf einzuläuten, und während der Beerdigung regnete es weiter, und die Angehörigen waren genötigt, sich in der Kirche unterzustellen. Der Hagel zertrümmerte ein Kirchenfenster. Der Pidrèn und der Giai beschlossen zu heiraten: Der eine war zweiundzwanzig, der andere einundzwanzig Jahre alt.

Ein Cousin, der Mandrognin, erzählte ihnen von zwei Schwestern, jungen Mädchen, die einander im Haus gute Gesellschaft leisten würden. Sie stammten aus Moncalvo, waren ohne Mutter aufgewachsen und stickten die Paramente für die Kirche; manchmal setzten sie sich auch an das nadelgespickte kleine Kissen und übten das Klöppeln unter Anleitung einer Tante aus Venetien, der Luison. Eine, die Maria, war dunkelhaarig, die andere dagegen hatte Haare von jenem stumpfen Braun, das man vergeblich als blond auszugeben versucht. Eine Farbe, die in manchen Gegenden des Monferrato so verbreitet ist, daß sie an eine Anpassung der Art denken läßt: an die Erde, den Schlamm, die unendlichen Nebel.

Die Dunkle, die Maria, war schön, die Matelda dagegen mit ihren stets unter den Lidern verborgenen Augen sprach mit den Pflanzen und den Saatkörnern; und die von ihr gestickten Paramente waren die kostbarsten in ganz Moncalvo. Wenn der Propst bei feierlichen Anlässen den Kelch hob, blitzte die bestickte Seide auf seinem Rücken purpurn und golden auf. Manche behaupteten sogar, die Matelda spräche mit den Ameisen und an bestimmten Abenden mit dem Schutzengel.

Der Pidrèn und der Giai verliebten sich beide in die Maria. Sie holten einen Maler, damit er die Wohnzimmerdecke mit vier verschiedenen Veduten bemale, und in den anderen Räumen begnügten sie sich mit ein paar Schnörkeln, die dem Mädchen aus Moncalvo gefallen könnten. Sie pflanzten einen Walnußbaum, zwei Birnbäume und *Rusnent*äpfel. Der Nußbaum gab, als er größer wurde, dem Haus schließlich zuviel Schatten und wurde deshalb geköpft; da breitete er sich aus wie ein riesiger Schirm und wurde zum Mittelpunkt des Gartens.

Das dunkelhaarige Mädchen aus Moncalvo wählte den jüngeren der Brüder, den Giai. Und der Pidrèn, dem die Matelda zugefallen wäre, ging fort im Gefolge eines jungen französischen Generals, welcher in Italien gerade eine steile Karriere machte. »Er spinnt, der Pidrèn, so ein Hitzkopf, hat diese wunderbare Matelda nicht nehmen wollen, die stickt, als würde die Madonna ihr die Hand führen, er ist lieber auf und davon mit diesem wüsten Buonaparte...« Aber die Matelda, die an einer Altardecke voller Blumen und Vögel und Schmetterlinge mit violetten Flügeln stichelte, wartete. Vielleicht hatte ihr eine nicht ganz geheure Stimme zur Geduld geraten.

Nicht viele Dinge geschehen im Leben von Giuseppe, der der Giai, der Gelbe, genannt wird. Er spielt Geige, und das ist gewiß eine ungewöhnliche Tätigkeit für einen, der sich um so viele Scheffel kümmern muß, wo zum Teil Wein und zum Teil Viehfutter und Getreide angebaut wird. Sein schönes Profil zur Schulter geneigt, spielt er, spielt abends am Feuer, spielt im Sommer im Schatten des Nußbaums. Die Abende sind lang, feucht, hell, seine Frau langweilt sich, während sie dasitzt und den Tönen zuhört, die auf den Ruf der Nachtigallen zu antworten scheinen, sie mag überhaupt keine Musik außer der *Forlana* und der *Currenta,* denn zu denen kann man tanzen. Nie führt jemand sie zum Tanz, und wenn der Giai die falsche Frau geheiratet hat, so hat sie gewiß den falschen Mann genommen: Der Geigenbogen dringt in den Abend ein, zerreißt ihn sacht, der Giai ist ein Einzelgänger, und wenn jemand kommt, sagt er zu seiner jungen Frau, sie solle ihm etwas zu trinken anbieten, während er weiterspielt. Am Tag geht er mit dem Stock, der dem Gran Masten gehörte, über die Felder, aber anstatt anzuordnen, daß man die Garben zudekken soll, wenn ein Gewitter kommt, oder den Kanal vom Gras säubern, versinkt er in die Betrachtung der Hügel, der Rechtecke der Erde, braun, hellbraun, grün, blond, beinahe milchweiß dort, wo im Frühling die Schlehen und die Kirschen blühen.

Eines Abends hat er sich auf den Rand des Brunnens gesetzt, hat dort zu spielen begonnen und dabei den Sternen zugeschaut, wie sie unten in dem runden Wasserspiegel blinkten. Seine Frau ist erschrocken, ist weinend ins Haus gelaufen, er ist mit den Füßen im Leeren sitzen geblieben und hat weitergespielt, und als der Mandrognin zum Garten hereingeschaut und den Oberkörper gesehen hat, der aus dem Brunnen aufragte, da hat er gedacht, der nimmermüde Gran Masten sei zurückgekommen, um Land und Haus zu überwachen.

Was kann man sonst noch erzählen von diesem Giai, der mit dreißig Jahren gestorben ist, mit seiner Geige neben sich, den lockigen Haaren, die den zwei Schwestern aus Moncalvo so sehr gefallen hatten, den Füßen, die derart empfindlich waren, daß sie vom Gehen über die Erdschollen wund wurden? Immer seltener geht er über die Felder, die Ernten werden von Jahr zu Jahr schlechter, und sein Getreide, seine Weintrauben, sogar die Hirse sind immer dürftiger als bei den anderen. So sind die Kühe oft krank, und die Kälber gedeihen schlecht. Seine Frau versucht unablässig zu sparen, rechnet und rechnet, flickt die Kleider, die er zerreißt, wenn er, von plötzlicher Raserei gepackt, durch Gräben und Brombeerhecken geht. Um einem Ton zu folgen, einem Licht, einem Glitzern des Wassers zwischen dem Schilf. Seine Frau schaut ihn an: Er ist fröhlich, lacht, ist schön mit diesem Kopf voller Locken, und dann zittert die Liebe ihr wieder in der Kehle wie beim ersten Mal, als sie allein auf der Steinbank unter den Haselsträuchern gesessen hatten.

Die Familie oben in Moncalvo macht ihr Vorwürfe, es sei ihre Schuld, heißt es, wenn alles so schlechtgeht, warum kriegt sie nicht wenigstens ein Kind? Aber es kommen keine Kinder, und sie denkt, daß die Geige schuld ist, die Saiten, die abends unter den schmalen Fingern des Giai vibrieren. Und wenn er ins Bett kommt und sie auf den Mund küßt, dann schläft sie schon, ist müde, Trauer und Einsamkeit haben sie ausgelaugt bis auf die Seele. Wenn sie in Moncalvo auf Besuch ist, folgt ihr die Schwester mit dem Blick, während sie durch die Zimmer ihrer Mädchenzeit irrt wie ein Spatz, der das Gefühl für die Jahreszeiten verloren hat, der im Winter das Sommerfutter sucht. Keine von beiden weiß, daß das Leben manchmal seltsame Umwege macht und endlose Labyrinthe durchläuft, damit man sich schließlich dort wiederfindet, wo man so leicht hätte hinkommen können.

Inzwischen ist der Pidrèn in der Lombardei, in Venetien, in Mantua. Er gelangt bis nach Ägypten, und dort sieht er die Pyramiden und die Mamelucken. Er ist in Marengo. Hoch oben vom Turm, von dem aus der Truppe Signale gegeben werden, betrachtet er die noch schneebedeckten Gipfel der Alpen und die von der Schlacht verwüsteten Felder und Weinberge. Das Haus, in dem er geboren wurde, ist nicht weit, zu Pferd werden es keine zwei Stunden sein, nicht viel weiter als der Hügel von Moncalvo, wo früher das dunkelhaarige Mädchen wohnte, das er so brennend gern geheiratet hätte. Vielleicht sieht auch sie das Aufleuchten der Spiegel, die hoch oben vom Turm Signale weitergeben, und fragt sich, wie wohl die Ernte aussehen wird nach so vielen Sohlen, die das Getreide zertrampeln, ausgerissenen Weinstöcken, Bränden, von denen graue Rauchsäulen aufsteigen. Sie wird schon ein Kind haben, denkt er, vielleicht zwei, ein Mädchen, dem sie bunte Hemdchen näht. Ihm ist, als sehe er den Bruder, der mehr Glück hatte, wie er nach Hause kommt und sie ihm entgegenläuft, vielleicht ist sie rundlicher geworden, hat nicht mehr jene Taille, die aussah, als könne man sie mit einer Hand umfassen, vielleicht hat sie sich in dieser strahlenden Junisonne die Haare gewaschen und sitzt nun auf der Wiese und läßt sie trocknen, die Haare sind so lang, daß sie fast den Boden berühren. Währenddessen zerfetzen die Granaten die Maulbeerbäume, die Uniformen tränken sich mit Blut, bei den Karren, die den Scrivia durchqueren, zerbrechen die Radnaben an den Steinen, die Pferde bäumen sich auf, und die Strömung reißt sie mit. *Ramener l'aile droite,* signalisieren die Spiegel hoch oben vom Turm herunter.

An jenem 14. Juni war der Giai auf den Hügel in Richtung Lu gestiegen, um der Schlacht zuzusehen. Die Straßen waren menschenleer, und der Tag war strahlend klar, er selbst saß geschützt unter einer Reihe Erlen. Er hatte keine Angst vor den versprengten Soldaten und auch nicht vor den Feuern, die in der Ferne prasselten, daß die Funken stoben und wieder neue Feuer entzündeten. Rasche rote Zungen, die im Nu Hütten, Bäume, Insekten verschlingen. Der Propst hätte ihn gern in der Kirche, damit er mit den anderen betet, mit der Maria, dem Mandrognin, dem Scarvé und all jenen, die um die Ernte zittern. Er sitzt lieber hier oben und schaut, denkt an den Bruder, der wer weiß wo ist. Vielleicht mitten zwischen diesen Feuern, vielleicht bei den weißen Wolken, die von den Mörsern aufsteigen. Doch plötzlich wirft etwas Unerklärliches die stille Ordnung seines Körpers über den Haufen, wie wenn man eine Nadel in ein Uhrwerk steckt. Der Atem stockt ihm, die Hitze, die Hitze, denkt er, während die Sehkraft schwankt, jene Brände wie Sterne an einem Firmament aus Rauch. Die Hände suchen Halt, gleiten am Stamm der Erle ab, der Kopf schlägt hart auf den Boden auf.

Die Matelda zuckt oben in Moncalvo zusammen, die Nadel rutscht ihr aus den Fingern und sticht sie, die Luison erschrickt, als sie sie so bleich sieht. Sie zittert am ganzen Leib, die Matelda, den Kopf auf die Lehne zurückgeworfen, die Augen erloschen unter der gewölbten, bleichen Stirn, an der die Schädelknochen kaum hervortreten. Fast als könne sie durch den unter den Erlen hintenübergesunkenen Leib des Giai hindurchblicken, nimmt sie seinen rasenden Herzschlag wahr. Sie sieht das Labyrinth der Adern, das krampfhafte Zucken der Eingeweide, und ein Klagelaut kommt von ihren Lippen.

Der Giai fühlt nichts mehr. Wo er mit dem Kopf aufgeschlagen ist, hat sich eine kleine Blutlache gebildet. Oben in Moncalvo sucht die Luison hastig nach Essig, um die Matelda aus ihrem Zittern aufzurütteln, sie ruft, aber an jenem Tag der großen Schlacht haben alle an anderes zu denken als an die Schreie der Luison, die nach Essig sucht. Der Hut des Giai ist an den Fuß der Erle gerollt, sein engelsblonder Kopf ist jetzt strohig, versengt, grau der Mund, aus dem in vielen Bläschen der Speichel quillt. Es fehlte nicht viel, und er wäre an jenem Tag gestorben, am 14. Juni.

Doch waren dies nur erste Anzeichen, und als der Giai die Augen wieder aufschlug, dachte er an ein Unwohlsein, das durch die Hitze, durch die Aufregung wegen der Schlacht verursacht worden war. Die Feuer erloschen nach und nach, und nun herrschte rundum eine große Stille, der Wind hatte sich gelegt, und die Luft war frisch. Er hob den Hut auf und ging heim, um ein Glas Wein zu trinken, der Maria sagte er, er sei hingefallen, und sie wusch ihm die Wunde aus, das Blut war noch nicht geronnen und tropfte ihr aufs Kleid. Und ein paar Tage später waren alle verwundert, daß die Matelda durch den Tambiss, der als fliegender Händler Unterhosen verkaufte, nach dem Giai fragen ließ.

Die Maria streicht über das Leinen, es ist glatt, dünn, man wird gar nicht spüren, daß man es anhat: »Wir sind wohlauf, alle wohlauf«, sagte sie. »Alle?« – »Alle, alle ...« – sie dreht und wendet die Unterhose zwischen den Fingern, der Tambiss lächelt ihr mit einem Zwinkern zu: »Gefällt sie dir?« Sie wird rot und wirft die Unterhose in den Korb zurück. Dummes Zeug, Zeug für Generalinnen und Gräfinnen. Der Tambiss erzählt jetzt von General Melas' Österreichern, die Feldlager und Pferdefutter fluchtartig zurückgelassen haben. Tote, Tote überall, und diese *franseis del diavu,* diese Teufelsfranzosen, stehlen den Wein aus den Kellern, hissen auf den Kirchtürmen die dreifarbige Fahne. Pflanzen den Freiheitsbaum.

Der Pidrèn ist schon weit weg auf seinem Pferd mit der karierten Decke und dem abgenutzten Sattel. Sein General ist in der Schlacht gestorben, und er hat draußen auf einer Bank gewartet, während der ruhmreiche Desaix auf ein Lager gebettet wurde und man nichts mehr für ihn tun konnte, die Soldaten kamen und gingen. Mit dem Kopf zwischen den Händen hat er geweint. Danach hat er nicht einmal Zeit gehabt, noch zu

Hause vorbeizuschauen und den Bruder zu umarmen, den er seit Jahren nicht mehr gesehen hat. Keine Zeit und vielleicht auch keine Lust.

Der Tambiss hat ihn wiedererkannt, während er durch Serravalle kam und sein Pferd am Zügel hinter sich herzog. Sein einer Arm war verbunden, und wer weiß, vielleicht würde er zum Oberst ernannt werden, womöglich sogar zum General: »Bei den Franzosen weiß man nie, was alles passieren kann«, sagt er zur Maria und erzählt, daß der Pidrèn so schön war, daß er aussah wie Napoleon persönlich mit dem Säbel, der ihm an der Seite rasselte. In der Küche stehend, lauscht die schöne Frau vom Giai begierig seinen Worten, und der Tambiss muß die Geschichte zwei-, dreimal wiederholen, sie schenkt ihm Wein nach, und der Tambiss zieht den Stuhl heran und setzt sich, und wo die Geschichte ihm dürftig erscheint, erfindet er. Die Maria will wissen, wie die Uniform aussah, wie der Rock, die Sporen: »Und der Hut?« – »Hut hatte er keinen. Er trug die Haare lang und offen wie ein Mädchen.«

Die Gonda ist mit einem Arm voll Wäsche hereingekommen, die sie auf der Wiese eingesammelt hat, die Maria hat sie mit glänzenden Augen angeschaut. Der Pidrèn war in der Marengo, hat sie zu ihr gesagt; und während die Gonda vor Überraschung die Wäsche fallen läßt, geht sie hinaus, läuft bis zur Straße und schaut in Richtung Serravalle, der Ebene von Alessandria, Marengo. Nie ist ihr das Land dort so schön erschienen, mit den Schatten, die violett die Hügel herabkommen, der vom Staub weißen Straße, auf der sie nun entlangrennt, bis ihr der Atem ausgeht, bis ihre Kleider schweißnaß sind, während die Luft ihr in die Ärmel fährt und sie aufbläht.

Aber der Giai ist wieder ohnmächtig geworden. Zwei-, dreimal. Eines Abends schließlich haben sie ihn auf den Armen zum Karren getragen, und schwankend haben die Ochsen sich zwischen den Erdschollen in Bewegung gesetzt. Mücken haben ihn gestochen, ohne daß er sich wehren konnte, ein Nagel des Karrens hat ihm die Schulter aufgerissen. Er hat sich ins Bett gelegt und ist nicht mehr aufgestanden: Durchs Fenster sieht er die Äste des Nußbaums, die Blätter, die die Scheiben streifen, werden gelb, rollen sich ein, der Wind reißt sie eines nach dem anderen herunter, zwischen den wenigen, die noch übrig sind, erscheint grau der Herbsthimmel. Morgens fließt der Nebel in langsamen Tropfen die Zweige entlang, dazwischen erkennt man das Haus, das mit seiner fensterlosen Mauer den Garten abschließt.

Das Zimmer ist groß, das Bett weich und weiß bezogen, die Matelda ist aus Moncalvo heruntergekommen, um der Schwester zur Hand zu gehen, und sitzt nun auf einem Schemel zu Füßen des Bettes. Sie hat zu sticken aufgehört, und ihr Schritt ist leicht, sie hat kühle, rundliche, flinke Hände. Vom Bett mit den makellos glattgezogenen Laken aus folgt ihr der Giai mit dem Blick, sein Kopf ähnelt immer mehr dem Kopf des pfeildurchbohrten heiligen Sebastian neben dem Altar. Geige spielt er nicht mehr, sie steht neben dem Bett im verschlossenen Geigenkasten, und die Motten zerfressen schon das rote Tuch.

Die Matelda ist unverheiratet und wird auch nicht mehr heiraten, alle nennen sie schon die *Fantina,* die Jungfer, und ihr gefällt dieser Spitzname, es scheint ihr, als habe er einen viel süßeren Klang. Mit den Jahren hat ihr Gesicht das bißchen Farbe, das es besaß, verloren, und ihre Augen gleichen zunehmend denen auf bestimmten Porträts, bei denen der Betrachter nicht weiß, wohin sie blicken, die sehen, aber niemals schauen. Wenn jemand zu Besuch kommt, verläßt sie schweigend das Zimmer, nur ein Duft nach Lavendel und Minze bleibt zurück, und geht hinunter, um die Wäsche vom Giai zu bügeln, die ordentlich gefaltet in einem Korb liegt. Die Maria stützt die Ellbogen auf den Tisch, an dem sie mit aller Kraft auf das Eisen drückt, und will wissen, was sie und der Giai miteinander reden, immer zusammen dort in dem Zimmer. Nie hört man ein Geräusch, ein Lachen oder ein Klagen aus jener Tür über der Treppe kommen. Die Matelda zuckt die Achseln, geht vom Herd zum Tisch, rasch tauscht sie ein Eisen gegen ein anderes aus, befeuchtet den Finger mit Speichel, um zu prüfen, ob es heiß ist, auf ihrer stumpfen Haut verhallen die Fragen, werden ungreifbar wie ihre Gedanken, nichtssagende Wörter kommen aus ihrem Mund.

Die Maria weiß, daß eigentlich sie jenes Eisen nehmen, es ihr aus der Hand reißen und selbst die Hemden vom Giai bügeln müßte, sie ihm selbst ins Zimmer bringen und über jenen Körper gleiten lassen müßte, der jeden Tag magerer wird. Und doch wagt sie es nicht, es ist, als hätte sie nicht die Kraft und als wäre jenes Eisen so schwer, daß es ihr den Arm zerbricht. Nachts, wenn ihr Mann neben ihr einschläft und sie einmal versucht, ihn zu streicheln, seine Hand zu berühren, zieht der Giai sich langsam zurück. Sie liegt dann noch lange mit offenen Augen da und betrachtet das Flackern der Kerze. Die Schatten.

Sie hat nun viel zu tun, um die Landwirtschaft in Gang zu halten, alle wollen sie bestehlen, ihre Gesichtszüge sind ausgeprägter geworden, ihre Augen größer, die Haut spannt über den Jochbögen. Wenn sie auf die Felder hinausgeht, wickelt sie ihr Gesicht ein, damit die Sonne es nicht verdirbt, aber etwas Unreifes, etwas nicht Aufgegangenes läßt den Glanz ihrer dreiundzwanzig Jahre rosten. Niemand weiß, ob sie eifersüchtig ist, daß die Schwester immer dort neben ihrem Mann sitzt mit diesen Händen, die bei jeder Berührung einen leichten elektrischen Schlag verursachen. Zuweilen wird ihre Stimme rauh, dann wieder leicht wie damals, als sie ein Mädchen in Moncalvo war.

Der Giai wird sterben, eigentlich hätte er schon längst sterben müssen, nur ein Faden hält ihn noch am Leben, der an Mateldas Fingern hängt. Sie heißt nun überall die Fantina und wischt ihm mit einem in lauwarmes Wasser getauchten Tuch das Gesicht ab, rasiert ihn, der Zeigefinger fängt die Seife auf, die ihm die Wangen hinunterläuft, ihr Gesicht ist seinem so nah, daß der Giai ihre Atemzüge spüren, tief in ihre Iris eintauchen kann, die mit herbstlichen Blättchen gesprenkelt sind, so wie manche im Dunkeln gewachsenen Pflanzen, auch wenn sie gar keine Farbe haben. Sie kämmt ihm die blonden Locken, die fein und schütter geworden sind, trocknet einen letzten, auf dem Hals vergessenen Wasserspritzer. Nach Lavendel duftende Finger, die weinen und lächeln können, sagen das, was die Stimme nicht auszudrücken vermag. Der Giai läßt sie nicht los mit dem Blick, versäumt keine Bewegung von ihr, keinen Seufzer; und wenn sie, in ihre Gedanken versunken, am Fenster stehenbleibt, betrachtet er ihre Gestalt, die sich vor den Ästen des Nußbaums abhebt, den Nacken, die aufgesteckten Haare. Den Rücken, der sich rund zum Leben hinbeugt. Wer weiß, wie dieser Rücken unter dem grauen Kleiderstoff ist, die kleinen Wirbelknoten.

Nachts schläft die Fantina in dem Zimmer am Ende des Flurs, und das Bett ist so schmal, daß sie sich nicht einmal umdrehen kann.

Drei Jahre hat es gedauert, drei Winter brannte der Ofen, und die Fantina saß auf dem Schemel und tat nichts. Einmal, im Sommer, kam die Nachricht, daß der Pidrèn zurückkehren würde. Es war ein halb auf französisch geschriebener Brief, in dem von Preußen und Sachsen die Rede war und von einem seltsamen Ort namens Einsiedel. Mit einer Landkarte, die ihnen der Propst geliehen hat, haben sich die Schwestern auf die Suche nach diesem Ort gemacht, indem sie mit dem Finger Flüssen und Ebenen und braun angemalten Bergen nachfuhren, aber es ist ihnen nicht gelungen, dieses Einsiedel zu finden. Draußen in der Augusthitze krümmen sich erschöpft die Blätter, und die Wespen stürzen sich auf die ersten reifen Weintrauben unter der Pergola, in seinem Zimmer im Obergeschoß zieht der Giai an der Schnur der Glocke, die im Treppenhaus hängt, um die Fantina zu rufen, er hält es inzwischen keine halbe Stunde mehr ohne sie aus. Die Fantina läßt den Finger, der auf der Karte den Weg des Fähnrichs zu Pferd verfolgt, schleifen, zum erstenmal scheint der Schmerz ihre fahle Pergamenthaut zu zerreißen, und in ihren Augen, die starr auf die Maria gerichtet sind, verdichten sich Schmerz und Trauer um die Stunden, die es nie gegeben hat und nie mehr geben wird. Nie werden sie zusammen in den Feldern sein, nie sich küssen und Körper auf Körper spüren. Nie, nie. Sich an die Gräben setzen und lachen, vor Freude lachen: »Warum hast du dir den Pidrèn nicht damals genommen, Gott, warum?«

Die schöne Maria schaudert vor Furcht bei jedem Blick: »Ich, den Pidrèn?« fragt sie kleinlaut. Aber schon hat die Fantina ihr den Rücken gekehrt, läuft eilig die Treppe hinauf, öffnet die Tür, vom Bett aus hebt der Giai den Kopf: An jenem Tag, an dem er gemeinsam mit dem Bruder oben in Moncalvo ankam, um sich eine Frau zu nehmen, war er wie die Lerche, die das blitzende Spiel der Spiegel verrückt gemacht hat. Verzeihung, Matelda, Verzeihung.

Als Giuseppe, genannt der Giai, starb, wurde nach dem Pidrèn ausgeschickt. Sogar der Maire von Casale verwendete sich beim Unterpräfekten Monsieur La Ville für die Sache, und die Maria legte mehrmals in Begleitung der Schwester die Strecke in die Stadt zurück. Es war Winter, und auf ihre Umhänge legte sich der Schnee, die Kalesche war inzwischen so klapprig, daß sie gar keinen Schutz mehr bot. Die Maria hatte einen schlimmen Husten, aber dennoch gefiel sie Monsieur La Ville sehr, und er versprach, er werde sich sofort dafür einsetzen, daß der Pidrèn zurückkomme. Doch als der Unterpräfekt sie zum drittenmal empfing, hatte er immer noch keine Nachricht, und der Pidrèn schien sich aufgelöst zu haben auf der Landkarte, die bei Monsieur La Ville auf dem Tisch ausgebreitet lag und auf der er Einsiedel gewiß sofort gefunden hätte. Aber diesen Namen, Einsiedel, den hatten die beiden Schwestern vergessen. Monsieur La Ville überhäufte die Maria mit Komplimenten und lud sie ein, doch wiederzukommen; bevor sie fortging, schenkte er ihr eine silberne Tabaksdose, ein Erinnerungsstück an die Krönung Napoleons. Aber nun konnte die Kalesche keine einzige Fahrt mehr überstehen und harrte im Schuppen neben den Ställen eines willigen Stellmachers, der bereit war, sie im Tausch gegen Holz abzuholen.

Das Zimmer vom Giai wurde abgeschlossen, und die Fantina nahm die Geige in dem rot ausgeschlagenen Geigenkasten mit in ihr Zimmer. Das Land, wurde beschlossen, sollte dem Mandrognin anvertraut werden, während die Maria sich weiterhin um die Ställe kümmern würde; und die Fantina begann wieder zu sticken. Jeden Mittwoch ging die Maria den Giai auf dem Friedhof besuchen, begleitet von der Gonda, die den Giai liebgehabt und ihn, als er noch klein war, im Arm gehalten hatte. Eine ging voraus und die andere hinterher, die Maria brachte Blumen mit, und wenn sie keine Blumen auftreiben konnte, begnügte sie sich mit ein paar Zweigen mit roten Beeren. Manchmal erlaubte ihr die Signora Bocca, die gegenüber von der Kirche einen üppigen Garten besaß, von den beiden großen Magnolienbäumen am Gartentor einige Blätter abzupflücken. Und in dem Nebel, der die Gonda hinter ihr jeden Augenblick zu verschlucken schien, kamen der Maria diese glänzenden, harten Blätter noch dunkler vor. Die Gonda ging Wasser aus dem Brunnen heraufziehen, und der Friedhofswärter, auf einem der Steine sitzend, die die Gräber bezeichneten, redete immer davon, wie schön die Beerdigung vom Giai gewesen sei, mit der Sonne und den Tauben, und wie fluchbeladen dagegen die vom Gran Masten. Gott, sagte er, versteht es, den Tag auszuwählen, an dem die Menschen sterben müssen.

Die Fantina ging nie auf den Friedhof, denn in den drei Jahren, die sie in dem Zimmer vom Giai verbracht hatte, war jeder seiner Atemzüge von ihr aufgesogen worden und mit dem Atem die Seele. Das, was nun in der Erde lag, war nichts mehr, sagte sie, weniger noch als die leeren Larvenhüllen, die man im Frühjahr im Gras zertritt, wenn die Insekten davongeflogen sind. Der Maria und der Gonda stockte das Blut in den Adern, wenn sie solche Reden hörten; in der Stille, die folgte, kam es allen beiden so vor, als hörten sie die Geige des Giai spielen wie an den Sommerabenden. Und nach einem dieser Gespräche kam es der Maria in den Sinn, sie könnten die Luison oben in Moncalvo auffordern, wieder mit ihnen zusammenzuleben.

Die Luison ließ sich das nicht zweimal sagen. Sie hatte die Fantina und die Maria ja großgezogen und immer mit den beiden gelebt, seit sie ihr Dorf, das flach wie ein Taschentuch zwischen Udine und Cividale lag, verlassen hatte, um in die Fremde nach Moncalvo zu gehen.

Sie erinnerte sich noch an jene Reise, die über eine Woche gedauert hatte, während der Mais hoch stand auf den Feldern und die Rebstöcke grün zwischen den Furchen die Hänge herunterwuchsen. Die ersten Zikaden begleiteten das Getrappel der Pferdehufe, und der Cousin, der den Wagen lenkte, hatte ununterbrochen die Landschaft, die Hügel, die Häuser schlechtgemacht und die widerspenstigen Tiere angetrieben, auf dem unwegsamen Boden weiterzugehen. Die Luison war fünfundzwanzig Jahre alt und hatte so glänzende dicke Zöpfe, wie sie in Moncalvo noch niemand gesehen hatte. Von Kopf bis Fuß mit Staub bedeckt, thronte sie hoch oben auf ihren Möbeln, und die Leute hatten sich nach ihr umgesehen und sich gefragt, wer wohl dieses große kräftige Mädchen sei, das daherkam wie die heilige Kunigunde, die zum Martyrium geführt wird. Je weiter der Karren ins Dorf hineingefahren war, um so mehr waren der Luison die Tränen heruntergelaufen beim Gedanken an ihre Heimat voller Wälder und Farne, wo das Wasser klar über die Felsen sprang; und sie fragte sich, wie ihre Schwester es fertiggebracht hatte, an einem derartigen Ort, unter so anderen Menschen glücklich zu sein. Die Tränen waren dann in hemmungsloses Weinen übergegangen, als sie die Schwelle der Haustür überschritten und die beiden Kinder zusammen auf dem Kanapee hatte liegen sehen, den Kopf voller Grinde und in einem Gestank, der einem den Atem nahm. Eines, die Matelda, konnte gerade laufen, und das andere, die Maria, war bis zum Kinn in Windeln gewickelt.

Eine ängstliche Mutter war die Luison gewesen, manchmal verdrießlich und manchmal lustig, sie hatte den beiden Kindern deutsche Lieder vorgesungen – die hatte sie von den Soldaten gelernt, die in den Wäldern rund um ihr Dorf lagerten – und Stoffpuppen genäht aus jedem Restchen, das im Haus zu finden war. Stoff von alten Schürzen, von zerschlissenen Laken. Sie machte den Puppen Augen und einen roten Mund, ein großes buntes Kinn, das den Äpfeln dort in ihrer Gegend glich. Der Schwager wollte sie heiraten, um den Gerüchten ein Ende zu setzen, die im Dorf aufgekommen waren. Er war noch jung, und es schien ihm richtig, der Luison eine Anerkennung, eine Stellung anzubieten. Aber sie hatte nicht gewollt. Sie sagte, gewisse Dinge lägen ihr nicht, sie fühlte die »Natur« nicht. Männer stießen sie nicht ab, zogen sie aber auch nicht an, sie wollte sie nicht, und fertig. Sie wollte nur ihre mit Blumen und Vögeln bemalte Truhe, das Klöppelkissen, die Maria und die Matelda. Von ihnen ließ sie sich umarmen und küssen, ihnen erlaubte sie, mit ihr unter die Decke zu schlüpfen, um sich an ihrem großen, lauen Leibe aufzuwärmen. Und wenn man sie genau betrachtete, verstand man, daß ihr trotz ihrer kräftigen Formen, trotz ihres breiten Rückens etwas fehlte. Wenn sie sich die Haare wusch und der Schwall der aufgelösten Zöpfe offen von der steinernen Bank herabhing, erinnerte sie an bestimmte Heldinnen wie Genoveva von Brabant, die einige Zeit ihres Lebens im Wald bei den wilden Tieren zugebracht hatten, weil sie sich mit den Tieren wohler fühlten als mit den Menschen. Als fehlten auf ihrer Tastatur jene Töne, die eine vollkommene Musik ermöglichen. So konnten die beiden Kinder mit der größten Freiheit die Zärtlichkeit ihrer Umarmungen genießen, doch wenn jemand sie mit dem Ellbogen anstieß oder ein Bein sie unter dem Tisch streifte, fauchte sie durch die Nase wie eine Katze. Und wenn ihr Bild mit den beiden auf den Knien einen rühren konnte wegen der schüchternen und offenherzigen Sanftheit der Bewegungen, enthüllte ihr Körper, kaum daß sie sich aufrichtete oder die Kinder von ihrem Schoß glitten, unvermutet die Plumpheit der Gelenke, das Fehlen von Flüssigkeit.

Nun ist die Luison erneut bei ihnen, noch einmal sind ihre Truhe, ihre noch ein wenig älter gewordenen Möbel auf- und abgeladen, die Treppe hinaufgetragen worden. Aufs neue bricht ihre leicht dröhnende Stimme das lange Schweigen der Abende. Ihre eifrigen Hände nageln Holz dorthin, wo die Scheiben fehlen und das Geld, um welche zu kaufen, sie rühren die Polenta im Kessel, damit sie locker wird wie eine Creme, die Luison stellt sich dabei auf einen Hocker, um mehr Kraft aufzubringen, und manchmal singt sie. In dem Haus voll großer

Leere verfliegen ihre Lieder, alte Lieder der österreich-ungarischen Soldaten, die vielleicht auch ihr selbst unverständlich sind, wie ein Vogelflattern.

Die Fantina stickt, das Meßgewand, das die Signora Bocca für die Kirche San Michele in Auftrag gegeben hat, muß das schönste werden weit und breit, und am Wohnzimmerfenster sitzend, verbringt sie jede Stunde, die es hell ist, am Stickrahmen. In die Mitte hat sie einen Lockenkopf gezeichnet, und die Haare stickt sie mit Goldfaden, die Augen mit blauen Seidenfäden. Das, sagt sie, sei der Kopf des Jesuskindes, während die Engel, die ihm zur Seite erscheinen, der Erzengel Michael und sein Gefährte, der Erzengel Gabriel, sind.

Deren Gesicht sieht man nicht, weil die Fantina sie von hinten zeigen will, bereit, Hand in Hand in den Himmel aufzusteigen. Der Erzengel Michael trägt eine lange rote Tunika, hat offene Haare bis zu den Schultern, dichtgefiederte Flügel wie die der Adler und hält das Silberschwert hoch, während die Lilie des Erzengels Gabriel zu schwanken scheint, so fein ist sie, von blassen lila Reflexen umspielt. Und aus der Tunika sehen zart und schmal seine Fersen mit ein paar winzigen Blutstropfen darauf hervor.

Warum der Erzengel Gabriel Blut an den Fersen hat, kann sich niemand erklären, auch der Propst nicht, dem der kalte Schweiß ausbricht, wenn er das Meßgewand anschaut, das er eines Tages wird tragen müssen. Das Blut ist da, sagt die Fantina, weil ich es gesehen habe. Wo, wann, daran erinnert sie sich nicht, aber sie hat es gesehen. Vielleicht, sagt sie noch, kommt es von den Schlehen und Brombeersträuchern, denen der Erzengel auf der Erde begegnet ist, als er hinging, um der Jungfrau Maria die Botschaft zu verkünden; und ihre Augen weichen denen des Propstes aus, tauchen bleich unter die Lider.

Es war an einem Septembernachmittag. Gebeugt stickte die Fantina am Fenster, und die Blätter des Birnbaums zeichneten Schatten auf den Stickrahmen, die Fliegen setzten sich auf das Deckengewölbe, das die beiden Brüder mit vier verschiedenen Veduten hatten bemalen lassen. Die Fantina hielt die Füße auf das Querholz des Stuhls gestützt und redete über die Apfelernte: Dieses Jahr, sagte sie, müßte es besser aussehen als im vergangenen Jahr, es sei denn, daß es noch hagelte. Da sie glaubte, sie spreche mit der Maria, war die Luison ruhig eingetreten und blieb wie angewurzelt auf der Schwelle stehen: Der Giai stand dort, eine Hand auf das Fensterbrett gestützt, und obwohl es noch heiß war, trug er den Barchentanzug und einen Schal um den Hals.

Es war so selbstverständlich, hatte die Luison später gesagt, daß sie beinahe angefangen hätte, auch mit den beiden zu reden ... Aber jetzt, wenn sie es recht bedachte, war doch etwas seltsam an ihm: die Hand. Sie war ganz zerkratzt. Die Maria hatte zu weinen begonnen, die Tränen waren die verhärmte Kurve ihrer Wangen hinuntergerollt, sie wußte, was diese Kratzer bedeuteten, und nun, als die Luison erzählte, wie schön der Giai war mit dem geneigten Kopf und diesem Schal, der ihm lang bis zum Knie hinunterfiel, litt sie bei der Erinnerung, empfand aber auch ein heftiges Verlangen nach ihm.

»Mit den Toten Umgang zu pflegen ist nicht gut«, hatte der Propst gesagt. Der Gedanke, daß das Meßgewand, an dem die Fantina so endlos stickte (sie würde zehn Jahre dazu brauchen), für ihn bestimmt war, bereitete ihm Unbehagen. Ihm schien, als würde es ihm dann später bei der bloßen Berührung den Rücken verbrennen. Und dennoch hat man noch nie ein solches Meßgewand gesehen, auf dem die Rottöne wie Rubine leuchten und das Gold einen beinahe blendet. Die Lilie des Erzengels Gabriel hat Blütenblätter, die sich bei der Berührung aufzulösen scheinen, so leicht sind sie, während das Schwert des Erzengels Michael Sonnenglanz aussendet. Der Propst setzt sich neben die Fantina, die Toten, die ins Fegefeuer kommen, erklärt er ihr, sind dort, weil sie irgendeine Schuld büßen müssen, alle haben wir unsere Sünden, aber wenn sie dann gestört werden, müssen sie Hunderte und Aberhunderte von Jahren länger im Fegefeuer bleiben.

Er ist noch jung, der Propst, hat einen dunklen Bart, bei dem er gar nicht nachkommt mit Rasieren; von jenem Haus voller Frauen wird er angezogen wie die Stechmücke vom Wasser, er geht herum und hält inne, dreht die Augen zum Himmel, als die Gonda kommt und ihn mit ihrem nach verfaulten Zähnen riechenden Atem unterbricht. Die Fantina sieht ihn gleichmütig an, sie, die niemals schön war, hat nun eine blühende Gestalt, glatte und pralle Haut, einen runden Hals, sie beugt sich zum Propst vor, befeuchtet sich die Lippen.

Gott, welche Listen der Teufel erfindet! Der Propst springt ruckartig auf, stolpert über den Stuhl, jenes Meßgewand auf dem Stickrahmen riecht nach Schwefel. Vielleicht ist es das Gold, vielleicht die Seide. In der Küche rührt die Maria das Traubenmus über dem Feuer, sie hat die Ärmel aufgekrempelt, und der Dampf macht ihre Haare naß, klebt ihr den schwarzen Baumwollstoff des Kleides an den Körper. »Und vom Pidrèn keinerlei Nachricht?« fragt der Propst mit ersterbender

Stimme. Sogar die Luison, die die Fünfzig überschritten hat, läßt blendendweißes, unversehrtes Fleisch durchschimmern, während sie der Maria hilft.

Der Pidrèn ist in Einsiedel. Er hat ein wenig Deutsch gelernt und wird vielleicht die Tochter eines reichen Talgkaufmanns heiraten. Er hat viele Bräute gehabt, eine in Amiens und sogar eine in Sevilla, aber keinmal war es wirklich endgültig. Und auch jetzt, wenn er daran denkt, daß er den Rest seines Lebens in diesem windumwehten grauen Ort verbringen soll, durch den ein Strom von Pilgern fließt, scheint ihm, als sei Einsiedel dazu bestimmt, nur ein Durchgangsort zu sein, eine Poststation. Besser, sich auch diese Margarethe, die wie Milch und Honig ist, aus dem Herzen zu reißen, samt dem Haus, das an dem Marktplatz liegt, wo Kutschen aller Art hin und her fahren und Herzöge und Prinzessinnen in weiten dunklen Umhängen daraus aussteigen, um in die alte Kathedrale zu gehen und sich dort der Länge nach auf den Fußboden zu werfen. Besser, wieder das Pferd mit der karierten Decke zu besteigen und auf die große Gelegenheit zu hoffen, die ihn zum General machen wird. Zar Alexander hat mit Napoleon gebrochen, und der Kaiser klaubt sich in ganz Europa Truppen zusammen, der Zar ist märchenhaft reich, und es geht die Rede von Kirchen mit Giebeln, die mit Goldplättchen geschmückt, von Zimmern, die mit Lapislazuli getäfelt sind. Wer dort als erster die Türen der Klöster aufbricht, wird so viele Reichtümer vorfinden, daß er gar nicht genug Pferde haben wird, um sie fortzuschaffen.

Manchmal fällt ihm noch der Giai ein, und er stellt sich vor, daß er nun schon große Kinder hat und man gar nicht nachkommt mit dem Aufschneiden des Brotes, mit dem Melken der Milch, und daß die Gonda, immer noch älter, auch ihnen das Lied vom *Hinkenden Ferkel* vorsingt. An sie, die Maria, denkt er nicht mehr. Er hat sie vergessen und begreift auch nicht mehr, wie er so hat leiden können, als sie ihm den Bruder vorgezogen hat. Er weiß nicht, daß der Giai tot ist, begraben neben dem Gran Masten an einem Sonnentag, an dem weiße Tauben umherflogen, und daß im Haus viele Zimmer abgeschlossen und die zerbrochenen Scheiben durch Holz ersetzt worden sind, und die Stille manchmal so tief ist, daß man das Klopfen der Holzwürmer vernimmt.

Manchmal. Denn in anderen Augenblicken läßt sich dagegen wieder fein und leise quietschend die Geige des Giai vernehmen. Der Winter ist gekommen, und zu bestimmten Stunden wird die Fantina unruhig, läßt die Goldfäden ihrer Stickerei fallen. Die Maria tut so, als hörte sie jenen Ton nicht, es wird allmählich dunkel, und die Knechte haben sich mit ihren Familien im Stall eingeschlossen, sie sitzt am Tisch und spielt *Reversis* oder *Brisque* mit dem Mandrognin, der ihr gegenübersitzt. Die Luison ist taub, und jener Ton, denkt sie, sei der Wind, auch wenn der Nebel so dicht ist, daß er nicht einmal einen Hauch durchläßt, vom Wind.

Der Mandrognin ist in die Maria verliebt, aber ihr bedeutet weder der Mandrognin noch sonst einer etwas, und sie gäbe jetzt zehn Jahre ihres Lebens dafür, wenn sie nur einen einzigen Tag lang zurückkehren könnte zu der Zeit, als der Giai ihr Gesicht zwischen die Hände nahm und sie auf den Mund küßte, oder sie auf seinem Körper aufnahm, als wäre ihr Bett ein großer weißer Fluß. Vom Pidrèn haben sie nichts mehr gehört, vielleicht ist auch er tot, von irgendeinem Bajonett aufgespießt, Monsieur La Ville ist nach Paris zurückgekehrt, und seine Tabaksdose ist für eine unbestimmte zukünftige Generation beiseite gelegt worden. Vielleicht für einen Sohn vom Pidrèn, falls er irgendwo einen hat.

Der Mandrognin hat es wieder falsch gemacht, und die Maria schilt ihn, er neigt ergeben den Kopf; und während er ihre von der Kälte angegriffenen Hände betrachtet, denkt er, daß er versuchen könnte, eine davon zu berühren, wenn sie nicht so oft herumschreien würde. Daß er sich für jene Arbeiten anbieten könnte, die hartnäckig sie verrichtet, stur und ungeschickt. Er hat ihr einen halben Laib Käse mitgebracht, und die Maria hat sich zerstreut bei ihm bedankt, als stünde ihr sowieso alles zu. Wegen ihres unglücklichen Lebens, ihrer Jugend, die so bitter dahinschwindet. Aber dem Mandrognin ist es recht so, ihm genügt es, sie anzusehen, zu wissen, daß sie weiter mit diesem Heißhunger essen wird, der ihr geblieben ist. Er sieht ihr abgemagertes Gesicht, den schmalen Hals, die Schultern, die Angst verraten wegen des Geigentons, ein Ton, der auch ihm weh tut, und rasch sammelt er die Karten ein, mischt sie lange. Wenn die Maria nur nicht weggeht, ihn nicht allein läßt mit der Luison, die auf ihrem Stuhl vor sich hindämmert, dem Feuer, das langsam verglimmt. Den dunklen, kalten Ecken.

Was dem Pidrèn während des Rußlandfeldzuges zugestoßen ist, hat keiner je erfahren. Nie hat man herausgefunden, wie er da entkommen ist und ob er im Tausch für die Rettung seine Seele an den Teufel hat verkaufen müssen. Das Gemälde, das ihn mit der Goldkette quer über seiner Weste an den samtbezogenen Sessel gelehnt zeigt, weist keinerlei Spuren seiner napoleonischen Vergangenheit auf. Aber jenes Bildnis wurde gemalt, als er schon fortgeschritten war in den Jahren und die Geschichten von seinen Unternehmungen bei den Mamelucken und in Westfalen mehrmals im Monferrato die Runde gemacht hatten.

Er bewahrte an jene Orte und die Schlachten, in denen er dort gekämpft hatte, Erinnerungen, die mit immer mehr Einzelheiten ausgeschmückt wurden, und keiner wagte sie je zu bestreiten. Dem ersten seiner Kinder gab er den Namen Gavriel nach dem Waffenbruder, der ihm in Wagram das Leben gerettet hatte, und das zweite sollte Louis-Charles getauft werden, weil so der General Desaix geheißen hatte, dessen Tod er auf einer Bank sitzend beweint hatte. Das letzte Kind schließlich wurde Gioacchino genannt aus Liebe zu Murat, der nicht gezögert hatte, dem Exekutionskommando ins Auge zu sehen. Sogar von seiner Braut Margarethe wußte man, daß sie gut sang und wundervoll Ostereier bemalte, wozu sie Blütenblätter mit Speichel verrührte. Und daß er die Drittgeborene nicht nach ihr nannte, geschah nur aus Rücksicht auf seine Frau. Viele Jahre lang erhielt er noch Briefe von anderen, die wie er die Feldzüge in Ägypten, in Italien mitgemacht, in Spanien gekämpft hatten. Briefe, die an Schlachten, festlich geschmückte Städte, Raufhändel und Pferde erinnerten.

Aber in Rußland – es war, als sei er niemals dort gewesen; wenn zuweilen jemand davon sprach, verloren sich seine Augen in eine andere Richtung, er wußte nichts von Borodin, Moskau, dem Don, es waren Orte, die einem anderen Erdkreis angehörten. Kutusow? Klang einer nie gehörten Sprache. Sein Körper war voller Narben, und jede hatte einen Namen, erinnerte auf seiner Haut an Wälder und Flüsse, Felder und

Heerlager. Keine erinnerte an Rußland, durch Rußland schien er unversehrt durchgegangen zu sein wie ein Teufel durchs Feuer.

Fast sofort erhielt er den Spitznamen Sacarlott (das *Sacrediux* der Franzosen), weil er leicht aufbrauste, oder, noch wahrscheinlicher, weil alle Scheu vor ihm empfanden und sie ein Schauer überlief, wenn sie ihn unvermutet hinter sich gewahrten. Es war die Luison, die ihn als erste so nannte, als der Pidrèn eines Morgens in die Küche trat, während sie gerade ein Huhn mit dem Kopf unter dem Flügel in den Schlaf wiegte, ein Spiel, das den kleinen Gavriel in seinem Kinderstuhl königlich amüsierte. Als sie sich umwandte, sah sie ihn hinter sich stehen, erschrak, und das Huhn fiel ihr aus der Hand und brach sich dabei den Hals. »*Sacrediux!*« schrie der Pidrèn.

Er war an einem Abend Ende März zurückgekommen, bald würden sieben Jahre seit dem Tod des Giai herum sein, und die beiden Schwestern waren zusammen mit der Luison schon geraume Zeit mit dem Abendessen fertig. Sie aßen früh, um fünf und manchmal sogar um vier, und je ferner die Erntezeit rückte, um so rascher ging es, denn es kam nur wenig auf den Tisch. Es öffnete ihm der Mandrognin, der gekommen war, um mit der Maria Karten zu spielen, und er machte die Tür sofort wieder zu. Der Pidrèn begann wie wild zu klopfen, und je lauter er klopfte, um so verängstigter waren sie drinnen, bis die Maria zum Fenster hinaussah; und obgleich es nicht leicht war zu verstehen, wer dieser Landstreicher war, der nur aus Haut und Knochen bestand, die Füße mit Lumpen umwickelt, und anstelle des Hemdes ein Schaffell umhängen hatte, erkannte sie ihn sofort. Und fiel in Ohnmacht.

Sie hatten in den sieben Jahren ohne allzu viele Gewissensbisse seinen Teil verbraucht, sowohl das, was der Giai zu seinen Lebzeiten auf die Seite gelegt hatte, als auch das, was sie zur Seite hätten legen müssen für den Fall, daß der Pidrèn je zurückkäme. Sie hatten sein Land verkauft, sein Saatgut, sein Vieh. Nur die Luison verlor nicht die Ruhe, und zwischen ihr und dem Pidrèn entspann sich ein Dialog, der aus raschen, knappen Mitteilungen bestand, aus ja und nein. Dann schlief der Pidrèn, der den Kopf auf den Tisch geworfen hatte, um den Tod des Bruders zu beweinen, schlagartig ein. So tief, daß sie ihn erst gegen Tagesanbruch bewegen konnten, ins Bett hinaufzugehen, wo er drei Tage durchschlief und dabei ein Brot an die Brust gedrückt hielt.

Er heiratete die Maria beinahe sofort. Sie wußte nicht, ob sie ihn wollte oder nicht, wagte aber nichts zu sagen wegen jenes Stück Landes, wegen des Saatguts und wegen des Viehs, über das sie keine Rechenschaft ablegen konnte. Er heiratete sie morgens um fünf in einer verlassenen dunklen Kirche mit zwei Kerzen rechts und links vom Altar und dem unrasierten Propst. Die Maria hatte schon einen Ehering am Finger; um für den Pidrèn einen zu erstehen, wurde das Schaffell verkauft, das von guter Qualität war. Die Luison kochte Polenta, und der Mandrognin war Trauzeuge, mit so hohem Fieber, daß seine Stirn glühte. Es war ein schöner Tag, und als sie aus der Kirche heraustraten, sah die Maria weiße Tauben, und es schienen ihr dieselben zu sein wie an dem Tag, als der Giai begraben wurde. Die Sonne ließ die Blätter der Magnolien am Gartentor der Signora Bocca glitzern, und die Signora, die immer im Morgengrauen aufstand, spazierte majestätisch umher, gefolgt von ihrem Hündchen. Aber sie schien sie nicht zu sehen.

Sie richteten sich in dem Zimmer im ersten Stock ein, wo der Nußbaum mit den Blättern an die Scheiben klopfte; aber das Bett, in dem der Giai gelegen hatte, wollte der Pidrèn nicht, und sie legten zwei Strohsäcke mit Maisblättern auf Bretter. Dort machte die Maria nach so langer Zeit wieder Liebe. Aber der Mann, der sie an sich drückte, kam ihr vor wie ein Fremder, einer, der wie die anderen gekommen war, um sie zu bestehlen, und den ersten Monat tat sie nichts als weinen, während der Pidrèn sie morgens und abends lieben wollte. Nach einem Monat zog der Pidrèn das neue Baumwollhemd an, das die Luison ihm genäht hatte, und ließ den Mandrognin rufen, um das Grundbuch durchzusehen, die Maria wusch sich die langen Haare und trocknete sie in der Sonne. Und während aus den Haaren Tropfen ins Gras fielen, sagte die Luison etwas über den Mandrognin, der beim bloßen Klang von Pidrèns Stimme von einem Zittern befallen worden war; und die Maria fing an zu lachen. Es war ein grausames, helles Lachen, das ihr lange in der Kehle bebte. Das erste.

Nach Jahresfrist hatte der Pidrèn nicht nur ein neues Bett, sondern ein vollständiges Schlafzimmer aus massivem Nußbaum gekauft, wie man es im Dorf noch nie gesehen hatte, außer vielleicht im Haus der Signora Bocca. Das Bett, mit nur einer Säule, glich dem von Napoleon in Fontainebleau. Die Fantina hörte auf, an dem Meßgewand zu sticken, um Hemdchen für das erste Kind der Maria zu nähen.

Gavriel wurde um sechs Uhr abends geboren, er war dunkelhaarig, und der Pidrèn sagte weder, daß er sich freue, weil es ein Junge war, noch, daß er wunderschön sei, wie alle behaupteten, er sagte nur: »Gavriel soll er heißen«, und ging wieder, um das Melken der Kühe zu überwachen. Sowie sie ihn kommen sahen, senkten die Kuhhirten den Kopf, und keiner sagte etwas über das Kind, die Hirten, weil sie nicht wußten, was sie sagen sollten, der Pidrèn, weil er sowieso niemals sprach. Auch an jenem Tag kontrollierte er die Gruben, die man für die Rebstöcke ausgehoben hatte, und dort wo die Arbeit nicht gut genug war, begnügte er sich damit, sie rückgängig zu machen mit dem Stock, der dem Gran Masten und dann für kurze Zeit dem Giai gehört hatte.

Der nächste Tag war ein Sonntag, und am Nachmittag gingen die Luison und die Fantina zur Vesper, die Gonda brachte die von der Geburt blutverschmierten Bettücher zum Auswaschen. Die Maria blieb allein mit dem kleinen Gavriel, der neben ihr in der Wiege schlief, und die Gazevorhänge bauschten sich in der Sonne. Sie betrachtete die Schnörkel an der Decke, die man Jahre zuvor hatte malen lassen, und ihr schien, als bildeten sie in der Ecke das Gesicht eines alten Mannes mit Spitzbart. Sie hatte nach so vielen Jahren eine große Sehnsucht nach ihrem Haus in Moncalvo, und dieses Bett mit nur einer Säule schien ihr schlecht beschaffen zu sein, *stravís*, wie die Gonda sagte. Und obwohl es ihr jetzt gefiel, wenn sie und der Pidrèn sich liebten, kam er ihr doch weiterhin vor wie ein Fremder, und wenn es geschah, daß sie ihn im Schlaf berührte oder an seinen Rücken stieß, erschrak sie wie vor etwas Ungehörigem. Während die Glocken den Gottesdienst einläuteten, war sie immer noch dabei, den Altmännerkopf an der Decke zu studieren: Das Auge aus zwei kastanienbraunen Schnörkeln blickte sie unverwandt an und befahl ihr etwas. Aber was genau, das wußte sie nicht.

Als die Luison und die Fantina vom Vespergottesdienst zurückkehrten, schlief die Maria, und obgleich sie nun schon fast dreißig war, sah sie mit den langen, losen Haaren auf dem Kopfkissen aus wie ein kleines Mädchen. Die Fantina weckte sie, als sie sie mit dem Weihwasser berührte, und die Maria schlug die Augen auf: Sie waren wunderschön, dunkel und glücklich. »Der Giai ist gekommen«, sagte sie, »er ist gekommen, um das Kind anzuschauen ...«

Die Fantina begann zu schluchzen, sie weinte zum erstenmal, seit der Giai tot war, und die Tränen schienen nicht nur aus ihren Augen zu kommen, sondern aus dem ganzen Gesicht hervorzuquellen, und liefen ihr über den Hals und die Hände. »Wann?« fragte sie mit kaum hörbarer Stimme.

Die Maria erzählte, daß sie, gleich nachdem die Kirchenglocken zu läuten aufgehört hatten, Schritte auf der Treppe vernommen und geglaubt habe, es sei der Pidrèn, der noch einmal umgekehrt war, um etwas zu suchen; aber bevor die Schritte vor dem Zimmer innehielten, habe sie sie erkannt. Sie habe die Augen geschlossen, und ihr Körper sei zwischen den Laken zergangen, als wenn Milch und Blut aus ihr herausgeflossen wären und sie in der warmen Flüssigkeit gelegen hätte. Und als sie sie wieder geöffnet habe, sei der Giai über die Wiege gebeugt gewesen und habe zustimmend mit dem Kopf genickt. Vielleicht lächelte er. Sie hätte ihn rufen mögen, seinen Namen schreien: Giai, Giai! Es sei so still gewesen, daß sie das Rascheln der Vorhänge habe hören können, während sie seinen Kopf betrachtete, der voller Locken war wie früher. Die Hände habe sie nicht sehen können, weil er sie hinter dem Rücken verschränkt gehalten habe, wer weiß, ob sie noch zerkratzt waren wie damals, als die Luison sie gesehen hatte. Aus dem Hemd habe ihm eine weiße Schlehenblüte hervorgesehen. Aber es habe nur einen Augenblick gedauert, sie habe für nichts Zeit gehabt, nicht einmal dafür, sein Lächeln zu sehen, ob er wirklich gelächelt habe. Die Stille sei so groß gewesen, daß sie die Finger auf dem Laken bewegt habe, um ein Geräusch zu machen.

Solange die Maria gesprochen hatte, war die Fantina am Fenster gestanden und hatte hinausgesehen, das Weinen hatte sich beruhigt, und ihre Augen hatten sich wieder wie Weichtiere unter den Lidern versteckt. Kaum war die Schwester still, rannte sie aus dem Zimmer.

In jener Nacht hörte die Maria die Geige spielen und stand auf, um aus dem Fenster zu schauen. Die Fantina saß auf dem Brunnenrand, und das weiße Hemd glitt ihr von der Schulter, während sie der Musik folgte und kaum den Kopf bewegte, ihr der Zopf über den Rücken herunterfiel und die schneeweißen Füße den Boden berührten. Die Maria hätte ihr sagen mögen, sie solle sich bedecken, aber der Klang der Geige schien ihr so laut, daß die Schwester sie nie gehört hätte; so war sie lange stehengeblieben, um sie zu betrachten. Die Schultern der Fantina glänzten im Tau, und ihr Hemd rutschte immer weiter herunter, fast als wäre es ein Laken auf dem Brunnenrand, während der Klang der Geige sich ihr näherte und sie umkreiste, bis sie zum Mittelpunkt wurde, der jeden Raum an sich bindet. Die Fantina beugte sich vor, und das Hemd glitt zu Boden und entblößte ihre Hüften, die in der Dunkelheit noch weißer waren. Die Maria versuchte zu schreien, aber die Eifersucht, die sie all die Jahre erstickt hatte, bäumte sich auf wie ein scheuendes Pferd und zermalmte sie zwischen den Hufen. Kein Laut konnte sie mehr zum Ausdruck bringen.

Drei Tage blieb sie stumm, und während dieser drei Tage dachte sie nur an das, was sie gesehen hatte. Es gab kein Kind, es gab keinen Pidrèn, keine Luison, keine Gonda, es gab nur die Fantina auf dem Brunnenrand. Regungslos im Bett ausgestreckt, wohnte sie zum erstenmal dem Schauspiel bei, das sich jahrelang unter ihren Augen abgespielt hatte, ohne daß sie es sah. Der Vorhang war aufgegangen, und tausend Geräusche durchbrachen die Stille, die das Zimmer des Giai wie Watte umhüllt hatte; und jenseits der Tür, die sie nie zu öffnen gewagt hatte, führten die Fantina und der Giai ihre Liebesgeschichte auf, die aus kurzen, sengenden Berührungen gemacht war. Aus langsamen, erfüllten, vollkommenen Bewegungen. Das Licht fiel auf die Hemden, die die Schwester bügelte, als liebkose sie die Schultern des Giai, beleuchtete den Kamm, der durch seine Locken, die eines kranken Cherubins, fuhr. So war es geschehen: Die Fantina hatte ihn ihr Tag für Tag abspenstig gemacht.

Sie hatte sofort damit begonnen, lange bevor der Giai krank geworden war, von Anfang an, wenn sie zu Besuch kam und sich unter den Nußbaum setzte, um auf ihn zu warten. Und während sie sich im Dickicht des Begehrens verirrt hatte, war der Geist der Fantina wachsam geblieben, schlau und klar. Das Herz auf der Hut, zum Sprung bereit. Sie sieht nun den Baum wieder und den Schemel, auf dem die Schwester sitzt (derselbe, den sie später mit ins Zimmer des Giai nahm, um ihn dort aufzustellen wie einen kleinen Thron), sie sieht den Giai wieder, den halbgeöffneten Mund ganz leicht nach unten gezogen in dem auf die Geige gedrückten Gesicht, die auf den Saiten erzitternden Finger; und die Musik scheint aus der Schwermut des Blickes aufzusteigen, um die Fantina auf dem Hocker sanft einzuhüllen. Nun entsinnt sie sich, daß die Fantina sogar an ihrem Hochzeitstag die Möglichkeit gefunden hatte, sich neben ihn zu setzen, und während alle auf das Brautpaar tranken, aufstanden und sich wieder niederließen, war sie ihm nicht von der Seite gewichen. Unbemerkbar, stumpf, mit der Hand, die die Krümel aufsammelte und beiseite schob.

Das erste, was die Maria sagte, als sie wieder zu sprechen begann, war, daß sie keine weiteren Kinder mehr wollte. Gavriel sei das erste und das letzte gewesen. Die Furcht und das Weinen, der Moosgeruch ihres Blutes zusammen mit dem Gefühl, Fleisch zu sein, das wieder Fleisch hervorbringt, erschienen ihr wie wilde Tiere, bereit, sie in dem Schatten, den der Nußbaum ins Zimmer warf, zu verschlingen. Nichts machte ihr Freude, weder das immer milchnasse Hemd noch die Finger des Kindes, die sich an ihren Busen krallten wie Mäusepfötchen. Sie hätte eine Luftblase sein und nach oben schweben, sich schwerelos auf den Voluten an der Decke niederlassen mögen, wo jener alte Mann immer noch auf sie heruntersah.

Der Pidrèn fragte nicht viel, so wie er sich mit der Erklärung der Hebamme über den Stimmverlust seiner Frau begnügt hatte, so nahm er kommentarlos eine derart drastische Äußerung auf. Als einzige Vorkehrung ließ er den Nußbaum kappen, und als die Baumkrone im Aufrauschen der Blätter zu Boden stürzte, war das Zimmer schlagartig voller Licht. Einem Licht, das die bösen Gedanken und die Gespenster vertreiben würde. Er lächelte, er, der so selten lächelte, und küßte seine Frau auf den Mund. In den Jahren, die er fort gewesen war, hatte er so viele verschiedenartige Frauen kennengelernt, daß er zum Schluß dachte, sie seien alle gleich, und man könne es mit der einen so machen, wie man es mit der anderen gemacht hatte. Die Maria gefiel ihm, und Kinder erschienen ihm wichtig für Haus und Hof; und als er sie blaß und blühend wieder aufstehen sah, die Augen matt von inneren Seufzern, beschloß er, in keinster Weise zu berücksichtigen, was sie gesagt hatte.

Eine Weile war die Maria in seinen Armen wie eine Puppe, sie ließ sich ausziehen und im Bett hin und her drehen, ohne einen Atemzug von sich zu geben. Es war Sommer, und ungehindert von den Ästen des Nußbaums warf der Mond nun sein Licht auf den Fußboden, sie lauschte, ob sie wohl die Geige des Giai vernehmen würde. Aber sie hatte die Kraft des Pidrèn unterschätzt, die Kraft dessen, der sich und die anderen überzeugt hat, daß das, was für ihn gut ist, für alle gut ist. Und daß zuweilen das Gute auch das kleinere Übel sein kann. So, nach und nach bezwungen, gebändigt von seinem Willen, kehrten ihre Gedanken wie Buchstaben auf den Zeilen eines Heftes wieder in die geordneten Bahnen des Familienlebens zurück. Am Tag konnte man wieder Atem holen, und nachts zerfloß ihr Körper wie früher und nahm in den Armen vom Pidrèn neue Form an.

Aber das ganze Jahr über, bis zur Geburt von Louis-Charles, der dann Luìs genannt wurde, verließ die Eifersucht auf die Fantina sie nie; und wenn sie meinte, sie hätte sie überwunden, schlug sie unvermutet wieder von neuem zu. Sie brauchte nur einmal das geheimnisvolle Lächeln zu sehen, das bei Anbruch der Dämmerung das Gesicht ihrer Schwester erleuchtete, oder sie ekstatisch mit im Schoß zwischen den bunten Garnen ruhenden Händen auf ihrem Stuhl vorzufinden. Und wenn sie hörte, daß sie an Gavriels Wiege trat, sprang sie auf, um sie daran zu hindern, das Kind anzurühren.

Einmal, als sie allein zu Hause war, kam es ihr vor, als vernehme sie wieder den Schritt des Giai, und sie erstickte das Feuer im Ofen und lauschte. Lange blieb sie regungslos neben der Wiege stehen und hielt das Licht hoch, damit der Giai, wenn er einträte, das Kind bewundern könne, das, in Windeln gewickelt, schlief. Es war Herbst, und an den Fenstern dunkelte es schon, man hörte die Karren, die von den Feldern zurückkamen, und sie schauderte vor Kälte. Sie hätte dem Giai so viele Dinge sagen wollen, seine Hände nehmen und ihr Gesicht hineintauchen, zwischen seinen Fingern weinen wollen.

Doch der Giai kam weder an jenem Nachmittag noch danach je zurück; und eines Tages, als sie schon mit dem zweiten Kind hochschwanger ging, trat sie in das Zimmer der Fantina, öffnete den Geigenkasten und nahm die Geige in die Hand. Sie strich mit den Fingern über die Saiten: Durch das Fenster, das zum Hof ging, sah sie den regenweißen Himmel, jener Himmel ließ keinen Raum zum Atmen, war flach wie der Boden einer Schüssel. Die Geige glitt ihr aus der Hand; nichts gehörte ihr dort drinnen, und der Geruch, der von einem auf einem Stuhl liegengebliebenen Schal, von den kleinen, auf der Kommode verstreuten Gegenständen ausging, war der gleiche, der im Zimmer des Giai geherrscht hatte. Und sie rannte hinaus, als wäre sie hereingekommen, um zu stehlen.

An jenem Abend beim Abendessen, als die Fantina mit der Entschuldigung, sie fühle sich nicht wohl, vor den anderen aufstand, schnürte die Eifersucht ihr den Hals zu, und sie erbrach den Bissen auf den Teller. Und während die Luison ihr zu helfen versuchte, indem sie ihr auf den Rücken klopfte, sah sie, wie die Fantina durch die Tür zur Treppe schlüpfte und sich ihre Haare schon aus den Haarnadeln lösten, sie sich aber nicht die Mühe machte, sie wieder aufzustecken. Der Haß war so groß, daß ihr der Schweiß von den Schläfen zu tropfen begann, und wenn der Pidrèn sie nicht am Zopf festgehalten hätte, wäre sie der Länge nach auf den Boden gerutscht.

Für den Pidrèn war das Jahr, in dem sein zweites Kind zur Welt kam, ein glückliches Jahr. In Frankreich hatte er neue Techniken für die Aussaat kennengelernt und sie zum erstenmal auf seinem Grund ausprobiert: Die Ernte war um ein Drittel höher gewesen als im Vorjahr, und der Hafer war so üppig gewachsen, daß die Signora Bocca ihn ganz für die Pferde ihrer Tochter hatte haben wollen, die einem Marchese aus Casale versprochen war. Und wie zu Zeiten des Gran Masten herrschte wieder ein ununterbrochenes Hin und Her von Karren, und die Knechte mußten bis spät aufbleiben, um das Heu unter die Bögen zu pressen.

Doch zuweilen regt sich wie ein Holzwurm wieder der Gedanke an den Bruder, den er glücklich neben seiner Braut auf dem Vorplatz der Kirche verlassen hat und der dann gestorben ist, ohne ihn wiederzusehen.

Ein Gedanke, der ihm weh tut, weil der Giai so vergängliche Spuren hinterlassen hat, Bruchstücke, die so schwer in eine Ordnung zu bringen sind und die zusammenzusetzen unendliche Geduld erfordern würde. Als wäre der Giai leicht wie die Luft gewesen, ein Luftzug in dem großen Sturm des Lebens. Die Nebel steigen von unten auf, der Pidrèn geht zwischen den dunklen, verlassenen Feldern umher, es sind Tage, an denen sich alle in den Ställen rund um den dampfenden Atem der Rinder zusammendrängen. Er aber spürt die Kälte nicht, bemerkt den Regen nicht, die Stiefel versinken geräuschlos in der winterfaulen Erde, die Spatzen erheben sich zu raschem, kurzem Flug, auch sie verschwinden in der Luft, die den Mund gefrieren läßt. Er liebt es nicht, die Labyrinthe rückwärts zu verfolgen, in der Betrachtung eines Ortes innezuhalten, er hat auch gar nicht die Zeit dazu, wenn er das verwahrloste Land wieder herrichten will, wieder ein *particulare* mit Samtweste und Uhr an einer goldenen Kette sein will. Ein *particulare* mit einer Bank in der Kirche, gleich hinter der von der Signora Bocca. Seine Söhne müssen studieren und die Töchter eine Mitgift bekommen, alle sie zur Frau begehren. So vieles hat er gesehen, als er auf seinem Pferd mit dem abgenutzten Sattel umherzog, unsagbares Leid, schwarze Löcher, die die Erinnerung aufsogen, sie vernichtet haben wie ein vergifteter Darm. Früher, als Junge, schwatzte und lachte er gern, er sang sogar an manchen Sommerabenden, und seine Stimme riß den Gran Masten aus seiner Melancholie. Vor kurzem ist ihm ein zweiter Sohn geboren worden, und diesen Winter, wenn er erst die ganze Ernte verkauft hat, wird genug Geld dasein, um das Dach der Ställe neu zu decken, noch einige Ochsen zu kaufen. Im Dorf nennen sie ihn schon den Sacarlott, die Bauern fürchten ihn, und seine Frau sieht ihn zuweilen an und fragt sich, ob er auch an noch etwas anderem leidet als darunter, daß ein Hagelschauer die Ernte verdorben oder ein Blitz eine Heugarbe in Brand gesteckt hat. Aber er hat gelernt, daß man um das Leben einen Kreis ziehen muß, eine Ringmauer wie bei den Arenen, die er in Spanien gesehen hat. Sich dem Leiden hinzugeben nützt nichts, noch weniger, wenn man es den anderen zeigt, die Wunden müssen versteckt bleiben, sonst lassen sich Schwärme von Fliegen darauf nieder, um das Blut zu saugen. Als die Maria seinen Bruder gewählt hatte, hatte der Schmerz noch lange weiter gebrannt. Er wußte, daß er der richtige Mann für sie war, er wußte, daß ihre Körper einander mit Ungestüm begegnet wären und Sichbegehren und Sichvereinigen das Natürlichste auf der Welt gewesen wäre. Es hätte Kraft gegeben, Leben. Aber sie hatte es nicht gemerkt, und nichts war gewesen, wie es sein sollte, noch hätte es je wieder so sein können.

Große, behaarte Ohren hat der Pidrèn, im Vergleich zum Körper kurze Beine, einen Mund, der der Margarethe aus Einsiedel sehr gefiel. Einen Mund, der nun selten lacht und in dem die Zähne nicht mehr so weiß und dicht beieinanderstehen wie damals, als er im Haus des Talghändlers saß und die Kutschen auf den Pflastersteinen des Marktplatzes hörte. Die Maria hat ihn aufrichtig gern, hat viele Gründe, ihm dankbar zu sein, nicht zuletzt wegen jenem Teil der Güter, den er nie mit einem Wort erwähnt hat. Das Essen und die Kleidung, das Holz, das nun niemand mehr fehlt. Aber die Fähigkeit zu lieben ist in ihr verkümmert, jener Teil von ihr, der vor der Zeit gewelkt ist, hat nicht wieder zu Kräften kommen können. Nicht einmal die Mutterschaft hat ihr das Licht wiedergegeben, das sie früher besaß. Sie ist noch jung, aber ihr Fleisch wird immer trockener, ihr Schritt ist gemessen, ohne Schwung. Das zweite Kind ist mühelos zur Welt gekommen, es ist Louis-Charles genannt worden, wie der vielgeliebte General. Sie hat wieder angefangen zu singen, während sie die Wiege schaukelt, und wartet auch nicht mehr auf den Giai, weil sie weiß, daß er nicht mehr kommen wird.

Auf den Friedhof geht sie selten, und statt der Gonda hat sie diesen kraftstrotzenden Gavriel dabei, der ihrer Hand entkommt mit der Gefahr, unter einen Wagen zu geraten. Auf dem neuen Friedhof, der gerade außerhalb des Dorfes angelegt wird, will der Pidrèn eine Familienkapelle, um den seit über zehn Jahren toten Bruder dort hineinzulegen. Doch was wird schon noch übrig sein vom Giai, der Sarg war armselig, ließ Luft und Wasser durch. Er will eine Kapelle mit himmelblau gestrichenem Gewölbe und daraufgemalt Mond und Sterne. Sie reißt das Gras aus, das um den Grabstein des Giai gewachsen ist, steckt die Dahlien in die Vase, eine violette, eine gelbe, eine weißgesprenkelte. Gavriel fällt hin und schlägt sich ein Knie auf, er sieht sie an, ohne zu weinen, ein seltsames schüchternes und verkniffenes Lächeln gleitet über sein Gesicht, er will seinen Mut beweisen. Den Mut, den der Sacarlott verlangt. Gavriels Haare, bei der Geburt schwarz, sind nun kastanienbraun geworden, mit einem schönen kupfernen Schimmer, und er unterhält sich damit, zwischen den Gräbern herumzulaufen, dann setzt er sich auf die kleinen Erdhügel und läßt den Finger über die Namen gleiten, die in den Stein eingegraben sind. Die Mama ruft ihn: »Gavriel, gemma!« Er läuft eilig auf den Weg.

»Gemma, gemma ...!« und wedelt mit den Armen, als wären es Flügel, sie macht ihm Vorwürfe, dies sei nicht der Ort, an dem man Lärm machen dürfe, sagt sie. Die Eidechsen blitzen auf der Myrtenhecke, die blauen Glockenblumen fallen in Girlanden über die Mauer.

Nach Gavriel und Luìs kommt zuerst die Bastianina, dann die Manin, die nur so kurz lebte, und schließlich der Gioacchino, der in jenem furchtbaren Sommer des Jahres 35 starb. Aber das weiß sie noch nicht, sie geht langsam die Staubstraße entlang und hält das Kind an der Hand. Ihre Gedanken beschäftigen sich mit den Eiern, die im Hühnerstall eingesammelt werden müssen, mit der Wolle, die man krempeln lassen muß. Mit Luìs' erstem Kleid. In jenem Leben, das der Sacarlott einschließen will wie in einer Arena, hat sie einen schattigen Winkel gefunden, hat einen noch kleineren Kreis gezogen, und von dort aus sieht sie zuweilen, ohne mehr darunter zu leiden, der Schwester zu, wie sie zum Blatt wird, zum Wind, keinen Kreis kennt, weder groß noch klein, sondern nur die weiten Räume der Vögel.

Die Fantina hat der Signora Bocca die Paramente für die Kirche übergeben, alle Dienstboten des Hauses sind zusammengerufen worden, um sie samt Stola und Chorhemd zu bewundern. Wenn ein hoher Feiertag ist, schlüpft der Propst vorsichtig hinein, die Leute kommen aus den umliegenden Dörfern, um sie zu sehen, und sitzen mit vor Staunen gefalteten Händen in den Bänken, der Propst intoniert das *Gloria,* erschreckt und benommen von dem Glanz, der auf seinem Rücken erstrahlt. Und als spürte er im Nacken die Berührung durch die Finger der Fantina, zittert ihm die Stimme, wird rauh. Der Sacarlott steht kerzengerade zwischen den Männern im Hintergrund, mit dem Hut in der Hand, blickt gleichmütig vor sich hin; noch ein bißchen, und er wird die Bank hinter derjenigen haben, in der jetzt die Signora Bocca kniet. Keiner versteht, was für eine Beziehung er zu Gott hat, ob er ihn fürchtet oder nur achtet. Oder vielleicht gar nichts.

Die Fantina singt im Chor, und der weiße Schleier der Jungfrauen bedeckt ihre Haare, von denen nicht eines ergraut ist. Der Propst hält den Kelch hoch, die Bäuerinnen in ihren abgetragenen, verschossenen Röcken senken den Kopf, die Augen, von Bindehautentzündung verdorben, sehen fast gar nichts, nur ein einziges, unermeßliches Leuchten. Die Fantina hält den Ton auf einer Note, und die Musik durchdringt ihr Fleisch, das weiß ist wie Brotteig, während der Lockenkopf des Jesuskindes sich vom Rücken des Propstes zu lösen und aufzusteigen scheint zwischen den Erzengeln Gabriel und Michael, Hand in Hand, keiner wird je ihre Gesichter erblicken. Die Maria neigt den Kopf, sie ist wieder schwanger, und was sie in ihrem Schoß birgt, kommt ihr vor wie ein Kaninchen, eine Maus im Vergleich zu jenem Jesuskind mit den Seidenaugen. Gavriel an ihrer Seite starrt entsetzt auf den Kopf in der Mitte des Meßgewandes, auf jene Locken gleich goldenen Schlangen. Er ist gefangen, verloren, hat es je ein so schönes Wesen gegeben?

»Nein, nie«, sagt die Fantina zu ihm, »aber es hätte es geben können, ja, es hätte es geben können.«

Die Luison empört sich: Wie, das Jesuskind soll es nie gegeben haben, was für eine Gotteslästerung ist das nun wieder? »Und der Giai, war der nicht schön, der Giai?« sagt die Gonda, sie erinnert sich an ihn als Kind, er war der Schönste von allen, und wenn er zur Messe ging, ließ der alte Propst ihn auf den Altarstufen sitzen, die Haare waren so lang, daß sie den Stein berührten. Der Gran Masten, sagt die Gonda noch, wollte, daß sie ihm abgeschnitten würden, er sagte, der Bub sei nun groß und müsse Hosen anziehen und die Haare abschneiden, aber die Mutter wollte nicht, sie hatte Angst, soviel Schönheit zu zerstören. Tränen füllten die Augen der Gonda, als sie all jener Toten gedenkt, ihr Rücken ist so krumm, daß sie beim Essen den Teller auf einen Stuhl stellen muß, sie hat keinen Atem mehr, um den Kindern das Lied vom *Hinkenden Ferkel* vorzusingen. Den Giai hatte sie lieb, er war freundlich, und wenn er sie mit dem Holzkorb antraf, nahm er ihn ihr stets aus den Armen.

Nur die Maria scheint ihre Reden nicht zu hören, lange hat sie auf dem von der Fantina gestickten Meßgewand die Blutstropfen auf den Fersen des Erzengels Gabriel betrachtet, so rot und flüssig, als wären sie eben erst hervorgequollen. Nun sieht sie den Backsteinpfad zu ihrem alten Haus in Moncalvo wieder und den Pidrèn und den Giai, die hintereinandergehen, während sie und die Schwester die beiden durch einen Vorhangspalt beobachten. Der eine ist kleiner, kräftig, hat den entschlossenen Blick und den kecken Schritt dessen, der sich im Leben gut zurechtfindet. Ihnen hatte sofort der andere gefallen, der mit dem leicht hängenden Kopf und dem kaum wahrnehmbaren Lächeln. Er war in Barchent gekleidet, der Giai, und der Schal hing ihm um den Hals, als sei er vom Winter dort vergessen worden.

Später, als sie die Schlehenzweige pflücken gegangen war, die kurz vor der Blüte standen, war der Giai ihr gefolgt, und wo sie nicht hinkam, hatte er versucht, die Zweige abzubrechen, der Schal war in den Dornen hängengeblieben, und um ihn loszureißen, hatte er sich blutig gekratzt. Sie hatten Muskatellerwein getrunken an jenem Tag, er war stark, der Wein, stieg in den Kopf, auf der Steinbank unter den Haselsträuchern sitzend, hatte sie seine verletzten Hände gewaschen, und ein paar Blutstropfen waren ihr in den Schoß gefallen. Ihre Stirnen so nah, daß sie sich berührten. So hatte sie ihn gewählt; auch wenn ihre Familie den anderen vorgezogen hätte. Den, der beim Betreten des Hauses den Eingang verdunkelt hatte mit seinem Schatten und der sie am Tage der Hochzeit an der Kirchentür geküßt hatte; ein Schauer war ihr durch die Schultern gefahren, sie hatte gefühlt, wie sie erbebte.

Die Finger von Sebastiana, genannt die Bastianina, waren von Geburt an besondere Finger. Seit sie, noch ganz klein, den Bleistift halten konnte, wirkten diese Finger wie plätscherndes Wasser, so flink und leicht bewegten sie sich über das Papier. Sie zeichnete überallhin, auf die Mauern, auf die Backsteine des Fußwegs, mit dem Zeigefinger in die Erde. Sie saß stundenlang und sah der Fantina beim Sticken zu, und ab und zu sagte sie: Hier würde ich das hinmachen, hier jenes, wobei sie mit dem Finger phantasievolle Muster auf den Stoff malte.

Die Fantina liebte sie und nahm sie oft in ihr Zimmer mit, wo sie, in einer Truhe verschlossen, noch ihre Aussteuer aufbewahrte. Die Bastianina tauchte ihr Gesicht in jene nie benützten Hemden und Laken, und wenn sie ihren Geruch einatmete, schloß sie vor Behagen halb die Augen. Das ganze Zimmer verursachte ihr leichten Schwindel, sie berührte die Wachsblumen, setzte sich auf das schmale Bett an der Wand, und die Finger strichen furchtsam über das glänzende Holz der Geige. Zuweilen, in einem Augenblick großer Liebe, ließ die Fantina zu, daß sie mit den Fingern über die Saiten glitt, während sie sich schweigend ansahen.

Doch die Maria holt sie fort, sie will nicht, daß das Kind in jenes Zimmer geht. Die Luison, die ganz in der Nähe schläft, sagt, daß sie nachts die Geige hört, aber nicht so, wie der Giai sie spielte, es ist ein verrückter, kreischender Ton, ihr stehen im Bett die Haare zu Berge: »Komm, komm weg«, sagt sie zur Bastianina. Aber wenn sie an der Treppe sind, windet sich die Kleine, entwischt ihr, läuft den Flur entlang, das Kleid schlägt gegen die Wand, und sie scheint jeden Augenblick hinzufallen: »Was tust du?« schreit die Maria. Am Ende des Flurs lacht die Kleine, bevor sie wieder im Zimmer der Fantina verschwindet.

Die Schwester des Propstes wurde beauftragt, ihr Malunterricht zu geben. Für den Sacarlott war es ein Opfer, Geld auszugeben für etwas so Nutzloses, aber vielleicht war es der Mühe wert, wenn eines Tages alle seine Töchter zur Frau begehren sollten. Es wurde beschlossen, daß die Bastianina sich anfangs auf gewöhnlichem Papier üben sollte und erst später ein großes weißes Blatt zur Verfügung gestellt bekäme, das mit Nägelchen auf einem Brett in der Küche des Pfarrhauses befestigt würde.

Das erste, was die Bastianina auf ein echtes Blatt zeichnete, war ein Ziehbrunnen, der Brunnen des Hauses, und auf den Rand malte sie mit Korinther Schwarz einen Raben mit nur einem Bein. Das war sehr unartig, denn die Schwester des Propstes wollte eine Turteltaube oder eine Ringeltaube, sie aber bockte, und die Lehrerin war gezwungen nachzugeben; und während die Bastianina die Zähne zusammenbiß und sie mit Augen ansah, die wie Stecknadeln waren, kam es der Schwester des

Propstes vor, als hätte sie nach so vielen Jahren wieder den Gran Masten in Kleinformat vor sich.

Es war ein schöner Juniabend, und die Bastianina trug das zusammengerollte und mit einer Schnur zugebundene Blatt nach Hause; die Fledermäuse flatterten über die Allee, und eine, die niedriger flog als die anderen, streifte ihren Kopf, sie ließ vor Schreck die Schnur los, und die Zeichnung entrollte sich wogend, fast größer als sie selbst, die winzig und dickköpfig war. Dann trat sie ins Haus, wo sich die ganze Familie zum Essen anschickte.

Zum erstenmal fühlte sich der Sacarlott unwohl seiner Tochter gegenüber, die Bastianina hatte die Zeichnung an einem Nagel aufgehängt, und auf die Frage, warum sie einen Raben gemalt habe, antwortete sie, das wäre der Giai, der sich in einen Vogel verwandelt habe, nachdem er gestorben sei. Während die Maria erschrocken die Hände vors Gesicht schlug, bewunderte die Fantina die Zeichnung und lobte sie mit lauter Stimme. Die Gonda fing an zu weinen; doch sie weinte jetzt bei allem und jedem und saß auch im Juni mit der Feuerkieke unter den Röcken da.

Der Sacarlott war müde, seine Augen brannten von der Sonne des Tages, und jenes mit soviel Geschick gemalte Blatt tat ihm in den Eingeweiden weh. Ohne an das Geld zu denken, das es ihn gekostet hatte, zerriß er es in vier Teile und warf es in den Kamin in der Küche. Die Bastianina wagte nichts zu sagen und beschränkte sich darauf, den Raben anzustarren, der sich in den Flammen wand und dann im Nichts verschwand. Aber bei Tisch wollte sie nicht essen und schlief wie ein Häufchen Elend auf dem Stuhl ein.

Es war in jener Nacht, als sei der Teufel ins Haus

gefahren, Gavriel erbrach sich bis zum Morgengrauen, und die kleine Manin wurde von Krämpfen geschüttelt. Luìs wurde gefunden, wie er im Ruß des Kamins zusammengekauert schlief; er wußte selbst nicht, wie er da hingekommen war. Die Maria verbrachte die Nacht neben der Wiege der Manin, und in den Augenblicken, in denen das Kind sich beruhigte, kam es ihr vor, als habe sie den Giai neben sich, wenn er sie nachts auf den Mund küßte und sie zu nichts mehr Lust hatte.

Die Manin starb drci Tage später. Sie war erst achtzehn Monate alt, und der Arzt kam gar nicht, um sie zu untersuchen, weil seine Stute das Bein gebrochen hatte. Durch die Luison, die bis zu ihm nach Hause gegangen war, ließ er ausrichten, man solle die Kleine dreimal erst in heißes, dann in kaltes Wasser tauchen, aber der Sacarlott widersetzte sich, weil er in Einsiedel einen Soldaten so hatte sterben sehen. Die Manin war ein schönes Kind gewesen, Gavriel sehr ähnlich, und als sie tot war, wunderten sich alle, daß sie noch so rosig war mit ihren hellen, halboffenen Augen, die jeden anzublicken schienen, der sich herabbeugte, um sie zu küssen. Die Kapelle mit dem blaugestrichenen Gewölbe war noch nicht fertig, und sie wurde in der Erde begraben bei den anderen Kindern, viele graue Steine, alle gleich und dicht bei dicht. Den Sarg hatte der Scarvé gemacht, aber da er so klein war, hatte er nicht viel Sorgfalt darauf verwandt, und zwischen den Brettern konnte man den Finger durchstecken, die Sonne drang durch die Ritzen, und die Fliegen summten darum herum. Die einzige, die weinte, war die Gonda, mit der Bastianina an der Hand; die Bastianina schnitt Grimassen, und Luìs mußte lachen, während er dem Trauerzug mit dem Benefiziaten an der Spitze folgte, der sich den Schweiß abwischte.

Der Sacarlott mußte gehen, bevor die Beerdigung zu Ende war, weil einer auf ihn wartete, der zwei Kälber kaufen wollte. Rasch verließ er den Friedhof, und als er unterwegs war, bemerkte er, daß er großen Schmerz empfand, mehr als er für möglich gehalten hatte und vielleicht noch mehr, als wenn die Bastianina oder der Luìs an Manins Stelle gewesen wären. Er wollte einen Grund dafür finden, das Leiden rechtfertigen, das bei jedem Schritt zunahm, während der Friedhof mit seiner roten Backsteinmauer sich in seinem Rücken immer weiter entfernte.

Vielleicht, sagte er sich, waren es die Augen der Manin gewesen, die so klar waren, daß sie flüssigen Sternen glichen, *stèira d'acquei,* wie die Gonda sagte.

Oder lag es vielmehr an ihrem Lächeln, das die Milchzähne freiließ, an ihren Lippen, die feucht und frisch waren, wenn sie sich auf seine Wange legten. Dem Kopf, den sie mit soviel Hingabe an seine Schulter schmiegte. Doch während er so ging und es ihm ganz gleichgültig geworden war, die Kälber zu verkaufen, wußte er, daß keiner dieser Gründe stimmte, und hätte sich am liebsten mit Fäusten auf den Kopf gehämmert, um den Schmerz zu verjagen. Ein Schmerz, der gleich einer Kette Glied für Glied alle vergessenen Schmerzen heraufholte. Den Giai, jenen in Wagram gestorbenen Gavriel, den General Desaix.

Zweites Kapitel

Die Kosaken

Im Jahre 1831 gehörte dem Sacarlott in der Kirche die Bank gleich hinter der von der Signora Bocca, mit einem Messingschildchen, auf dem sein Name eingraviert war, und jeden Mittwoch kam Signor Capra aus San Salvatore, um ein Porträt von ihm zu malen. Und immer, wenn Signor Capra dachte, das Bild sei fertig, sagte der Sacarlott zu ihm, er solle wiederkommen, um noch etwas zu ändern oder hinzuzufügen, wie den Anhänger für die Uhrkette oder die Krawattennadel, die ihm vom Kommunalrat zur Anerkennung seiner Verdienste als Landwirt geschenkt worden war.

Gavriel war siebzehn und hatte überhaupt keine Lust mehr zum Lernen, mochte aber ebenso ungern mit den ersten Vögeln aufstehen und dem Vater auf die taunassen Felder folgen. Die Hunde schüttelten noch den Schlaf ab, und sein Bauch hüpfte, leer. Denn der Sacarlott verlangt den raschen Schritt und den scharfen Verstand, den man nur mit leerem Magen hat, und geht zügig voran, stolz, den Schritt des Sohnes hinter sich zu hören, fast als bildeten Sohn und Land eine Einheit, ein Quadrat in der Zeit. Eine geometrische Progression, bei der sich jeder verwandeln würde, ohne sich zu verlieren.

Gavriel sieht ihm ähnlich, hat seinen gedrungenen, kräftigen Körper, seinen runden Kopf, die gleichen großen und warmen Hände, die die Braut in Sevilla so sehr erschauern ließen. Er merkt gar nicht, daß der Sohn schwankt, während er hinter ihm hergeht, von ihm nur schemenhaft die großen dunklen Umrisse wahrnimmt, weil der Schlaf noch so schwer auf seinen Lidern lastet. Gavriel hätte gern noch sein warmes Bett und die Milch, die die Gonda ihm über die lauwarmen Polentascheiben gießt; und als der Sacarlott sich umdreht, stolz auf all den Hafer, die Gerste, den Mais und die Rebstöcke voll Trauben, kauert er sich zusammen, schrumpft bis zur Selbstauslöschung, und von dem Vater bleibt nichts mehr übrig, die Wörter stoßen auf Luft.

Sobald er kann, legt er sich in ein Kleefeld, den Rükken auf der Feuchte des Bodens, Gesicht und Hals, die sich in der Sonne wärmen, während die Augen das Wogen der Ulmen, den runden Flug eines jungen Falken am Himmel verfolgen. So, von jenem Kleefeld aus, hat er sie zum ersten Mal gesehen, als wäre auch sie eine Libelle oder eine Meise und die Enden des Bandes, das ihre Taille umschließt, ihre Flügel. Sie redete mit der Zofe, ohne sich auch nur umzudrehen, und wegen der Hitze hatte sie ihr Korsett aufgeschnürt, und unter dem Korsett auch das Hemd. Die Zofe war schwarz gekleidet, folgte ihr mit einem Obstkorb und kümmerte sich recht wenig um das, was sie sagte, nur damit beschäftigt, die Leere wieder zu schließen, wo sie eine Feige herausgepickt hatte. Sie machte lange, leichte Schritte, und zwischendurch schüttelte sie die aufgetürmten Haare, die so dicht waren, daß sie aussahen wie duftig geringelte Zuckerwatte, und redete und redete, die Zofe antwortete einsilbig, mit vollen Backen, doch sie bemerkte nichts, und der Saum ihres Kleides war ganz mit Kot beschmutzt, als sei sie mitten durch den Matsch oder durch einen Misthaufen gegangen.

Peau d'ange hatte tags zuvor die Fantina zu den Apfelblüten gesagt. *Peau d'ange* dachte Gavriel bei dem Gesicht, das schmal aus der Haarumrahmung zum Vorschein kam. Sie hieß Elisabetta und war ebenfalls siebzehn Jahre alt. Zu Gavriels Unglück war sie die Enkelin der Signora Bocca, Tochter jenes Marchese, der in Casale Kutsche und Pferde besaß.

Das Haus der Signora Bocca lag gegenüber von der Kirche, und um sich von allen anderen zu unterscheiden, hatte es einen rechteckigen Garten, der rundherum lief, und die meisten Pflanzen, die darin wuchsen, brachten Blätter und Blüten hervor, wie die beiden riesigen Magnolien rechts und links vom Gartentor. Ins Haus hinein kam nur die Fantina mit ihren Stickereien und der Sacarlott, wenn er Hafer zu verkaufen hatte, und die Signora Bocca empfing sie in einem Raum, der so dunkel war, daß sie nur mühsam sahen, wo sie sich hinsetzen sollten. In jenem Juni wollte auch Gavriel mitgehen zum Haferverkaufen, er wusch sich lange in der Zinkwanne, die er zum Aufwärmen in die Sonne gestellt hatte, und bat die Luison, ihm das einzige Hemd zu bügeln, das er besaß.

Während der Vater von Pferden und Hafer redete, sah er die ganze Zeit auf die Fenstertür, die zum Garten führte. Die Signora Bocca war alt und fett, aber sie konnte die Augen nicht von ihm abwenden, weil ihr schöne Jungen immer noch gefielen, und viel wurde über ihre Geschichten mit den Bauernburschen oder den fliegenden Händlern geredet. Sie stank nach einem Walfischöl, das sie sich aus Frankreich kommen ließ, um ihre Haut geschmeidig zu erhalten, und für den Sacarlott hatte sie sich nicht die Mühe gemacht, es abzuwaschen. Nun tat es ihr leid, und sie fächelte sich unaufhörlich Luft zu, obgleich es in dem mit grünen Vorhängen umschlossenen Raum kalt war wie im Winter.

Als der Besuch zu Ende ging und der Sacarlott aufstand, war Gavriels Mund bitter vor Enttäuschung, und er wäre am liebsten ohnmächtig umgefallen. Aber ihm zu Hilfe kam die Signora Bocca, die einen tiefen Seufzer ausstieß und sagte, sie wolle dem Sacarlott ihren Kirschbaum zeigen, der aus dem Orient stamme, Beato Nicodemi, über dreißig Jahre lang Jesuit in China, habe ihn ihr mitgebracht. Im Garten, in dem einzigen Sonnenfleckchen zwischen soviel Schatten, las die Elisabetta ein Buch, ihr blauer Gürtel hing von der Bank herunter, und ihre Haare rankten sich, fielen wieder herab und wanden sich in einem großen Wirrwarr um ihr Gesicht. Als sie beinahe vor ihr standen, legte die Signora Bocca dem Sacarlott die Hand auf den Arm: »Warum kommen Sie nicht zum Abendessen mit Ihrem Sohn . . .?« fragte sie. Das Mädchen hob die Augen vom Buch, und der weiße, runde Hals schien sich gleich zum Flug erheben zu wollen. »Kann nicht«, antwortete der Sacarlott sofort, entsetzt über die Schwierigkeit eines solchen Essens. »Ich ja!« Gavriel hatte so laut geschrien, daß das Mädchen ein Lächeln nicht unterdrükken konnte.

Unter den vielen Dingen, die Gavriel keiner beigebracht hatte, war auch, wie man richtig mit Besteck ißt und aus welchem Glas man trinkt, wenn man mehr als eines vor sich hat, und er lächelte dauernd der Zofe zu, die mit den Schüsseln um ihn herum war, um jemandem seine Glückseligkeit zum Ausdruck zu bringen.

Doch die Elisabetta sagte während des ganzes Essens

kein Wort, und die Stimme der Signora Bocca erklang im Falsettsingsang bis zum Ende des Puddings. Sie mischte Sätze in Dialekt mit Sätzen auf französisch, und ihre Hände bewegten sich, als seien sie aus Butter, so fett, daß der Besteckgriff darin verschwand. Die ganze Zeit sprach sie von Kirchen und Pfarrern, von Novenen, von der Wallfahrtskirche der Schneemadonna, wo man nur zu Fuß hinkam und das Gestrüpp einem die Röcke zerriß. In diesem Jahr hatte sie wegen des Regens noch nicht hingehen können, sagte sie, aber sie hegte die Absicht, ihr mit der Elisabetta einen Besuch abzustatten. Jedesmal wenn ihr Name fiel, aß das Mädchen langsam und gewissenhaft weiter, als wäre nicht sie Elisabetta, sondern die Zofe oder ihre nicht anwesende Schwester. Die spitze Zunge fuhr rasch und rosig über die Lippen, ihre hellblauen, von einem dunkleren Kreis umschlossenen Iris blieben fest auf die Wand gegenüber gerichtet, während ein unbeweglicher Gedanke sie durchsichtig wie Wasser machte. So schön, daß einem das Herz zerspringen wollte.

Der Besuch bei der Schneemadonna wurde auf den letzten Sonntag im Juni festgesetzt und gelang so gut, daß sie keine vierzehn Tage später die Wallfahrtsstätte von Conzano aufsuchten und dann gleich noch die seit Jahrzehnten verlassene von Castelgrana. Die Signora Bocca ließ Gavriel neben sich in die Kutsche mit den gelben Vorhängen steigen, und die ganze Fahrt hindurch drückte sie sich an ihn. Sie war warm, voller Parfums und Puder, und Gavriel war ganz schwindelig im Kopf, sie nahm seine Hand, um ihn das Muttermal fühlen zu lassen, das sie auf dem Nacken hatte, unter den Haaren versteckt, und diese Hand hielt sie dann lange fest und strich sich damit über den Körper, während Elisabetta, die gegenübersaß, mit geschlossenen Augen im Schaukeln der Kutsche den Kopf hin und her bewegte, das Korsett und das Hemd aufgeschnürt wegen der Hitze.

Im Dorf munkelten alle über das seltsame Terzett, das ab und an zum Paar wurde, weil die Elisabetta leicht ermüdete und sich im Schatten irgendeines Baumes schlafen legte, den Kopf zwischen die Arme gebettet, den Rock auf dem Boden ausgebreitet, daß die Ameisen darauf herumspazierten; und Gavriel und die Signora Bocca gingen allein weiter, immer noch im Gespräch über Heilige und Wundertaten. Heilige, die über Nacht eine Brust nachwachsen oder ein Bein, das glatt von der Sense abgeschnitten worden war, wieder anwachsen lassen konnten. Die Signora Bocca trug von den Nonnen bestickte Unterhosen und hatte immer ein Fläschchen überaus süßen, topazfarbenen Wein in Reichweite, der von Unserer Lieben Frau von Guadeloupe gesegnet war.

Im Collegium hatte Gavriel nichts über Frauen gelernt, und als er wieder draußen war, bei der Mutter und der Fantina, noch weniger, denn wer etwas wußte, behielt seine Kenntnis für sich, und die Neugierde war groß. Der Wein, den die Signora Bocca ihm zu trinken gab, war warm von ihrem Körper und all dem Herumkutschieren und pochte in seinen Schläfen, während ihm das Bild der Elisabetta, wie sie im Schatten schlief, lange Schauer verursachte. Er schloß die Augen, und die fiebernden Hände suchten blind und dem Trug ergeben. In der Dunkelheit jener leeren Kirchen drückte er die Signora Bocca heftig an sich, als hielte er das Mädchen in den Armen, das zurückgeblieben war und zwischen Sonnenflecken mit hintenübergesunkenem Kopf auf der Erde schlief. Er nestelte jenes blaue Band auf, verwüstete und zerwühlte jene honigfarbenen Haare.

Die Maria konnte nicht mehr schlafen. Daß Gavriel, ihr schöner Gavriel, auch nur gestreift würde von dieser Alten mit den gefärbten Haaren, die Pfefferminze kaute, um den schlechten Atem zu vertreiben, machte sie verrückt. Sie trat nachts in das Zimmer des Sohnes, um nachzusehen, ob er im Bett lag, sie weckte ihn, wenn er schlief, und stellte ihm unsinnige Fragen. Denn sie wagte es nicht, hatte es nie gewagt, irgend etwas beim Namen zu nennen. Wie eine Furie riß sie ihm die Dekken weg und schickte ihn um vier Uhr früh hinaus zum Holzholen, sie zwang ihn, einen Kamillentee zu trinken, weil sie schwor, sie habe ihn im Schlaf wimmern hören. Sie versteckte sein Hemd, damit er nicht ausgehen konnte. Doch es war zwecklos; am nächsten Tag schickte die Signora Bocca die Zofe mit zehn Seidenhemden, fünf für Gavriel und fünf für den Sacarlott, der sie verblüfft zwischen den Fingern drehte. Und außerdem einen Korb Quitten für die Maria, um die Laken damit zu parfümieren.

Der Sacarlott sagte nichts; er blieb bei der Aufregung seiner Frau in eigene Gedanken versunken, kniff nur die Augen ein wenig zusammen, wie um die Schatten besser zu erkennen. Wenn er etwas sagte, fände die Maria vielleicht den Mut, das auszusprechen, was immer zwischen ihren Lippen verschlossen geblieben ist. Aber der Sacarlott beschränkt sich darauf, an seinen Wangen zu saugen, eine Gewohnheit, die er angenommen hat, seit ihm die ersten Zähne ausgefallen sind. Es sind gute Jahre für ihn, er hat das ganze Land zurückgekauft, das früher dem Gran Masten gehörte, und noch mehr dazu, er hat seine Frau Ordnung und Sparsamkeit gelehrt, und wenn eine wichtige Person ins Dorf kommt, ist er bei den ersten, die eingeladen werden, ihre Aufwartung zu machen. Gavriel muß seinen Weg machen, sagt er, und wenn die Signora Bocca eine Zuneigung zu ihm gefaßt hat, so schadet das niemandem, im Gegenteil, es ist sogar besser so, weil dieser dumme Junge den Kopf verloren hat wegen ihrer Enkelin, und die kann er gewiß nie kriegen. Er sieht seine Frau an, wie sie mit hochroten Wangen mit sich ringt, die Augen finster und tief, sie ist noch schön, die Maria, mit etwas Schmerzlichem im Gesicht, die Träume, die verlorengegangen sind, haben Züge von großer Reinheit bloßgelegt. Genau sind sie, eindringlich. Ihr letztes Kind, der Gioacchino, ist gerade sieben geworden, mehr Kinder werden nun nicht mehr kommen können, und sie werden im Haus nicht mehr den Geruch nach sauer gewordener Milch, nach pipigetränkten Windeln riechen, das sind Gerüche, die es nur mit kleinen Kindern gibt, die Gerüche der Jugend. *»Laissez-le«*, sagt er zu ihr in plötzlichem Überschwang, *»laissez-le«*, in einem Französisch, das ihm wieder auf die Lippen kommt wie damals, als er sie mit seinem Bruder glücklich wähnte und sich von weitem vor Eifersucht quälte.

Doch auch er hat keine Ahnung davon, was wirklich geschieht. Die Heiligen und die Wunder, die mit ihren Bildern die Andachtsbücher der Luison bevölkern, sind ihm wenig geläufig, und er bringt ihnen die Achtung und Gleichgültigkeit der Männer entgegen, die zutiefst am Leben hängen. Daß sich gewisse Dinge vermischen können, käme ihm nie in den Sinn. Im Dorf wissen nur wenige die ganze Wahrheit, und diese wenigen schweigen, weil sie sich vor dem Teufel wie vor Gott fürchten. Auch der Propst verspeist, wenn er jeden Donnerstag zum Abendessen zur Signora Bocca geht und sie ihn endlos ausfragt über die Liturgie oder die Andachtsbücher, ruhig sein gekochtes Perlhuhn mit Meerrettichsoße. Und wenn die Elisabetta sich für das Gespräch zu erwärmen scheint, freut es ihn, und er hofft in seinem Herzen, daß sie zum Klosterleben berufen ist. Mit Genuß trinkt er den Wein, den die Signora Bocca sich aus den Langhe kommen läßt; und jede Frage, die von den wundervollen Lippen der jungen Elisabetta ausgesprochen wird, macht diesen Wein noch erlesener. Ein Mädchen, das aus reiner Betrachtung besteht: Sie stickt nicht (wie könnte sie auch mit diesen Fingern, die so zart und weiß sind wie Birkenzweiglein?), sie hat kein Herbarium angelegt, sie zeichnet nicht und schreibt weder Gedichte noch *couplets* in das gebundene Büchlein, das sie überallhin mitnimmt. Sie liest nur ab und zu einige erbauliche Seiten, die die Großmutter ihr empfohlen hat, doch scheint nichts in ihrem Gedächtnis haftenzubleiben. Wenn man sie nämlich fragt, antwortet sie ausweichend, lächelnd, stets bereit, im dichten Lockenfall bejahend zu nicken.

Sie spricht so wenig, daß Gavriel jeden Satz von ihr auswendig weiß, *Heute ist ein schöner Tag, Ich habe mein Taschentuch verloren, Grand-Maman mag keine Pfirsiche, dabei sind sie so gut.* Sätze, die Gavriel sich endlos vorsagt, während er der Mutter beim Obstpflücken hilft. Er flüstert sie leise, mit halboffenem Mund, und die Maria glaubt, daß er betet, um Buße zu tun für die Sünden, die er mit der Signora Bocca begangen hat, während Gioacchino die Lippen des älteren Bruders betrachtet und hingerissen ist von diesem Lied ohne Noten.

Gavriel aber sieht weder Mutter noch Obst noch Gioacchino, so stark ist in seinem Geist Elisabettas Bild, und in Gedanken vollzieht er jeden ihrer Schritte nach, das Hüpfen des blauen Bandes, das ihre Taille umschlingt, den leichten Flaum, der sich fein und golden auf ihren Armen sträubt, wenn ein Schauder sie überläuft. Wenn er die Augen schließt, sieht er jeden Grashalm, den ihr Schuh zerdrückt hat, jeden Stein am Grunde des Baches, wenn sie ihm die Hand reicht, um auf dem quergelegten Baumstamm von einem Ufer zum anderen zu balancieren. Eine Hand aus Knorpel, schlaff, nur ein ganz klein wenig feucht, eine Hand, die Elisabetta, wenn sie auf der anderen Seite angekommen ist, noch ein bißchen in der seinen läßt, als hätte sie sie vergessen. »Gavriel, der Korb!« Die Stimme der Maria klingt bitter. »Wo hast du bloß deinen Kopf...«

Wo? An die Zukunft denkt Gavriel nicht, aber auch die Gegenwart birgt Angst und Leere, denn wenn die Wirkung des Weins vorbei ist, graut ihm vor der Signora Bocca. Diese Befriedigung, dieses Sichverlaufen auf den dunklen Pfaden ihres Körpers läßt eine hohle Benommenheit in ihm zurück, wie bei einem Schlafwandler. Etwas in ihm lehnt sich auf, und jedesmal, wenn er zwischen den beiden großen Magnolien durch das Gartentor geht, klopft sein Herz vor Furcht, ist kein Speichel mehr in seinem Mund, während eine wahnsinnige Hoffnung seine Hände zittern läßt, der Blick die Elisabetta sucht, das weiße Aufblitzen ihres Kleides zwischen den Bäumen. Doch dann, wenn die Signora Bocca ihn bei der Hand nimmt, mag es das Rütteln der Kutsche sein, die Hitze, dann folgt er ihr, als müßte er sich eine Pein aus der Seele reißen, sie führt ihn in jene verlassenen Kirchen, wo nur noch ein paar schiefe

Bänke stehen, und dort in der Stille entkleidet sie ihn, hebt ihre Röcke hoch, entblößt ihre noch blühenden großen Brüste und reibt sie an ihm. Das Grauen hat einen bitteren, tiefen, erregenden Geschmack, er weiß nicht mehr, ob dies bedeutet, Mann zu sein oder anderes, Engel, wie die Signora Bocca ihn nennt, oder Ziege, so stellte er sich als Kind den Teufel vor. Dann faßt sich die Signora Bocca allmählich wieder, ihr großer Körper verdunkelt die Madonnen und die Heiligen, sie deklamiert Stoßgebete, leckt wie ein Büßer den vom Staub grauen Fußboden, die wurmstichigen Bänke.

Wie soll der Sacarlott das wissen können? Wie es sich auch nur vorstellen können, er, der doch schon viel gesehen hat. Aber zuweilen, wenn der Sohn ihn zu dem Hof begleitet, den er gerade auf dem Kranichhügel gekauft hat, scheint ihm, daß der Schritt des Jungen wankt, daß eine plötzliche Furcht, als hätte er einen Blitz gesehen oder einen Schuß gehört, ihm den Atem stocken läßt. Aber die wahre Qual kommt am Sonntag, wenn der Junge dauernd Ausreden erfindet, um nicht mit in die Kirche gehen zu müssen. Er lügt, sagt, er sei in der Siebenuhrmesse gewesen, wenn die Luison, die ununterbrochen Ausschau gehalten hat, keine Spur von ihm gesehen hat. Und wenn die Mutter ihn zwingt, wohnt er der Messe stocksteif bei, den Hut fest zwischen den Händen, das Gesicht knochig und fahl vor Blässe. Ohne ein Gebet zu sagen, den Blick im wogenden Haar der Elisabetta verloren, das dicht und bauschig auf die Seide des Kleides herabfällt, während die Signora Bocca in der Bank auf die Knie sinkt, überwältigt von einer tiefempfundenen Sammlung, das Gesicht in den Händen vergraben, aus denen Speckfalten hervorquellen, während der schwarze Schleier auf die Kniebank herunterhängt. Und wenn der Augenblick der Kommunion da ist, streckt sie die Zunge heraus, als strebe sie nach nichts anderem als nach dieser Hostie in den Fingern des Propstes. Gavriel preßt die Kiefer aufeinander, um das Zittern zu unterdrücken, das ihn schüttelt.

Die Maria ist zum Propst gegangen, um mit ihm zu reden, entschlossen ist sie eingetreten, den kleinen Gioacchino an der Hand. Der Sacarlott hat begriffen, was sie tun wollte, als er gesehen hat, wie sie ihr schwarzes Perkalkleid anzog und dem Kind das Gesicht wusch. Der Propst hat sie entsetzt angehört, er denkt, daß die Maria, die schöne Maria, irgendeine Geistesstörung hat, die mit ihrem Frausein zusammenhängt. Etwas, wovor man sich hüten muß. Er fordert sie nicht einmal auf, sich hinzusetzen, und läßt sie stehen, weil sie ihm immer noch ein wenig angst macht mit diesen dunklen, tiefen Augen, den Zähnen – sie hat sie fast alle noch –, die grausam wirken bei den Worten, die sie sagt. Er streichelt Gioacchino über den Kopf: Daß Gavriel in die Elisabetta verliebt sei, sagt er, sei mehr als natürlich, wer wäre das nicht in seinem Alter. Aber es handelt sich ja nicht um die Elisabetta, Marias Stimme wird aufgeregt, und die nie ausgesprochenen Dinge schlüpfen ihr über die Lippen wie schwarze Würmer, eines nach dem anderen.

»Sei still!« Der Propst duzt sie auf einmal, als wären sie schon zusammen in der Hölle. »Sei still!« Er will die schrecklichen Dinge nicht hören, die die Maria sagt, im Beichtstuhl hinter dem Gitter könnte er sie vielleicht noch ertragen, aber nicht mit diesem vor Erregung erhitzten Gesicht vor sich. Die Signora Bocca sei eine heilige Frau, sagt er, sie habe der Pfarrei die schönsten Paramente der ganzen Umgebung geschenkt. Der Sommer geht dem Ende zu, die Tage werden immer kürzer, und bald, wenn die Weinlese vorbei ist, wird die Signora Bocca nach Casale zurückkehren, die Enkelin, so heißt es, einen Statthalter des Königs heiraten, einen Grafen, der mit dem Herzog von Genua verwandt ist. So heißt es, aber wer weiß schon, wieviel davon wahr ist... Ein Landpfarrer ist bloß ein armer Kerl wie die anderen auch, er muß sich genauso abmühen, um Holz beiseite legen zu können, damit er im Winter nicht vor Kälte stirbt, wenn der Schnee an der Tür des Pfarrhauses gefriert und man morgens das Eis brechen muß, das sich im Krug auf dem Wasser bildet, wenn die Hühner keine Eier mehr legen und die zum Räuchern aufgehängten Heringe hart sind zwischen den Zähnen. Gavriel soll endlich auf dem Feld arbeiten, soll aufhören, dauernd in jenes Haus zu gehen, um die Elisabetta anzuschauen, er sehe ihn vom Fenster aus ständig dort herumstreichen, was kann diese heilige Frau, die Signora Bocca, anderes tun, als versuchen, ihn zu heiligem Tun anzuleiten, ihn mitzunehmen zu jenen Wallfahrtsstätten, die allgemein in Vergessenheit geraten, es ist nicht mehr wie früher...

Die Maria ist unvermittelt still geworden, etwas, was sie nicht versteht, was sich ihrer Kenntnis entzieht, erscheint ihr immer grauenerregender, und fest drückt sie die Hand des Kindes, das sich an ihren Rock klammert. Wenn nicht einmal Gott ihr helfen will, dann heißt das, daß sie vom Fluch getroffen sind, vielleicht hat der Sacarlott irgendein Verbrechen für Geld begangen, oder es ist die Schuld der Fantina, die sich gegen Gott aufgelehnt hat, weil er den Giai im Paradies wollte. Ein leichter Regen fällt auf den Staub im Hof, und die Schwester des Propstes kommt angelaufen, um den auf dem Boden ausgebreiteten Mais zuzudecken, die Kutte des Pfarrers ist abgetragen, schlottert leer über dem Bauch. Auf dem Rückweg bleibt die Maria vor dem Gartentor der Signora Bocca stehen, der Regen ist dichter geworden und läuft an den glänzenden Magnolienblättern herunter, der Garten ist menschenleer, und die dunklen Vorhänge lassen nichts vom Inneren erkennen. Sie packt die rauhen, tropfenden Eisenstäbe des Gartentors, es ist egal, ob ihr gutes Kleid naß wird, ob Gioacchino wimmert und sich den Kopf mit der Schürze bedeckt, sie muß den Kiesweg anschauen, den ihr Sohn tagtäglich entlanggeht, die kurze Steintreppe, die verschlossene Tür. Aber sie kann es sich nicht vorstellen, die Ohnmacht hat ihrem Körper wie ihrer Phantasie jede Kraft genommen.

An jenem Abend machte der Sacarlott eine schreckliche Szene; es war eine Kleinigkeit, die ihn zur Raserei brachte. Gioacchino war, begleitet von der Luison, schon hinauf ins Bett gegangen, und sie saßen um die Lampe und redeten von dem neuen Hof. Gavriel kauerte stumm in einer Ecke, er hatte sich ein zweites Glas Wein eingeschenkt, und anstatt den Krug wieder an seinen Platz zu stellen, hatte er ihn neben sich auf dem Boden stehenlassen. Ein so leichtes Vergehen, das jedem hätte passieren können. Aber schon dieses zweite Glas hatte den Sacarlott geärgert; und als Gavriel oder, noch wahrscheinlicher, der Hund mit einer unachtsamen Bewegung den Krug umgestoßen hatte, war dieser zerbrochen, und der Wein hatte sich in einem schwarzen See auf dem Boden ausgebreitet.

Das Gebrüll des Sacarlott hatte das Kind im oberen

Stockwerk aufgeweckt und die Gonda, die auf einem Stuhl in der Küche schlief. Seine Stimme war ein Donner, ein Orkan, und obgleich alle gelernt hatten, seine Zornesausbrüche zu fürchten, wußte niemand, welche Heftigkeit sie erreichen konnten. In diesem Gebrüll ballten sich sein jahrelanges Schweigen, seine maßvollen Blicke, seine stummen Gereiztheiten; und Zielscheibe war der in einer Ecke verstummte Sohn. Er fluchte in Dialekt, auf französisch, und sagte, er sei drauf und dran, Gavriel umzubringen. Er trat nach dem Stuhl, nach den Scherben des Krugs auf der Erde, nach dem Hund, der nun unter dem Tisch winselte. Gavriel blickte wie hypnotisiert auf den fast bis zum Platzen geschwollenen Hals des Vaters, auf seine großen, blassen Hände, die vor Begierde, ihm die Knochen zu brechen, zitterten.

Die Mutter hatte ihn nicht in Schutz genommen, unbeweglich auf ihrem Platz, hatte sie es geschehen lassen, daß der Wein ihre Schuhe naß machte, ohne die Füße zu rühren, ohne ein Wort zu sagen. Ohne Furcht zu zeigen; und Gavriel war in den feuchten, dunklen Abend hinausgelaufen, in den Regen, der auf die Blätter schlug. Durch die offengebliebene Tür hatte er immer weiter die Verwünschungen des Vaters vernommen, das Brüllen traf ihn mitten ins Gehirn, ließ es zerspringen. In einem Augenblick fühlte er sich als Opfer, im nächsten saugte ihm die Scham den Speichel weg. Er hatte sich auf den Brunnen gesetzt, wo der Giai einst Geige gespielt hatte, aber der Vater war in der Tür erschienen und hatte das Dunkel abgesucht, um ihn mit seinen Schmähungen zu erreichen. So war er fortgegangen, die Allee hinunter, an der fensterlosen Mauer des Hauses gegenüber entlang, während der Sacarlott rief und wieder rief, nun erschreckt durch das Schweigen, das nur vom Klopfen des Regens unterbrochen wurde.

Gavriels Schritte machen kein Geräusch auf der nassen Erde, er geht ohne Hut, ohne Mantel, adieu, Sacarlott, Ekel füllt meinen Mund, ich bin voller Scheiße, und doch fühle ich mich wie ein Engel. Die Elisabetta wird bald heiraten, die Signora Bocca hat ihm die Wäsche gezeigt, die ihre Enkelin an jenem Tag tragen wird, Spitzen mit tausend Bändchen, die der Statthalter des Königs eines nach dem anderen aufknüpfen wird. Er hat den Stoff, der so fein ist, daß er in eine Faust paßt, an die Lippen geführt, hat sich die Spitzen in den Mund quellen lassen, bis er keine Luft mehr bekam. Jetzt geht er durch das verlassene Dorf, kein Licht dringt aus den Häusern, hier wohnen arme Leute, die den Talg hochachten, und wer Wein hat, kann sich glücklich schätzen, er hilft, die Furcht vor der Dunkelheit zu überwinden. Gavriel geht dahin mit seinen vergällten siebzehn Jahren, siebzehn Jahre war seine Mutter alt, als sie sich in den Giai verliebt und sehnsüchtig darauf gewartet hatte, über die Schwelle des Hauses mit dem bemalten Deckengewölbe zu treten; und statt dessen war sie in ein Labyrinth gekommen, mit einer Kerze in der Hand. Doch er ist kräftig, genau wie der Sacarlott als junger Bursche, und wird als Knecht arbeiten, was auch immer, nur den Vater will er nie mehr wiedersehen. Am Himmel zwischen den Wolken, die sich langsam öffnen, erscheint ein schwerer, matter Mond, dem es nicht gelingt, Schatten zu zeichnen, während oben in der Ferne die Häuser von Lu einen schwarzen Hügel bilden. Nach Lu ist der Mandrognin gezogen, und er arbeitet dort als Sattler, manchmal kommt er herunter, und die Maria schenkt ihm ein Huhn oder ein Kaninchen.

Gavriel kam oben im Dorf an, als Mitternacht schon lange vorbei war. Der Mandrognin war so arm geworden, daß er nicht einmal Stroh besaß, auf dem er ihn schlafen lassen konnte, und seine Hosen festhaltend, starrte er Gavriel an, voller Schrecken, daß der Junge ihm bei dem Hunger, den er ihm vom Gesicht ablas, das wenige Brot wegessen würde, das er noch im Schrank aufbewahrte.

In der Nacht schlief der Mandrognin nicht, den Sohn der Maria im Haus zu haben, beunruhigte ihn, und morgens, bevor Gavriel aufstand, machte er sich auf den Weg zum Sacarlott. Er fand die Familie um den Tisch versammelt und wurde eingeladen, sich dazuzusetzen. Die Luison, die taub war und am Abend vorher nichts begriffen hatte, dachte, daß er auf Einladung des Neffen gekommen wäre. »Gut so, recht so«, sagte sie zum Sacarlott gewandt, »man muß immer an die denken, denen es schlechtergeht als uns.« Aber die Fantina, die aus jenen geheimen Gründen, die keiner näher erforschen wollte, immer alles wußte, sagte, die Signora Bocca habe die Krätze bekommen und verbringe ihre Zeit damit, sich zu jucken.

Die Krätze bekomme man, hatte Gioacchino erklärt, wenn man sich an staubigen Orten aufhalte, zwischen wurmstichigen Holzsachen voller Staub.

»Woher weißt du denn das?« hatte die Mutter verblüfft gefragt. Gioacchino hatte die Achseln gezuckt, er war so klein und schmal, daß er einem leid tat mit seinen Beinchen, die vom Stuhl herabbaumelten.

Wie die Signora Bocca sich die Krätze hatte zuziehen können, das wußte keiner, oder zumindest sagte es keiner. Die Krätze, hatte Gioacchino hinzugefügt, würde durch Speichel und durch Haare übertragen. Körperhaare und Haare überhaupt. Auch Katzenhaare. Aber die Signora Bocca hatte keine Katze. An dieser Stelle warf der Mandrognin ein, daß Gavriel bei ihm zu Hause sei.

»Hat der auch die Krätze?« hatte der Sacarlott gefragt, dann hatte er nichts mehr gesagt und war wieder hinausgegangen zu seiner Arbeit, während Gioacchino leise zu weinen begann, weil er begriffen hatte, daß sein Bruder nicht zurückkommen würde.

Gavriel kam wirklich erst an dem Nachmittag zurück, an dem, wie er wußte, die Elisabetta nach Casale abreisen sollte, um den Statthalter des Königs zu treffen. Die Kutsche stand schon bereit samt allem Gepäck, und sie lief in großer Eile an ihm vorbei, mit gerafftem Rock, der den Ansatz ihrer glatten Kleinmädchenbeine mit den rosa Strümpfchen sehen ließ; der Hut saß schief, und der Mantel war noch nicht zugeknöpft. Von der Kutsche aus sah sie durchs Fenster, und während der Kutscher die Pferde wenden ließ, lächelte sie Gavriel zu, ein melancholisches Lächeln voller Anmut: *»Je vous aime«*, sagte sie zu ihm. Die Kutsche fuhr durch das Gartentor, schwarz mit gelben Vorhängen, und Gavriel verschwamm alles vor den Augen wie an jenem Nachmittag, an dem er im Kleefeld gelegen und sie zum ersten Mal angeschaut hatte. Es war unwichtig, daß der Statthalter des Königs sie zur Frau bekommen würde, es war auch unwichtig, daß er sie nie wiedersehen würde.

So begann der Herbst des Jahres 1831. Viele Dinge haben sich verändert, Napoleon ist tot, und all die Freiheiten, die die Menschen genossen haben, sind rasch verflogen, fast als hätte es sie nie gegeben, so kurz war ihr Leben. Aber der Sacarlott hat gelernt, den Blick immer mehr auf das Nächstliegende zu richten, sich nicht umzusehen, sich keine Fragen zu stellen, niemals zuzulassen, daß die Wünsche, seine Zukunft, über die Felder und das Haus und die staubige Straße, die nach Lu hinaufführt, hinausgehen. Nicht einmal die Ereignisse des Jahres 21, obwohl er da ja noch jung war, haben seine unerschütterliche Überzeugung ins Wanken gebracht, daß die einzige Möglichkeit, seine Seele zu retten, darin bestehe zu vergessen, was gewesen ist, im Guten wie im Bösen. Die alten Kameraden schreiben ihm nicht mehr, manchen hat schließlich er nicht mehr geantwortet, wie jener sagenumwobenen Anna, die die Uniform angezogen hatte und ihrem Mann in den Krieg gefolgt war. Und doch hatte er sie auch ein wenig geliebt an den langen Abenden im Feldlager, und einmal, in Amiens, hatte er beim Licht der Fackeln auf dem Platz mit ihr getanzt. Zwei, drei, vielleicht vier Briefe, die um Hilfe baten, weil Karl Felix Frauen wie sie aus seinem Buch gestrichen hatte. Nun ist Karl Felix tot, in Hautecombe am Ufer des Sees mit dem eisigen Wasser begraben; und daß an seine Stelle Karl Albert getreten ist, läßt den Sacarlott nun ganz gleichgültig. Er hat es im Stall erfahren, von einem alten Gefährten aus der Jugendzeit, und hat weiter mit dem Stock in der Streu herumgestochert, um zu sehen, ob der Boden darunter sauber ist.

Inzwischen hält das *bacterium choli* seinen Einzug in Europa, es kommt aus dem Osten und findet leicht seinen Weg auf den neuen Dampfschiffen, den neuen Straßen, die der Fortschritt dem Handel geöffnet hat. Man weiß, daß zwei bekannte Gelehrte aus Mailand aufgebrochen sind, um das Phänomen in den infizierten Provinzen des Habsburgerreichs zu untersuchen, aber das Wort *Cho-*

lera gehört nicht zu den Wörtern, die dem Sacarlott angst machen, er sorgt sich viel mehr um das Massensterben seiner Hühner, Hennen und Kapaune, die zusammenklappen, als wären sie hohl. Und während er dem Gerumin zusieht, wie er eine Henne hochhebt, der eine weiße Brühe aus dem Schnabel tropft, ruft er Gioacchino zurück, weil er nicht will, daß der Kleine eins dieser kranken Tiere anfaßt; er fürchtet alles, was die Gesundheit seines jüngsten Sohnes bedrohen könnte.

Gioacchino gehorcht schweren Herzens, im Sommer hat große Trockenheit geherrscht, und seine Haare sind von der Sonne versengt. Es sind feine glatte Haare, die die Luison mit der Schere schneidet; und man sieht jeden einzelnen Schnitt. Aber was können einem Kind schon seine Haare bedeuten, einem Kind, das sich damit vergnügt, den Gänsen nachzulaufen, und das nachts verzaubert die Sterne betrachtet, ihren Namen, ihre Bewegung, ihren Weg am Himmel wissen will. Er ist eng befreundet mit dem Sohn vom Tambiss, und in der Dämmerung gehen die beiden gemeinsam auf die Suche nach Glühwürmchen, die sie in eine Büchse sperren können.

»Kind alter Eltern«, sagen die Leute, wenn sie ihn anschauen, so klein und schmal, daß man die Knochen unter den Kleidern erahnt. Ein anmutiges und williges Kind mit genauen Bewegungen, die sich niemals irren. Unfehlbar erkennt er sofort das Komische an allen Dingen, und von klein auf platzte sein Lachen mit unwiderstehlicher Kraft heraus. Der breite Mund, schön wie der seiner Mutter, öffnet sich weit über den großen regelmäßigen Zähnen, und auf einmal wird der häßliche kleine Junge schön. Seit er zu laufen begonnen hat, hat er sich immer rasch fortbewegt, in ständigem Wettlauf mit den

Erwachsenen um ihn herum, immer auf Trab hinter dem Sacarlott, hinter der Luison, hinter Gavriel her, (bevor Gavriel zu seinem größten Schmerz davonlief). Manchmal setzt er sich neben die Gonda und sieht zu, wie sie vor sich hin döst, lauscht auf das Ächzen, das aus ihrem Hals kommt und dem Wind gleicht, der durch den Kamin fährt. Oder er bleibt stehen, um die Luison beim Klöppeln zu beobachten, und probiert dann selbst mit seinen faltigen Fingerchen mit den schwarzen Nägeln und der von der Erde rissigen Haut.

Bis sieben hat ihn die Maria bei sich im Bett behalten, und Gioacchino hat in der Mitte geschlafen und einmal die Mutter, einmal den Vater umarmt. Der Sacarlott hat bei ihm ertragen, was er sich bei den anderen Kindern nicht einmal hätte vorstellen können. Er preßte den schmächtigen Körper schlaftrunken an sich, und die Haare drückten ihm gegen den Mund, er aber rührte sich nicht aus Furcht, den Kleinen zu wecken. Ihm schien in jenen Augenblicken, als sei er glücklich, so glücklich, wie er es sich in den fernen Nächten voller Frost und Grauen erträumt hatte.

Gioacchino mag die Bäume, die Frösche, die in den Gräben hüpfen, die Reihen der Weinstöcke, wo die Hasen zwischen den Furchen davonschießen. Aber am liebsten hat er die Sterne, und wenn er groß ist, wird er Astronom. Das sagt er zum Propst, der ihm Latein beibringt, und statt der *Fabeln* des Phädrus will er etwas über den Mond und die Gestirne vorgelesen bekommen. Aber der Propst sagt, daß er Latein lernen muß, wenn er eines Tages die Namen der Sterne wissen und versuchen will, ihr Geheimnis zu ergründen. In die Städte reisen will er, wo es Kuppeln gibt, die das ganze Firmament nachbilden.

Doch inzwischen hat der Sacarlott begonnen, Bücher zu kaufen, die Gioacchino am Wohnzimmerfenster liest, die Ellbogen auf die aufgeschlagene Seite gestützt. Stunden um Stunden brütet er, um dort zu verstehen, wo keiner in der Lage wäre, ihm etwas zu erklären; und wenn er endlich begreift, singt er. So laut, daß sogar die Gonda ihn hört, die zum Aufwärmen im Stall sitzt und voller Stolz den Kopf hin und her wendet, als wäre Gioacchino ihr Sohn.

Nur die Fantina ärgert sich über die Stimme und preßt mißbilligend die Lippen zusammen bei soviel Freiheit, soviel Freude, soviel unbändigem Überschwang. Sie hat Gioacchino nie erlaubt, die Geige des Giai zu berühren, und wenn das Kind sich dem Stickrahmen nähert, schickt sie es mit einer ungehaltenen Geste fort. Als er noch sehr klein war, drehte sie sich unvermittelt um, wenn sie ihn hinter sich hertraben hörte, und ließ ihn mit ihrem farblosen Blick zu Eis erstarren. Als wäre Gioacchino zur Unzeit in jenes Haus gekommen, um eine feste Ordnung zu stören, um ein schon mit Staub überzogenes Archiv durcheinanderzuwerfen. Sie stößt sich an der schuldhaften Schwäche des Sacarlott, der mit den anderen Kindern so streng ist. Sie stößt sich sogar an der Anmut und Liebenswürdigkeit des Kindes, an seinem Lachen. Wenn sie es hört, schlägt sie die Tür zu, und ihre Augen konzentrieren sich auf das, was sie gerade tut.

Seit die Bastianina in die Klosterschule gekommen ist, schließt sie sich immer häufiger in ihrem Zimmer ein, man sieht sie von der anderen Seite des Hofes über ihre Arbeit gebeugt oder versunken, als hielte sie ein Buch auf den Knien. Was entziffert sie, die ja kaum lesen kann, so aufmerksam? Und doch, wenn jemand im

Dorf eine schlimme Vorahnung hat oder etwas über einen Liebsten, einen Sohn, der Soldat ist, wissen will, so kommt er und fragt nach ihr.

In Wirklichkeit ist nichts bekannt, was die Fantina erraten oder vorhergesehen hat. Man weiß nicht, was sie im Tausch bekommen haben, diese Mädchen, Frauen und Alten, die mit einer Flasche Wein sogar noch aus Cuccaro oder aus Rosignano daherkamen. Stunden um Stunden sprach sie mit ihnen im verschlossenen Wohnzimmer, es genügte, daß sie hellen Rosé erster Pressung mitbrachten. Denn seit sie zu trinken angefangen hat, liebt sie diesen leicht süßen, duftenden Wein und hütet ihn eifersüchtig auf einem Gestell im Keller, wo sie auch andere Dinge lagert, die sie sich in den Langhe besorgen läßt. Denn an Geld fehlt es ihr nun nicht, und was sie nicht für Wein ausgibt, legt sie für die Bastianina beiseite für ihre Mitgift, wenn sie einmal ins Kloster eintreten und Äbtissin werden will.

Sie trinkt allein und in Gesellschaft, und ihr früher so gleichmäßiges, blasses Gesicht überzieht sich mit blauroten Flecken, ihre Augen beginnen zu tränen, aber es sind keine echten Tränen, und sie summt leise die Melodien, die der Giai früher auf der Geige spielte. Was sie bei diesen Gelegenheiten stickt, hat weder Hand noch Fuß, phantastische Chiffren voller Schnörkel, aber sie ist inzwischen so berühmt, daß einfach alles, was sie stickt, als Höchstmaß der Vollkommenheit gilt. Auch wenn auf einem Laken eine Dornenkrone auftaucht oder in der Mitte einer Tischdecke Mäusedornzweige prangen. Dies, wird gesagt, ist eine Stickerei der Fantina; und das Leinen kommt aus Turin, aus Mailand, sie hat keine Zeit mehr, etwas für die Signora Bocca zu sticken. Das letzte waren die Laken für die Enkelin

Elisabetta, und mit diesen Laken, heißt es, macht nun halb Turin Bekanntschaft, so viele Geliebte hat die Frau des Statthalters des Königs.

Der Sacarlott starb im Februar 1836 an Cholera. Ein Jahr zuvor war durch einen Sturz vom Heuboden Gioacchino gestorben.

Gioacchinos Tod war ein Verhängnis. Etwas, was nicht hätte geschehen dürfen, an jenem Sonntag im Juni, als der Mais schon hoch stand auf den Feldern und die Rebstöcke so schwer trugen, daß man ein zweites Mal durch die Reihen gehen und sie festbinden mußte. Für die Maria und den Sacarlott war es eine Erschütterung wie ein Erdbeben, wie der glühende Ausbruch eines Vulkans. Oder vielleicht der Beginn einer Eiszeit, die sie in ihre Leere einsperrte.

»Wo läufst du denn hin wie ein Wilder?« hatte die Gonda an jenem Morgen gefragt, als Gioacchino im sonnigen Mittagslicht wie ein Meteor durchs Haus geschossen war. »Wart doch einen Augenblick.« Sie hätte gern gehabt, daß das Kind sich an den Tisch setzte wie früher, als es noch klein war, und einen schönen Teller voll Kartoffeln und Kaninchenfleisch äße. Das Sonntagsessen brodelt auf den Herdringen, ein neues Mädchen ist da, hilft in der Küche und wird die Gramissa genannt, weil sie so abgezehrt aussieht, auch wenn ihr Gesicht, seit sie im Haus arbeitet, rund und voll geworden ist wie ein Mond. Die Gramissa hört auf, im Topf herumzurühren, und schaut ihn einen Augenblick lang an, mit seinen strohblonden Haaren, die ihm aus der Mütze quellen.

Aber Gioacchino ist schon draußen, beißt in ein Stück Brot, während er über die Felder läuft, er ist aus der

Messe entwischt, ohne auch nur den Segen am Schluß abzuwarten, und als er bei der Schleuse ankommt, wo die Aale gefischt werden, ist er ganz atemlos. Der Sohn vom Tambiss ist schon da, aufrecht zwischen den Männern, die mit nackten Beinen im Kanal durcheinanderrufen. Die Aale, zu Hunderten, vielleicht tausend, zukken mit perlmutternem Schimmer, die Männer packen sie, schlagen sie auf den Kies, den größeren zertrümmern sie mit einem Stein den Kopf, und das glitschige Blut spritzt auf die Hände, die nackten Arme, die Beine. Der Sohn vom Tambiss nimmt aus dem Korb die, die schon tot sind, und hebt sie am Schwanz hoch, lang, schlapp, von einem letzten Schauer überlaufen. Der Geruch des im Wasser verrottenden Grases gärt in der Sonne, Gioacchino ist vom Laufen verschwitzt, die Augen starren bestürzt auf die Aale, die sich noch winden, sich umeinanderschlingen, die Hände in der Tasche streichen versunken über die Kiesel, die er an einem früheren Sonntag gesammelt hat, einem Sonntag, der anders gewesen war. Er wirft sie weg, und als der Sohn vom Tambiss sich herumdreht, ist Gioacchino schon auf und davon und reißt sich eine Schilfspitze ab, um eine Hirtenflöte daraus zu machen.

Der Freund ruft ihn, aber er antwortet nicht, er macht Rast, wo das Wasser zwischen den Pappeln hindurchfließt, mit der Hirtenflöte zwischen den Lippen. Der Sohn vom Tambiss folgt ihm und setzt sich neben ihn. Ich, sagt er, ich esse keine Aale, Aal essen ist eklig, genau wie wenn man Würmer in den Mund nimmt...

Später haben sie Hunger, das bißchen Brot hat sich rasch aufgelöst im Magen, aber Gioacchino hat keine große Lust heimzugehen, weil er doch aus der Kirche weggelaufen ist, ohne wenigstens das *Ite missa est* abzuwarten. Auch sein guter Anzug ist ganz zerknittert, voll Staub, also gehen sie durch die Weinfelder auf der Suche nach einem reifen Pfirsich. Sie pflücken die Beeren von den Maulbeerbäumen und klettern dazu einer dem anderen auf die Schultern. Eine Schwester der Gonda, tief gebeugt über der Hacke, mit der sie ihr Stückchen Land bearbeitet, sieht sie und ruft sie heran, schenkt ihnen Kirschen, will wissen, was sie da tun um diese Zeit, wenn alle am Mittagstisch sitzen. Die Alte hat keine Zähne mehr, und man versteht fast nicht, was sie sagt, der Sohn vom Tambiss lacht, aber Gioacchino dankt ihr ernsthaft, spricht jede Silbe einzeln aus, und dazwischen beißt er in die Kirschen, der Saft macht Flecken auf seinen Lippen. Wie soll er nach Hause gehen, wenn er sogar die Mütze verloren hat und nun unten an der Schleuse einer der Jungen seine alte, zerlöcherte Mütze weggeworfen und dafür die seine aufgesetzt hat?

Später hat der Gerumin sie gesehen, wie sie an der kleinen Kapelle der Madonna vorbeikamen, Gioacchino hatte sich rasch bekreuzigt (sonst, sagt die Luison immer zu ihm, kommt nachts der Teufel und zieht dich an den Füßen), während der Sohn vom Tambiss der Madonna die letzte Kirsche geopfert und durch die Maschen des Drahtgitters geschoben hatte.

Diese Kirsche lag an den folgenden Tagen noch da und wurde dann mit der Zeit schwarz und trocken.

Später sind sie durch den Gemüsegarten hereingekommen und haben zwischen den schon hochgewachsenen Tomatenstauden durchgespäht, ob der Sacarlott in der Gegend sei. Aber auf der Wiese war nur die Fantina, die dem Hund die Zecken herausmachte, und der Sohn vom Tambiss war losgerannt, um sich im

Heuschober zu verstecken, während Gioacchino in die Küche schlüpfte, um zu sehen, ob er etwas zu essen fände.

Die Gonda hatte es kaum glauben können, als sie einen Tiegel mit Kaninchenresten füllte für ihn, die Maria war zur Vesper gegangen, und sie hatte herumgestöbert, bis sie noch zwei Eier gefunden und auf den Tiegel dazugelegt hatte: »Paß auf, laß sie nicht herunterfallen«, hatte sie gesagt.

Vielleicht waren ja gerade die Eier schuld, die er balancieren mußte; aber wie die Dinge wirklich vor sich gegangen waren, würde man nie erfahren. Ob es wegen der Leiter passiert war, die immer außen am Heuschober angelehnt stand, immer war sie da, sie war da in dem Augenblick, als der Sohn vom Tambiss hinaufgeklettert war, aber später war sie nicht mehr da, jemand mußte sie eine Sekunde zuvor verrückt haben. Sicher wußte man, daß Gioacchino durch den Stall hinaufgelangt war, und oben angekommen, hatte er die Stimme vom Sacarlott gehört. Der Sohn vom Tambiss war noch weiter hinaufgeklettert und hatte sich zwischen den für den Winter eingelagerten Strohballen versteckt; Gioacchino war plötzlich allein dagestanden mit dem vollen Tiegel in der Hand, einer Tonpfanne mit abgebrochenem Henkel. Vielleicht hatte er hinter dem Freund herklettern wollen, aber das Heu hatte nachgegeben, er war abgerutscht, hatte keinen Halt gefunden. Oder er hatte einfach versucht, über die Leiter zu entkommen, die auf den Hof führte, und war sicher gewesen, sie dort vorzufinden.

Er war ohne einen Schrei herabgeflogen. Langsam, schwebend; die feinen, glatten Haare flatterten in der Luft, die Flügel der kurzen braunen Jacke. So hatten die

Fantina und der Scarvé ihn gesehen, der gerade gekommen war, um das Geld für die Dachreparatur zu verlangen. Es war kein Körper, der herunterfiel, hatten sie gesagt, es war eine Feder, die schwebte und schwebte und gar nicht mehr aufhörte, als wäre der Heuschober höher gewesen als der Turm von San Giorgio. Er schwebte schwerelos, weiß wie Wachs, und dem Scarvé und der Fantina hatte der Atem gefehlt, um zu schreien. Die Kraft, um hinzulaufen. Die Tonpfanne war herumgewirbelt und hatte Kaninchenstücke verstreut; sie hatte allerdings bei dem Fall einen Höllenlärm gemacht und einen Splitterregen rundum verspritzt, so daß der Sacarlott herausgelaufen war, um nachzusehen, was dieser Krach zu bedeuten habe.

Gioacchino lag auf der Erde und bebte in einer letzten Zuckung. Ganz, nur aus dem Ohr tropfte ihm ein dünnes Rinnsal Blut.

Wer hatte die Leiter dort weggenommen und warum? Warum ausgerechnet in diesem Augenblick? Wer war es gewesen, wer? Die Maria hatte geschrien und geschrien, diese Frage ließ ihr keine Ruhe, hallte im Flur wider, in den Zimmern, bis in die Kelter hinunter. Sie wollte wissen, warum, wer es gewesen war. Fast als hätte die Antwort die schwarze Wolke zerstreuen können, die sie plötzlich einschloß und sie am Weinen und am Schlafen hinderte. »Es war der Smangiùn, es war der Nadal, die Gramissa, der Pipen, der Gerumin...« Namen verflechten sich, kreischen wie die Pfeifen einer verrückt gewordenen Orgel, sind Schatten, die der Mond hinwirft, Äste, die ans Fenster schlagen. Sie hat die Hirtenflöte in der Hosentasche gefunden, hat sie mit der Hand umschlossen und will diese Faust nie mehr aufmachen. Sie schreit morgens und schreit nachts, will wissen, wer es gewesen ist. Aber es gibt keine Schuldigen, wie soll man das bloß einsehen.

Der Propst sitzt neben ihr, nimmt eine ihrer Hände und hält sie zwischen den seinen, die weich und verschwitzt sind in der Hitze, sie zieht ihre Hand voll Abscheu zurück, wenn sie nicht zur Vesper gegangen wäre, wäre es vielleicht nicht passiert. Auch der Propst ist schuldig, sie sieht ihn feindselig an, die Pupillen, die allen Raum ausgefüllt haben, löschen ihre schönen samtenen Iris aus. So sind manchmal die Augen der wilden Tiere in der Nacht. Sie will nicht den Erlöser in seinem blauen Mantel wiedersehen, sie will die Flämmchen nicht wiedersehen, die ihn umzüngeln, sie will das Requiem Aeternam nicht beten.

Sie will auch nicht auf den Friedhof gehen; hinter dem Gazevorhang schaut sie auf den himmelblauen Sarg, den Gavriel, mit Holzschuhen wie ein Kuhhirt aus Lu heruntergekommen, auf der Schulter trägt. Sie hat nur eine Bedingung gestellt: Der Platz neben Gioacchino muß der ihre werden, er oben und sie unten, als hielte sie ihn noch auf den Knien. Der größte Haß hat sich gegen den Sohn vom Tambiss gerichtet, und während sie ihm zusieht, wie er mit nur von einem Hosenträger gehaltenen Hosen dem kurzen Zug auf dem Backsteinpfad folgt, scheint es ihr, als lache der Junge. Es ist nicht möglich, aber ihr scheint es so.

Sie setzt sich hin und blättert in den Astrologiebüchern, die der Sacarlott von weit her hatte kommen lassen. Sie liest laut, langsam, denn lesen kann sie kaum und verstehen gar nicht. Aber es darf sie keiner stören, weil sie »studiert«; die Hirtenflöte aus Schilfrohr zu einem Strohhalm zerquetscht in der Faust. Und auch die kleinen Stiefel, staubig von jenem letzten Lauf durch die Felder an einem Junisonntag, auch die darf keiner anrühren oder ihr nehmen. Sie lauert am Fenster, ob etwa der Sohn vom Tambiss auf der Seite der Küche ankommt und bettelt. Dann schreit sie aus dem Fenster, um ihn zu verjagen, fast als wäre er ein räudiger Hund, und der Bub läuft barfuß davon, entsetzt ob jener Stimme. So war er oben auf dem Heuschober erschienen, mit vor Schreck zu Berge stehenden Haaren, die Arme erhoben, um Gott, die Madonna, den Scarvé, die Fantina um Hilfe anzuflehen, während die Maria ihn furchterregend anstarrte und anklagte: »Warum nicht du, dumm wie du bist, häßlich, immer mit Kuhscheiße besudelt?«

Von diesem Flug Gioacchinos sprach man noch lange im Dorf; Abend für Abend ließ der Sacarlott ihn sich von der Fantina erzählen. Wie es denn hätte sein können, daß er flog, fragte er sie. Und doch sei es genau so gewesen, der Scarvé habe es auch gesehen, sagt die Fantina, er sei bereit, es vor dem Kruzifix zu beschwören. Gioacchino sei eine Feder am blauen Himmel gewesen, so etwas habe man noch nie gesehen, vielleicht seien seine Knochen hohl gewesen, wie bei den Vögeln. Der Sacarlott hört ihr aufmerksam zu, dieses lange Gleiten, Am-Himmel-Schweben tröstet ihn, weil dann Gioacchinos Tod nicht so gewesen ist wie der der anderen, der Tod von der Manin oder vom Giai. Vielleicht nahm, während er flog, die Luft seine Gedanken und seine Wünsche, seine große Fröhlichkeit auf, und sie sind nun irgendwo in Sicherheit. Das Gesicht vom Sacarlott entspannt sich, die Falten verlieren ihre Schatten, die Fantina fängt von vorne an mit der Erzählung, und Gioacchino fliegt aus ihren rundlichen Händen davon, wie ein vom Rosé leicht säuerlicher Hauch.

Wenn auch die Maria diese Geschichte anhören wollte, wenn auch sie versuchte, sich Gioacchino am Himmel schwebend vorzustellen, fände sie im Leben des Kindes so viele Anzeichen, so viele Einzelheiten, die seine Vogelseele bestätigen könnten. So viele Dinge würde sie der Fantina, der Bastianina, der Gonda verzeihen. Sogar dem Sohn vom Tambiss. Aber sie will nichts davon wissen, was da zusammenphantasiert wird. Ihre Fragen lauten anders; und die Bastianina, in den Ferien aus dem Kloster zurückgekehrt, spürt zuweilen den Blick der Mutter im Nacken, während sie zeichnend neben der Tante sitzt. Sie braucht sich nicht umzudrehen, um zu wissen, daß sie stocksteif hinter ihr steht. Ein Blick, der wie Blei auf sie fällt, wenn sie einmal zufällig mit der Gramissa scherzt; und ein Schauder läuft ihr dann den Rücken hinunter bei dem Gedanken, daß die Mutter sie sehr gern mit dem kleineren Bruder vertauschen würde, der neben dem Giai begraben liegt.

Die beiden berühmten Ärzte, die aus Mailand aufgebrochen waren, um die *Cholera* zu studieren, sind schon seit geraumer Zeit zurückgekehrt und haben wenig Erkenntnis mitgebracht von ihrem langen Aufenthalt in den östlichen Provinzen des habsburgischen Reiches. Wenn die Epidemie auch schlimmer zu sein scheint als das Wurmfieber oder Haarschwund, ist sie doch keineswegs so erschreckend wie die Pest. Die wurde eingeschleppt von den Mäusen, die im Schiffsbauch nisteten und sich nachts in den Kellern breitmachten, weich in die Getreidelager hinunterplumpsten. Oder an den Mauern entlanghuschten und verstohlen zwischen zwei angelehnte Fensterläden schlüpften. Diesmal handelt es sich um einen *Vibrio,* der im Bauch der Soldaten sowie all derjenigen reist, die Gerste und Hirse transportieren, und der in den kleinen Bächen, den Gräben und den Kanälen mitschwimmt. Er findet sich an den Viehtränken und an den Brunnen auf den Plätzen. Er fürchtet weder Regen noch Frost, aber ebensowenig Hitze, und sei sie noch so schwül.

Die erste, die starb, war die Schwester der Gonda, sie war siebzig Jahre alt, und keiner fand etwas dabei. Dann kam die Schwester des Propstes an die Reihe, die, die der Bastianina Malunterricht gegeben hatte. Als der erste Cousin vom Tambiss starb und die Nichte vom Gerumin, ein zwölfjähriges Kind, wurden alle von Panik ergriffen. Es war schon kalt, und der Klang der Kindertotenglocke durchbohrte die eisige weiße Luft, zum Gottesdienst in der Kirche kam fast niemand, die Leute hatten Angst, sich in den Bänken hinzuknien, wo am Sonntag zuvor noch das kleine Mädchen mit den Schleifen an den Zöpfen gewesen war.

An dem Tag, an dem die Luison sich mit Durchfall und Übelkeit ins Bett legte, hielt der Sacarlott einen Familienrat ab. Er könne nicht vom Hof weg, sagte er, aber falls er sterben sollte, müsse jemand übrigbleiben, um das Land weiter zu bewirtschaften. Luìs sei noch zu jung, und auf Gavriel sei kein Verlaß, also bleibe keine andere Wahl, die Maria müsse fort, zusammen mit der Bastianina, die die Nonnen aus dem Kloster heimgeschickt hatten; die Fantina solle selbst entscheiden, wo sie lieber hinwolle. Sich von seiner Frau zu trennen, fügte er hinzu, empfinde er als ungut, aber man könne nichts anderes tun, die Maria habe die Landwirtschaft schon einmal weitergeführt und würde es wieder und besser als früher tun können. Der geeignetste Ort, sagte er noch, sei das Haus vom Mandrognin in Lu. Kaum mehr als ein Stall, aber Lu sei hoch gelegen, und der Wind fegte die Luft rein, der Regen säuberte die abfallenden Straßen und das Haus, das letzte ganz oben, stehe an einer so steilen Stelle, daß dort nie jemand hinkomme.

Als er mit dem Sprechen fertig war, legte der Sacarlott die Stirn an die Scheibe: Der Winter bereitete sich darauf vor, einer der schlimmsten der letzten Jahre zu werden, und die Apfelbäume reckten die schon von Rauhreif weißen Äste, das Gras bog sich unter dem Frost. Der Hund zitterte frierend mit aufgestelltem Schwanz und schien ebenfalls auf irgendein großes Ereignis zu warten in der bleiernen Luft, in der sogar die Spatzen zu fliegen aufgehört hatten. Und als hätte er sich in die Stille dort draußen versetzt, konnte nicht einmal der Gedanke an seinen möglichen Tod den Sacarlott nicht aus der farblosen Ruhe aufrütteln, die von ihm Besitz ergriffen hatte.

Hinter ihm war das ganze Haus in Bewegung geraten, die Türen schlugen, die Stimmen glitten durch die Gänge. Seltsame Geräusche, wie sie einem Erdbeben vorausgehen, Flügelrauschen, Aufruhr derjeniger, die sich in Sicherheit bringen wollen. Die Stirn an der Scheibe festgebacken, hört er nichts, weder das Weinen der Maria noch das Aufbegehren der Bastianina, noch das, was sich die beiden mitteilen; den Tajalargh hat es getroffen, den Gatagnú, die Veronica ...

Die Maria hatte, was die Bequemlichkeit anbelangte, beim Mandrognin im Haus das schlimmste Leben, das man sich vorstellen kann. Kein Wasser, nicht die Spur eines Brunnens, wenig Licht, auch tagsüber, bei den gerade handbreiten Fensterchen. Und sehr kalt war es. Der Kamin rauchte, und man konnte nicht die Tür öffnen, ohne daß die Hühner sich ins Zimmer drängten. Der Bastianina kam nach zwei Tagen die Galle hoch vor Ärger, und die einzige Lösung war, sie ins Kloster zu den Nonnen zurückzuschicken und zu sagen, daß sie den Schleier nehmen wolle.

Dennoch war es für die Maria eine Zeit, die sie nie mehr vergessen sollte, eine Pause in ihrem Leben, wie ein Bild, bei dem auch die unbedeutendsten Einzelheiten eine eigene, geheimnisvolle Macht besitzen. Der Mandrognin war ihr Diener und ihr Sklave, machte sich im Morgengrauen auf, um ihr frischgemolkene Milch zu holen; manchmal eine Blume oder eine Birne, ein paar getrocknete Trauben, die er wer weiß wo aufgetrieben hatte.

Daß die Maria gekommen war, hatte ihn verrückt gemacht, jahrelang hatte er wie ein Tier im Winterschlaf gelebt, wie ein blinder Maulwurf in seinem unterirdischen Gang. Wunschlos, energielos, willenlos und traumlos. Und jetzt war die Maria in seinem Haus, er konnte sie so lange ansehen, wie er Lust hatte, mit ihr sprechen und sie sogar berühren, wenn er an ihr vorbeiging, ihren Rock über sein Gesicht streifen fühlen, während er Holz in den Kamin schichtete, so viel Holz, daß es den Kamin verstopfte. Er hatte Gott im Haus. Und Gavriel war nur dazu da, ihm behilflich zu sein. Er kommandierte ihn herum, ließ ihm keine Ruhe, so wird dir wenigstens warm, sagte er zu ihm. Zum Schlafen hatte er ihm die Kammer zugewiesen und begnügte sich selbst mit einem Platz zwischen dem Holz und den Hühnern, damit der Maria das ganze Haus zur Verfügung stehe und sie von einem Zimmer ins andere gehen könne, ohne zu befürchten, daß ihr irgend jemand in die Quere komme.

Der Mandrognin hatte einen Kopf voller dichter, fester weißer Haare und einen hellen, fast himmelblauen Vogelblick; die Maria war manchmal ganz verzaubert, wenn sie ihn ansah. Ihr gefielen sein magerer Körper und seine breiten, großen Hände, die Bärentatzen glichen. Seine überstürzte Art, die Dinge zu tun, die fahrigen Bewegungen, die phantasievollen, aus wer weiß welcher alten Truhe hervorgekramten Kleider amüsierten sie. Wenn er ihr morgens das Wasser brachte und ihm immer ein Teil daneben auf den Boden schwappte, mußte sie lachen, und der Mandrognin lachte auch, fröhlich, weil Gott sich im Hemde sehen ließ, nur mit einem Schal darüber. Und Gott war so schön.

Vor dem Haus stand ein einziger Baum, ein Feigenbaum, und darunter hatte der Mandrognin seinen Tisch und sein Werkzeug aufgestellt, dort flickte er im Freien die Sättel, weil er das stinkende Leder nicht ins Haus bringen wollte. In all den Jahren war er gegen Kälte unempfindlich geworden, und wenn die Maria ihn hereinrief, weil sie die Dunkelheit kommen sah und das Eis auf dem Zuber dick wurde, lächelte er ihr zu und schüttelte den großen weißen Kopf. Und in der vorzeitigen Winterdämmerung war sein Kopf wie der Mond, der hinter den Bergen aufgeht. Er wußte und erinnerte sich an vieles, der Mandrognin, an hundert Einzelheiten des Hauses in Moncalvo, und erzählte von damals, als er bei der Weinernte helfen kam und die Maria kaum mehr war als ein kleines Mädchen, stets bereit, nach jeder Musik zu tanzen, sogar nach dem *Veni Creator*, das die Betschwester im Haus gegenüber sang. Er sah sie auf der Bank unter den Haselsträuchern sitzen, wo sie lustlos die Nadel in den Stickrahmen stach; und sowie die Luison den Kopf abwandte, stand sie auf und ließ dabei die bunten Stränge auf den Boden rollen. Er erinnert sich noch an einen Kuchen, den sie und die Matelda für den Ostermontag backten und dem Vater zum Probieren brachten, dabei war auch ein Stück für ihn abgefallen. Nie mehr hatte er einen so guten Kuchen gegessen, nie mehr hatte es ein so wunderbares Haus gegeben wie das in Moncalvo, eine Bank unter so dichten Haselsträuchern.

»Das war bestimmt ein *turtun«*, sagt die Maria, »etwas anderes konnten wir nicht...« Der Mandrognin sieht sie an: Wie lustig du warst, wie schön du warst, Maria, in ganz Moncalvo gab es kein Mädchen, das tanzte wie du. Einmal habe ich es auch versucht, aber vor Aufregung sind mir die Füße jeder auf eigene Faust losgegangen, und du hast mir ärgerlich den Rücken gekehrt. Nun lacht die Maria mit im Schoß gefalteten Händen, sie weiß von dem Mandrognin von damals nur noch, daß er den Vater besuchen kam und manchmal bei ihnen stehenblieb, um zu sehen, wie Venezianer Spitze gemacht wurde oder Hohlsaum, und sie und die Matelda ihn auslachten, weil Stickerei nichts für Männer war. Sonst erinnert sie sich an nichts, an das Glück, ja, daran schon, und jetzt scheint ihr, als kehre mit den Erzählungen vom Mandrognin ein bißchen von jenem Glück zurück, strahle aus seinen wilden, im Dickicht der Brauen verborgenen Augen.

Die Nachrichten, die vom Sacarlott heraufkommen, besagen, daß die Luison wieder gesund ist, aber noch so schwach, daß sie ihr ein Bett im Wohnzimmer aufstellen mußten, weil sie die Treppe nicht hinaufkommt, und dort spricht sie mit den Bildern an der Decke. Wenn ein Sonnenstrahl durch den Nebel dringt, setzen sie sie vor die Tür, sie ist ganz kahl geworden und trägt ein Häubchen auf dem Kopf, das von der Bastianina stammt, als sie noch in der Wiege lag, so klein ist ihr Kopf geworden. Sie da oben hingegen sind voller Kraft, Gavriel geht jeden Tag auf den umliegenden Hügeln die Ställe ausmisten und steigt abends geschwind den Weg herauf, der zum Haus führt, hält eine Salami, eine noch lebende Gans in der Hand, ein Pfund Butter.

Seit die Mutter da ist, ist Schluß mit dem ewigen, unstillbaren Hunger, abends trinken sie Wein, den der Mandrognin in den entlegensten Bauernhöfen aufgetrieben hat, die Maria kocht Polenta, das ganze Haus duftet nach Würsten und Milch. Die Maria hat Mühe, ihre Kleider zuzumachen, so eng sind sie ihr geworden, zuweilen betrachtet sie sich in dem Spiegelscherben, den der Mandrognin ihr im Zimmer angebracht hat, und lächelt ihrem Bild zu, wie es seit Jahren nicht mehr vorgekommen war. Wenn ihre Füße zu kalt werden, ruft sie den Cousin, und der Mandrognin nimmt sie in seine großen Hände und reibt sie und drückt sie, bis sie glühend heiß werden. Er hat ihr zwei Daunenstiefelchen genäht, die sie anzieht, wenn sie ins Bett geht, und mit Federn hat er ein Kaninchenfell gefüllt, in das sie ihre Hände hineinstecken kann.

Der Winter hat die Täler weiß zugeschüttet, dort oben gleitet der Schnee die Äste des Feigenbaums entlang, verkrustet eisig an den Treppenstufen. Der Wind hat ihn zu meterhohen Haufen aufgetürmt, und der Mandrognin greift zum Pickel, wo die Schaufel nicht ausreicht, damit die Maria jeden Tag den Weg frei vorfindet und ihre Schuhe nicht naß werden müssen, wenn sie bis zur Kirche gehen will.

Aber die Maria vergißt, in die Kirche zu gehen, es läutet zur Messe, und sie sitzt immer noch da und trinkt Milch, dem Mandrognin gegenüber, der von der Zeit erzählt, als sie ein junges Mädchen in Moncalvo war. Sie hält die heiße Tasse zwischen den Händen, und ihr Blick glänzt wie einst, der Mandrognin riecht nach Leder und verbranntem Holz, die Glocken haben zu läuten aufgehört, nun ist es zu spät; in die Messe wird sie morgen gehen oder übermorgen. Denn wenn endlich ein schöner Tag kommt, zieht sie die Holzschuhe an, die der Mandrognin ihr geschnitzt hat, und zusammen machen sie eine lange Wanderung über die vom Schnee eingeebneten Felder, wo nur er die begrabenen Pfade ausfindig zu machen versteht. Sie kommen an den bläulichweiß zugefrorenen Tümpeln vorbei und beobachten die Raben, wie sie ihre großen schwarzen Flügel schütteln, sich krächzend im Flug erheben. Der Mandrognin will einen Schlitten bauen und die Maria darauf herumfahren wie eine Königin. Es wird ein Schlitten mit Federkissen sein, und in silbernen Lettern wird »Maria« darauf stehen. Er wird rundherum Beschläge haben, ein Bänkchen, um die Füße darauf zu stützen. Er wird eine Lammfelldecke haben und ein Körbchen für das Brot, das man den Raben zuwirft. Griffe, um sich festzuhalten, wenn das Pferd schnell zieht, und er wird ganz rot und blau angemalt sein.

Als sie die Maria holten, war der Mandrognin unterwegs, um Sättel abzuliefern. Sie wartete nicht ab, bis er zurückkam, und ging, ohne ihm auch nur danke zu sagen; denn danke zu sagen war in diesem Augenblick schwierig. Sie nahm die Daunenstiefelchen und das Kaninchenfell mit, die von der letzten Wanderung noch feuchten Holzschuhe ließ sie am Kamin stehen. Und auch diesmal war es ihr wieder unmöglich zu weinen.

Den Sacarlott hatten sie gerade begraben; so hatte er es gewollt, daß die Maria käme, wenn alles vorbei, desinfiziert, verbrannt war. Und wie schon beim Giai hatte eine andere den Platz neben ihrem Mann eingenommen. Tagelang hatte die Fantina dem Sacarlott den Schweiß getrocknet, hatte ihm die Wäsche gewechselt, war hinauf- und hinuntergegangen mit dem Wasser aus der Küche und hatte die Nachttöpfe geleert. Denn alle waren geflohen, und auch die Gramissa hatte Tiegel und schmutzige Pfannen stehenlassen, in ihrer Schürze sogar die Katze mitgenommen, und eine allumfassende, blinde Stille hatte von dem Haus Besitz ergriffen. In jener Stille war die Fantina wieder zur Herrin geworden im unmerklichen Wallen der Röcke, und sogar ihr Schlafen war nur ein Geschlossenhalten der Augen gewesen. Ihre Geistesgegenwart beim Sacarlott hatte keine Sekunde versagt, und das Gesicht, mit den Jahren und mit dem Trinken ganz fleckig geworden, hatte über ihm gewacht und war wie ein Gnom aus den Nebeln seiner Benommenheit aufgetaucht.

Keiner weiß, was dem Sacarlott und der Fantina in jenen Tagen durch denKopf ging, als sie sich allein einer dem anderen gegenüberbefanden, welche Bilder vorüberzogen, auf getrennten Wegen, ohne sich je zu begegnen. Nicht einmal die Luison im unteren Stock, die unter dem bemalten Gewölbe im Wohnzimmer weiter stumm die Lippen bewegt hat, den Kopf, nicht mehr größer als eine Orange, auf dem Kissen. Die Fantina hatte ihren Hocker wieder hervorgeholt und war, während sie neben dem Bett saß, stets bereit gewesen aufzustehen bei jedem Wunsch, der in den Augen vom Sacarlott auftauchte: trinken, gewaschen werden, beim Umdrehen Hilfe bekommen. Sonst nichts, niemals. Eine große Stille, die Tag für Tag anhielt, so wichtig geworden war, daß jedes Wort angst gemacht hätte, während ihre Gedanken gingen und gingen, wer weiß wohin, wer weiß wie. Erst am letzten Tag, als eine leichte Morgenröte über den Fußboden geglitten war, deren Widerschein kaltes, strahlendes Wetter angekündigt hatte, erst da hatte der Sacarlott geschrien.

Es war nur ein Schrei gewesen, wild, durchdringend, der in den Zimmern widergehallt und die Scheiben zum Erzittern gebracht hatte. Die Spatzen waren von den Zweigen aufgeflogen, und das Eis auf dem Fensterbrett war gesprungen. Die Fantina, die Augen noch halb geschlossen in jenem Licht der Morgendämmerung, hatte sich mit der Hand auf dem Herzen zusammengekrümmt: Der Sacarlott saß aufrecht im Bett, die Haare standen ihm auf dem wachsweißen Schädel zu Berge: »Die Kosaken!« schrie er. »Die Kosaken!« Und seine nunmehr blinden Pupillen sahen sie schreckensgeweitet zwischen den regungslosen Vorhängen in der Morgenröte reiten.

Drittes Kapitel

Gavriel und Luìs

Es regnete in Strömen an dem Tag, an dem Luìs plötzlich das Collegium verließ. Wenig fehlte ihm zum Abschluß, und sein Fleiß beim Lernen hatte ihm mehr als eine »ehrenvolle Erwähnung« eingetragen. Einmal während eines kurzen Sommeraufenthaltes hatte der Sacarlott ihn nach Casale mitgenommen, um ihm eine Brille zu kaufen, so sehr hatte er sich die Augen verdorben, weil er zuviel über den Büchern saß. Eine Brille, die nun auf der langen schmalen Nase balancierte und ihm in der fahlen Winterdämmerung das Aussehen eines jungen, soeben einem Schiffbruch entgangenen Waldenserpriesters verlieh. Das Wasser rann ihm aus den Haaren, tropfte von seinen Hosen herunter und breitete sich in einer Lache rund um seine langen Füße aus, während die Familie sich ihm durch die vom Dunst seines Körpers beschlagene Brille wie eine formlose, durcheinanderrufende Masse darstellte.

Es war ja nun keiner mehr da, der ihn für seine plötzliche Fahnenflucht schelten konnte, und nur der Luison gelang ein schwacher Vorwurf wegen der Lache auf dem Fußboden, die immer noch größer wurde. Luìs schüttelte sich, wie es die Hunde tun, so daß die am nächsten Stehenden naß wurden, dann wandte er sich zu Gavriel, der ihn stumm betrachtete: Lange waren sie sich nicht mehr begegnet, beim letzten Mal hatte Luìs noch Hosen bis zum Knie getragen. Und während alle weiter Fragen stellten und seine klatschnassen Kleider befühlten, suchte er den Blick des Bruders. Er suchte seine Zustimmung und maß zugleich seine Kraft.

Gavriel ließ die Augen von Luìs ohne Antwort bleiben. Standfest, gedrungen auf den kräftigen Beinen, körperlich ganz Sohn des Sacarlott, aber so anders als der Vater im Geiste und im Herzen, verzog er auch dann keine Miene, als Luìs an ihm vorbeiging und ihn mit der großen Tasche voller Bücher anstieß. Beim Abendessen, während noch niemandem klar war, ob man eine Rückkehr feiern oder ein Davonlaufen bestrafen sollte, beschäftigte sich Gavriel nur mit dem Essen, ohne den Blick je mehr als eine Sekunde auf dem Bruder ruhen zu lassen. Und Luìs seinerseits war zu hungrig, um die Nachforschungen weiterzuführen.

Doch die Fäden, die vom selben Zimmer ausgingen, von den gleichen Liedern der Gonda, von den gleichen Gerüchen und den gleichen Geräuschen, dem gleichen Geschmack der Speisen, dem gleichen kindlichen Zittern vor der Stimme des Sacarlott, hatten sich unsichtbar weiter entrollt, unbemerkt und unbeachtet auch von denen, die sie früher fest in den Händen gehalten hatten. Vielleicht war es Luìs, der sich auf die Suche nach ihnen begab. Oder vielleicht war es doch Gavriel, der von der dunkleren Seite her ins Leben getreten, in jenem schicksalhaft gewählten Labyrinth schon weiter fortgeschritten war. Angezogen von seinem Gegenteil, bezaubert von dem sonnigen Bruder.

Unordentlich war Luìs, laut. Seine Stiefel hinterließen Spuren in jedem Zimmer, auf der Treppe, in der Küche, seinen Stimmbändern waren leise Töne unbekannt, und auch wenn er glaubte zu flüstern, hörte man ihn quer durchs ganze Haus. Unaufhörlich ging er hinaus, kam herein, und in den seltenen Augenblicken, in denen er saß, wackelte er mit dem Stuhl. Sein sanfter schmaler Mund aß, lachte, sprach, und wenn er stumm blieb, drückten die graublauen Augen weiter Aufmerksamkeit, Interesse, Begehren aus. Er kannte keine Untätigkeit, keine deprimierenden Pausen im Tag; und alle fragten sich, was bloß im Collegium geschehen sei, daß aus dem ruhigen, stillen Kind, das immer mit der Nase über den Büchern saß, dieser hoch aufgeschossene Junge ausgeschlüpft war, der begierig den ersten Windhauch, den ersten anderen Ton wahrnahm. Der die Gramissa unversehens um die Taille faßte und ihr ins Ohr blies, die Gramissa lief durch eine Tür nach der anderen davon und kreischte dabei vor Furcht und Erregung.

»Schön ist er ja nicht gerade«, hatten sie am ersten Sonntag gesagt, an dem sie ihn in der Kirche gesehen hatten. Doch sowie er mit seinen langen Füßen, dem Kopf mit den abstehenden Haaren in die Kirche gekommen war, hatten die Mädchen nichts anderes mehr getan, als ihre Kleider zurechtzuzupfen und die Augen zu verdrehen, um ihn anzuschauen. Auch er hatte sie angeschaut, allesamt, und es war sofort klar, daß ihm nur die wenigsten nicht gefielen. Und wenn er bei seiner Kleidung keine Vorlieben hatte und mit der gleichen Selbstverständlichkeit einen umgeänderten Anzug vom Sacarlott trug oder eine Jacke, die bei Regen ihre Farbe änderte, so widmete er den Hüten große Aufmerksamkeit. Er wählte gern phantasievolle Hüte, wechselte gern ab und stülpte sie auf seinen braunen Lockenschopf, stets bereit, sie bei der ersten Begegnung zu ziehen. Mit Schwung und einem Lächeln, das die Schüchternheit und das Begehren hinter der Ironie verbarg. Den Trieb hinter der Raschheit, mit der er den Hut wieder aufsetzte.

Nach all den Jahren, die Luís im Collegium verbracht hatte, erwartete die Maria, daß der Sohn das Rechnungsbuch in seine Obhut nähme. Luìs dagegen erklärte sofort: Buchführung, nie. Sonst sei ihm alles recht, daß sie ihn zum Überwachen des Weinbergs oder der Aussaat schickten, zum Kühemelken oder zum Aushandeln des Haferpreises. Wenn er nur draußen herumlaufen und Luft und Erde, den Wandel der Jahreszeiten um sich spüren könne. Er mochte sogar den Nebel oder den Matsch, der sich schwer an die Stiefel hängt. Er hatte auch keinerlei Schwierigkeiten, zur Signora Bocca zu gehen und in dem grünen Salon zu sitzen, wo Gavriels Ängste und Träume jeden Gegenstand gezeichnet hatten.

Die Signora Bocca hatte schon viel von ihm reden hören durch die Mädchen, die bei ihr in Dienst standen, und auf dem Sofa sitzend, versuchte sie, den Vorhang beiseite zu schieben, um diesen spindeldürren jungen Burschen besser zu sehen, der mit den Fingern auf seine Knie trommelte, während er von Hafer sprach. Aber ihre Augen waren schlecht geworden, und das Alter hatte sie schließlich doch eingeholt. Sie war aus den Fugen geraten, schwerhörig, grau; und sie, die Gavriels wegen den Schlaf verloren hatte, konnte an Luìs nichts finden, was sie aus ihrer Teilnahmslosigkeit aufgerüttelt hätte. Das Blitzen seiner Augen nahm sie nicht wahr, oder falls sie es wahrnahm, war es wie ein fernes Echo, auf einer ungreifbaren Höhe. Die Krätze war längst vergangen, aber sie spürte ständig irgendwo ein Jucken und kratzte sich mit einem Stäbchen, an dessen Ende ein Elfenbeinhändchen befestigt war; und sie hatte Luìs gebeten, ihr zu helfen. Luìs hatte eifrig zugelangt, das Halbdunkel des Raumes machte ihn befangen, und aus den Seidenkleidern der Signora Bocca stieg ein klebriger, beißender Geruch nach Alter auf, während sie kleine Schreckensschreie ausstieß. Nichts weiter; Luìs hatte rasch die Hand zurückgezogen. Als er gegangen war, hatte die Signora Bocca ihn mit Erleichterung zwischen den beiden großen Magnolien rechts und links vom Gartentor hindurchgehen sehen.

Die Sonne stand schon tief, aus der Küche drang der Geruch nach Geschmortem. Die Elisabetta war seit Jahren nicht mehr dagewesen, und sie verspürte inzwischen überhaupt keinen Wunsch, mit dem Propst oder anderen Leuten zu speisen. Sie nahm ihre Mahlzeiten allein zu sich; und die Gonda, deren Enkelin bei ihr in Dienst stand, sagte, sie esse auch am Freitag Fleisch.

Als erstes schickte die Maria dann die Gramissa fort, die nicht mehr abgezehrt war wie früher, sondern die Kleider nun prall ausfüllte und stets unter Hitze litt. Sie machte die Knöpfe auf, krempelte die Ärmel hoch und fächelte sich unter den Röcken Luft zu. An ihrer Stelle nahm sie die Marlatteira, die unter ihrem Gewand den Schleier der Heiligen Jungfrau trug und wegen ihrer zwei Herzen außer Atem kam, wenn sie die Treppe hinaufstieg. Zwei ganz kleine Herzen, die keinen Platz gefunden hatten, um sich zu entwickeln in dem Brustkorb mit der seltsamen Vogelform, dessen Brustbein unter dem Stoff des Kleides weit hervorstand.

Die Gramissa war es wohl zufrieden, wegzugehen, sie stieg nämlich auf und trat beim Bader in Dienst, wo sie im Mörser die Pulver zerstieß; und wenn sie Luìs begegnete, war sie nicht mehr die Magd des Hauses und konnte ihm ohne Scham antworten. Luìs dagegen drehte sich am ersten Morgen, als er in die Küche herunterkam und die Marlatteira sah, wie sie ins Feuer blies, auf dem Absatz herum und ließ das Frühstück ausfallen. Doch am nächsten Tag hatte er sich schon mit ihr abgefunden, und da er ein fröhliches Gemüt hatte, begann er auch mit ihr zu scherzen, und die Marlatteira errötete vor Vergnügen. Sie setzte sich ihm gegenüber, während er Polenta mit Milch aß, und erzählte ihm ihren Traum.

Es war dies die Jahreszeit der tückischen Säuglingskrankheiten, und durch die beschlagenen Scheiben der Küche drang der Klang der Kindertotenglocke herein, ein Freudenklang, weil ein Engel ins Paradies gekommen war. Die Marlatteira erzählte in ausgeprägtem Dialekt, dem des oberen Monferrato, wo sie geboren war, und im Eifer der Erzählung blitzten ihre tief in den dunklen Augenhöhlen liegenden Augen so, als wäre sie zwanzig Jahre alt, und ihr langes Gesicht bekam eine tier-, eine pferdeähnliche Schönheit. Auf diesem Gesicht malte sich Leben und Tod, Heiterkeit und Schmerz, Verzweiflung, Glück, alles nacheinander, und vor Staunen fielen Polentastücke in die Milch, glitten von Luìs' Lippen, ohne daß er es merkte.

Denn die Träume der Marlatteira übertrafen jede Vorstellungskraft, und statt wirrer, unzusammenhängender Stücke waren es echte Geschichten mit einem Anfang und einem Ende. Sie erinnerte sich an jede Einzelheit, jeden Geruch, vom Schwefelgestank bis zum Duft des eben aus dem Ofen gekommenen Brotes. Es waren Ritter mit blutigem Mantel, die sie mitnahmen, um die Seelen im Fegefeuer kennenzulernen; und während sie sie auf den Armen hochhoben, versengten die Flammen ihre Haarspitzen. Sie konnte von Umarmungen träumen, die sie »windig« nannte und deren überwältigende Erregung sie aus Scham oder Unkenntnis verschwieg, während sie durch die Nase schnaufte, um die Stärke des Windes vorzumachen; dann atmete sie langsam ihr Zerfließen im Duft von Tuberosen und Lilien ein. Andere Male beleckte sie ein Teufel mit einer Feuerzunge und nahm ihr die Nase, aber dann kam die Selige Kunigunde, die den Teig für die Osterkuchen knetete, und machte ihr eine neue Nase mit Goldüberzug.

Und jedesmal kam das glückliche Ende unvermutet, wenn es schon aussah, als gebe es keine Hoffnung mehr, und sie untröstlich den Kopf schüttelte. Dann sah sie Luìs fest an und schwieg, fast als erwarte sie eine Klage von ihm bei soviel Tragödie. Danach kam strahlend, freudig das Ende des Traums, wenn sie ihre Gänge durch die Küche schon wieder aufgenommen hatte.

Und doch mogelte die Marlatteira nicht. Sie war überzeugt davon, daß die Madonna sie bestrafen würde, wenn sie auch nur einmal gelogen hätte: keine Träume mehr, nur noch dunkle, leere Nächte beim Rascheln der Mäuse. Die Marlatteira war Jungfrau, und wer sie im bloßen Hemd gesehen hatte, versicherte, daß sie flach sei wie ein kleines Mädchen, und auch unter den Röcken war sie so, denn ihre Mutter hatte sie wegen eines Gelübdes als Vierjährige der Jungfrau von Crea geweiht. Aber dafür hatte die Madonna ihr die Träume gewährt. Und wenn die Marlatteira, was selten vorkam, eine Nacht wach lag, drehte sie sich am nächsten Morgen, wenn Luìs in die Küche herunterkam, am Herd nicht um, während sie die Katze ungnädig vom

Stuhl verjagte. Luìs stellte keine Fragen, aß die Polenta im Stehen, und obgleich das Feuer brannte, zitterte man vor Kälte, während die Verzweiflung aus den Kleidern der Marlatteira sprach, aus der Milch, die auf dem Herd überkochte, ohne daß sie daran gedacht hätte, sie wegzustellen. Da verrieten die Töne der Kindertotenglocke, die durch die Gitter hereinkamen, auf einmal all ihre Melancholie, schienen von ungeübten kleinen Händen hervorgebracht, die nur widerwillig und unter Schmerzen diese Welt losließen. Und Luìs lief eilig davon.

Er hatte sich in die Rosetta vom Fracin verliebt, die nur zu Weihnachten, zu Ostern und am Palmsonntag in die Kirche ging, um einen geweihten Palmwedel zu bekommen. Sie war die Tochter des anarchistischen Schmieds, das einzige Mädchen unter fünf Brüdern, und in einem großen Raum, zusammengezimmert aus Brettern, die sie während der Unruhen von 21 den Soldaten gestohlen hatten, züchtete sie mit ihnen Seidenraupen. Sie war rothaarig, aber ihr Teint war weiß ohne ein einziges Fleckchen, und als Luìs sich dem Haus unten an der kleinen Brücke näherte, tauchte sie im Glanz ihrer reinen Haut, an den Wangen nur eben rosa überhaucht, aus dem fauligen Gestank der Seidenraupen auf und fixierte ihn herausfordernd: Was wollte einer dieser scheinheiligen Söhne vom Sacarlott von ihr? Doch ab und zu mußte sie den Kopf wegdrehen, um nicht zu lachen und Luìs da stocksteif stehen zu sehen mit über den Knöcheln zusammengeschnürten Hosenbeinen und Jackenärmeln, die ihm kaum über den Ellbogen reichten, alten, seiner Größe schlecht angepaßten Kleidern vom Sacarlott.

Sie sprachen nicht miteinander, weil Luìs nicht wußte, was er sagen sollte, und wenig später ging sie wieder hinein. Luìs hörte sie singen. Ihre Altstimme war die Qual des Propstes, so wunderbar wäre sie gewesen beim *Sanctus* und beim *Hallelujah*. Die Rosetta vom Fracin dagegen sang alles andere, und Luìs fühlte seine Liebe über die Maßen wachsen, wie er dort auf der Brücke stand. Es war die Stimme eines Engels und zugleich ein irdischer Lockruf voller Geheimnis, denn den Text erfand sie aus dem Stegreif, und oft hatte er keinen Sinn.

Als der Sommer kam, tat Luìs, was bisher in der Familie keiner je gewagt hatte: tanzen gehen. Zur Zeit vom Sacarlott war das Wort »Tanz« ohne Bedeutung gewesen, es hatte zum Vokabular der Reichen und der Schwachsinnigen gehört, die als einzige, sagte der Sacarlott, nach einem Tag mühseliger Arbeit Lust haben konnten hinzugehen, um sich bei irgendwelchen prahlerischen Hanswurstsprüngen die Beine zu brechen; und sein Blick hatte jeden zu Eis erstarren lassen, der auch nur in mildester Weise, mit unbestimmtem, dem Kräuseln der Wellen gleich nur zu ahnendem Begehren, darauf angespielt hatte.

Luìs dagegen stöberte herum auf der Suche nach den alten Seidenhemden, die einst die Signora Bocca geschenkt hatte, und wählte das am wenigsten vergilbte. Er stülpte sich einen seiner kleinen Hüte von undefinierbarer Farbe auf den Kopf, und am letzten Junisonntag machte er sich in der glühenden Hitze des frühen Nachmittags auf den Weg zum Hof der Martini, die Mutter, die Tante und die Großtante voller Verzweiflung zurücklassend.

Der Hof der Martini war auf halber Höhe in den

Hügeln von Lu gelegen, und als Luìs ankam, hatte der Tanz schon begonnen, und die Rosetta vom Fracin war für alle Tänze vergeben. Wie sie ihn aber von weitem mit seinem auf den Locken nach hinten geschobenen Hütchen daherkommen sah, vergaß sie alle gegebenen Versprechen und stellte sich unter einen Quittenbaum, um unter den breiten, dunklen Blättern auf ihn zu warten. Und kaum war er in ihrer Nähe, schlang sie ihm die Arme um den Hals, als habe sie nur auf ihn gewartet mit dem Tanzen, und Luìs wurde blaß, die Hände zitterten ihm, während er sie um die Taille faßte und zu drehen begann.

Sie drehten sich und drehten sich, und je mehr Luìs sie an sich drückte, um so mehr ließ sie ihn gewähren, und es gab einen Augenblick, da wären sie beinahe auf dem Boden gelandet, so eng waren sie umschlungen. Wer Luìs das Tanzen beigebracht hatte, wußte man nicht, vielleicht hatte er es allein gelernt, oder es war der große Wunsch, das Mädchen an sich zu drücken, der ihm soviel Schwung gab, gewiß bebten seine Arme, und er schluckte an seinem Speichel; und als er etwas zu ihr sagen wollte und sie das Gesicht zu seinem Mund hin wandte, erstarben ihm die Worte auf den Lippen. Doch kaum war die Musik zu Ende, kam einer der Brüder und holte sie von ihm weg.

Luìs tanzte mit der Gramissa, aber mit den anderen zu tanzen bedeutete ihm nun nichts mehr, und so drehte er mit allen eine Runde, auch mit den Ältesten, den Verheirateten wie den alten Jungfern. Die Söhne vom Fracin hatten die Schwester auf eine lahmende Stute geladen, um sie nach Hause zu bringen, und von dort oben sah sie Luìs zu, und man begriff an ihren großen, goldglänzenden Augen, daß es nicht mehr wie vorher sein würde, wenn er wieder zum Haus unten an der kleinen Brücke käme. Es lag in jenem Blick zugleich mit der Traurigkeit darüber, daß man sie aus seinen Armen riß, auch das Frohlocken über jenen Tanz, der nicht seinesgleichen hatte. Einzigartig, unvergeßlich, Luìs.

Ihre Liebe war fröhlich und voller Überraschungen. Eine Liebe, die von allen bekämpft wurde, vom alten Fracin, der in seiner Jugend mit dem Sacarlott befreundet gewesen war, als er noch Pidrèn hieß, und ihn dann nicht mehr gegrüßt hatte wegen Napoleon, der Kaiser geworden war. Von Rosettas Brüdern, denen dieser hoch aufgeschossene und leichtsinnige Bursche, der ununterbrochen grüßend nach rechts und links winkte, keinerlei Vertrauen einflößte. Von der Maria, die die Tochter eines Schmiedes viele, viele Stufen unter ihnen sah und nicht glaubte, daß die Seidenraupenzucht je genug einbringen würde, um dieses Ungleichgewicht wettzumachen. Und außerdem ist sie eine Ungläubige, sagte die Luison; und dies nahm der Tochter vom Fracin jede noch verbliebene Möglichkeit. Sogar die Gonda und die Marlatteira schüttelten den Kopf wegen der roten Haare.

Nur Gavriel gefiel diese Liebe, weil sie ihm nicht gewalttätig vorkam, ohne Tränen und ohne Vorwürfe, ohne Angst; und wenn er zusammen mit dem Bruder über die Felder ging und ihn von dem Mädchen reden hörte, schien es ihm, als zeichnete die lange Nase, Mittelpunkt seines Mienenspiels, eine Geschichte nach, in der das Glück möglich war, in Reichweite. Es kam von selbst, gleich einem Naturereignis, wie Regen und Wind.

So war es für Luìs, seine Liebe brauchte keine Zukunft und auch keine Pläne. Er begleitete die Rosetta vom Fracin, wenn sie Maulbeerblätter sammelte, die die Seidenraupen dick machten, er ging mit ihr Gras für die Kaninchen schneiden, und sie vergaßen die Blätter, vergaßen das Gras, so weit und unerforscht war das Land, in das sie sich hineinwagten, und so heftig der Wunsch, es gemeinsam kennenzulernen.

Ohne je die Tragödie zu spüren, die dahinter verborgen sein konnte: in den vergessenen Blättern, in dem welk am Wiesenrand liegengebliebenen Gras. Sie fürchteten weder die Brüder von der Rosetta noch die Gewitter, ja nicht einmal die Toten, denen man in der Dämmerung an Friedhöfen begegnet. Ein grenzenloses Selbstvertrauen ließ alles, was sie nicht anging, an einem verschwommenen Horizont verflachen, zerstreute im Nu alles, was sie beunruhigen oder ihre Liebe durchkreuzen konnte. Doch dies sollte eines Tages auch ihre Geschichte töten, die zeitliche Dauer beschränken und dann jede Spur tilgen, fast als könnten sie, wenn sie sich zurückwandten, nichts mehr erkennen, nur undeutliche Formen, von denen ein paar bedeutungslose Einzelheiten lebendig blieben: das Plätschern eines Mühlbachs, das Steigen eines Drachens. Oder die Reime der Hymne zu Ehren Ferdinands von Österreich, der in jenem Jahr in Mailand gekrönt worden war.

Denn die einzige Tochter, das einzige Mädchen des anarchistischen Schmieds hat eine Schwäche für Könige und Kaiser. *»Gegrüßet seist du, Österreichs auserwählter Sohn, Kaiser Ferdinand …«* deklamiert sie mit ausgebreiteten Armen. Schwierige Worte für sie, die an den Dialekt gewöhnt ist, und die Augen leuchten, als sähe man schon zwischen den Hermelinen und den Kutschen die Doppeladler der Habsburger glitzern. Luìs lacht, sie aber fährt unbeirrt fort, eigensinnig, entschlossen, diese

Dinge kennenzulernen und zu sehen; Luìs wird sie nicht aufhalten, keiner wird sie aufhalten, und jetzt will sie nicht, daß er sie unterbricht, sie haucht ihm die Worte in den Mund, beißt in die Hand, die den Redefluß zum Stillstand bringen möchte. Ein Mühlbach plätschert zwischen zwei baumbestandenen Ufern, sie beugt sich hinunter, um zu trinken, erschöpft, und Luìs ergreift ihre nassen Finger, saugt daran zwischen den Lippen, bis er spürt, wie sie willig und warm werden, die Stille erfüllt die Lungen, und nur das Geräusch des Wassers zwischen dem Ufergras gleicht dem Schauer, der die beiden überläuft. Einmal verlor sie einen Holzschuh, und sie mußten ihn suchen, als es schon dunkel war, im Grase tastend.

Wer weiß, ob sie sich je im vollen Sinn des Wortes liebten, sich liebten auf die Weise, nach der man ermattet und befriedigt zurückbleibt. Die Rosetta vom Fracin hatte ein großes Bedürfnis zu träumen und zu warten. So viele Korsetts, so viele Röcke. Gewiß mußten sie sehr nahe daran gewesen sein. Später, als Luìs sich am Knie verletzte und monatelang bewegungslos dasitzen mußte, dachte er lange an jene Augenblicke, in denen alles möglich gewesen war. Er dachte daran, wie es geschehen wäre, und was aus ihnen geworden wäre, danach. Er dachte vor allem an ihre unerhörte, unerschrockene Fröhlichkeit. Er stellte sie sich melancholisch vor, mit Verlassenheit im braungoldenen Blick.

Später, als es schon zu spät war. Als er beim ersten Frost auf den schlüpfrig gewordenen Backsteinen des Weges ausrutschte und das Knie, belastet mit dem ganzen Körpergewicht, auf den Boden aufschlug und sich im Innern ein Wassersack bildete und sich monatelang immer mehr von diesem Wasser nachbildete, je mehr man es beseitigte. An einen Stuhl festgenagelt, spähte er durch die Fensterscheiben, ob wohl die einzige Tochter vom Fracin daherkäme. Er blickte forschend zwischen die letzten, noch nicht abgefallenen Blätter der Apfelbäume, zwischen die vertrockneten Stiele der Astern, die in jenem Jahr zum erstenmal gepflanzt worden waren. Ein Zeichen, eine Botschaft. Und wenn die Sonne morgens den Nebel zerteilte und blaue Fetzen Himmel zum Vorschein kamen, sagte er sich: Heute wird sie kommen. Sie kam nur einmal und blieb unter der Pergola stehen, wo sie mit der Fantina sprach, keiner sagte zu ihr, daß sie hereinkommen solle, und Luìs klopfte vergeblich mit den Fingern an die vom Eis versiegelten Scheiben. Sie hob keinmal den Kopf, wandte nicht eine Sekunde lang die Augen nach oben, um über das Gewirr aus nackten Ästen der Pergola hinauszublicken. Er sah ihre roten Haare, die unter der wollenen Haube hervorschauten, ihre geschwollenen, von der Arbeit mit den Seidenraupen verdorbenen Hände. Und als er sie auf dem Weg davongehen sah, schlug er die Scheibe ein. Aber sie war schon weit und hörte ihn nicht rufen.

An einem Nachmittag, bevor Luìs ausrutschte und mit dem Knie aufschlug, waren sie auf den Kranichhügel gegangen und hatten einen Drachen steigen lassen. Die Bauern auf den Feldern waren stehengeblieben, um diesen seltsamen Vogel zu betrachten, an dem der Wind rüttelte und der immer an derselben Stelle blieb. Ein Vogel, der am wolkengrauen Himmel rauschte, während darüber in dreieckiger Formation die Wildgänse vorbeizogen. Auf die Flügel jenes Vogels war der Name der Tochter vom Fracin geschrieben; aber das konnten die Bauern nicht sehen, so wie sie den Faden nicht sehen konnten, der ihn an die Erde band, während die Nacht hereinbrach und die Söhne des Schmieds die Glocke läuteten auf der Suche nach der Schwester. Wenn sie ihn fänden, diesen Luìs, würden sie ihm die Knochen brechen. Es war Herbst, und die Rosetta hatte ihre eisigen Finger in Luìs' Jacke gesteckt, der Papiervogel über ihren Köpfen wirbelte und knatterte, bis sie ihn schließlich vergaßen. Nachher war es zu spät, der Faden hatte sich in den Dornen verfangen, und sie waren gelaufen, bis sie ganz atemlos waren, denn der Mond stieg schon hinter den Hügeln herauf, und keiner würde dem alten Schmied je erklären können, wie wichtig es war, einen Drachen steigen zu lassen. Wer hätte es den Brüdern erklären sollen. Wie wunderbar.

Als sie in jenem Jahr zu Weihnachten beichten ging, kam die Rosetta vom Fracin überhaupt nicht mehr aus dem Beichtstuhl heraus, und zum Schluß blieb sie allein und sagte ihre Bußgebete her, während der Mesner schon die letzten Kerzen löschte und sie immer noch nicht fertig war. Und bei der Mitternachtsmesse erhob sich, als es Zeit war für das *Hallelujah,* ihre Stimme so hoch und rein, daß der Chor der Mädchen verstummte. Der Propst hielt mit über dem Kelch geöffneten Händen bewegungslos inne, und die Ministranten wandten erstaunt den Kopf. Aber die Stimme der Rosetta vom Fracin war in einem zu irdischen Sinne schön, und ihr *Hallelujah* feierte das Licht, die Wärme, das Essen der Weihnacht. Die Leute, die die Kirche füllten, waren arm, und sie hatten sie mit Schrecken angesehen.

Im Frühjahr brachte die Maria Luìs zu einem berühmten Arzt nach Vercelli. Die Reise war lang und beschwerlich, und als sie bei dem Arzt ankamen, war das Bein so geschwollen, daß man es nicht einmal punktieren konnte. Luìs hatte hohes Fieber, er war im Delirium. Der Arzt brachte ihm einen Schnitt über das ganze Knie bei und ließ ihn zweimal zur Ader, dann sagte er zur Maria, sie müsse den Sohn wach halten, bis das Knie ausgelaufen sei, nur so könne er sich retten. Die ganze Nacht sprach die Maria auf Luìs ein, sie weinte und erzählte ihm ihr Leben, Luìs blieb wach, indem er ihr zuhörte, und das Wasser tropfte aus dem Knie bis durch die Matratze und näßte den Fußboden. Morgens sah man durch die offene Wunde den Knochen.

Diese Reise nach Vercelli war entscheidend. Falls Luìs je die Möglichkeit gehabt hatte, wieder so laufen zu können wie früher, wurde sie ihm durch diese Kutschfahrt für immer genommen. Es bildete sich kein Wasser mehr, so abgenutzt war das Knie nun schon, aber sein eines Bein blieb kälter und dünner.

Es war April, als er wieder zu gehen versuchte, auf den noch vom letzten Schnee feuchten Feldern begann das Getreide zu sprießen, manche Kirschbäume, die geschützter standen als die anderen, blühten, und man roch den Duft nach Holunder. Auf Gavriel gestützt, ging Luìs bis zum Tor. Zurück versuchte er allein zu gehen, er dachte an die Rosetta vom Fracin und an den Kranichhügel, an die bevorstehenden Drachen. Der Hund wedelte neben ihm, und er zögerte einen Augenblick, erstarrte, schwankte und ging schließlich weiter. Gavriel, der ihm zusah, lächelte. Auch die Maria, die so selten lächelte, schien wieder die Maria von früher geworden zu sein.

Wer gedacht hatte, Luìs würde behindert bleiben, kannte ihn nicht genug. Trotz des Beins hielt er sich so gerade wie vorher, und als der Sommer kam, sah man ihn wieder beim Tanz mit seinem nach hinten geschobenen Hütchen auf den Locken und der Jacke, die bei Regen ihre Farbe änderte.

Aber die Rosetta vom Fracin ist nicht mehr da, es ist zwecklos, ihre leuchtenden Fuchshaare zu suchen. Das blaue Leinenkleid, das sie sich selbst genäht hat. Zwecklos, das Ohr nach ihrer Altstimme zu spitzen. Sie hat sich verlobt und wird nach der Weinlese heiraten in einem weißen Kleid, von dem schon alle sprechen. Ein Kleid, das ihr die Brüder geschenkt haben, den Stoff dafür haben sie in Casale ausgewählt. Denn die Rosetta ist ein braves Mädchen und muß belohnt werden, der Camurà hat sich in sie verliebt und will nicht einmal den Frühling abwarten, schon bereitet er das Haus vor, ein richtiges Haus mit einem Garten rundherum und einer Eiche vor dem Tor. Reich ist der Camurà, er hat das Geld auf den Märkten und Kirmessen gemacht, wo er schon als Junge angefangen hat, den Karren die Straßen hügelan zu ziehen.

Der einzige, der nicht zufrieden ist, ist der alte Schmied, und er hämmert weiter wie ein Wahnsinniger im Funkenregen, schwarz in seiner schwarzen Esse, mit langem, weißem Schnauzbart, der ihm an den Mundwinkeln herabhängt. Ihm gefällt der Camurà nicht, so wie ihm Luìs nicht gefiel, Luìs schien ihm nichts zu taugen, der Camurà dagegen hat Leim an den Fingern, und wo er hinlangt, bleibt etwas kleben. Er betrügt beim Stoffabmessen und bei allem übrigen, bestiehlt Reiche und Arme, den Staat, die Franzosen.

Aber Luìs ist ein lustiger Junge, die Jahre im Collegium haben eine Feder aufgezogen, die kein Ende hat. Einen Wunsch wachgerufen, zu nehmen und zu geben. In der Dämmerung spazierenzugehen, mit Wein die

Melancholie zu vertreiben. Jeder wird mit einer Vorzeichnung geboren, fast als trage er sie in die Handfläche eingegraben. Nutzloser Versuch, sie verändern zu wollen; und sein Schicksal empfindet Luìs nur in dem Augenblick als stark, in dem er es begünstigt. Die großen Pausen sind nichts für ihn, wenn man sich wartend im eigenen Bilde spiegelt; in seinen Gedanken, in den Eingeweiden und im Herzen kreist ein Blut, das rasch vernarben läßt. Jedesmal siegt das Leben; und die Mutter und die Fantina erleben verwundert, wie bald er aufgehört hat, an das Mädchen zu denken. Schon erwähnt er sie nicht mehr, schon hat er aufgehört, ihre Lieder vor sich hin zu pfeifen, pfeift andere, die er wer weiß wo gehört hat.

Er hat sich Agronomieabhandlungen gekauft und bleibt abends bis spät auf, um sie zu studieren. Er will, daß das Land wieder soviel abwirft wie zu Zeiten des Sacarlott, so wie der Sacarlott das Land gewollt hatte, das einmal dem Gran Masten gehörte, und dann noch mehr. Er hat einen Tisch und einen Stuhl in eines der Zimmer gestellt, wo der Hanf aufbewahrt wird. Den Hanf, hat er gesagt, kann man auf dem Speicher unterbringen, und hier wird sein Arbeitszimmer sein. Den Bücherschrank hat er sich bei der Cavaliera erstanden, die Stück für Stück die im Schloß von Braida noch übriggebliebenen Möbel verkauft, und viele Abende verbringt er im Haus, mit dem Sommermond, der an die Scheiben klopft. Und wenn er mit Gavriel durch die Felder geht, erklärt er mit ausholenden Armbewegungen, was er machen will, begeistert sich, dort will er Akazien pflanzen und dort noch Klee aussäen, im nächsten Jahr Flachs, seine langen Beine springen über Gräben, wo er im Jahr zuvor die Rosetta vom Fracin eng umschlungen hielt, Gavriel hört ihm zu, froh, daß er, Luìs, so ist.

Und oft lachen sie zusammen, über Luìs, der so unbesonnen, impulsiv ist. Sie lachen über Gavriel, der stets den »Nein« des Lebens den Vorzug gibt. *Monsieur Catastrophe* nennt ihn Luìs.

Ohne diese Fähigkeit zu lachen, wäre ihr Leben miteinander vielleicht unmöglich, die Zuneigung würde es nicht retten. Die wirkliche Verbindung, die tiefe, die über die Maria und den Sacarlott hinausgeht, die spüren sie in dieser geheimnisvollen Möglichkeit, denselben Dingen gegenüber respektlos zu sein. Im selben Augenblick, mit einer den anderen unbekannten Gleichzeitigkeit, die zuweilen sie selbst verblüfft. Und abends wartet der, der zuerst heimkommt, auf die Rückkehr des anderen, horcht aufmerksam auf das Quietschen der Eingangstür, auf das bekannte Geräusch der Schritte, nur um wieder diese leichte, zwischen ihnen so vertraute Luft atmen zu können.

Lange Zeit Gegenstand ihrer Scherze war in jenem Sommer die Bastianina. Groß, gebaut wie der Sacarlott, schien die Bastianina zur Äbtissin geboren zu sein. Und als Äbtissin fühlte sie sich, auch wenn sie bloß Novizin war und die Nonnen sie dauernd in die Familie zurückschickten, um »die Berufung auf die Probe zu stellen«.

Sowie das Wägelchen mit der jungen Novizin schwankend in die Allee einbog, wurde jeder von der plötzlichen Notwendigkeit einer Arbeit überfallen, die zu tun war, und nur die Gonda blieb auf ihrem Stuhl in der Sonne sitzen, während die Stimme der Bastianina sich erhob, um laut alle zusammenzurufen zum Abladen ihrer zahlreichen und sperrigen Gepäckstücke. Und das Gesicht, vom Schleier umrahmt, vielleicht anmutig, blickte feierlich in die Runde gleich dem eines Thronerben.

Die Bastianina zuckt nicht mit der Wimper bei der Ankündigung eines Hagelsturms oder eines Blitzes, der eine Strohmiete in Brand setzt. Auch ein Kaninchen abschlachten zu sehen verursacht ihr nicht den mindesten Schauder; doch kaum hört sie den Klang einer Orgel oder atmet Weihrauchgeruch ein, schlägt sie mit einer Anwandlung von Stolz den Schleier zurück und entblößt ihre leuchtend runden Mädchenbacken. Nicht die *Messa Prima*, das milchige Farbenspiel der Morgenröte und die kalte Kirche liebt sie, sondern sie ist für die *Messa Granda* im Gepränge der Glocken, die glänzenden Meßgewänder und die rotgekleideten Ministranten. Das Erzittern der Orgelpfeifen.

Sie gibt Befehle, überwacht, organisiert, aus ihren vollen Lippen, die sie ununterbrochen mit Speichel benetzt, kommt eine dünne, rauhe Stimme, bei der das reinste Italienisch wie eine jener metallischen Saiten von Spielzeuggitarren klingt. Keiner versteht, und doch wird er gezwungen zu verstehen. Die unbeugsamen, stechenden Augen von einem mit kleinen Pünktchen durchsetzten Grau bringen die Gehirne in Gang und zwingen sie, das unmöglich Scheinende zu entschlüsseln. So wird ihr gehorcht. Nicht selten waren die Irrtümer überwältigend.

Keiner weiß, ob sie, wenigstens ein Mal, die Ironie der Brüder begriff. Keiner bemerkt je ein Anzeichen, nicht einmal eine Verfinsterung des Blicks, wenn sie sie einen Satz immer und immer wieder sagen ließen. Sie ertrug ihre Scherze und ihre gespielte Beschränktheit, ohne sie eines Augenblicks der Aufmerksamkeit zu würdigen. *Brüderlein, Ferkelschwein* pflegte sie zu sagen; und abends hörten sie sie mit Fistelstimme das *Officio* beten. Die Töne schlüpften arrogant aus ihrem Zimmer, unerbittlich in ihrer Monotonie: Sie erinnerten daran, daß man Buße tun muß für die Sünden, daß die Strafe Gottes bereit ist, den Ungerechten zu treffen, und dort, wo seine Gerechtigkeit waltet, Heulen und Zähneklappern sein wird. Je mehr sie sich dem Schluß näherte, um so fieberhafter und durchdringender klang ihre Stimme. Bis sie im Dunkel der hereinbrechenden Nacht beinahe zum Heulen eines Tieres wurde.

Sie war reich, keiner in der Familie verfügte über Geld wie sie. Alles, was die Fantina verdient hatte und verdiente, war für ihre Mitgift bestimmt, für ihre Aussteuer, für die Kleider der Novizin, die eines Tages gewiß Äbtissin sein würde. Und anstatt der Mutter im Haus zu helfen, saß sie malend im Wohnzimmer vor einer gewaltigen Staffelei, deren Aufbau schon allein einen halben Tag erforderte und mehrere Arme, die die Balken hochhoben und herunterließen, sie in die richtige Stellung zur Sonne drehten, während die Holzschuhe der Knechte vorsichtig auf dem wachsglänzenden Fußboden dröhnten.

Sie malte mit Vorliebe Wasservögel, Kraniche, Gänse, Reiher, die auf einem Bein im Wasser standen. Von den Illustrationen eines Buches, das Gioacchino gehört hatte, kopierte sie gern die tropische Fauna, und vor die großen Blätter der Bananenstauden und das Gewirr der Lianen stellte sie dann ihre Schwäne im Profil, mit schwarzumrandeten Augen. Waren sie beendet, wurden die Bilder in große Stücke weißer Leinwand gehüllt, und keiner durfte sie anrühren, sie warteten nur noch darauf, mit ihr zu reisen, um sich dann über die verschiedenen Klöster des Reiches zu verstreuen. Das eine oder andere würde vielleicht auf einem Schiff mit geschwellten Segeln zu den Inseln gelangen, und eines, das schönste, mit einem Schwan in natürlicher Größe darauf, würde vielleicht sogar bis Rom kommen, in die Nähe des Papstes.

Selten hatten die Brüder zum Wohnzimmer Zugang, ihr Schatten störte auf der Leinwand, ihre Stimmen trübten die heitere Gelassenheit des Geistes. Zuweilen tauchten sie jenseits des Fensters zwischen den Birnbäumen und den Apfelbäumen im Garten auf, und Luìs nahm den Hut ab, Gavriel neigte ehrerbietig den Kopf vor der jungen Novizin, die an ihrer Staffelei saß. Die Bastianina, mit einer weiten Schürze, die ihre Tracht bedeckte, die Farbenpalette auf den Daumen gesteckt, schaute sie an, ohne sie zu sehen; den Mund zu einer rosigen Kirsche gespitzt, bat sie um Schweigen. Zuweilen saß, in erstaunte Betrachtung versunken, die Fantina neben ihr. Sie, die legendär gewordene Meßgewänder bestickt und die glänzendsten Seidenfäden so wissend zusammengefügt hatte, ließ sich Seufzer der Bewunderung entschlüpfen beim Anblick dieser Bilder, die mit breiten Farbschichten gemalt waren, mit kräftigen Tönen ohne Nuancierung, mit wenigen Schatten.

An einen so heißen Sommer kann sich die Bastianina nicht erinnern, und regungslos wartet sie auf einen Hauch von Kühle, einen Windschauer auf Gesicht und Hals. Sie gähnt, und vor übergroßer Schläfrigkeit kann sie nicht einmal mehr den Pinsel in der Hand halten. Also steht sie auf und bittet die Fantina, sie zu der Schwefelquelle zu begleiten, die Leiden der inneren Organe heilt und Hitzewellen. Und wenn sie einmal angekommen ist, zieht sie Schuhe und Strümpfe aus, schürzt den Rock, steigt hinein in die baumumstandene Vertiefung mit dem durchsichtigen Wasser und ruft von dort: »Komm, Tante«, sagt sie zu ihr, »komm auch du!«

Die Fantina schüttelt den Kopf, sie hat sich am Rand in den Schatten einer Akazie gesetzt und erzählt, daß einmal, als sie noch ein Mädchen war, eine Wasserschlange ihre Fesseln gepackt, sich darumgewunden und mit dem Schwanz gegen die Beine geschlagen habe, daß die Maria sie mit den Händen hätte wegreißen müssen, und danach wären sie weggelaufen und hätten die Kleider vergessen. Seither haben sie nicht mehr gebadet, und sie hat auch jetzt Angst, sogar Angst, dieses Wasser zu trinken, wo es aus der Quelle kommt.

Die Bastianina zuckt die Achseln, im Schatten der Akazie ist das Gesicht der Fantina breit und mit Flecken übersät, manche rühren von den Blättern her, aber andere sind in ihrer Haut, und es erscheint ihr unmöglich, daß die Fantina einmal jung war, einmal Beine hatte, die so weiß und stark waren wie ihre, silbrig vom Fließen des Wassers, das nach und nach in der Erde versinkt. Sie betrachtet sie, wie sie da mit dem geflickten Kleid und dem vom Trinken aufgedunsenen Hals im Gras sitzt, und ein Verdruß, dessen Grund sie nicht nennen könnte, erregt sie. Geizig ist die Fantina geworden, für sich selbst würde sie nicht einmal einen Knopf kaufen, sogar das Kleingeld muß dazu beitragen, sie reich zu machen, reicher als alle anderen Novizinnen. Einen Augenblick lang schließt sie die Augen: Sie möchte vergessen, sie weiß selbst nicht was. Vergessen. Sie tropft sich Wasser in den Busen, und in der Stille, nun, da die Fantina einnickt, denkt sie an die Rosetta vom Fracin, die bald heiraten wird, an Luìs, wenn er mit zerknitterter Jacke heimkam. Einmal hatte er sie verloren, diese Jacke, man wußte nicht wo, und dann hatte der Gerumin sie wiedergefunden, und der Gerumin lachte... »Genug«, sagt sie mit rauher Stimme, »ich will zurück nach Haus.« Sie weckt die Fantina, ist ruppig, zieht sich die Schuhe wieder an und murrt, weil sie jetzt in der Sonne gehen müssen, ihre Tracht ist sehr mitgenommen.

Die Fantina hat sich fügsam erhoben, und sie machen sich an den verdorrten Brombeersträuchern entlang auf den Weg. Oben auf den Wagen thronen die Bauersfrauen mit großen, zerlöcherten Hüten, die Ochsen hinken und verjagen mit dem Schwanz die Fliegen, die Kinder haben Wundrosenmale an Händen und Gesicht. Zum Schutz vor der Sonne hat die Fantina einen Schirm aufgespannt: »Komm hier drunter«, sagt sie zur Bastianina, doch die geht halsstarrig voraus. Die Bauern nehmen den Hut ab, die Kinder sehen sie furchtsam an. Sie nennen sie schon die *Munja*, was die Nonne bedeutet. Die Fantina erwidert den Gruß mit einem leichten Neigen des Kopfes im schwarzen Schatten des Schirms, sie antwortet für sich und die Bastianina, die unerschütterlich mit ihren langen Schritten Staub aufwirbelt. So durchqueren sie das Dorf, und die Haare der Bastianina kleben ihr schweißnaß am Kopf unter dem Schleier, jucken sie, doch sie verzieht nicht einen Muskel im Gesicht, hebt keine Hand, um sich zu kratzen. Auf dem Platz steigt der Bürgermeister gerade in die Kutsche der Signora Bocca, um nach Casale zu fahren und den König Karl Albert zu empfangen, der auf der Durchreise im Gasthof Mogol ist. Die Signora Bocca späht neugierig durch die feinen gelben Vorhänge nach jener Novizin, die Gavriel in der Kraft des Körpers so ähnlich ist. Die Bastianina geht hocherhobenen Hauptes vorüber ohne einen einzigen Blick, die Beklemmung läßt sie kürzer atmen bei der Erinnerung an den Abend, an dem Gavriel unter dem Geschrei des Sacarlott von zu Hause weglief. Sie hat nie erfahren, was den Vater veranlaßt hat, so zu brüllen, welch finsteres Bewußtsein Gavriel in die Nacht hinausgedrängt hatte, aber sie erinnert sich an diesen vom Vater geschrienen Namen wie an etwas Unanständiges. Und blitzartig versteht sie, versteht, ohne zu verstehen, in der Qual jenes Tages. Weiter vorn bleibt sie stehen, die Fantina verneigt sich noch neben der Kutsche vor der Signora Bocca, beinahe so demütig wie vor dem Allerheiligsten. »Tante!« ruft die Bastianina. »Tante!« Sie hat jeden Anstand vergessen, und die Stimme schallt über den Platz, die Fantina schaut sie entsetzt unter dem Schirm hervor an, die Signora Bocca beugt sich zwischen den gelben Vorhängen aus der Kutsche. »Tante, gemma!« schreit sie. Nur der Dialekt kann ihre Verzweiflung ausdrücken, und die Röte macht sie blind, sie möchte weinen vor Scham, ist naßgeschwitzt bis zu den Schenkeln.

»Warum kommst du nicht mit zum Tanzen, wenigstens ein Mal«, sagt Luìs zu ihr, »du könntest es probieren, bevor es zu spät ist.«

»Ich, tanzen?« Die Bastianina legt sich die Hand auf die Brust, um das Herz festzuhalten.

»Ja, tanzen, tanzen ... würde es dir nicht gefallen, ein Mal?«

Ein Aufblitzen im Blick der Bastianina, die Erinnerung an den Geruch, wenn sie als Kind an der Hand ihrer Mutter an Kirmestagen über den Platz ging. An die Musik und den Staub. Eines Nachmittags war sie gebannt stehengeblieben vor all dem Drehen, und die Mutter konnte sie kaum losreißen. Sie sieht ihn an: Tanzen, eine Novizin, mit dem Schleier auf dem Kopf?

Als verstünde er die stumme Frage in diesem Blick, berührt Luìs sanft ihren Schleier. »Den nimmst du ab«, sagt er. Statt rot wird sie blaß: Wenn sie nun mit einer plötzlichen, unüberlegten Bewegung den Schleier von den Haaren zöge, könnte ihr Leben anders werden. Wer weiß wie, wer weiß wie sehr. Ihre Beine sind kräftig und gerade, scheinen wie geschaffen für den Tanz, die Leidenschaft, mit der sie malt, liegt ihr im Blut, es ist die gleiche, die schon der Sacarlott besaß. Der Gran Masten.

Luìs beharrt: »Ein Mal...« Als Kinder spielten sie zusammen, er war der Ritter, mit dem Umhang des Vaters, sie die heilige Genoveva, von wilden Tieren umzingelt, und immer kam er und rettete sie, kniete sich neben sie, liebkoste ihre auf dem Boden ausgebreiteten Haare.

»Nein, nein, was für ein Quatsch!« Das bißchen weibliche Anmut, das ihr noch geblieben ist, schwindet, als sie sich mit einem Ruck umdreht, sie wird nicht in die Falle gehen, sie wird nicht enden wie die Mutter, wie die Luison, sie wird nicht enden wie die Fantina.

Später an jenem Nachmittag wurde die Bastianina gesehen, wie sie mit ihren langen Schritten durch die Felder ging, mit dem weißen Kleid, das sich vom Dunkel der Hecken abhob, dem Schleier, den sie wieder und wieder nach hinten warf. Die Fantina, die ihr eine Scheibe Wassermelone ins Wohnzimmer bringen wollte, fand ein eben begonnenes Bild auf der Staffelei und den Stuhl leer. Sie wanderte lange dahin, ging fast unter in den Maispflanzen, die gelb zu werden begannen, schritt durch den in der Augusthitze verdorrten

Klee und den Roggen, der blaß am Rock raschelte, weit weg von den Tennen, wo die Bäuerinnen mit den Seidenraupen arbeiteten. Sie kam bis zur großen Straße nach Giarole. Von Braida aus, wo der Tanz stattfand, sah jemand sie in dem weißen Schleier und der Tracht und dachte, sie hätte sich verlaufen. Sie blieb im Schatten eines Maulbeerbaumes stehen, das viele Gehen mußte sie ermüdet haben, dick angezogen wie sie war, der Schweiß tränkte Röcke und Unterröcke, Korsett und Halsbinden mit seinem Geruch. Sie war noch nicht einmal zwanzig und lehnte sich mit dem Rücken an den Stamm des Maulbeerbaumes und betrachtete von dort aus lange die Tanzenden. Ihre fernen Stimmen drangen zu ihr herauf, ihr Lachen. Die Musik, die der Zanzìa auf seinem Instrument spielte.

Luìs erkannte sie von Braida aus, und plötzlich empfand er Gewissensbisse für all die Male, als er sie mit Gavriel gehänselt hatte. Ein tiefes Mitgefühl machte ihn einen Augenblick lang beinahe blind; er wollte nicht, daß sie dort stehe, er wollte, daß sie fortgehe, statt dessen nahm sich die Bastianina wegen der Hitze plötzlich den Schleier ab, und von weitem sah ihr Kopf dort drüben aus wie der einer Holzpuppe, so kurz waren die Haare geschnitten worden. Dann, eine Mazurka lang, vergaß Luìs sie. Als er wieder aufsah, war der ferne Schatten jenes Maulbeerbaumes schon nicht mehr vom Land zu unterscheiden, der Mond zog herauf und beschien die leere Straße nach Giarole.

Luìs tanzt immer noch, der Mond steht hoch über dem Turm von Braida, und das Hemd läßt den Schweiß auf seinem Körper erkalten. Der viele Wein, den er getrunken hat, ist ihm in die Beine gegangen, und ihm scheint, daß er zusammenklappen wird wie ein leerer

Sack, wenn er stehenbleibt. Die jüngste Tochter der Cavaliera, noch ein Kind, schaut ihn an, so blaß und leidend wie er ist, schaut ihn so lange an, daß Luìs sie irgendwann um die Taille faßt und sie auch einmal herumschwenkt. Sie ist die letzte von zehn Kindern, manche sind verheiratet, manche tot, manche dienen noch im Heer des Königs, um sie kümmert sich keiner, und sie ist herausgeschlüpft in dem Hemd, das sie auch im Bett anhat, die Fingernägel schwarz von Erde. Und jetzt bläht sich dieses Hemd, die Zöpfchen schlagen aufs Gesicht, sie würde gern schreien vor Verwunderung, aber die Freude ist so groß, daß es ihr den Atem verschlägt, und sie klammert sich an Luìs' Arm, die Füße treten ihn, und dabei dreht und dreht sie sich im Gestank der letzten Würste, die auf der Glut verkohlen. Es drehen sich die Bäume, der Mond, der Turm von Braida. Sie schaut Luìs von unten herauf an und sieht ihm den Schweiß von der Stirn tropfen, die bleich ist wie die eines Toten. Ich bin die Antonia, möchte sie zu ihm sagen, die jüngste Tochter der Cavaliera. Doch schon hat Luìs sie auf dem Boden abgesetzt und ist den Kopf unter das Wasser halten gegangen.

Braida ist ein Schloß, in dem die Truthähne und die Hühner ungestört durch die Räume streifen und die Gänse die Treppenstufen mit Kot beschmutzen. Stumme Gänse, damit sie die Cavaliera nicht stören, denn sie liegt stets leidend auf einem Kanapee nach all den Kindern und den Schicksalsschlägen, durch die ihr Möbel, Schmuck, ganze Güter genommen wurden. Die Antonia entwischt den Händen der alten Magd, die sie wieder ins Bett bringen möchte, und folgt Luìs mit ein paar Metern Abstand, sie folgt ihm noch, als er hin und her schwankend davongeht mit seinem quersitzenden

Hütchen und die Musiker murrend ihre Instrumente einsammeln, weil der Lohn gering war und der Wein schlecht, die Cavaliera, das wissen alle, ist geiziger als die Franzosen. Sie betrachtet Luìs am Ende der Straße, er ist wie ein schmaler Schatten unter dem Mond, bis einer der Spieler ihn auf den Wagen hinaufzieht; erst dann geht die Antonia hinein zu der Mutter, die mit einem essiggetränkten Läppchen auf der Stirn auf dem Kanapee eingeschlafen ist, wickelt sich zu ihren Füßen in eine Decke und legt ihr den Kopf in den Schoß. Die Cavaliera spürt es im Schlaf, und ihre Hand senkt sich liebkosend auf Antonias Haare. Langsam, als käme sie aus einer unauslotbaren, schmerzlichen Ferne.

Doch nun regnet und regnet es, die Bastianina ist ins Kloster zurückgekehrt, wo sie im nächsten Frühjahr das Ordensgelübde ablegen wird. Der ganze Staub jenes langen trockenen Sommers ist zu Schlamm geworden, und wenn man auf den Straßen umhergeht, bespritzt man sich bis zum Knie hinauf. Der Mais ist nichts geworden, und viele Trauben sind an den Reben hängengeblieben, und es gibt keinen Pflug, der es über die Felder schafft, die Ochsen sinken ein, und man muß sie mit Seilen herausziehen, weit hört man das Schreien der Männer unter der dunklen Wolkenglocke. Die Maria spielt Stunden um Stunden allein Karten und hebt ab und zu den Kopf, um Luìs anzusehen, der immer am Fenster steht und den Himmel beobachtet. Und wenn er hinausgeht, hinterlassen seine Stiefel bei der Rückkehr Schlammspuren im ganzen Haus, sogar auf den Betten, auf denen er sich ausstreckt, ohne sich auszuziehen.

Aber keiner wagt, ihm etwas zu sagen, keiner hat den

Mut nach all der Arbeit, dem Eifer, den bis spät in die Nacht gelesenen Büchern. Soviel Mühe, die nun in Wasserbächlein davonschwimmt, im Geruch von Fäulnis, der an den Kleidern hängenbleibt, in den Betten sitzt, in den Mauern, und den einfach kein Feuer trocknen kann.

»Luìs . . .«, die Maria sieht ihn an und tauscht dabei eine Karte aus, sie mogelt nun schon lange, aber ihr scheint, daß in der Dunkelheit des Tages nicht einmal mehr Falschspielen genügt, das Geräusch des Regens, der keinen Augenblick nachläßt, verfinstert den Geist: »Luìs . . .«

Luìs dreht sich um, aber kein Laut kommt über seine Lippen, der Blick, weit weg hinter der Brille, hat auch das letzte Fünkchen Lustigkeit verloren. Auch das letzte bißchen, das nicht verlöschen, hartnäckig an der Hoffnung festhalten wollte, und in dem langen hageren Gesicht haben wieder die Jahre im Collegium, tote, graue Jahre, Einzug gehalten.

Als die Sturmglocke läutete, war es noch Tag, aber die Nacht schien schon hereingebrochen zu sein, so finster war der Tag, ohne Anfang und Ende in der Eintönigkeit des Regens. Ein dumpfes, tiefes Grollen stieg von der Erde auf und überlagerte den ununterbrochenen Klang der Glocke, ein unbegreifliches Dröhnen, das keinem je zuvor gehörten glich, und während die Luison und die Fantina entsetzt begannen, Stoßgebete aufzusagen, liefen Gavriel und Luìs in dem blind machenden Regen die Allee hinunter. Aber sie kamen nicht weit, die Brücke über das, was im Sommer kaum als Rinnsal gelten konnte, war fortgerissen worden, und das Wasser strudelte und schlug gegen die Häusermauern. Wer morgens zum Nachschauen auf der großen Straße nach

Giarole gewesen war, hatte bei der Rückkehr die Tür verriegelt. Doch nun nützte es nichts mehr, den Riegel vorzuschieben, weil das Wasser sich in einem einzigen, unendlichen Sturzbach ergoß. Dunkel, zähflüssig riß es Baumstämme, Tiere, Wagen mit abgeknickten Deichseln mit und schleuderte sie gegen die Türen, daß die Nägel aus den Brettern heraussprangen. Für wen die Glocke noch läutete, wußte man nicht, das Getöse war sowieso lauter, lauter das Kreischen derjenigen, die sich von einem Haus zum anderen zuschrien oder um Hilfe riefen, während jener Schlammstrom die brüllenden Rinder fortriß.

Die Nacht im Oktober 1839 blieb wegen des Todes von Tieren und Dingen im Gedächtnis, aber vor allem wegen der außerordentlichen Ereignisse. Ochsen gingen verloren, Hühner, Truthähne, Schweine und Pferde, und viele Häuser wurden niedergewalzt, anderen wurden die Türen und Fenster herausgerissen, das Hochwasser schleifte Nüsse und Saatgut weg, Mehlsäcke, Tische, Stühle, Schränke voller Brot und Bottiche, in denen es noch gärte. Es durchnäßte und verstreute das Holz, das angesammelt worden war, um sich den Winter über zu wärmen, und sogar die Schmiede vom Fracin wurde hochgehoben und zusammen mit den Brettern, auf denen die Raupen lagen, und den Webstühlen für die Seide fortgeschwemmt. Der Fracin und seine Söhne konnten sich retten, indem sie auf den Dachfirst kletterten, und von dort wurden sie mit Hilfe von Seilen und Rollen von Dach zu Dach bis an einen sicheren Ort gebracht.

Man erfuhr nie, welche geheimnisvolle Hand die Sturmglocke in Bewegung gesetzt hatte, bevor das Wasser über die breite Straße herunterdonnerte. Als der

Mesner sie läuten hörte, lief er zum Glockenturm, um nachzusehen, wer da am Seil gezogen hatte, aber der Raum unten war leer, und das Seil hing herab, während dort oben die Glocke weiter ohrenbetäubend dröhnte. Da war er ganz hinaufgeklettert und hatte von der Spitze aus gesehen, wie das Wasser sich wie ein bleierner See auf Feldern und Wiesen ausbreitete, Maulbeerbäume, Pappeln und Rebstöcke schluckte und immer schneller auf die ersten Häuser zulief. Doch die Leute brachten sich schon in Sicherheit, von der Glocke gewarnt, und damit sie nicht zu läuten aufhörte, hatte sich der Mesner an das Seil geklammert, wahnsinnig vom bronzenen Getöse.

Jene Sturmglocke rettete alle die, die an der kleinen Brücke wohnten, wo eine Sekunde später die Sturzwelle niederging und sich wieder erhob in einer Wassersäule, die Türen und Fenster sprengte und sich in die Zimmer zu ebener Erde ergoß und sie bis zur Decke füllte. Aber nicht einmal mehr die Alten waren noch da, Huckepack hatten die Jungen sie fortgetragen, und eine Mutter sah die Wiege davonschwimmen, aus der sie einen Augenblick vorher ihr Kind gerissen hatte.

Auch die Gramissa erlebte in jener Nacht ein großes Abenteuer, als sie sich zwischen Luìs' Armen wiederfand. Es war so dunkel, daß die beiden sich anfassen mußten, um sich zu erkennen. Die Gramissa hatte sich mit der Stute des Baders verirrt, und die Stute war ausgerutscht, das Wasser hatte sie fortgerissen, die Gramissa weinte lautlos, weil ihre Stimme vor Schreck wie gelähmt war. Luìs nahm sie auf den Arm, und sie war so leicht, daß er rennen konnte, als hielte er ein Huhn oder einen Hasen. Und während er rannte, erwärmte sie sich, und je wärmer sie wurde, desto schwerer wurde sie.

Als sie im Haus der Uslun ankamen, das das höchstgelegene im ganzen Dorf war, brach ihm das Gewicht der Gramissa schier den Rücken, und Luìs ließ sie auf eine Bank fallen. Sie lächelte, und mit noch immer geschlossenen Augen blieb sie an seinem Hals hängen, so daß Luìs sich nicht einmal aufrichten konnte.

In jener Nacht bei den Uslun, in der großen Küche mit dem rauchgeschwärzten Kamin, mischte sich die kleinste Tochter der Cavaliera unter die anderen, und niemand kümmerte sich um sie, wie immer. Sie putzte sich die Nase mit ihrem Kleid, kratzte sich wegen der Läuse und setzte sich in einer Ecke auf den Boden, um der Gramissa zuzusehen, wie sie Luìs umarmte, der rot war vor Scham: Die Gramissa schlürfte die heiße Milch, die ihr zu trinken gegeben wurde, ohne die Augen zu öffnen, ohne mit den weißen runden Armen loszulassen, die von einer übernatürlichen Kraft um Luìs' Hals versiegelt zu sein schienen.

Doch die wirkliche Hauptperson jener Nacht war Gavriel. Er organisierte Hilfeleistungen, ließ Feuer anzünden, trieb die Tiere zusammen, die über Land irrten, und zog die, die steckengeblieben waren, aus dem Schlamm, indem er sich breitbeinig aufpflanzte, mit von den Seilen blutigen Händen. Er lief hin und her, bis zur Hüfte im Wasser, um Alte und Kinder in Sicherheit zu bringen und Frauen, die an den Fenstern weinten. Er ließ sich anseilen und brachte, mit den Armen rudernd und mit den Beinen strampelnd, die Rosetta vom Fracin in Sicherheit, die den Dachfirst nicht loslassen wollte, während das Wasser schon die ersten Ziegel beleckte. Er nahm sie auf den Rücken, und sie umklammerte ihn, wie er ihr befohlen hatte, und gemeinsam durchquerten sie die Strömung, die Baumstämme mitführte, Balken und dürre Äste, tote Tiere, welche im Licht der Blitze die abscheulichsten Formen annahmen. Rundum schrien alle, und es schien jeden Augenblick, als müsse Gavriel in den Schlammwellen untergehen, doch er tauchte immer wieder auf mit der Rosetta, die sich an seinen Haaren festklammerte, während ihr Körper willenlos auf dem seinen hing.

In jener Nacht sah man Gavriel überall. Er war auf der Seite der großen Straße, wo er das Vieh herauszog, und unten an der Schleuse nahm er das Boot, um nach Braida zu fahren, wo das Wasser bis zum ersten Stock reichte und die Cavaliera nicht vom Kanapee aufstehen wollte. Aufrecht im Boot stehend, überredete er sie vom Fenster aus, während das Wasser im Stockwerk darunter die wenigen übriggebliebenen Möbel durcheinanderwirbelte. Und als die Cavaliera in Sicherheit war, fiel jemand ein, daß Nadal noch dort im Haus war, der hundertjährige Alte, erster Stallknecht der Cavaliera, als sie reich und Gräfin und Braida ein echtes Schloß gewesen war. Also fuhr Gavriel noch einmal los, um ihn zu suchen, und inzwischen hatte der Regen nachgelassen, und die Nacht wirkte noch schwärzer, meckernde Ziegen kamen rechts und links am Boot vorbei und verschwanden, von der Strömung verschluckt. Als Gavriel mit seinem schwimmenden Gefährt im Hof von Braida eintraf, stand das Wasser beinahe und gluckerte nur ein wenig, wo es in die Zimmer und in die langen Gänge hineinfloß. Man hörte kein Tier mehr und keine Stimme, es gab keine brennende Kerze mehr, und nachdem er über das Fensterbrett geklettert war, lief Gavriel durch die leeren Räume, die Türen ertastend, die sich nacheinander öffneten. Der alte Nadal lag rücklings auf dem Boden und rührte sich auch dann nicht, als Gavriel mit den Füßen auf ihn trat. Er ließ sich auf das Boot laden wie ein Lumpensack, ohne ein Wort zu sagen, und als Gavriel wieder zu den Rudern griff, sah er draußen vor dem Hof ein langes schmales Boot vorbeikommen. In jenem Boot saßen eine Frau und ein Kind, während der Mann stand und langsam und feierlich mit einer langen Stange voranglitt. Es war der Gran Masten, der noch gekleidet war wie 93, mit Zopf und Dreispitz, doch Gavriel erkannte ihn nicht, und als er aus dem Hof heraus war, sah man ihn nicht mehr, während das Wasser furchterregend strudelte.

Da geschah es, daß Gavriel ganz nahe die Stimme vernahm. *»Angirmà«*, sagte sie, *»Angirmà«*, was soviel heißt wie Junge, der von verzauberten Worten betört wird. Und als ein wenig Mond zwischen den Wolken erschien, sah er weit weg das Boot mit dem Ruderer, der wie ein Fockmast wirkte. Gleich darauf erwachte der alte Nadal aus dieser Art Starre, in die er anscheinend verfallen war, und begann zu sprechen, er hatte eine schwache, überaus sanfte Stimme, und im Tosen jenes Hochwassers, das das Boot umzustürzen drohte, erzählte er von den Sternen und ihrem Himmelslauf. Er, alt und unwissend, sprach von Kassiopeia und Berenice, vom Sternbild des Orion, während Gavriel schwitzte, um das Boot vor dem Kentern zu bewahren. Seine Hände waren wund und schafften es nicht mehr, die Ruder zu halten, und er hatte Angst, so zusammen mit diesem alten Mann im Schwarz des Wassers zu sterben. Im Dunkel und im Schlamm zu verenden erschien ihm schrecklich, schrecklich zu sterben, weil er noch nichts von seinem Leben gehabt hatte. Es war wie bei Gioacchino, der an einem Junisonntag vom Heuschober heruntergeflogen war, oder schlimmer, wie bei der Manin, die mit nur achtzehn Monaten gestorben war.

Jenes Wort, ganz nahe an seinem Ohr wiederholt, rettete ihn. *»Angirmà«*, sagte die Stimme, *»Angirmà, nur Mut...«*, und die Tränen hatten Gavriel die Kehle zugeschnürt, weil dies der Name gewesen war, mit dem die Gonda ihn als Kind gerufen hatte. Und plötzlich hatte er verstanden, daß der nun schon ferne Bootsmann der Gran Masten war, wie die Gonda ihn immer beschrieben hatte. Der Gran Masten, der gekommen war, weil er, Gavriel, nicht sterben durfte. Er mußte aushalten, bis er sich das Fleisch von den Händen riß und die Ruder blutnaß waren, bis er zwei Klingen in seinem Rücken spürte, weil es so schmerzte, das Boot aufrecht zu halten.

Der Winter war lang, kalt, still. Lange Zeit waren die Felder unpassierbar, und um die Schwermut zu überwinden, schloß Luìs sich den Männern und Kindern an, die für Karneval ein Theaterstück einstudierten. Die Proben dauerten einige Monate, und er lernte die Rolle von König Herodes.

Er war der erste aus der Familie, der auf eine Bühne stieg, und die Maria bekrittelte ihn wegen allem und jedem, wegen der vergeudeten Zeit und wegen seiner Art zu spielen, wegen des Kostüms von König Herodes mit der Blechkrone; aber vor allem wegen der Rolle. Einer unbedeutenden Rolle, die kaum ein paar Minuten dauerte.

Alle gingen hin, um ihn spielen zu sehen, saßen in der ersten Reihe auf den Stühlen mit Kissen. Auch die Rosetta vom Fracin kam, die seit wenigen Monaten verheiratet war, und sie klatschte als erste in die Hände.

Ihr Mann, klein und pockennarbig, galt als großartiger Liebhaber, und sie verschwand unter einem breiten, bändergeschmückten Hut; irgendwann nahm sie ihn ab, wofür sie eine lange Hutnadel herauszog, und ihr weißer Hals, ihr rundes Kinn und die Wangen leuchteten in der Dunkelheit des Saals. Mit einer einzigen Handbewegung zeigte sie dem verblüfften Publikum, welch magische Kraft der schmächtige dunkle Mann besaß, der den Platz neben ihr einnahm, jener Camurà, der sich mit Frauen und Geld auskannte. Die Schauspieler auf der Bühne kamen durcheinander, und Luìs war nahe daran, herunterzufallen, die Blechkrone rollte über die Bretter.

Nach der Aufführung wurden Kuchen und Wein herumgereicht, aber es war ein mageres Jahr, und die Kuchen waren trocken, viel Maismehl war darin, und der Wein ließ einen faden, süßlichen Nachgeschmack im Mund zurück. Die Kinder liefen in die Eiseskälte hinaus, um die Kuchenstücke im Hemd zu verbergen und sich dann noch mehr geben zu lassen, die Rosetta vom Fracin hielt sich aufrecht auf einem Stuhl in ihrem damenhaften Kleid, selbst eingeschüchtert von ihrem eigenen Glanz. Sie schien ebenfalls eine Rolle in dem Stück zu spielen, auf halbem Weg zwischen Engel und Bathseba, Gattin des Uria.

Luìs war herausgekommen und schaute den Kindern zu, die sich die hohlen Backen mit Kuchen vollstopften. Monate hatte er darauf verwendet, einen König darzustellen, der vor zweitausend Jahren gestorben war, die Enttäuschungen hinunterzuschlucken und so zu sein wie seine Altersgenossen. Jetzt hatte er nur noch Lust, sich in den Kanal zu stürzen und genauso zu enden wie die Ochsen und die Pferde in jener schrecklichen Nacht.

Die Kinder störten ihn, es störte ihn der üble Geruch der Kleider, die er auf dem Leib trug, und die Zeit, als er mit der Rosetta vom Fracin in die Felder ging, erschien ihm so fern, als hätte es sie nie gegeben. Damals wollte er noch ein *particulare* werden, der besser war als die anderen, seiner Zeit voraus; und zum Schluß hatte er sich eine Blechkrone aufgesetzt, um die Kinder zu unterhalten, die um ihn herumtobten.

Luìs war an jenem Tag im Karneval 1840 dreiundzwanzig Jahre alt.

Bei jener Gelegenheit verließ auch die Luison zum letztenmal das Haus. Nach der Cholera waren ihr die Haare nicht mehr nachgewachsen, und keiner hatte mehr den Kopf zu sehen bekommen, den sie sich jeden Morgen mit Rosenwasser wusch, bevor sie die Haube wieder aufsetzte. Ihr Traum wäre gewesen, eine Perücke zu besitzen, aber keiner hatte ihr je eine kaufen wollen, weil sie zu alt und die Ausgabe nutzlos war. Einzig die Bastianina hatte Mitleid gehabt und ihr vor dem Eintritt ins Noviziat ihren dicken braunen Zopf geschenkt. Mit diesem Zopf hatte die Luison unendlich viele Abwandlungen erfunden, sie hatte ihn auf der Haube befestigt, in Locken gekräuselt, in zwei Strähnen zu beiden Seiten des Gesichts geglättet. Aber am Nachmittag der Karnevalsaufführung hatte sie die Haare verbrannt, als sie sie mit dem Eisen bearbeitete. Der Gestank hatte das ganze Haus erfüllt. Die Luison war eine Frau mit Grundsätzen, und zu der Aufführung war sie trotzdem gegangen, mit einer Krause, die den Haarbüscheln von Maiskolben glich; und die Kinder hatten sie ausgelacht.

Als sie wieder zu Hause waren, hatte sie sich die

Haube abgenommen und vor den bestürzten Familienmitgliedern ihren kahlen glänzenden Kopf hergezeigt, der poliert war wie ein Knochen. Dann war sie wortlos in ihr Zimmer hinaufgegangen, und in jener Nacht hatten sie sie mit lauter Stimme klagen hören. Sie schimpfte auf die Maria, die Fantina, Gavriel und Luìs, sogar auf die Gonda und die Marlatteira wegen der Perücke, die ihr niemand hatte kaufen wollen. Sie schrie und schrie. Von der Stimme aufgeweckt, waren alle regungslos in ihren Betten liegengeblieben, keiner hatte den Mut gehabt, sich den Gang entlangzuwagen, um sie zu beruhigen, doch am nächsten Morgen war Gavriel losgeritten, um ihr eine Perücke aus echten Haaren zu kaufen. Er gab einen Betrag aus, der in jenem Elendsjahr ein Opfer für alle bedeutete: Die hellbraune Perücke hatte einer berühmten Schauspielerin gehört, und ihre Locken konnten auf sieben verschiedene Arten aufgesteckt werden.

Es war ein sonniger Tag, kalt und trocken, und auf dem Bett sitzend, betrachtete die Luison sie lange, ohne zu wagen, sie anzufassen. Später, als sie allein war, stülpte sie sie über die blaue Glasflasche, die auf der Kommode stand und das Rosenwasser enthielt, und schaute sie weiter an, bis es dunkel wurde. Nach so vielen Jahren war sie wieder zum venetischen Dialekt zurückgekehrt, und keiner verstand, was sie mit vor Staunen gefalteten Händen daherredete. Doch von jenem Tag an wollte sie nicht mehr aufstehen, außer um die Perücke zu kämmen und zu streicheln, sie zu verrükken, wenn die Sonne weiterwanderte, damit sie die rotbraunen Reflexe besser sah. Sie war taub, und so konnte sie jeder Aufforderung, das Bett zu verlassen, ungerührt widerstehen, während ihr Blick, der mit den Jahren ein wäßriges Blaugrün angenommen hatte, sich abwesender als die Ohren auf den Sprechenden heftete.

Zuweilen befestigte sie auf der Perücke Bänder, alte Stoffblumen aus der Zeit, als sie ein junges Mädchen war. Eines Morgens befahl sie der Marlatteira, die die Milch brachte, sie solle sie auf die Kommode stellen und der *Prinsèissa* geben. Und mit *Prinsèissa* meinte sie die Perücke. Es war das letzte, was sie sagte, mit einem sehr langen Lächeln voller Runzeln, in dem sie ihr Zahnfleisch entblößte.

Als die Luison nicht mehr dawar, fühlten sich die Maria und die Fantina zum erstenmal verwaist. Die Luison hatte immer bei ihnen gelebt, zuerst in dem Haus oben in Moncalvo und dann wieder nachdem der Giai gestorben war. Von ihr hatten sie alles gelernt, vom Sticken bis zum Kochen, vom Genuß, sich zu waschen, bis zur Freude an einem Sonnentag. Die Luison hatte Pilze und Kräuter gekannt, sie hatte sie abends gerufen, um den Mond auf den Wiesen zu sehen oder um die Nachtigall singen zu hören an Juniabenden. Ihre unbestrittene, tiefverwurzelte, offenkundige Jungfräulichkeit hatte ihr zu Freiheiten verholfen, die sonst undenkbar gewesen wären; und als sie heranwuchsen und begannen, ihr Fragen über die Liebe zu stellen, hatten ihre Antworten den Orakelsprüchen der Sibylle geglichen. Sie konnten eine Sache bedeuten oder auch deren Gegenteil, so als wären der Unterschied zwischen Mann und Frau, das Reich und die Abenteuer der Liebe Dinge aus einem so fernen Jenseits, daß sie wie die Träume zu einem Leben gehörten, das in seiner Überspanntheit unberechenbar war.

So war es damals oben in Moncalvo gewesen, wenn

die Luison zum Fenster herausschaute, um sie beim Spielen zu überwachen, oder später dann nachsehen kam, ob sie ruhig dasaßen und stickten, als sie schon Mädchen mit langen Röcken waren. Sie hatte sie gerufen, getadelt. Sie hatte sie stolz betrachtet. Oder sie hatte dabeigestanden und darüber gewacht, daß sie sich hinter den Ohren wuschen, in der Nase, unter den Achseln, bei der Kälte mancher Tagesanbrüche im Winter, wenn man keine Armeslänge weit sehen konnte. Doch danach war es schön gewesen, wenn sie sich alle drei zusammen auf den Weg in die Kirche machten, die Luison in der Mitte, die Kleinen an ihrer Seite, und sie mit großen Schritten dahinging, weil ihr diese Nichten so schön und kräftig, so sauber erschienen. Und sie beide, weil die Luison nach rechts und links gegrüßt hatte, als sei sie die Königin von Saba zu Besuch bei König Salomo.

Jetzt war die Luison zum Sacarlott und zum Giai hinübergegangen, und alle dachten an die Perücke, die zu spät gekommen war. An ihre Schreie in jener Nacht, als die Demütigung, die sie an dem Karnevalsnachmittag erlitten hatte, so stark gewesen war, daß sie ihr die letzte Lebenslust genommen hatte. Obwohl sie alt war und keine Zähne mehr hatte und man ihr ins Ohr schreien mußte, wenn man mit ihr reden wollte. Die Maria und die Fantina erinnern sich nun an die Hungerjahre, als die Franzosen da waren und Moncalvo Montchauve hieß und man vom Pidrèn nichts mehr hörte aus dem Krieg, da war sie abgemagert, und die Kinnbacken standen ihr unter der Haut hervor. Aber wenn jemand sie fragte, ob sie Hunger hätte, zuckte sie mit den Schultern, als handle es sich um etwas Unanständiges.

An noch etwas erinnert sich die Maria. Sie spricht nicht mit der Fantina darüber; mit den Kindern könnte sie es nicht, sie würden es sowieso nie verstehen. An die Luison an einem Sommertag, mit halbaufgelösten Zöpfen und zerknittertem, am Rücken schweißnassen Kleid. Die Luison, die tanzt und sich allein im Kreis dreht, der Rock, der ausschwingt und sich um die Füße auf der Wiese wickelt. Sie und die Fantina sind klein und schauen zu, sie weint, weil sie ihre Tante nicht wiedererkennt in jener Frau, die wie ein Mädchen tanzt.

Sie ist noch jung, die Luison, und während sie sich dreht, breitet sie die Arme aus, die Haare verdunkeln ihre Stirn. Sie ist nicht allein, ein Mädchen ist bei ihr auf der Wiese, ein Mann mit einem weißen Bart und einem breitkrempigen Leinenhut und ein jüngerer, der beim Lachen den Bauch vorstreckt. Es sind ihre Verwandten, die von dort oben angereist sind, aus dem Dorf an der Grenze zu Österreich, wo sie geboren und aufgewachsen ist. Ein Dorf, in dem sie ganz anders gewesen sein muß, wenn sie sich jetzt mit soviel frecher Unbefangenheit zur Schau stellt. Auch die Sprache, die sie sprechen, hat eine unbekannte, leichte Melodie, es ist eine Sprache voller Klänge und Triller. Das Mädchen faßt sie um die Taille, und sie tanzen zusammen, die Luison stolpert, fällt hin, der Rock entblößt ihre Beine auf dem Gras, sie lacht. Oh, schrecklich diese Lustigkeit, sie ist herzbeklemmend, so sehr zersetzt sie die Gesichtszüge der Luison, ihren auf die Wiese hingegossenen Körper. Auch das Mädchen lacht, der Mann lacht unter dem Leinenhut, und der Bart schwankt weiß an seinem Kinn. Plötzlich sieht die Luison sie, sie und die Matelda, und in ihren Augen flackert eine Ablehnung auf, beinahe eine Feindseligkeit, die dieses alltägliche Bild in ihr auslöst. Ein Blick, der blind sein möchte und sich verschließt, nicht sieht, während das Lachen noch lange dauert, nie enden zu wollen scheint.

»Mama«, hatte sie geschrien, »Mama!« Da war die Luison aufgestanden, langsam hatte sich ihr Körper Stück für Stück wieder zusammengefügt, während das Glück sich trübte, verflog wie Rauch, geschluckt wurde von den Bewegungen, die wieder Ordnung in die Kleidung brachten. Den Haarnadeln, die wieder feststeckten.

Viertes Kapitel

Die Rusnentäpfel

Das einzige Bild von Gavriel, eine Daguerreotypie nach einem Kupferstich, trägt das Datum 1842. Gavriel ist inzwischen achtundzwanzig Jahre alt und sitzt an einem Tisch, das Kinn auf die Hand gestützt. Er ist einfach gekleidet, und auf der Weste ist keine Spur von der Goldkette zu sehen, mit der der Sacarlott sich so stolz brüstete. Das Gesicht, obgleich ernst, bewahrt etwas Kindliches, man könnte es als das Gesicht eines freudigen Träumers bezeichnen. Der Hintergrund ist ungewiß; auf der Rückseite ist mit Tusche das Datum 22. Juli 1842 vermerkt. Der Tag der totalen Sonnenfinsternis, die das Land für einige Augenblicke in schwärzeste Nacht stürzte. Für Gavriel sicherlich ein glücklicher Tag.

Und wichtig, so wichtig, daß er ihn auf dem Bild vermerkte. Auch von der Sonnenfinsternis sprach man noch lange, und sie wurde zu einem Fixpunkt in der Zeit, trennte das Vorher vom Nachher. Viele gingen hin, um sie vom Kranichhügel aus zu sehen, und Luìs, der den genauen Zeitpunkt kannte, machte sich auf den Weg, als es noch dunkel war, gefolgt von den Landarbeitern, die die kleinsten Kinder mit schlaftrunken baumelnden Köpfen auf dem Arm trugen. Die Vögel begannen sich gerade erst zwischen den Blättern zu regen, und Luìs sprach über das, was sie in Kürze sehen würden. Als sie den Gipfel des Hügels erreichten, verteilten sich alle unweit voneinander auf dem Abhang, der über dem Weinberg lag. Die letzten Sterne waren verschwunden, und die Sonne, die nun hinter den Hügeln hervorkam, schien genau auf das Bauernhaus aus roten Backsteinen. Aus dem Stall brachte der Bauer die frischgemolkene Milch, und Luìs zog das Fernrohr heraus, das er in einer Tasche verwahrt hielt. Gavriel saß abseits, und auf der staubhellen Straße sah er noch mehr Leute heraufkommen, manche zu Fuß und manche auf dem Wagen. Es hatte sich herumgesprochen, daß Luìs, der so viele Bücher gelesen hatte, nie zuvor geschehene Dinge zeigen würde, und die Rosetta vom Fracin, die für ein paar Tage in ihr Dorf zurückgekehrt war, stieg ebenfalls mit den Brüdern zusammen herauf. Sie war schwanger, erst wenige Monate, aber man merkte ihr das Kind schon an in dem tiefliegenden , matten Blick, in der Weichheit der Gesten und im besonderen Weiß des Fleisches. Sie atmete schwer wegen der Steigung.

Ihre einstige Liebe zu Luìs war für niemand ein Geheimnis, viele hatten sie mindestens einmal Hand in Hand angetroffen, und es gab manche, die sie beim Küssen überrascht hatten; und nun schauten alle auf Luìs, um zu sehen, was er tun würde. Doch Luìs grüßte sie kaum, das Fernrohr auf den Himmel gerichtet, wo die letzten Farben der Morgenröte verblaßten. Die Rosetta vom Fracin setzte sich auf den Boden, streckte erschöpft die Beine lang auf dem Erdreich aus, und Gavriel bot ihr seine Jacke an, damit sie es bequemer hätte. Die Erde, sagte er zu ihr, sei noch feucht. Die Rosetta vom Fracin dankte ihm und rückte zur Seite, damit er sich auch darauf setzen konnte. Dann schwiegen sie und hörten Luìs zu, wie er die Minuten zählte und dabei die Uhr in der Hand hielt, die dem Sacarlott gehört hatte.

Und bevor Luìs mit dem Zählen fertig war, begann die Sonne zu verschwinden. Im Nu verschluckte sie eine blinde Dunkelheit ohne Schatten, eine Dunkelheit wie beim Weltuntergang, zusammen mit den Feldern und den über die Hügel verstreuten Häusern und den schlagartig verstummten Vögeln. Vor Schreck packte die Rosetta vom Fracin Gavriels Hand, er spürte ihre volle, weiche Handfläche und verschränkte seine Finger mit den ihren. Gavriels Hand war kalt und hart und drückte fest, immer fester, während er spürte, wie sich die Finger der Rosetta um die seinen klammerten, die Fingernägel ihm ins Fleisch drangen.

Jemand stieß in der Dunkelheit einen Schrei aus, der so lang dauerte wie die Sonnenfinsternis. Als die Sonne hinter dem Mond hervorglitt und die Farben und die Schatten der Bäume wieder zum Vorschein kamen, drehten sich alle nach der Seite um, von der der Schrei gekommen war: Unter dem Laubengang des Bauernhauses lag der Chirassun mit gespaltenem Schädel auf dem Boden. Ob er gestürzt war oder ob ihn jemand erschlagen hatte, war unmöglich festzustellen, der Chirassun war von Geburt an stumm, und sein Gehirn hatte sich nie entwickelt, statt zu sprechen winselte er wie die Tiere.

Der Chirassun galt als unehelicher Sohn des Schmieds, und als sie ihn so in seinem Blute liegen sah, wurde die Rosetta vom Fracin ohnmächtig, während ihre Brüder ihm zu Hilfe eilten. In dem allgemeinen Durcheinander beachtete niemand, daß sie allein mit geschlossenen Augen dalag, und Gavriel hob sie auf und trug sie auf seinen Armen in das Bauernhaus, wo er ihr die Lippen öffnete, um sie mit ein wenig frischem Wasser wiederzubeleben. Später brachte er sie auf seinem Wagen nach Hause, ging, die Jacke über die Schulter gelegt, nebenher und hielt mit den Ochsen Schritt.

Das Kind der Rosetta vom Fracin wurde ohne Kräfte und mit flachem Kopf geboren. Es war ein langes Kind mit leeren Pupillen, die auf das Gesicht aufgemalt zu sein schienen, und als die Hebamme es ihm in die Arme legte, weinte der Camurà zum erstenmal in seinem Leben. Es war November, und sie, die Rosetta, war schon seit dem Sommer Gavriels Geliebte.

Das Haus vom Camurà lag in der Ebene in Richtung Alessandria, und Gavriel brauchte zu Pferd über eine Stunde, um es zu erreichen. Es war ein einstöckiges Haus, weiß, mit einem Garten rundherum und einer großen Eiche, die der Straße mehr Schatten spendete als der Wiese. Der Camurà war oft unterwegs, um auf den Märkten seine Stoffstücke zu verkaufen, und in den Zimmern mit den niedrigen Decken, von denen jedes einen eigenen Ofen hatte, verbrachte die Rosetta vom Fracin ihre Zeit damit, aus dem Fenster zu schauen, ob Gavriels Pferd zu sehen sei.

Doch nach der Geburt jenes Kindes dachte Gavriel an eine Strafe Gottes, und um der Versuchung Herr zu werden, schickte er das Pferd fort, hinauf zum Kranichhof, wo seine Geschichte mit der Rosetta vom Fracin begonnen hatte. Sie schloß sich im Haus ein und wollte vor Schmerz niemanden mehr sehen, die Geschenke, die der Camurà ihr von den Jahrmärkten mitbrachte, verwahrte sie in einem Schrank, ohne sie überhaupt aufzumachen.

Das Kind war brav und weinte nie, sie streichelte ihm

den flachen, von einem dichten, glänzenden schwarzen Flaum bedeckten Kopf und sang ihm die Lieder vor, die sie als Mädchen zu Hause beim Fracin gesungen hatte.

Man hörte ihre Stimme von der Straße aus, und die Leute blieben stehen, um ihr zu lauschen. Als der Sommer anfing und das Fenster offenblieb, näherte sich manchmal jemand dem Fensterbrett und betrachtete sie, so schön war sie neben der Wiege. Es war an einem solchen Tag im späten Juli, daß sie zwischen einem alten Mann und einer alten Frau, die mit Salz hausieren ging, Gavriel mit seinem Pferd im Schatten der Eiche stehen sah. Jede Vorsicht vergessend, den Camurà, der von einem Augenblick zum anderen heimkommen konnte, den Schmerz und die Scham wegen des Kindes, lief sie hinaus, wie sie war, mit den Pantoffeln an den Füßen. Sie sahen sich zitternd an: Und von jenem Tag an begann alles von vorn.

Wenn Gavriel sie nicht verlassen konnte, so konnte die Rosetta vom Fracin nicht ohne ihn auskommen. Es schien ihr, als würden der Camurà, das neue Dorf, in dem sie nun lebte, sogar der Garten und die Öfen in jedem Zimmer ihr ganz unerträglich ohne Gavriel. Und das Leben ausweglos.

Um sich mit ihr zu treffen, brach Gavriel manchmal im Morgengrauen auf, wenn die Knechte noch in den Ställen schliefen; und die Mutter, die ihn hörte, drehte den Kopf zur anderen Seite, weil sie nichts wissen wollte. Auch wenn es selten vorkam, weil die Begegnungen zwischen Gavriel und der Frau des Camurà selten waren.

Alles hatte am Tag der Sonnenfinsternis begonnen. An jenem Morgen war, nachdem man den Chirassun versorgt hatte, ein jeder zu sich nach Hause zurückgekehrt, als hätte er einen Augenblick lang den Tod der Dinge miterlebt. Auch Luìs hatte sich schweigend wieder auf den Weg gemacht, unvorbereitet auf die Beklemmung, die alle erfaßt hatte. Nur sie beide hatten das Blut rascher kreisen gefühlt, und als sie erst auf dem Wagen lag und die Ochsen angezogen hatten, hatte die Rosetta vom Fracin niemals den Blick von der Hand abgewandt, die Gavriel auf den Wagenrand gestützt hielt. Sie empfand diese Hand stark und heftig, so wie vorher, als sie sie fest in der ihren gehalten hatte, und die Augen sahen unverwandt auf sie, solange die Ochsen gingen. Diese Hand, um diese Stunde und in diesem Licht, die würde sie nie mehr vergessen.

Am nächsten Tag war ihr Mann gekommen, um sie wieder abzuholen, und mit der Kalesche war er an dem Haus vorbeigefahren, wo Gavriel am Hoftor stand. Der Camurà hatte das Pferd angehalten und ihm für den Beistand gedankt, den er am Tag zuvor seiner Frau gewährt hatte: In der Sonne glänzte der goldene Ring, den er noch im Ohr trug, wie es früher auf dem Lande Brauch war, und Gavriel war es vorgekommen, als läge darin das Geheimnis für sein Glück: mit den Frauen, dem Geld, der jungen Ehefrau. Der Camurà hatte dem Pferd die Peitsche gegeben, und die Räder waren losgerollt, die Kalesche war im Staub der Straße verschwunden. Gavriel und die Rosetta hatten sich nicht einmal angesehen, aber es war, als wäre schon alles geschehen; und es war gleichgültig, daß sie die Frau vom Camurà war, es war sogar gleichgültig, daß sie schwanger war.

Sie trafen sich in einer Hütte in der Nähe des Flusses, und von weitem sah die Rosetta vom Fracin das Pferd, das auf der Wiese weidete: Die Begierde ließ ihren Mund trocken werden. Gavriel wartete draußen auf sie, und sie schauten sich an und schauten sich an, ohne eine Bewegung zu machen, um sich nicht zu verraten, falls jemand dort vorbeikommen würde. Aug in Auge, während sie sich im Geist jede Einzelheit des andern einprägten, die Kleider, die Haare, ein Band.

An manchen Tagen redete Gavriel fast wie im Fieber, während sie sich liebten. Es waren Erinnerungen an die Zeit mit der Signora Bocca, und sie drückte ihn fester an sich, ihre Lippen suchten die seinen, um die Erinnerung wegzusaugen. Doch andere Male lachten sie statt dessen; es war ein grausames Lachen für die Signora Bocca und den jungen Gavriel, der in die Elisabetta verliebt war. Dieses Lachen traf Gavriel wie ein elektrischer Schlag. Danach war er schweißgebadet, erschöpft.

Wenn sie heimkam, setzte sich die Rosetta vom Fracin an die Wiege, und in Gedanken kehrte sie zu dem zurück, was in der Hütte passiert war. Das Kind atmete leise, es hatte eine helle Haut und Augen, die den ihren glichen, nur daß die des Kindes leer waren, und diese Leere ein versperrter Weg. Sie schnitt ihm Figuren aus Buntpapier aus und hängte sie in Girlanden über die Wiege, es schien zu verstehen, und die kleinen Hände regten sich unruhig, als versuchten sie, danach zu greifen. Aber es hatte nie die Kraft dazu. Und dann brach sie plötzlich in Tränen aus.

Es starb eines Morgens, als die Rosetta vom Fracin es im Arm hielt. Seit zwei Tagen trank es nicht mehr, und seine Hände waren kalt, nichts konnte sie erwärmen. Die Milch, die sie ihm in den Mund träufelte, lief ihm am Kinn entlang wieder heraus, so als könne nun nur noch das bißchen Luft den Hals passieren, die es am Leben hielt. Es war Winter, und vor lauter Nebel sah man nicht einmal die große dunkle Eiche durch die Scheiben, die Spatzen suchten aufgeplustert am Fensterbrett Zuflucht. Sie nahm das Kind, wusch es, zog ihm das gestickte Taufkleid an und blieb bei der Wiege, bis es Nacht wurde, und dann noch bis zum Morgen. Auch dem Camurà gelang es nicht, sie dort wegzubekommen oder sie zum Essen zu bewegen. Erst als sie kamen, um das Kind in den Sarg zu legen, erhob sie sich, um zu helfen, und zusammen mit dem Kind legte sie auch ihren Brautschleier in den Sarg. Kinder wollte sie keine mehr, weder gleich noch jemals in Zukunft. Aber auf Gavriel konnte sie nicht verzichten.

Auf die Rosetta vom Fracin zu verzichten war auch für Gavriel unmöglich, und wenn die Mutter ihm dieses oder jenes Mädchen als Ehefrau vorschlug, erwiderte er nichts. Bei manchen ging die Maria soweit, sie ins Haus einzuladen; und während sie im Wohnzimmer im Kreis saßen, zeigte sich Gavriel so ernst und aufmerksam beim Gespräch, daß es der Maria jedesmal vorkam, als wolle er sich entschließen. Sie sah ihn an: das frische Gesicht, die dichten krausen Haare, die ausladenden Schultern. Kein Mädchen, dachte sie, hätte da nein gesagt. Die Marlatteira ging herum und schenkte Muskateller ein, der vom Kranichhof stammte, und das Mädchen, das das Glas an die Lippen führte, wurde rot, wenn es nur die Augen zu Gavriel aufhob: Gewiß würde sie ihm ihr Jawort geben. Das Gespräch ging weiter, zuweilen stockte es in hoffnungsvoller Erwartung, und das Gesicht des Mädchens, schon ein wenig erregt vom Wein, verriet die Rührung des Herzens.

Aber Gavriel sagte das eine Wort nicht, machte nicht die Geste, die über sein Leben entschieden hätte. Den Blick fest auf die Apfelbäume gerichtet, die auf der Wiese auftauchten, verharrte er, bis die Erwartung wieder in sich zusammenschrumpfte und der Aufruhr des Herzens verklang wie das Echo kleiner Steinchen, die den Brunnen hinunterpoltern, immer leiser werden, bis sie im Nichts verlöschen. Zum Schluß stand das Mädchen auf, und die Maria sagte etwas über die Apfelbäume dort draußen, die Marlatteira trug auf dem Tablett die Gläser hinaus.

Und vor Tagesanbruch hörte man die Stalltür quietschen, das Scharren des Pferdes, das gesattelt wurde, und dazwischen die vom Katarrh gebrochene Stimme vom Gerumin. Wenn der Nebel noch da war, konnte man die am Sattel befestigte Laterne schwanken und sich unten auf der Straße verlieren sehen. In der Dunkelheit, die das Pferd im Trott durchquerte, verblaßte das Bild der Rosetta vom Fracin in der Eintönigkeit des Rittes, andere Erinnerungen kamen Gavriel wieder in den Sinn: die Signora Bocca, die Elisabetta, wie sie mit ihrem weißen Kleid im Garten saß. Und seine Jugend erschien ihm von Anfang an verflucht.

Luìs' erste Frau war die Teresina von den Maturlin. Sie war, wie es jeder erwartet hätte, ein wenig rundlich, wo es nötig war, und hatte leuchtendes Haar. Nicht rötlich wie die Tochter des Schmieds, sondern buschig und gerstenblond. Sie war erst siebzehn Jahre alt, als Luìs sie sich aus Ivrea holte bei einer Tante, die sie adoptiert hatte, die jüngste von sechs Schwestern, von denen eine schöner als die andere war.

Sie hatten sich im Sommer kennengelernt, als die

Teresina zusammen mit den anderen Schwestern Maturlin hergekommen war, um den verschuldeten Bauernhof zu verkaufen; und vom ersten Augenblick an, als Luìs sie in dem mit alten Karren und zerbrochenen Stangen vollgestopften Laubengang hatte stehen sehen, strahlend und unerschrocken in ihrem Stadtkleid, hatte er beschlossen, daß sie seine Frau werden sollte.

Er war ihr nicht von der Seite gewichen, außer um zu essen und zu schlafen; er hatte den Hafer vergessen, der gemäht werden mußte, den Mais, die Akazien, die Weinstöcke. Er hatte nur noch daran gedacht, wie er nach Ivrea kommen und sich das Mädchen nehmen könnte, von der er sich nie mehr trennen wollte.

Die Teresina von den Maturlin spielte Spinett und gebrauchte die Serviette mit so viel Anmut, daß es eine Freude war, ihr beim Essen zuzusehen. Die Tante aus Ivrea hatte eine Aussteuer ganz aus Leinen für sie vorbereitet und einen Pelzmantel aus *rat musqué* mit Pelzmütze und Muff, wie man es im Dorf noch nie gesehen hatte. Sie trug Stiefelchen aus Ziegenleder, die bis zur Hälfte der Waden reichten, und seidene Stutzhandschuhe, die ihre rundlichen Hände auch im Haus schützten. Sie hatte eine warme, wohlklingende Stimme, und wer abends durch den Garten ging, konnte hören, wie sie sich am Spinett begleitete. Manche, die neugieriger waren, näherten sich dem Fenster und wurden verzaubert vom Anblick ihres hellen Nackens im Kerzenlicht, ihren vollen, runden Schultern, die bei den hohen Noten bebten, während sie, auf einem Hocker sitzend, Werke von Händel und Frescobaldi sang.

Ihre große Leidenschaft waren die *Rusnent*äpfel, die sie selbst pflückte und die sie zu jeder Tageszeit aß, indem sie mit ihren kleinen, starken, dicht nebeneinanderstehenden Zähnen tief hineinbiß. Von den Äpfeln liebte sie sogar die Blüten, und in dem Frühling, den sie im Haus verbrachte, steckte sie sich Apfelblüten ins Haar, und abends fielen sie dann verwelkt zu Boden, als wären sie ein Zeichen für Teresinas lichtvolles Vorübergehen.

Von den Schwestern Maturlin, berühmt für ihre Schönheit, war sie vielleicht die, die am wenigsten schön war, aber dies hatte bei ihr zugleich mit der Zwanglosigkeit, die durch das Aufgehobensein in eine Gruppe entsteht, auch zu einer Art Befangenheit geführt, die sie heftig erröten ließ und spontane Zärtlichkeit einflößte. Den Wunsch, sie zu beschützen, sie an der Hand zu nehmen und sie durch die Gänge des Hauses zu führen, durch die Zimmer, die sich eines nach dem anderen öffneten. Und ihr Lächeln, das nie gekünstelt oder gewollt war, drückte strahlend ihren Dank für jede Aufmerksamkeit aus. Alle waren sich einig, daß Luìs keine bessere Wahl hätte treffen können.

Sie hatten im Winter geheiratet, und die Maria und die Fantina hatten eine Reise angetreten, die sie sich nie hätten vorstellen können, bei Schnee und Eis, in einem Sturm, der die Pferde blind machte. Ein Wolf war der Kutsche bis vor die Tore Ivreas gefolgt, und vom Fenster aus hatten sie ihn voller Entsetzen heulen sehen, grau, während die Kutsche fuhr, daß es wirkte, als würde sie jeden Augenblick zerschellen. Nicht einmal die Hochzeit in der Kathedrale von Ivrea hatte sie für soviel Angst entschädigen können. Hunderte und Hunderte von Kerzen, die sich in den Silberleuchtern zu beiden Seiten des Altars gespiegelt hatten, während die Sonne durch die Glasfenster hereingekommen war und die Braut, die durch das Kirchenschiff schritt, in farbiges Licht getaucht hatte.

Später hatten sie zum Klang von sechs Geigen und einem Dudelsack gegessen und getrunken, die Teresina von den Maturlin hatte mit jedem der Eingeladenen getanzt, sogar Gavriel hatte sich dazu verführen lassen von der halbwüchsigen Schwägerin mit den vor Aufregung feuerroten Wangen und den schon durcheinandergeratenen Locken, die selbst ganz betäubt war, weil die Schwestern ihr soviel Parfum über Hals und Arme verteilt hatten. Fünf überaus schöne Schwestern, die keinen Tanz ausgelassen hatten, groß, elegant, mit seidenen Bändern und Blumen, die in die Haare eingeflochten waren. Bereit, ein Glas nach dem anderen zu trinken, denn sie vertrugen sowohl Wein als auch Grappa sehr gut. Manche verheiratet, manche noch nicht, aber alle gleich begehrenswert.

Großartige Hochzeit und großes Fest. Sogar abends, als es dunkel geworden war, hatten Dutzende von Fakkeln den Hof erleuchtet, wo die Pferde mit dampfender Kruppe harrten und die betrunkenen Postkutscher in der Eiseskälte schliefen. Luìs hatte zusammen mit seiner Neuvermählten einen Schlitten bestiegen, sie war in den Pelz aus *rat musqué* gehüllt, und die Geigen hatten zu klingen begonnen, alle klatschten in die Hände, während Luìs die Peitsche knallen ließ und die Teresina von den Maturlin sich an den Schlittenrand klammerte: Die Augen, die Mütze, das runde Kinn, alles strahlte im Lächeln. Ihre Tante hatte gerührt den Kopf auf die Schulter der Maria sinken lassen. Sie weinte.

Die beiden Schwestern aus Moncalvo, durcheinander und verlegen, unbeholfen in ihren dunklen Umhängen, ihren dunklen, von soviel Hin und Her zerdrückten Tafthüten, hatten schwach mit der Hand gewinkt, starr war die Schulter der Maria unter den Tränen der Rührung, die die Tante von den Maturlin vergoß, ihre Augen tränten vom Rauch der Fackeln. Und innerlich nagte und nagte es an ihr: die Mitgift.

Denn die Teresina von den Maturlin brachte nichts mit außer dem Spinett und zwei Truhen mit Laken, zehn Tischtüchern aus flämischem Leinen, die auf keinen einzigen Tisch im Haus paßten, ohne daß sie am Boden schleiften. Keinen Scheffel Weizenfelder, zwei Zimmer irgendwo, keine Möbel oder Gold, das in schwierigen Zeiten zum Nutzen gereichen konnte. Nichts, gar nichts. Und Luìs, der so auf das Land, auf die Einnahmen und Ausgaben achtete, hatte nicht mit der Wimper gezuckt. Nicht aufbegehrt: Ihm war es recht so. Es wäre ihm auch recht gewesen, wenn er das Fest, die Musiker und den Pelzmantel aus *rat musqué* hätte bezahlen müssen.

Er hatte die Teresina von den Maturlin vom ersten Augenblick an gewollt, in dem er sie gesehen hatte; und in jener Nacht, als er zum erstenmal im Schein der Lampe auf der Kommode ihre rundliche Frische in seinen Händen spürte, war er sicher, daß er sich nicht geirrt hatte. Mit ihr neben sich würde er ein Riese werden. Goliath.

»Goliath, Goliath ... Wer ist das denn?« Die Teresina sieht ihn an, sofort rot im Gesicht. Sie haben das Zimmer, das auf den Nußbaum hinausgeht, nicht gewollt, sondern haben in das, wo früher die Luison schlief, eine Tapete mit Glyzinienranken hineingeklebt. Zwischen den Glyzinien ab und zu eine verblühte Rose; und das Zimmer wirkt nun wie ein Garten mit dem hell lackierten Bett und den gestickten Kissen, die sie sich aus Ivrea mitgebracht hat. Auf dem einen ist ein Haus, auf einem anderen ein Boot und auf noch einem eine Katze, die mit einem Wollknäuel spielt, alle mit Kreuzstich gestickt, dem einzigen, den die Teresina von den Maturlin kennt. Auch das Bett haben sie nicht austauschen lassen, es ist dasselbe, das die jungfräulichen Träume der Luison beherbergte, aber ihnen genügt es, weil sie eng umschlungen schlafen, und das Vorhaben, ein neues zu kaufen, wird von Tag zu Tag aufgeschoben.

Goliath, erklärt ihr Luìs, war ein Riese, der mit einem Stein von David erschlagen wurde. Ein Riese, der fähig war, einen Baum mit einer Hand auszureißen. Von David erschlagen? Warum vergleicht sich Luìs mit einem erschlagenen Riesen? Die Teresina von den Maturlin runzelt ihre blonden Augenbrauen, ihr Atem riecht nach Äpfeln, die Augen, die jedes Ding in seiner Gesamtheit erfassen wollen, ruhen neugierig, ein wenig erschreckt auf ihm. Wie soll er ihr begreiflich machen, daß das Glück zuweilen nur mit dem Tod verglichen werden kann, Luìs fährt ihr mit den Fingern ins Haar, zieht daran, bis er ihr weh tut: Schauen wir uns in die Augen, Teresina, ich und du, jetzt. Immer. Hören wir niemals damit auf, dann werde ich nicht sterben.

Morgens geht sie in die Küche hinunter, um der Marlatteira zu helfen, trocknet die tränenden Augen der Gonda, die sie durch den Schleier des grauen Stars sehen wie eine Blume, einen Schmetterling im Rascheln der Röcke. »Bist schön«, sagt sie zu ihr, »so schön ...«, und möchte ihr am liebsten die Hand küssen. Sie macht die Milch heiß, wenn die Marlatteira draußen ist, um noch mehr Holz zu holen, sie läßt die Polenta wie einen Regen in das kochende Wasser rieseln und tut, woran keiner gewöhnt ist zu dieser Stunde, auf der das Schweigen lastet, die Melancholie des beginnenden Tages, sie singt. Es sind französische Lieder von Damen und Rittern, von Königen und Geliebten, die aus Eifersucht mit einer vergifteten Rose getötet werden; doch sie weiß den Sinn der Worte selbst nicht. Sie hat sie schon immer gesungen, seit sie als kleines Mädchen ihren großen und schönen Schwestern zusah, wie sie dasaßen und Besuche empfingen. Bevor die Tante sie zu sich nach Ivrea holte. Und sogar die Fantina lächelt, wenn sie das hört, so wohlklingend ist ihre Stimme, ohne schneidende Töne. Die Maria vergißt die fehlende Mitgift und fragt sie, wie sie bloß die Kissen so schön bestickt hat. Wo doch jeder weiß, daß Kreuzstich das Einfachste ist, was es gibt.

An dem Tag, an dem die Bastianina aus dem Kloster auf Urlaub kam, saß die Teresina von den Maturlin im Garten unter dem Nußbaum, und während sie nähte, schoben ihre Füße auf dem Boden die Kieselsteine hin und her. Die Bastianina, nun Suor Geltrude Rosalia genannt, nach einer Heiligen, der man mit glühenden Eisen die Brüste abgerissen hatte, war enttäuscht. Man hatte ihr so viel von Luìs' Frau erzählt, daß sie fast Wut empfand, als sie dieses runde Gesicht vor sich sah, das in seiner Blässe aufgedunsen erschien, und die vielgepriesenen gerstenblonden Haare, die stumpf und schlaff über die Ohren herunterhingen. Die Teresina von den Maturlin war schwanger; und als sie sich aus der Starre aufgerafft hatte, die über sie gekommen war, während sie die Nadel in der Hand hielt, lächelte sie die Schwägerin an und küßte sie auf beide Wangen.

Dem Bruder zuliebe, doch mehr noch vielleicht, weil jenes Gesicht, das Angst und Freude so wandelbar machten, sie reizte, beschloß Suor Geltrude Rosalia, Teresina zu porträtieren. Sie würde das Bild im Freien malen, unter dem Nußbaum, wie sie die Teresina von den Maturlin zum erstenmal gesehen hatte.

Suor Geltrude Rosalia war groß und kräftig, schon majestätisch, und stand beim Malen mit einer langen gestreiften Schürze über der Tracht an der Staffelei. Die Teresina von den Maturlin saß im Korbstuhl und wirkte im Vergleich zu ihr noch kleiner und runder, kaum aus der Adoleszenz heraus, aber schon von dem Bauch gezeichnet, der unförmig zwischen den Blümchen ihres Musselinkleides hervortrat. Um während des Modellsitzens etwas zu tun zu haben, strickte die Teresina, mühsam, weil sie es gerade erst gelernt hatte und die Maschen ihr dauernd herunterfielen, sie preßte die Lippen zusammen vor Eifer. Suor Geltrude Rosalia kam dieses Gesicht selbstvergessen und traurig vor, sie konnte nichts Sprühendes darin erkennen. Die Marlatteira mit ihrer losen Zunge hatte ihr von den fünf teils verheirateten, teils unverheirateten Schwestern erzählt. Diese Schwestern schienen die Gabe der Allgegenwärtigkeit zu haben, man sah sie dauernd überall. Es wurde sogar behauptet, die Älteste sei bis nach Amerika gekommen, nach Baltimore. Nach Baltimore? Die Teresina von den Maturlin hebt verblüfft die Augen, das Strickzeug fällt ihr in den Schoß, Suor Geltrude Rosalia zuckt die Achseln, um ihr zu bedeuten, daß es ihr ganz gleich ist, wo die Schwestern Maturlin hingehen, und taucht den Pinsel mit großer Sammlung in die Farbe. Die Teresina schweift ab, ihr Blick verliert sich zwischen den Blättern des Birnbaums, den sie vor sich hat.

Suor Geltrude Rosalia ist die einzige, die bei soviel Vollkommenheit ein Fleckchen sieht, den Punkt, der die Mitte verdunkelt. Die Katze kommt und reibt sich an

Teresinas Beinen, Suor Geltrude Rosalia malt auch die Katze, zusammen mit dem Nußbaum und dem im Schoß vergessenen Strickzeug: »Gefällt es dir hier?« fragt sie. Die Teresina erwacht wieder aus ihrer Abwesenheit und sagt mehrmals ja, ja, wobei sie sie fast erschreckt anschaut, weil sie den Zweifel in den forschenden Augen der Schwägerin liest. »Und dir«, fragt sie, »gefällt es dir im Kloster?« Einen Augenblick lang zögert Suor Geltrude Rosalia mit der Antwort: Die Wiese, die Hitze, die langen Birnen zwischen den Blättern, Luìs Frau, alles zeugt von einer so anderen Lebenslust, wo sogar die Melancholie verfliegt in der großen Jugend der Teresina. Dann schafft sie die Frage rasch aus der Welt: »Gewiß«, sagt sie, »ich habe es gewählt.« Aber das ist jetzt gar nicht wichtig, fügt sie hinzu, jetzt muß Teresina etwas ruhiger sitzen und geradeaus schauen wie vorher.

»Mir geht es so gut bei euch, ich bin so glücklich hier...« Das Fleckchen ist in die Tiefe gestürzt, die Augen, zwischen braun und grün, lächeln in der Sonne, im Schatten der Blätter. Sie erzählt jetzt von ihrem Leben vorher, bei der Tante in Ivrea, sie erzählt von den Spaziergängen an der Dora, wenn der Schnee schmilzt, von den Gauklern, die auf dem Platz auftreten, von den Konzerten. Was ihr fehlt, sagt sie, ist die Musik. Sie nahm Unterricht, und mit ihrem Maestro spielte sie oft vierhändig, oder er spielte und sie sang; wenn die Tante hereinkam, um zuzuhören, war sie verwundert über ihr vollkommenes Zusammenspiel. Ein ausgezeichneter Lehrer, sagt sie, obwohl er noch jung war. »Wie jung?« fragt Suor Geltrude Rosalia, mit dem Pinsel in der Hand innehaltend. »Jung... zwanzig, einundzwanzig, ich weiß nicht.« »Zwanzig?« die Augen in dem vom

Schleier eingerahmten Gesicht sehen sie streng, erstaunt und rund an.

Die Teresina von den Maturlin ist rot geworden, ein junger Lehrer ist viel billiger, erklärt sie. Und wie war er, dieser Lehrer? Oh, sehr gut, so gut, daß sie ihn ausgewählt haben, um beim Besuch des Fürsten von Carignano Mozart zu spielen. Doch Suor Geltrude Rosalia weiß gar nicht, wer Mozart ist, und sieht sie mißtrauisch an. Die Röte hat sich wieder verteilt auf dem Gesicht der Maturlin, sie blickt vor sich hin ins Leere und seufzt, denn nun, sagt sie, hat der Lehrer bestimmt niemanden mehr, mit dem er vierhändig spielen kann, wenn sie noch etwas geübt hätte, hätten sie vielleicht an den Hof gehen und vor dem König ein Konzert geben können. Eine Wolke bedeckt die Sonne, der Teresina wird kalt, und ihr Mund verliert an Farbe, im Schatten, der alles gleichmacht, ist es sinnlos weiterzumalen, und Suor Geltrude Rosalia schüttelt die kleinen sommerlichen Insekten ab, die sich auf ihrer Schürze niedergelassen haben. Die Teresina von den Maturlin erhebt sich ein wenig mühsam und lächelt, während sie die Katze hochhebt und in die Höhlung zwischen Gesicht und Hals drückt. Für Suor Geltrude Rosalia ist das ein abstoßendes Schauspiel; wenn für sie der Weihrauchduft schön sein muß, und die Hemden, die übereinandergezogen werden, um jede Form des Körpers auszulöschen, wie soll sie dann diese Schwägerin gutheißen in einem so leichten Kleid, die bei jeder Bewegung die behinderte Biegsamkeit zur Schau stellt und, anstatt die Schwangerschaft zu verbergen, jedes Zeichen dafür deutlich sehen läßt. Die über dem Vergnügen an der anschmiegsamen Katze schon die Trauer um einen Musiklehrer vergessen hat, der so leichtsinnig gewesen war, sich in seine junge Schülerin zu verlieben.

Aber all dem zum Trotz würde Suor Geltrude Rosalia das Bild am liebsten gar nicht beenden, und wenn die Teresina zu tun hat und nicht Modellsitzen kann, wird sie nervös und macht und tut an der Staffelei, verbessert, ein Pinselstrich an den Haaren, einer am Zeigefinger, am Wollknäuel. Zuweilen steht sie vom Tisch auf und läßt das Essen halb stehen, weil ihr eingefallen ist, daß sie einen Schatten aufhellen oder bei einer Falte noch mehr Farbe auftragen muß; und das Essen wird kalt oder, noch schlimmer, die Katze macht sich darüber her, und dann muß man alles wegwerfen, weil es Suor Geltrude Rosalia vor Tieren graust und sie in den Katzen den Teufel sieht.

Sie ißt allein im Zimmer neben der Küche, weil ihre Ordensregel während der Mahlzeiten Schweigen gebietet, und am Tisch vor dem Fenster sitzend, hört sie nur das Gackern der Hühner im Hof drüben, während die Marlatteira die Speisen vor sie hinstellt und rasch wieder verschwindet, so widernatürlich kommt ihr diese einsame Mahlzeit vor. Doch jetzt, seit die Teresina von den Maturlin da ist, haben sich diese Mahlzeiten geändert, die Teresina setzt sich ihr mit dem Strickzeug in der Hand gegenüber und lächelt ihr zu, wenn sie ihrem Blick begegnet: Ihr flößt diese große unförmige Nonne mit den schwarzen Schuhen, die unter dem Rock hervorschauen, keine Furcht ein. Sie mag sie. Suor Geltrude Rosalia scheint dafür gar keine Dankbarkeit zu bezeugen, im Gegenteil, sie scheint die Teresina von den Maturlin überhaupt nicht zu sehen und schlürft die Suppe vom Löffel; doch wenn die Teresina aufsteht oder von jemandem gerufen wird, folgt sie ihr mit dem Blick, bis sie sich wieder hinsetzt mit dem Rücken zum Fenster, die Haare ein leuchtender Fleck vor dem vergitterten Viereck.

Manchmal gehen sie zusammen die Straße, die nach Lu hinaufführt, sie wandern gemächlich, und der Blick ruht auf der Silhouette der Alpen am Himmel, den der Sonnenuntergang mit glühenden Farben überzieht. Die Teresina von den Maturlin hat einen Bauch, bei dem man errät, daß er mühsam zu tragen ist, und ihr Gesicht wird dem einer heranwachsenden Magdalena immer ähnlicher. Der Körper und seine Begierden, die plötzlichen Verwandlungen der Träume tauchen auf und verunstalten ihre Anmut. Aber was die beiden unterwegs reden, so Schritt für Schritt, hat weder mit Körpern noch mit Begierden zu tun. Sie sprechen über Gott, weil Suor Geltrude Rosalia es sich in den Kopf gesetzt hat, die in ihrer religiösen Praxis so laue Schwägerin zu bekehren, und während Teresina mit weit aufgerissenen Augen zuhört, beschreibt sie ihr die Wonnen des Paradieses. Wonnen, die Suor Geltrude Rosalia von Springbrunnen, Kranichen, Reihern, Flamingos mit rosa Flügeln bevölkert sieht. Wo es auch Musik von diesem Mozart geben wird, und andere, die die Teresina liebt, wie die *Ode an die Königin Anna*, die sie so schön am Spinett singt. Und der Glanz Gottes, seine Barmherzigkeit und seine Gerechtigkeit verschmelzen für die Teresina von den Maturlin mit dem sanften Schimmer der Stunde, mit den Ulmen, deren Blätter ein goldenes Flimmern überläuft, mit den rotleuchtenden Schwertern, die hinter den nun schon schattigen Alpen gezückt sind. Ihr zuliebe geht Suor Geltrude Rosalia so weit, daß sie auch den Musiklehrer ins Paradies bringt und den König, vor dem die Teresina vierhändig spielen wollte. Beim Sprechen gerät Suor Geltrude Rosalia in Eifer, ihre Wangen werden feuerrot, und es kommt ihr vor, als trete sie schon ins Paradies ein, an der Hand die Teresina von den Maturlin und das Kind, das diese im Schoß trägt. Ab und zu bewegt sich das Kind, und die Teresina bleibt stehen und preßt die Hände auf den Bauch, Suor Geltrude Rosalia stockt der Atem.

Luìs ist eifersüchtig auf das gute Einvernehmen der Schwägerinnen, er mißtraut der Schwester und warnt seine Frau, sagt ihr, seine Schwester sei zu Grobheiten, zu Unverschämtheiten fähig. Sie sei hart, herzlos. Nach allem, was die Fantina für sie getan hat, habe sie die Fantina nun im Alter in einen Winkel gestellt wie einen Gegenstand, der nicht mehr gebraucht wird. Die Teresina von den Maturlin schüttelt den Kopf, Luìs irrt sich, niemand hat die Bastianina je verstanden, auch die Mutter nicht, die Gioacchino soviel Liebe gegeben hat, auch die Fantina nicht, die sich nunmehr mit der Gewandtheit eines alten Wächters in der ungreifbaren Welt der Schatten bewegt.

Denn wenn die Fantina früher mit dem Saatgut und den Ameisen sprach, so spricht sie jetzt mit den Lichtern, die aus der Dunkelheit hereindringen, befragt die Finsternis, die sich in den Ecken ballt, und nachts schläft sie nie, man hört sie kommen und gehen, mit den Fingern an die Scheiben klopfen. Suor Geltrude Rosalia ekelt sich vor ihr, und wenn sie sie vor sich sieht, während ihr eine Fliege über die Stirn krabbelt oder einen ihrer Mundwinkel streift, ohne daß sie sich die Mühe macht, sie zu verjagen, fürchtet sie sich vor ihr. Fast als künde der lange Umgang der Fantina mit den Schatten von einem ganz anderen Jenseits als dem Paradies, das sie der Teresina von den Maturlin beschreibt, während sie die nach Lu hinaufführende Straße entlanggehen. Und wenn sie sie beim Malen von hinten herantreten fühlt, erstarrt sie, ohne den Kopf umzuwenden, damit sie nicht ihrem Blick in dem gelblichen Gesicht begegnet, das sich die Fantina faltenlos bewahrt hat, dem Körper eines gerupften Huhnes ähnlich. Ein Blick aus schmalen Schlitzen, nach dem man suchen muß, und ist man ihm einmal begegnet, betört er wie der Blick gewisser Schlangen.

Zwar ist Luìs eifersüchtig auf seine Schwester, doch Suor Geltrude Rosalia spürt, wie es in ihr kocht, wie sie wild wird, wenn ihr Bruder seine Frau um die Taille faßt und sie in der Öffentlichkeit küßt. Ein Skandal. Es ist unerhört, so etwas hat man im Haus noch nie gesehen. Wutentbrannt wendet sie den Kopf ab, und ihre Schritte die Treppe hinauf lassen das Geländer erzittern. Ist sie erst oben, hält sie es nicht aus und schaut durch die angelehnten Fensterläden hinunter und ringt die Hände, wenn sie die Stimmen der beiden hört, ihr Lächeln und das stille Einvernehmen in ihren Blicken errät.

Und abends, wenn die Teresina von den Maturlin am Spinett sitzt mit ihrem schönen Kleid aus hellem Musselin und den Ohrringen, die Luìs ihr bestellt hat, zwei goldenen Margeriten mit einem kleinen Rubin in der Mitte, beeilt sie sich, auf dem Hocker neben ihr Platz zu nehmen, bevor der Bruder kommt, und ihre Röcke hängen herunter, der Schleier ist verrutscht durch den raschen Lauf, die großen schwarzen Schuhe stellen sich gebieterisch neben die Füße der Teresina, die auf den Pedalen des Spinetts ruhen. Sie begeistert sich leidenschaftlich für die Musik, die unter den rundlichen Fingern der Maturlin entsteht, für ihre wohltönende

Stimme. Für Händel, für Frescobaldi und für diesen Mozart, den die Teresina mit soviel Hochachtung erwähnt. Sie fragt, erkundigt sich zwischen einem Stück und dem nächsten, und die Teresina erklärt die Noten auf der Partitur, indem sie den blonden Kopf zu dem ihren hinüberneigt, sie spürt ihren leichten Atem, den Apfelgeruch, der die junge Schwägerin stets umweht, fast als wären die beiden vollen Brüste, die der Musselin nicht mehr fassen kann, auch Äpfel. Der Finger der Teresina fährt die Zeilen entlang, während die vollen blassen Lippen im Licht der Kerzen zu beiden Seiten des Spinetts ihre Zähne entblößen, die aussehen wie die eines Wolfsjungen. Durch das offene Fenster dringt, vermischt mit Petunien, mit Rosen und mit Vanilleblüten, die Nachtluft herein, und ein ferner, warmer Stallgeruch. Suor Geltrude Rosalia hat noch nie solche Abende erlebt, und bevor sie zu Bett geht, kniet sie sich auf den Boden, faltet die Hände und dankt Gott.

Die Teresina von den Maturlin starb am 18. Februar 1844 im Kindbett. Zwei Nächte vorher hatte es starken Schneefall gegeben, der bis in den Morgen hinein angehalten hatte, und nachmittags hatte sie mit Luìs einen kurzen Rundgang durch den in Schweigen versunkenen Garten unternommen. Der Schnee wog schwer auf den Ästen, zog sie herunter, und bei der leisesten Schwankung oder einem höheren Ton der Stimme fiel er in blütenweißen Fleckchen herunter. Und als Gavriel zurückgekommen war mit dem Pferd, das mühsam die Allee herauftrottete, hatten sie sich alle drei auf das notdürftig gesäuberte Mäuerchen gesetzt. Es war ein lichter Nachmittag, lau wie nach jedem Schneefall, und einen Augenblick lang war die Sonne hervorgekommen, um Schatten auf das noch unberührte Weiß zu werfen. Gavriel war lustig und hatte von den Liebesgeschichten des Zanzìa erzählt; den Schal eng um die Schultern gewickelt, hatte sie den beiden Brüdern zugeschaut, wie sie lachten.

Im Morgengrauen hatten die ersten Wehen begonnen, abends war die Teresina von den Maturlin schon kalt, nahm das Fleisch schon die feuchte und harte Beschaffenheit des Todes an, während die Marlatteira weinend das Blut aufwischte, das durch die Matratze bis auf den Boden getropft war. Draußen war der Schnee vom Weg gekehrt worden und türmte sich an den Seiten auf, der Schein der am Eingang brennenden Lichter glitzerte auf seiner durch den Frost zu Kristall erstarrten Makellosigkeit. Im Haus herrschte ein ununterbrochenes Kommen und Gehen, Schritte, Blechschüsseln, die aufgeräumt wurden, und Schubladen, die ächzten und quietschten bei der Suche nach wer weiß welchem Gegenstand oder Kleidungsstück. Stimmen ohne Klang, als hätten die Wörter sich verzerrt, mischten sich mit einem dumpfen, blöden, schleppenden Grundgeräusch, während ein neuer Geruch, grauenhaft, weil er keinem anderen glich, aus dem Zimmer drang, wo die Teresina aufgebahrt lag zwischen den Wänden, an die die Tapete mit Glyzinienranken und zwischendurch verstreut einer verblühten Rose geklebt worden war.

Suor Geltrude Rosalia war schon im Oktober ins Kloster zurückgekehrt, und all die Zeit hatte sie immer nur an die Schwägerin gedacht und an ihre Spaziergänge in der einbrechenden Dämmerung, als sie von Gott gesprochen hatten und die Teresina von den Maturlin ihr mit soviel Aufmerksamkeit gelauscht hatte. In der Kapelle, während der Frühmesse oder wenn sie im vorzeitigen Abenddunkel das *Officio* betete, waren die Gedanken zu ihrer beider Schritte auf der Straße mit den Karrenspuren hingeeilt, zu den staubigen Hecken, zur Stimme voller Verwunderung und Erstaunen der Maturlin, zu ihren Fragen, auf die eine Antwort zu wissen ihr ganzer Stolz gewesen war. Eine Maturlin, der man so wenig vom Paradies beigebracht hatte und so viel von der Erde und die sich vorstellte, Erde und Paradies in Einklang bringen zu können, wenn sie nur aufmerken und verstehen würde. Zwischen einem Psalmenvers und dem nächsten hatte ihr Blick in der Finsternis der kaum von den Kerzen erhellten Schreine das Bild der Teresina wiedererstehen lassen, mit dem Rücken zum Fenster und dem Strickzeug in den rundlichen Händen, ihrem stillen Lächeln beim Geräusch des Bestecks auf dem Teller. Sie hatte die feine Angst wieder gespürt, die hochkam, wenn sie sie aufstehen sah und der Rock den Tisch streifte. Das dunkle Fleckchen in ihrem Blick, das nur sie gesehen und auf der Leinwand wiederzugeben versucht hatte, den Farben hatte sie gezürnt, die Pinsel hatte sie mißhandelt. Zum erstenmal hatte sie sich unfähig gefühlt in jenem Sommer, plump gegenüber jenem kleinen Triebwerk, das dem empfindlichen Herzstück einer Uhr glich und dessen Schwankungen zu erfassen ihr nicht gelang; die Maturlin, die sie gemalt hatte, war der ähnlich gewesen, die alle sahen. Gavriel, die Fantina, die Maria, Luìs. Luìs, der blind war und den dunklen Punkt nicht bemerkt hatte, den Riß, der durch die grünbraune Oberfläche von Teresinas Blick lief. Das plötzliche Nachgeben des Fußes.

Als die Nachricht ihres Todes das Kloster erreichte, lag Suor Geltrude Rosalia mit Wurmfieber im Bett, und die Oberin sagte ihr nichts aus Angst, es könnte ihr vor Gram schlechter gehen. Als sie beschloß, es ihr mitzuteilen, war die Teresina von den Maturlin schon seit über einem Monat unter der Erde, und das Kind, das den Namen Pietro Giuseppe erhalten hatte, verblüffte alle damit, wie kräftig es war und wie es in den Windeln strampelte.

Suor Geltrude Rosalia verließ das Sprechzimmer der Oberin wie im Traum, und wie in einem jener Alpträume, die nie enden und die Beine lähmen, versuchte sie gegen die Unwirklichkeit anzukämpfen. Die Tür hatte sich hinter ihr geschlossen, und sie war allein in dem langen Gang, an dessen Ende sich ein Fenster auf den eintönigen Himmel öffnete, der grau war wie schmutzige Watte. Sie konnte sich nur mühsam aufrecht halten, so überwältigend war der Wunsch, sich auf den Boden zu werfen und dort zu weinen, lang ausgestreckt, mit dem Staub des Fußbodens im Mund. Ihre Hände waren eisig geworden, denn alles Blut war zum Gesicht hingeströmt, das glühte, oder schwappte vielleicht hierhin und dorthin in der Brust, die von lautlosen Schluchzern geschüttelt wurde. Ich will sterben, dachte sie, ich will sterben, und am schlimmsten schien ihr zu sein, daß sie es nicht erfahren hatte, als es geschehen war, daß sie sich weiterhin mit Süppchen und Kartoffelbrei ernährt hatte, unbeschwert und selig zwischen den Laken, sogar freundlich zu den Laienschwestern, die ihr den Nachttopf ausleerten, weil sie so gern dalag und an den kommenden Sommer dachte und an all die Dinge, die sie und die Teresina von den Maturlin sich zu sagen haben würden über Gott und Mozart. Und als es geschneit hatte, war sie froh gewesen, es war so viel Schnee, daß er die Wege ausgelöscht hatte, und sie stellte sich vor, daß die Teresina von den Maturlin mit dem Kind in den Armen zusah, wie die Flocken fielen. Ein Kind, pausbäckig und groß wie die Engel, die das Weihwasserbecken im Dom hochhielten.

Jetzt würde sie dieses Kind am liebsten niemals sehen. In ihrem Geist ist es häßlich und haarig, ein streunender Hund, eine Katze. Sie faltet die Hände in der Kapelle, aber was ihr aus dem Mund kommt, sind keine Gebete, und während die Mitschwestern das *Angelus* intonieren oder auf das *Confiteor* antworten, entschlüpfen ihren Lippen verpestete Worte, vom Schmerz entstellt. Sie ist noch schwach, und der Geruch nach Weihrauch macht sie ohnmächtig, sie schwankt, die Hände schaffen es nicht, sich an der Bank festzuhalten, die Knie schlagen hart auf dem Boden auf.

Um sie abzulenken, bittet die Oberin sie, für die nächste Mainovene ein Bild mit dem Tempelgang der Jungfrau Maria zu malen. Sie sitzt vor der Staffelei, und der Blick verliert sich auf dem flachen Land, wo zwischen großen Wasserlachen Gehöfte herausragen. Sie schaut auf die Reihen schmaler, zerbrechlicher Pappeln, die schon beim schweren Flügelschlag der Raben zittern; und auf der Leinwand erscheinen die smaragdfarbenen Wiesen im Sonnenuntergang, die Alpenkette und die staubhelle Straße, der schnittreife Mais. Unermüdlich wandert der Pinsel hin und her, und das Mädchen, das die Treppe zum Tempel hinaufsteigt, ist die Teresina von den Maturlin, barfuß für ihren Eintritt ins Paradies; und während sie malt, weint Suor Geltrude Rosalia, die Tränen tropfen auf die Farben, werden mit eingerührt in die Tönungen auf der Leinwand. Aber weder Gott noch die Farben können die Teresina von den Maturlin wieder zum Leben erwecken oder die Zeit zurückdrehen, die sie an den Haaren gepackt und fortgeschleift hat. Auch nur einen der Schritte auf der Straße nach Lu zurückgeben.

Das Bild ist so häßlich, daß die Oberin es nicht in der Kapelle haben will, sie will eine echte Madonna mit Schleier, himmelblauem Gewand und Sternenkrone. Und sie befiehlt Suor Geltrude Rosalia, auf die andere Seite der Leinwand irgendeinen schönen Vogel zu malen, einen Kranich oder Reiher, wie die, die sie früher gemalt hat und die dem Bischof immer so gut gefielen. Auf den Tempelgang wird das Kloster verzichten. Suor Geltrude Rosalia muß gehorchen, wenn sie eines Tages Äbtissin werden will. Aber Suor Geltrude Rosalia will nur sterben und bekommt als erste den Typhus im Kloster von Novi, das bisher verschont geblieben war.

Je höher das Fieber steigt, um so froher ist sie, im Delirium redet sie mit der Teresina von den Maturlin, und sie sagen sich die einfältigsten Dinge, ihr ist, als ginge sie mit ihr *Rusnent*äpfel pflücken vom Baum am Ende des Gartens, die Teresina klettert mit all ihren Röcken die Äste hinauf, und als erstes fallen ihre schönen Ziegenlederstiefelchen herunter, dann rollen auch die Äpfel hinterher. Sie ruft sie, aber auf dem Baum ist nicht mehr die Teresina, da ist der Gioacchino, und daß Gioacchino fliegt, stimmt nicht, er kommt herunter wie Blei und macht einen ohrenbetäubenden Lärm, wie eine Lawine, ein Sturzbach, der die Dämme gebrochen hat.

Arme Suor Geltrude Rosalia. Sie schreit mitten in der Nacht und hat keine Haare mehr auf dem Kopf, der Typhus hat sie ausfallen lassen auf das Kissen, während die neuen wie Kükenflaum auf ihrem runden Schädel sprießen. Von zu Hause schicken sie ihr Wein und Salami, Eier und einen ganzen Truthahn, den sie nicht einmal anrührt, weil sie an die Teresina von den Maturlin denkt, die mit achtzehn Jahren im Kindbett gestorben ist. Und die Schwester Organistin, die sie besuchen gekommen ist, fragt sie nach Mozart, ob sie zufällig seinen *Türkischen Marsch* kennt. Das war ein Deutscher, sagt die Schwester Organistin zu ihr, und er hat schamlose Opern geschrieben.

Der Pelzmantel aus *rat musqué* wurde der ältesten der Schwestern Maturlin übergeben, die ihn verlangt hatte, er hätte ja sowieso niemandem gepaßt, da er auf die Maße eines runden, zarten Körpers zugeschnitten war. Und nachdem sie den Pelzmantel bekommen hatte, fragte sie auch gleich noch nach der Mütze und dem Muff, die als Garnitur dazugehörten, und probierte das Ganze vor dem Spiegel in dem Zimmer mit den Glyzinienranken, zwischen die hier und da eine verblühte Rose eingestreut war. Pietro Giuseppe bekam sie nicht zu sehen, weil er oben auf den Hügeln bei einer Amme war, aber man versicherte ihr, daß es dem Kind gutging und Luìs es jede Woche besuchte. Die älteste der Maturlin hätte gern auch das Spinett genommen, sie ließ die Finger darübergleiten und sagte, daß es dort im Wohnzimmer kaputtgehen würde, weil es feucht war: »Spielt jemand im Haus denn darauf?« fragte sie und sah Luìs dabei an, die Oberlippe kaum über den Zähnen geschürzt, denn wenn nicht, fügte sie hinzu, würde es schließlich ganz verkommen; und die Lippe entspannte sich in einem sanften, traurigen Lächeln.

Luìs, der ihr stumm zugeschaut hatte, während sie sich mit dem Pelzmantel vor dem Spiegel hin- und herdrehte, atemberaubend schön mit ihren riesigen blauen Augen, die aus der Dichte der Pelzhaare auftauchten, verweigerte ihr das Spinett. Er weigerte sich, ihr die Kleider zu geben, den Kaschmirschal, den sie auf der Hochzeitsreise gekauft hatten, und sogar eines der gestickten Kissen, das sie zur Erinnerung haben wollte. Keiner lud sie ein, dazubleiben und ein Glas Muskateller zu trinken und den Kuchen zu probieren, den die Marlatteira soeben aus dem Ofen geholt hatte. Keiner bot ihr einen Sitzplatz an oder fragte sie nach der Tante und den Schwestern. Das Haus schien unbewohnt, und Luìs, die Mutter und die Fantina dabei, ebenfalls auf und davon zu gehen. Zum Schluß trat die älteste der Maturlin auf dem Pfad zwischen den kahlen Bäumen den Rückweg an, wo ihre Stiefelchen sich im Schneematsch mit Kot bedeckten, sie ging mit kleinen Schritten wie eine große Dame, in den Pelzmantel aus *rat musqué* gehüllt, während die Mütze ihre kleinen eisigen Ohren schluckte. Ein Bub folgte ihr, der mitgekommen war, um »die Last« zu tragen, ein großes Bündel, zu dem sie ihren alten Mantel zusammengeknäuelt hatte und aus dem die verknitterten Bänder einer Haube heraushingen.

Gavriel, der ihr begegnete, als sie die Allee hinunterging, errötete vor Scham, daß man eine Frau allein weggehen ließ, ohne sie wenigstens zu begleiten. Doch sein Herz machte einen Satz, als er den Pelzmantel und die Mütze erkannte, und auch er sagte nichts und beschränkte sich darauf, kurz den Hut zu lüften. Sie, mit dem Bub im Gefolge, achtete nicht weiter auf den barschen Gruß und schenkte Gavriel das gleiche traurige und sanfte Lächeln, mit dem sie sich zuvor an Luìs gewandt hatte: Die Maturlin verziehen alles, Unhöflichkeiten, Grobheiten, Bigotterie. Sie waren Frauen von Welt.

Kaum sah Luìs sie im leichten Absatzgeklapper verschwinden, ging er zum Spinett und legte den Filz wieder auf die Tasten. Die Marlatteira stand in der Küchentür und sah ihm zu: »Sie ist schön wie eine Madonna«, sagte sie. Sie hielt auf einer Platte den Kuchen in der Hand, und man merkte, daß sie gern etliche Fragen zu diesem Besuch gestellt hätte; aber das trokkene Klappen des Deckels, der zugemacht wurde, ließ sie ihr auf den Lippen ersterben.

An dem Tag, an dem das Gerücht von neuen Cholerafällen im Landkreis umging, fuhr Gavriel mit dem Karren los, um Pietro Giuseppe nach Hause zu holen. Immer war Gavriel, als Luìs nicht mehr die Zeit dazu gefunden hatte, einmal in der Woche zu dem Gehöft hinaufgegangen, wo das Kind bei der Amme lebte, hatte sich damit vergnügt, es auf seinen Knien reiten zu lassen, und ihm bei den ersten Schritten zugeschaut.

Sie kamen gegen Abend zu Hause an. Pietro Giuseppe schlief in einem Korb, und die Limasa saß mit vom Karren baumelnden Beinen neben ihm; ohne zu warten, bis das Pferd stillstand, sprang sie mit einem Satz hinunter und blickte neugierig in die Runde: Zum erstenmal übertrat sie die Schwelle eines *particulare*. Sie war barfuß und trug nur das Kleid, das sie auf dem Leib hatte, als sie die Unterhosen sah, die auf der Wiese zum Trocknen ausgebreitet lagen, begann sie zu lachen, weil sie nicht wußte, was das war. Sie kratzte sich am Kopf und aß dann auf, was an den Fingernägeln hängenblieb.

Das war ihr am schwersten abzugewöhnen. Die Bauern, die sie angenommen hatten, hatten ihr den Spitznamen *Limasa* gegeben, was Schnecke bedeutet, weil sie alles mit einer zähen, unüberwindlichen Langsamkeit tat. Weder Schreie noch Schläge hatten sie auf Trab bringen können, und doch hatte Gavriel die Möglichkeiten geahnt, die sich hinter ihrer Langsamkeit, den schleppenden Schritten verbargen. Er hatte die Promptheit bewundert, mit der sie der zum Schlag erhobenen Hand auswich, und den Geistesblitz, der ihre schielenden Augen durchzuckte, sowie sie verstand, daß Gavriel auf ihrer Seite war. Und sie hatte keinen Augenblick lockergelassen, ihn in beinahe unverständlichem Dialekt immer wieder bedrängt: Nimm mich mit, nimm mich mit.

Sie war dreizehn Jahre alt, und in den ersten Tagen sprach sie mit niemandem. Sie hatte die Aufgabe, sich um Pietro Giuseppe zu kümmern, und schon im Morgengrauen stand sie im Stall und wartete darauf, daß ihr die Milch für das Kind gegeben wurde. Sie wusch es in einer Zinkwanne und prüfte zuvor die Temperatur mit der Zunge, auch zog sie es mehrmals am Tag um und zeigte einen großen Hang zur Vollkommenheit; und wenn sie es mit Gebetsreimen in den Schlaf sang, verjagte ihre Hand die Fliegen, als läge in der Wiege anstelle von Luìs' Sohn der Dauphin von Frankreich. Jedesmal wenn sie ihn auf den Arm nahm, wirkte es, als müßte sie unter seinem Gewicht zusammenbrechen, aber sie ging und ging unermüdlich, an den Füßen ein Paar alte Pantoffeln. Manchmal lud sie ihn rittlings auf den Rücken und trabte mit ihm die Allee auf und ab, Pietro Giuseppe lachte und sie mit ihm. Die Wahrheit war, daß ihr das Kind vom ersten Augenblick an gefallen hatte, während sie von dem Haus und den *particulari* enttäuscht war. Im Grunde waren sie wie alle anderen, aßen, stocherten mit den Fingernägeln in den Zähnen, schnarchten, und ihre Scheiße wurde mit der aller anderen in die Dunggrube gekippt. Das Haus aber stank, wenn der Wind vom Stall her wehte, genauso wie das Gehöft, wo Gavriel sie aufgelesen hatte.

In wenigen Jahren wurde die schmächtige und stille Kleine jenes Julinachmittags flügge und entpuppte sich als großes Mädchen mit kräftigem Körperbau – das Fleisch war so hart, als hätte man es mit Gips angerührt – und einem breiten Gesicht, auf dem sich die Pockennarben wie kleine Krater geweitet hatten. Ihre laute, klangvolle Stimme ertönte ungedämpft, und die Gebete hatte sie mit einem Gesangsrepertoire vertauscht, das vom *Cavalier Franseis* bis zu den Karnevalsliedern reichte.

Als Luìs im März 1848 als Freiwilliger zum Militär ging, lernte sie mit Pietro Giuseppe zusammen das Abc. Die Fibel lag aufgeschlagen auf dem Tisch in dem Zimmer, wo Suor Geltrude Rosalia früher gegessen und dabei die Teresina von den Maturlin angeblickt hatte.

Pietro Giuseppe ist ein frühreifes Kind, und obwohl er erst vier Jahre alt ist, folgt er aufmerksam den Buchstaben, die neben den Abbildungen stehen. Aus dem Hof dringt wie einst das Gackern der Hühner ins Zimmer, aber die beiden heben den Kopf nicht, wollen hartnäckig verstehen. Rund ist Pietro Giuseppes Kopf, wie der von Gavriel, dem Onkel, und wie der vom Sacarlott war. Glattrasiert wegen der Läuse, zwischen kastanienbraun und blond. Von der Mutter hat er fast nichts, und nur seine Stimme erinnert an sie, die Leichtigkeit, mit der er jedes Motiv aufschnappt. Es genügt, daß er ein Lied einmal hört, damit er es nachträllert, wenn er auf dem Boden sitzt und spielt.

An dem Morgen, an dem sein Vater in den Krieg zog, schlief er bei der Limasa, und Luìs ging, ohne sich von ihm zu verabschieden. Bei Sonnenaufgang wartete der Wagen vom Zanzìa auf dem Platz, er hatte sich angeboten, die Freiwilligen nach Alessandria zu bringen. Nur Gavriel war mitgekommen, um Luìs zu verabschieden, er trug keinen Hut, und die windige Märzluft zauste seine Haare, während sich die Hähne von einem Hühnerstall zum anderen zukrähten. Der Zanzìa machte den Transport umsonst, aus Vaterlandsliebe, doch von Luìs erwartete er sich etwas und schaute ihm auf die Hände in den Taschen. Luìs aber dachte an anderes, sah unverwandt den fröstelnden Bruder in der Mitte des Platzes an, und die vom Schlaf noch schmalen Augen baten ihn, er möge sich um den Sohn und den Hof kümmern. Ihm verzeihen wegen der getroffenen Entscheidung, die nur ihn etwas anging. Und während am Ende des Platzes nach und nach weitere junge Männer mit einem Bündel unter dem Arm auftauchten, von Müttern und Schwestern begleitet, hatte Gavriel mit der Hand ein Zeichen gemacht: Er versprach es. Dann, bevor die anderen Freiwilligen herangekommen waren, drehte er sich um und stieg wieder zum Haus hinauf.

Die Maria war im Arbeitszimmer, fühlte sich verraten durch Luìs, der so abreiste und alles im Stich ließ, um hinzugehen und sich von den Österreichern erschießen zu lassen, den verdienten Ordnungshütern. Die beiden Brüder waren noch nicht auf dem Platz angelangt, da wühlte sie schon in den Papieren ihres Sohnes herum, um einen Schuldigen zu finden, wer und was ihn zu dieser subversiven Entscheidung gedrängt hatte, so daß er das Haus und ein Kind in der Obhut von zwei armen, alleinstehenden Frauen zurückließ. Denn auf Gavriel konnte man niemals zählen, immerzu war er auf seinem Pferd unterwegs, nachts und tags.

Doch die Bücher helfen ihr auch nicht weiter, sie handeln alle von Agronomie und zeigen helle vertraute Bilder: Weizen, Tiere, Pflanzen. Wo hat Luìs sie nur her, diese Lust zu töten und sich töten zu lassen, bestimmt durch Feinde, die von außerhalb gekommen sind wie diese *franseis*, diese Franzosen, die einst den Pidrèn umgarnt und ihn dann elender zurückgelassen hatten als einen Knecht. Und als die Limasa mit Pietro Giuseppe an der Hand in der Tür auftaucht, schreit sie, sie solle dem Kind etwas anziehen, was er da zu suchen habe mit nackten Füßen. Die Limasa erschrickt, Pietro Giuseppe weint, und die Fantina kommt herunter, um nachzusehen, was dieser ganze Krach zu bedeuten hat. Er ist fort, er ist fort, schreit die Maria; sie sieht schon die Armut, die Tiere abgemagert, die Abende kalt und dunkel.

Die Limasa flüchtet sich in die Küche und schleppt das Kind hinter sich her, zieht ihm Strümpfe an, zwei Wollhemden übereinander, und dann essen sie gemeinsam Polenta mit Milch, während die ersten Sonnenstrahlen golden über die Kupferkessel gleiten, die an den Haken aufgehängt sind. Die Tränen trocknen rasch, sie lachen und treten unter dem Tisch nacheinander: »Hör auf!« sagt die Limasa und rückt ihren Stuhl nach hinten. Jetzt machen sie das Spiel, sich in die Augen zu schauen, wer sie zuerst zumacht, hat verloren, sie denkt, daß sie noch nie so graue Augen gesehen hat und es ihr gefallen würde, Pietro Giuseppe *Grisòn* zu nennen. Aber Luìs will das nicht, er will den vollen Namen wie bei einem König. Und nun ist Luìs fortgezogen, vielleicht stirbt er und kommt nie wieder: *»Bel Grisòn!«* sagt sie zu Pietro Giuseppe und küßt ihn schmatzend auf den polentaverschmierten Mund.

Die Maria und die Fantina heben weiter die Papiere von Luìs auf, die auf den Boden gerutscht sind, von Luìs, der glaubt, es gebe ein Italien, das man Stück für Stück wieder zusammensetzen müsse. Die Hände der Maria bewegen sich zitternd, bündeln Bücher und Hefte, die Fantina hebt ein Blatt auf, legt eine Feder an ihren Platz zurück, einen Sandstreuer. Sie empfindet keinerlei Mitgefühl für die Schwester, vielleicht eher eine leicht gehässige Schadenfreude, während ihr Blick, nur ein Schlitz, Marias unordentliche Haare umfaßt, die Falten um den Mund, die zitternden Hände. Was will sie, was sucht sie noch, die Maria, wie damals, als sie ihrer Schönheit sicher war und ihr keiner widerstehen konnte. Die Fantina besitzt andere Güter, und sie hütet sie zusammen mit der Geige in dem rot ausgeschlagenen Kasten, die Motten haben das Tuch schon so zerfressen, daß man es nicht mehr anrühren darf; und hinter ihrer blassen vollen Stirn, einer fetten Stirn, falls eine Stirn fett sein kann, summen die Gedanken wie in einem Bienenhaus, sammeln und arbeiten in beständigem Kommen und Gehen.

Luìs ist schon weit, über den Friedhof hinaus, auf dem seine junge Frau begraben liegt in dem Kleid, das sie an jenem Tag in Ivrea getragen hatte, als sie durch die bunten Lichter des Kirchenschiffs geschritten war und die Kerzen auf ihrem Mund geflackert hatten. Dasselbe Kleid, das zerknittert war, als so viele verschwitzte Hände sie um die Taille gefaßt hatten, und dessen Saum gerissen war; im Eifer des Tanzes war jemand daraufgetreten. Luìs hat sich nicht rasiert und wird sich auch nicht mehr rasieren, wenn er zurückkommt, wird Pietro Giuseppe ihn kaum wiedererkennen; und während die Pferde auf der steilen Straße nach San Salvatore langsamer werden, weicht die beißende Kälte des Tagesanbruchs einer erst lauen Sonnenwärme, die weißen Tauben fliegen von den Dächern auf, um auf den Feldern nach Futter zu picken. Andere Freiwillige steigen in San Salvatore, in Castelletto, in Val Madonna zu, und statt in den Krieg scheint es auf eine Kirmes zu gehen, die jungen Männer singen *Dona lumbarda, spusème mí, spusème mí*..., Frau aus der Lombardei, heirat mit, heirat mich..., und bei jedem Halt schenken ihnen die Frauen Wein, Eier, Äpfel, und man versteht nicht warum, aber vor allem Luìs strecken sie ihre Gaben entgegen. Die Sonne steht nun hoch, und in der Ferne sieht man die gerade vom Schnee befreiten Felder, die schon hier und da wie einen Flaum erste Getreidehälmchen haben. Der Zwiebelturm mit der Glocke hat sich hinter den Hügeln verloren, noch erkennt man, an der langen verkrümmten Ulme, das Gehöft der Maturlin, das ein Fabrikant aus Alessandria gekauft hat, um aus der lehmhaltigen Erde Ziegelsteine zu brennen.

Die Teresina von den Maturlin stand mit dem Rükken zu ihm, als er das erste Mal hinaufkam. Es ging das Gerücht um, daß die sechs Schwestern Geld brauchten und alles billig verkauften, er war auf dem Pferd hinter Gavriel hergeritten, und während der Bruder zu den Weinbergen hinuntergeritten war, hatte er sich zum Laubengang begeben. Sie stand mit dem Rücken zu ihm, ein Bild im Gegenlicht, das die Sonne von außen umglänzte, als wäre es schon eine Vorahnung, ein erster Schritt von ihr ins Dunkle und Unbekannte. Noch hatte nichts begonnen, und der Abschied stand schon bereit in jenem Laubengang, wo sich Deichseln, Räder mit gebrochenen Speichen und verrostete Eggen türmten; so wenig hatten die Maturlin über Jahre hinweg Sorge getragen (sechs schöne Mädchen, die nur ans Tanzen dachten, an Kleider, an Brennscheren für ihre Locken, nie fand eine von ihnen einmal eine Stunde, um sich an einen Tisch zu setzen und zu rechnen. Nicht einmal die Jüngste, die, die eine Tante aus Ivrea zu sich genommen hatte, um wenigstens sie vor diesem Ruin zu retten). Doch dann hatte sich die Teresina herumgedreht, und Luìs hatte ihr Gesicht im Blond der Haare gesehen, sie hatten ihn mit *Signore* angesprochen, entschlossen, ihre Rolle auf die beste Weise zu spielen, das Land zu verkaufen und die zu bezahlen, die noch Geld guthatten. *»Signore . . .«* Sie, die von Land keine Ahnung hatte, zeigte ihm die Felder und die vertrockneten Weinstöcke, die Ulme, und alles wurde, in ihren Augen gespiegelt, wundervoll; so groß war die Liebe zum Leben gewesen, die die jüngste der Maturlin hegte, als sie noch Musik studierte und vierhändig spielte. Mit ihr hatte er sich gefühlt wie ein Riese. Ihrer beider Leben konnte lang und erfüllt sein, ein Fels, auf dem jedes Ereignis ein Zeichen einer anderen Zeit hinterläßt, das Haus konnte voller Stimmen sein, voller roter Blüten des Feuersalbei und voller eiliger Schritte. *Signore . . .* zu jenem Punkt zurückkehren, dort neu beginnen. Noch einmal, wenn auch nur einen Augenblick. Einen.

Welche Art von Liebe kann man einem Kind entgegenbringen, das einen eine so plötzliche und unabänderliche Trennung gekostet hat. Das das Glück von *Vorher* vom Unglück des *Nachher* geschieden hat.

Fünftes Kapitel

Braida

Für die Rosetta vom Fracin war der 48er-Krieg ein Segen. Wenn die Gebirgsjäger von Lamarmora nichts brauchten, dann die Fußsoldaten von Ramorino oder noch besser die Königliche Kavallerie; der Camurà kam gar nicht mehr nach mit dem Beschaffen von Stoffbahnen, so groß war der Verschleiß der Uniformen, der Brandschaden der Streifschüsse oder einfach die Abnutzung der Sättel. Aber vor allem die erhöhte Anzahl von Gebirgsjägern, Fußsoldaten und leichten Reitern.

Der Camurà konnte keine zwei Tage hintereinander zu Hause bleiben, und wenn er kam, mußte er die Rechnungen überprüfen und die Besuche derer empfangen, die schon beschlossen hatten, ihm seine Sünden zu vergeben. Beleibte Herren kommen, um mit ihm über Seidenspinnerei zu sprechen, andere wollen sein Interesse für Viehzucht wecken oder bitten um seine Beteiligung an der Restaurierung einer Kapelle; und alle bewundern die Kachelöfen, die laue Wärme in den Zimmern, die Eiche, die schöne Ehefrau. Dem Camurà schmeichelt ihr Interesse, und auch wenn er zuweilen ungeduldig mit dem Fuß auf den Boden klopft, bleibt ihm wenig Zeit für seine Frau, und er kann ihr nicht zuviel Aufmerksamkeit widmen. Nicht versuchen, ihre Gedanken zu erraten, wissen, wo ihre

Hoffnungen hingehen, wenn sie selbstvergessen aus dem Fenster blickt oder verträumt ins Nichts starrt.

Außerdem kommen ständig Truppen und Königliche Hoheiten mit ihrem Gefolge durch den Ort, reitende Boten, die so viel Staub aufwirbeln, daß sie die Straße vernebeln. Wagen aus dem Troß, Soldaten, die um etwas zu trinken bitten; wer soll da auf Gavriels Pferd aufmerksam werden, auf das Geräusch seiner Schritte nachts auf dem Kies? Was die Rosetta vom Fracin sich so lange gewünscht hat, was unmöglich zu sein schien, kann nun doch eintreten. Sie kann sagen: morgen, Mittwoch, Samstag. Sie und Gavriel eine ganze Nacht zusammen, sich lieben und schlafen, erwachen und sich lieben und dann wieder schlafen, und sich im Schlaf umdrehen und eine Hand, einen Arm, den Mund küssen. In dem großen Nußbaumbett vom Camurà geht die Zeit anders in der Nacht, ist unendlich lang und kurz, so kurz, daß sie fast nichts ist, und im ersten Licht der Morgenröte steht die Rosetta auf, um die Fensterläden ein wenig zu öffnen, und betrachtet Gavriels Lockenkopf auf dem Kissen, seinen im Schlaf entspannten Körper. Er zuckt zusammen, dieser Körper, wenn sie ihn berührt, erschrickt wie ein Tier, das in seiner Höhle überrascht wird, und sie lacht, ihr Mund ist leicht, nur gerade ein wenig kalt im Morgengrauen.

Die Maria hat recht, niemand kann auf Gavriel zählen, weil er bereit ist, für eine dieser Nächte seine Seele zu verkaufen. Er vergißt Pietro Giuseppe, das Land, die Mutter; und der Maria hämmert das Herz in der Brust, wenn sie ihn in der Dämmerung mit ungeduldigen Stiefeln auf den Backsteinen des Wegs hört, während seine Stimme dem Gerumin rasch ein paar Anweisungen gibt, die dieser nie ausführen wird, so klar ist es allen, daß Gavriel nichts mehr wichtig nimmt und seine Gedanken schon auf dem Pferd auf der großen Straße vorauseilen. In Gedanken ist er schon dort, in der Nacht, im Bett vom Camurà. Die Maria beugt sich über die Patience, um die Angst mit dem Aberglauben zu beschwichtigen: Also, wenn nun das Schellenas herauskommt, wird Gavriel zurück sein, gleich nachdem es Tag geworden ist, wenn aber die aufgedeckte Karte ein Bube ist, wird er später kommen. Doch wenn die Schwertdame herauskommt, dann wird ihm etwas zustoßen, und die Hände können das Zittern nicht unterdrücken, sie betet zu Gott, daß er diese Karte aus dem Spiel verschwinden lassen möge, ein wenig gotteslästerlich, wie sie immer gewesen ist und wie es im Wesen der beiden Schwestern aus Moncalvo lag. Gott und die Karten müssen nun Erbarmen haben mit ihrem Sohn, der jeden Tag unvorsichtiger wird, als könne der Krieg alles möglich machen, das Erlaubte mit dem Unerlaubten verschmelzen.

Manchmal erwacht Gavriel im Bett des Camurà, wenn seine Finger noch mit den Fingern der Rosetta vom Fracin verschränkt sind, und die Nacht der Überschwemmung fällt ihm ein, als er sie auf seinem Rücken in Sicherheit gebracht und zum erstenmal ihren Körper gespürt hatte. Er spricht leise, mit dem Mund dicht an ihrem Ohr, erzählt ihr von jener Strömung, die sie fortreißen wollte, der Eiseskälte, durch die es noch schwieriger war auszuhalten, alle fürchteten, sie würden sie von einem Augenblick zum anderen verschwinden sehen, und sie dagegen fühlten sich so lebendig, damals hat es angefangen... Sie dreht sich um und schlägt langsam die Augen auf in dem unter ihrem Haar begrabenen Gesicht, verschlafen blicken sie ihn im

Licht der Nachttischlampe an. Aber es gibt keine Worte, um den Baum zu beschreiben, der in Gavriels Brust Wurzeln geschlagen hat, und die Tränen laufen ihm über die Wangen, weil die Rosetta vom Fracin sein ein und alles ist.

Ihre Geschichte ist wie eine Schlinge, ohne Hoffnung und ohne Zukunft, und bald wird in dem Bett, das Gavriel soeben verlassen hat, wieder der Camurà liegen, unermüdlich im Geld- und Liebemachen. Die Eifersucht wartet schon auf ihn, kaum daß er aufs Pferd steigt, und folgt ihm tückisch auf Schritt und Tritt. Zu Hause durch die Zimmer, auf die Felder, und abends ist sie immer noch da, um ihn zu quälen, wenn er mit der Fantina dasitzt, deren Augen vom Wein glänzen, und die Maria die Karten auf dem Tisch ausbreitet und dabei Selbstgespräche führt. Könnte Gavriel doch trinken wie die Tante, die an manchen Abenden torkelnd das Wohnzimmer verläßt und trällert, als müßte sie noch immer dem Giai die Decke zurechtzupfen, seine feinen Locken kämmen. Doch Gavriel ist maßvoll beim Essen und beim Wein, die mit dem Mandrognin verbrachten Jahre haben ihn gelehrt, sich von wenig zu ernähren, sich mit einem halben Glas zu begnügen. Er will nicht vergessen; und auch wenn er auf den Camurà eifersüchtig ist, will er es trotzdem nicht, denn das Gefühl für die Rosetta vom Fracin, das in ihm gekeimt und gewachsen ist, ist wie sein Atem. Kann man leben, ohne zu atmen, ohne die Luft in die Lungen strömen zu spüren, auch wenn sie brennt wie manchmal die Gletscherluft?

Unterdessen sind Goito, Peschiera, Pastrengo an der Reihe, der Camurà hat keine Ruhe und geht von Biella nach Cremona, wo er seiner Frau ein Kleid aus Moiréseide und einen Schildpattkamm ersteht. Er ist in Mailand, in Pavia, und von jeder Reise bringt er prächtigere Geschenke mit, Kokarden und Bänder, in den Farben der Trikolore. Kaum bleibt ihm Zeit, eine Nacht zu schlafen, seiner Frau zuzusehen, wie sie das Seidenkleid anprobiert und die schweren roten Haare mit dem kleinen Schildpattkamm aufsteckt. Der Krieg wird bald zu Ende sein, bald und böse wird er enden, weil das Heer arm ist und ein großes Durcheinander von Leuten herrscht, Toskaner, Neapolitaner, die sich untereinander nicht verstehen mit ihren verschiedenen Sprachen, während die Österreicher, die von Verona herunterkommen, glänzende Uniformen tragen, Waffen, die auf den ersten Streich losgehen, und ihre Feldmarschälle von ruhmreichen Narben gezeichnet sind. Das Piemont und sein König sind wie Insekten, die ihren Rockaufschlag beschmutzen, man muß sie mit einem gezielten, gut ausgeführten Schlag hinwegfegen. Aber währenddessen scheffelt er Geld wie Heu, seine Frau wird er später in aller Ruhe genießen, sowie die Österreicher Ordnung in dieses neue Babel gebracht haben. Auch dann wird man neue Uniformen brauchen, und die Mode wird sich ändern, er hält sich schon bereit, steht schon mit den Importeuren englischer Wollstoffe in Verbindung; da gibt es *Casimir*-Stoffe, so leicht, daß man sie überhaupt nicht spürt auf dem Leib. Die Rosetta ist eine Frau, die sich glücklich schätzen kann, wo findet man sonst einen Mann, der jedesmal mit so vielen Geschenken ankommt, Kleidern, die die Farben des Himmels widerspiegeln, Seidenschals, die so riesig sind wie Bettücher. Und eines Tages wird er sie nach Alessandria mitnehmen und sie in einem Palazzo mit Balkon auf den Garten wohnen lassen, sie, die Tochter jenes anarchistischen Schmieds, der weder von den Königstreuen noch von den Pfaffen Geld bekam und am Ende ganz leer ausging.

Doch wer kennt schon das Schicksal, wer weiß, wie und wo sich die Ereignisse über die Bilder schieben, die man sich ausgemalt hat; das Leben wechselt die Farbe und läßt durchscheinen, was verborgen war. Die Rosetta vom Fracin streichelt das Pferd unten am Fluß, es ist ein heißer Sommer, und der Mais steht hoch, sie gehen dort hinunter, wo die Reiher ihre Nester bauen und das Wasser sich hundert kleine Wege zwischen den Steinen bahnt, die Schwüle betäubt. Sie treten ins Wasser, und die Füße der Rosetta vom Fracin sind breit und rosig, während Gavriel Fußnägel hat, die so dick sind wie die Hufe seines Pferdes. Füße, über die er sich schämen müßte, aber die Vertrautheit ihrer Körper ist innig und tief, sie kennt keine Scham, und ihre Füße berühren sich, laufen hintereinander her, liebkosen sich, während die Strömung sich durchsichtig an ihren Fesseln bricht. Die Rosetta vom Fracin ist lustig, und Gavriel folgt ihr bereitwillig, sie macht sich die Beine naß, das Gesicht, den Hals. Sie zieht sich aus, die Kleider bilden einen kleinen Haufen auf den Steinen. Die beiden haben das, was viele andere nie hatten, nicht die Fantina und der Giai und auch nicht der Pidrèn. Nicht Suor Geltrude Rosalia, die sich von der Hitze erschöpft den Schleier abgenommen und aus der Ferne dem Bruder zugesehen hatte, wie er in Braida tanzte.

Luìs verdiente sich im Krieg eine Medaille, weil er zwei Ulanen getötet und den dritten in die Flucht geschlagen hatte. Es geschah in Valeggio, als er plötzlich drei Österreicher vor sich sah und zwei mit dem Bajonett durchbohrte, während der dritte in Richtung Mincio davonrannte. Er lief hinter ihm her, aber das dünnere Bein ließ ihn stolpern, und der Ulan verschwand im Ufergestrüpp.

Es waren die ersten Menschen, die Luìs tötete, und er hatte es getan, als würde er mit der Schleuder Spatzen abschießen, doch als er voller Wut wieder aufstand, weil der dritte ihm entwischt war, und sie auf der Erde liegen sah, kamen sie ihm auf einmal ganz unwirklich vor. Unwirklich der Tag und die Sonne, die hoch zwischen den Bäumen stand. Seine erste Regung war zu fliehen, um sie nicht zu sehen; aber er war Gefreiter, und seine Soldaten warteten auf einen Befehl. So kam es, daß Luìs sie auf die Suche nach dem dritten Ulanen schickte; dann lehnte er sich an die Mauer eines Hauses und weinte vor Schrecken. Vor Grauen wegen jener aufgeschlitzten Körper.

General D'Arvillars, der mit seinen Oberleutnants dort vorbeikam und von weitem alles gesehen hatte, hielt sein Pferd vor dem Haus an, wo Luìs an eine Mauer gelehnt weinte. Er wollte seinen Vor- und Nachnamen wissen, Regiment und Herkunftsort, er sah die Tränen nicht oder tat, als würde er sie nicht sehen, und versprach ihm die Medaille. In dem Augenblick kehrten die Soldaten mit leeren Händen zurück, die Spuren des dritten Ulanen hatten sich verloren, vielleicht war er schon jenseits des Flusses. Und Luìs' Freude war so groß, daß er einen der Soldaten umarmte. Von der Höhe seines Pferdes lächelte der General wohlwollend, gewiß, daß jene Freude von der versprochenen Medaille herrührte.

Dieses und anderes schrieb Luìs in einem langen Brief an den Bruder. Gavriel nahm Pietro Giuseppe auf den Schoß und las ihn ihm vor, Wort für Wort. Die Fantina wollte auch zuhören, und hinter der Fantina begann auch die Maria zu lauschen, das Gesicht von einer Hand verdeckt. Als er mit dem Lesen fertig war, führte Gavriel den Neffen zu einer großen Landkarte, die auf dem Wohnzimmertisch ausgebreitet lag, und Pietro Giuseppe pflanzte auf Valeggio ein Trikolore-Fähnchen und noch eins auf Goito.

Nach jenem Brief hörte man viele Wochen lang gar nichts mehr von Luìs; die Nachrichten, die eintrafen, widersprüchlich und wirr, sprachen von österreichischen Truppen, die immer zahlreicher einfielen, und die mit großer Keckheit vorgedrungenen Fähnchen begannen, das Papier immer weiter hinten zu durchstechen. Und als Suor Geltrude Rosalia in den Ferien nach Hause kam, verschwand die Landkarte, weil sie nichts vom Krieg hören wollte. Alles Freimaurer, Karbonari und Briganten, Luìs eingeschlossen.

Pietro Giuseppe nennt sie die *Magna Munja*, was die Tante Nonne bedeutet, und will von ihr nicht angefaßt werden. Suor Geltrude Rosalia dagegen hegt für den Neffen eine Liebe, die der eines Hundes für seinen Herrn gleicht, eine unterwürfige, blinde Liebe. Doch wenn Pietro Giuseppe auf dem Stühlchen sitzen bleibt, das sie ihm neben die Staffelei gestellt hat, so nur aus Furcht; und er, sonst immer so gesprächig, ist stumm, die großen grauen Augen wachsam. Je mehr Suor Geltrude Rosalia ihn zu streicheln versucht, um so kleiner, kälter, unbedeutender macht er sich. Er schaut gar nicht an, was sie malt, und sogar die Farben, die sie ihm in die Hand gibt, Karmesinrot, Blau, Grün, Goldgelb, liegen untätig in seiner Hand, das weiße Blatt unbeachtet auf seinen Knien. Armer *ninin*, armer Kleiner, sagt Suor Geltrude Rosalia, die seine Stummheit für die Trauer eines Waisenkindes hält. Armer *ninin*, und drückt ihn an die Brust.

Es ist ihr Geruch, den er nicht erträgt, der Geruch von Fleisch, das niemals ans Licht kommt und seinen Kreislauf im Dunklen beschließt. Ein Geruch, verbunden mit dem der Blumen, die in den Vasen auf dem Grab der Maturlin verfaulen, wo Suor Geltrude Rosalia ihn jeden Tag mit hinnimmt zum Beten und, auf der Erde kniend, das *De Profundis* anstimmt. Der Metallkranz, der am Grab lehnt, ist im Staub verblaßt, und die Wespen, die in einem Winkel des Gitters ihr Nest gebaut haben, setzen sich auf Suor Geltrude Rosalias Schleier, er hebt den Blick auf zu den Sternen, die der Sacarlott auf das Blau des Gewölbes hat malen lassen. Wieder und wieder schaut er sie an, um zu verhindern, daß sich der Knoten, der ihm den Hals zuschnürt, in Tränen auflöst. Aber manchmal laufen sie ihm dennoch trostlos die Backen herunter, und dann unterbricht die Magna Munja ihre Gebete und beugt sich herunter, um ihn zu trösten, erstickt ihn dabei fast mit dem Schleier. Ihr Geruch macht ihn blind vor Wut, er ballt die Fäuste und schiebt sie mit zusammengenommener Kraft voller Ärger von sich.

Die Blitze zucken zwischen den Gittern, die Türen schlagen, und das Wasser ergießt sich in Sturzbächen aus den Regenrinnen, die es nicht mehr fassen können. Der Krieg ist aus, das Heer des Königs von Sardinien ist vernichtend geschlagen worden, und die Soldaten kehren bei einem Gewitter heim, das die Dachziegel fliegen läßt, einem jener Augustgewitter, die ausgetrocknete Gräben vorfinden und sie verstopfen, was den Fluß gefährlich macht. Die Menge hat in Mailand Karl Albert beschimpft, und der Palazzo, in den er sich eingeschlossen hat, ist mit Steinen beworfen worden. Der König ist nachts in der Stille der Sterne abgereist, nur das Stampfen der Pferde auf den Straßen und das dumpfe Rollen der Kutschenräder war zu hören. Die Furcht ist nun eine Flutwelle und erfaßt die, die bleiben, und die, die gehen, Furcht vor dem soeben erlebten Tod und dem, der noch kommen muß. Und wie viele Jahre vorher in den Zeiten der Revolution, die Herrscher und Pfaffen in den Tod schickte, will die Maria das Saatgut und die Säcke voll Weizen verstecken. Den Wein einmauern.

General Salasco hat den Waffenstillstand unterzeichnet, und Radetzkys Österreicher sind nach Mailand zurückgekehrt, sind in Modena, in Reggio Emilia. Garibaldi hat sich auf die andere Seite des Ticino zurückgezogen, und nach dem großen Gewitter ist wieder Augustschwüle eingekehrt; aber von Luìs noch keine Nachricht. Manche sagen, sie hätten ihn in Mailand gesehen, wieder andere, er sei Garibaldi auf die andere Seite des Flusses gefolgt. Fußsoldaten aus San Salvatore, die eines Nachts zufällig beim Zanzìa vorbeikamen, haben gesagt, Luìs sei über die Grenze gegangen, nach Frankreich. Vielleicht ist er in Paris, sagt Suor Geltrude Rosalia, indem sie Pietro Giuseppe in die Augen schaut, weißt du, wo Paris ist, *bel ninin*? Und die Hand rückt Luìs in die Ferne, schiebt ihn irgendwo hinter die vom Qualm des Tages verdüsterten Alpen.

Doch abends fragt Pietro Giuseppe die Limasa, die ihn ins Bett bringt, wie viele Tage die Magna Munja noch dableibt, wie viele Tage, bevor sie in ihr Kloster zurückkehrt. »Sie stinkt«, sagt er zur Limasa, die ihm Vorhaltungen macht, »sie stinkt...«

Der August ist noch nicht zu Ende, als eines Nachmittags die Limasa angelaufen kommt und schreit, daß Luìs unterwegs ist, man hat ihn auf der Straße von Occimiano gesehen, vielleicht ist er schon im Dorf. Sie wäscht Pietro Giuseppe das Gesicht, während die Maria den Schirm nimmt, um sich vor der Sonne zu schützen, und zum Platz läuft; und im Vorbeigehen sagt sie zu den Frauen rechts und links, die ihr nachschauen, so wenig gewöhnt, sie zu Gesicht zu bekommen: »Luìs ist zurückgekommen! Er ist zurückgekommen...« Dann wird sie rot vor Scham, aber auch vor Freude. Vor Angst, ihn mit einem Bein weniger, mit einem Loch im Kopf daherkommen zu sehen.

Doch Luìs hat alle seine Teile wieder heimgebracht und sitzt unter dem Nußbaum, mit langem Bart und von der Sonne gezeichnetem Gesicht, der Körper so abgezehrt, als wäre er eingesalzen worden, die Uniform zerschlissen. Er hat dem Sohn zwei Kosaken aus Holz als Geschenk mitgebracht, die in den Farben Zar Alexanders bemalt sind. Sie tragen Pelzjacken und Pelzmützen, doch Pietro Giuseppe wagt sie kaum anzufassen. Noch nie hat er ein so schönes Geschenk bekommen, die Kosaken heben und senken die Arme, stellen einen Fuß vor, dann den anderen.

Vor versammelter Familie erzählt Luìs von den drei Tagen in Sommacampagna ohne Wasser und ohne Essen, während die Soldaten erschöpft zu Boden fielen, den Mund vor Durst gekrümmt. Andere, erzählt er, wurden bei Sonnenuntergang verrückt und rannten dem Feind entgegen, die österreichischen Kanonen fegten sie zwischen Staub und Qualm einfach weg. Keiner kam, um die Verletzten zu holen, die riefen und riefen, während die Kameraden neben ihm weinten. Er hat das Gras ausgesaugt, das er aus der Erde reißen konnte, hat mit den Fingernägeln gegraben, um ein wenig Kühle zu finden. Nun hält er sich mit den Fingern die Schläfen, die Sonne, sagt er, die Sonne... Gavriel, die Fantina blicken ihn an. Die Maria ist rot vor Glück, ihn heil da sitzen zu sehen, an anderes denkt sie nicht.

Eine Sonne, die morgens wieder hochstieg und dumpf in den Adern hämmerte, die Verwundeten, die nicht während der Nacht gestorben waren, klagten immer leiser, sie bedeckten ihnen das Gesicht mit dem Taschentuch, damit die Fliegen sie nicht quälten. Ein armes Heer, und die Wagen des Trosses gingen irgendwo unterwegs verloren, landeten wer weiß wo, um Drückebergern und Dieben die Bäuche zu füllen.

Suor Geltrude Rosalia hat sich erhoben, der breite weiße Rücken und der Schleier wogen unter der Pergòla zwischen dem zarten Grün der Ranken, dann verschwinden sie zwischen dem Dunkelgrün der Apfelbäume. Sie will Luìs nicht zuhören, ihr Kloster ist geplündert worden von den »Aufständischen«, und unter ihnen waren auch die Soldaten des Königs; wer weiß, ob ihr Bruder nicht auch irgendwo beim Stehlen dabei war, wer weiß, woher er diese beiden schönen Holzsoldaten hat, zwei Kosaken, Spielzeug wie für einen Prinzen. Wer weiß, woher; und sie fühlt sich jetzt auch zu Hause nicht mehr sicher.

Doch sie irrt sich, der Krieg hat Luìs viele Dinge vergessen lassen und ihm andere wieder ins Gedächtnis gerufen. Er ist noch jung, und wenn er sich im Spiegel anschaut, sieht er einen Mann, der jünger aussieht als seine dreißig Jahre, groß, hager, mit einem spärlichen Bart, aus dem der schmale Mund auftaucht, unruhig und bereit. Keiner vermöchte zu erklären, was Luìs sogar für die verheirateten Frauen so anziehend macht, was soviel Erwartung auslöst auf den Tanzböden, wo er nun wieder hingeht mit seinen phantasievollen kleinen, auf den Locken nach hinten geschobenen Hütchen.

Luìs hat auch wieder hier und dort eine Geliebte, ihre Namen werden zu Hause nicht ausgesprochen, wie es sich gehört bei Mädchen, die der Reihe nach zum Tanz in jedes Dorf gehen und keine Schwierigkeiten haben, mit dem erstbesten zu reden. Besser so, sagt die Maria, besser als die großen Lieben, die nur Verwirrung und Schmerz stiften. Aber Suor Geltrude Rosalia, nunmehr für alle zur Magna Munja geworden, ein Titel, der sie auf den Thron hebt wie einen karolingischen König, zieht sich das Herz zusammen, wenn sie Pietro Giuseppe sieht, der zählen lernt beim Benefiziaten mit dem langen, fleckigen Priesterrock. Es verletzt sie, wenn er mit Stentorstimme spricht, um dem kleinen Bub etwas beizubringen, der vor dem Rechenbrett sitzt. Sie alle haben vom Vater zählen gelernt, was ist das bloß für eine Schande. Luìs' Verrat an dem Kind scheint ihr ein doppelter Verrat zu sein, der jede noch vorhandene Spur, jeden Schatten und jedes Zeichen seiner jungen Ehefrau auslöscht. Jedes verstaubt auf dem Grund der Schubladen liegengebliebene Band. Ein Stich mitten in die Brust, als der Benefiziat das Spinett aufklappt und mit seinen plumpen Fingern auf die Tasten drückt, auf das c, das g, das fis, wobei er annimmt, armer Sohn von Bauernknechten, er lehre jene wunderbare Sache, die

Musik war, als sie unter den Fingern der Maturlin entstand. Dann wird ihre Stimme noch schneidender, überlagert alle anderen, und im Namen des Kleides, das sie trägt, teilt sie nach rechts und links Befehle aus. Auch dem Benefiziaten, der wegen jenes Benefiziums, das er genießt und morgen nicht mehr genießen könnte, allzu leicht erschrickt beim Geschrei der Herrschaften.

Denn die Magna Munja erklimmt eine Stufe nach der anderen auf der Leiter der Macht; mit nicht einmal dreißig Jahren ist sie die vermutliche Nachfolgerin der Oberin, und der Propst zieht, wenn er sie im Pfarrhaus empfängt, sein Gewand für die feierlichen Anlässe an. Durch ihren vertrauten Umgang mit der Macht hat sich sogar der Gegenstand der Bilder gewandelt, die sie in den Mußestunden malt. Nicht mehr Kraniche, Reiher mit rosafarbenen Flügeln oder Schwäne mit schwarzumrandetem Auge, sondern Trauben, Pfirsiche, Granatäpfel mit flammendroten Kernen, und in der Rundheit der Früchte bricht ihre Seele, geheimer und heftig bewegter Ort, sich Bahn wie ein strudelnder Fluß. Aber sie ist auch rein, diese Seele, und die Magna Munja pinselt ahnungslos voller Wollust, atmet stöhnend durch die Nasenlöcher, während die Farbe pastos und leuchtend aufgetragen wird. Und wenn sie unterbrochen wird, hebt sie den Blick, verloren und weich zwischen den Augenlidern.

Bilder, die dazu bestimmt sind, unbekannte Kardinäle und Bischöfe zu beunruhigen, denn keiner weiß, wer die glücklichen Prälaten sind, die die großen Leinwandumhüllungen aufschnüren werden, eine Stoffbahn nach der anderen, bis sie zu jenen Früchten vordringen, die ihren bittersüßen Saft auszuschwitzen scheinen. Nicht einmal die Fantina kennt ihre Namen, vielleicht flüstert die Magna Munja sie Pietro Giuseppe ins Ohr: Das ist für den Erzbischof Romilli, das für den Kardinal von Bianzè. Dieses wird der Papst sehen, und ihre Stimme zittert vor Vergnügen.

Der folgende Winter war eiskalt, die Flüsse froren zu, und das Stalldach brach unter dem Schnee zusammen, eine Kuh und zwei Kälber wurden davon erdrückt, und lange hörte man ihre Klagelaute in der Nacht.

Am selben Tag starb auch der jüngste Sohn vom Fracin, der Schwager des Camurà. Man fand ihn am nächsten Morgen noch auf dem Pferd, den Schnee bis zum Bauch, und man mußte ihm die Beine brechen, um ihn in den Sarg zu legen, so hart war er geworden. Der Camurà teilte mit, daß seine Frau nicht zum Begräbnis kommen könne; die Straßen seien zu gefährlich, ließ er durch den Tambiss ausrichten, der noch immer mit Unterhosen hausieren ging. Und allen erzählte der Tambiss von der spitzenbesetzten Wäsche, von den seidenen *Garnituren*, die der Camurà bei ihm für seine Ehefrau bestellte.

Zum Begräbnis kamen wenige, der Frost hatte die Torangeln blockiert, und der Sarg wurde in Erwartung eines geeigneteren Tages vor dem Friedhof abgeladen. Der Benefiziat, denn der Propst ging nur noch selten zu Beerdigungen, lief eilig davon mit der Ausrede, er müsse Pietro Giuseppe seinen Unterricht geben, und kaum war er ins Haus getreten, klebte er schon mit dampfendem Rock am Ofen. Nur der Mandrognin harrte neben dem Sarg aus, um aufzupassen, daß bei Sonnenuntergang nicht die Füchse kämen. Er war in seiner Jugend mit dem Fracin befreundet gewesen und hatte den Toten als kleines Kind auf den Knien gehalten, und während die Sonne sich zu einem fahlen Streifen am Horizont zusammenzog, begann er vor sich hin zu singen wie zu der Zeit, als er ihn auf seinen Knien reiten ließ. Und der Tambiss, der auf seinem Karren heimfuhr, erschrak und drohte ihm von weitem mit der Peitsche. Der Mandrognin rührte sich nicht; und als er sicher war, daß die Füchse nicht mehr kommen würden, zog er die Schneeschuhe an, die er sich aus Schnur und Holz gemacht hatte, und begann nach Lu hinaufzusteigen.

Der Mandrognin hat keine Schwierigkeiten, auf dem Schnee zu gehen, und wo die anderen einsinken, schwimmt er obenauf, von den Häusern aus kann man ihn zu den unvorstellbarsten Stunden mit seinem schwarzen Umhang auf dem weißen Meer der Felder dahinsegeln sehen. Er ist nicht mehr Sattler und lebt vom Flicken der Tontöpfe, sowie die Frauen ihn vorbeikommen sehen, rufen sie ihn, und er setzt sich in die Höfe zum Arbeiten, mit gesenktem Kopf, noch dichtem Haar. Zwischen diesen Haaren wandern die Läuse auf und ab wie Grillen an den Ähren. Er läßt sie gewähren, kratzt sie nie, und während er mit Draht die Scherben wieder zusammenflickt, schauen Frauen und Kinder gebannt auf seinen großen silbernen Kopf, der glänzt wie die Blechkrone von König Herodes. So große Läuse hat man noch nie gesehen, und vielleicht haben sie mit dem Teufel zu tun, sagen die Frauen, mit irgendeinem Teufel, der das Haus des Mandrognin dort am höchsten Punkt des Hügels bewohnt, wo der Feigenbaum sich nach jedem Frost noch höher aufrichtet. Derselbe Teufel, der ihm alle Zähne erhalten hat; und was immer ihm zu essen angeboten wird, vertilgt er blitzschnell, nicht einmal Krümel bleiben in seinem Bart hängen. Mandrognin, fragen ihn zuweilen die Frauen, was machst du ganz allein in diesem Teufelshaus? Ich tanze, singe und bin lustig, erwidert er und hebt die Augen, die blau geblieben sind wie auf den Gemälden. Aber die Kinder fürchten sich und laufen davon. Sie fürchten sich vorm Mandrognin mit seinen Läusen, vor seiner wahnsinnigen Liebe zur Maria, deren Haus er sich nicht mehr nähert, jedesmal macht er einen großen Bogen, um es auszusparen. Und wenn er wirklich einmal daran vorbei muß, bedeckt er sein Gesicht mit den Händen, um nichts zu sehen und nicht erinnert zu werden. Daran, wie er einen Schlitten bauen und die Maria durch den Schnee kutschieren wollte wie eine Königin.

Doch die Maria trat in jenem Winter keinmal über die Schwelle des Hauses, nicht einmal in der Messe wurde sie je gesehen. Wenn der Propst mich will, sagte sie, kann er zum Messelesen herkommen. Gott bei ihr zu Hause; sie bei Gott, dazu war es zu kalt, und ihre Knochen wurden naß. Die Stirn an die Scheibe gelehnt, schaute sie zu, wie die anderen sich auf den Weg machten, zuletzt die Limasa mit Pietro Giuseppe an der Hand. Sie folgte ihnen mit dem Blick, bis sie den langen bunten Schal des Kindes flatternd auf der Allee verschwinden sah: Und während sich die Scheiben unter ihrem Atem beschlugen, wartete sie allein in dem großen leeren Haus, zwischen Türen, die quietschten und sich bei jedem Windhauch öffneten, auf ihre Rückkehr.

So kam es, daß sie eines Sonntags zwischen den dürren Ästen den Sacarlott sah, der Gioacchino an der Hand hielt. Der Sacarlott trug den guten Anzug mit der Uhrkette, die ihm quer über die Weste hing, und machte ihr mit der Hand Zeichen, sie solle herauskommen. Sie öffnete mit vor Freude zitternden Händen das Fenster und hörte Gioacchinos Stimme: »Mama«, sagte er zu ihr, »hol mir meine Schuhe...« Da hatte sie bemerkt, daß der Junge barfuß war: »Wart dort«, hatte sie ihm geantwortet, »gleich komm ich mit deinen Schuhen«, doch vor Rührung brachte ihre Stimme keinen Ton hervor, die Wörter blieben wie Watte im Mund hängen. Sie war hinaufgelaufen und hatte die Schubladen durchwühlt, bis sie endlich die unten in einem Schrank versteckten Stiefelchen gefunden hatte, doch beim Hinuntereilen hatte sie sie an die Brust gedrückt und gespürt, daß sie so trocken und hart waren, daß man sie gar nicht anziehen konnte. Also war sie in die Küche gegangen, um sie einzufetten, aber als sie zum Fenster zurückgekehrt war, waren der Sacarlott und Gioacchino fortgegangen. Sie hatte dann begonnen, nach ihnen zu suchen, ihren Spuren im Schnee folgend, war sie zwischen den Apfelbäumen vorwärtsgeschritten und bis zum Knie eingesunken. Ihr Gesicht brannte vor Angst, sie verloren zu haben.

Bei der Rückkehr von der Messe hatten sie sie mit völlig durchnäßten Kleidern vorgefunden, die triefenden, fettglänzenden Stiefelchen im Schoß. Die Zimmer im oberen Stockwerk waren vor Unordnung kaum wiederzuerkennen. Keiner hatte ihrer Geschichte glauben wollen, und die Fantina hatte sie mit einem ihr Mitleid verhüllenden Lächeln beinahe gewaltsam vom Fenster weggeführt, wo sie noch immer wartete.

Luìs dagegen hatte Erbarmen mit der Mutter gehabt und war hinausgegangen, zwischen den kahlen Apfelbäumen herumgelaufen, unter der Pergola, die einem zwischen den vom Kupfervitrol hellblauen Pfeilern gespannten Spinnennetz glich. Er war über die Allee bis zu den Ställen gekommen, wo der Gerumin gerade den Mist wegfuhr, und hatte vor dem Heuschober haltgemacht. Wenn Gioacchino zurückgekommen war, mußte er dort sein, wo er an einem fernen Junisonntag herabgeflogen war, zwischen dem Heu dort, das sich gelb unter dem dick verschneiten Dach bauschte. Und plötzlich hatte er sich erinnert, daß er eifersüchtig auf den kleinen Bruder gewesen war, eifersüchtig auf die Aufmerksamkeiten und die Liebe des Vates, eifersüchtig, weil alle Gioacchino liebten und dieser, anstatt zu gehen, immer hüpfte, so sehr war er vom Glück beschwingt. Da hatte er ihn leise gerufen, ein-, zweimal, und der Gerumin, der mit seiner dampfenden Mistkarre vorüberkam, war stehengeblieben: »Ich hab ihn auch gesehen«, hatte er gesagt, »er war mit seinem Vater«, und er hatte eine Handbewegung gemacht, wie um zu sagen, daß sie weggegangen waren. Weit fort, die Straße hinunter.

Als es März wurde und der Schnee noch harte Krusten auf der Erde bildete, kam König Karl Albert mit seinen Truppen durch Alessandria. Der Krieg fing wieder an; aber Luìs konnte nicht rechtzeitig mitziehen. Ein Fieber in den Eingeweiden (verdächtig und gefährlich, sagte der Bigiot, als er ihm den Bauch abtastete) hielt ihn erschöpft im Bett. Die Cholera war wieder aufgetaucht in den Dörfern am Scrivia, und die Soldaten verbreiteten sie durch die Wasserläufe immer weiter. Der Bader ließ den Blick untröstlich über die Maria und über Gavriel gleiten, dann schickte er im Befehlston Pietro Giuseppe, der auf dem Boden saß und mit den beiden Kosaken spielte, aus dem Zimmer; und verlangte Wasser, um sich die Hände zu waschen. Es sei nötig, einen Professor aus Casale zu holen, sagte er, und im Augenblick dürfe niemand das Haus verlassen, um das Dorf nicht anzustecken.

Der König erlitt Niederlagen in Borgo San Siro, in Gambolò, in Sforzesca, in Mortara. Aber Luìs genas, wenige Aderlässe hatten genügt, um das Fieber zu drükken und wieder Ordnung in den Eingeweiden zu schaffen. Pietro Giuseppe und die Limasa gingen wieder aus und zeigten sich in den Läden, die Maria schickte die Marlatteira zum Propst, er solle die Glocken läuten, weil die Gefahr überstanden war.

Der Propst wollte nicht: Der König hatte abgedankt, und General Passalacqua war mit Hunderten von Soldaten umgekommen. Die Fahne, die Trikolore, war den Österreichern in die Hände gefallen. Der Propst weint, und der Benefiziat sieht ihn bestürzt an, nie hätte er in dem alten Priester einen Freund von Karbonari und Freimaurern vermutet. Die Marlatteira läuft davon und bleibt an jeder Tür stehen, um zu sagen, daß der Propst weint, weil der Krieg verloren ist. Und als sie endlich nach Hause kommt und alles erzählt, hört Luìs, dessen Haare von den langen Schweißausbrüchen am Kopf kleben, stumm zu, während er, auf dem Bett sitzend, eine Schale Reis ißt. Er sagt nicht, ob er den General gekannt hat, fragt nichts. Er begehrt auch nicht auf, als die Marlatteira erzählt, daß die Soldaten auf der Flucht stehlen und noch Schlimmeres tun. Die Maria wiederholt die Geschichte vom Sacarlott über den Tod von General Desaix, doch während sie spricht, kommt ihr diese Geschichte nun wie ein Märchen vor, ein Märchen, daß es einen Sacarlott gegeben haben soll, der Pidrèn hieß, und daß dieser Pidrèn auf einer Bank gesessen und den Tod seines Generals beweint haben soll. Jener Tod hatte einen Sieg gekrönt, war blutig, aber ruhmreich und voller Sonne gewesen und anstatt zu schwächen hatte der Schmerz Mut gemacht. In der Blässe dieses Tages am Ende des Winters lehnt Luìs den Tod, den Schmerz ab, sitzt da mit ausgemergeltem Bauch, als hätte er ein Loch an der Stelle. Verabscheut den Ruhm.

Die Österreicher kamen bis nach Casale, und der Schrecken war groß. An windigen Tagen wehte das Echo der Gewehrschüsse herüber, und die Alten begannen von der Zeit zu erzählen, als Napoleon gekommen war und man nicht mehr wußte, wem die Sachen gehörten. Das Saatgut wurde vergraben, und die Fantina versteckte ihre Stickereien zusammen mit zwölf Silberlöffeln, die bei großen Anlässen benutzt wurden. Auch die von Monsieur La Ville geschenkte Tabaksdose wurde zwischen zwei Laken eingenäht und der Koffer unter der Treppe eingemauert aus Furcht, jeden Augenblick die weiß-roten Uniformen von Radetzkys Soldaten auftauchen zu sehen.

Gavriel machte sich zur Rosetta vom Fracin auf. Der Camurà hatte die Linien überquert und verhandelte schon in Mailand mit den Österreichern über das neue rote Tuch, das glatt war wie Samt. Drei Tage lang blieb Gavriel heimlich in dem Haus, eingeschlossen zwischen Weißdornhecken, an denen schon die ersten Triebe keimten, und die Rosetta vom Fracin ging jeden Morgen zum Fluß hinunter, um seinem Pferd Hafer zu geben. Bei geschlossenen Fensterläden, zwischen den hundert Nippes, die der Camurà zur Erinnerung von seinen Reisen mitgebracht hatte, zwischen den Öfen, die ununterbrochen brannten und auch nachts glühten, schmiegte sich Gavriel betäubt und erschöpft eng an die Rosetta vom Fracin, küßte sie im Schlaf, so schön und lieb war sie noch nie gewesen: Und nachdem sie ohne Scham Liebe gemacht hatte, lag sie zwischen den Kissen wie ein unschuldiges Mädchen.

Im Morgengrauen des vierten Tages begleitete sie ihn zum Fluß, es war ein durchsichtig klarer Tag, und nach soviel Nebel konnte man wieder die fernen Hügel mit den einzelnen Häusern darauf sehen. Das Wasser glitzerte zwischen den Steinen, und die Vögel erwachten mit langen Rufen zwischen den Pappeln wieder zum Leben. Gavriel hätte sie gern noch einmal geliebt, nicht, weil er Lust hatte, sondern weil es ihm vorkam, daß sie ihn so weniger vergessen würde, daß er nur, indem er es nochmals und nochmals tat, die Eifersucht würde ersticken können, an der seine Seele krankte. Doch die Rosetta vom Fracin entwischt ihm, sie friert und empfindet in der Morgenluft nur den Wunsch zu gehen. Seufzend tätschelt sie dem Pferd die Kruppe, und ihre Augen, die Gavriel soviel Frohsinn vermitteln können, vermögen es auch, eine unüberbrückbare Ferne herzustellen, die aus Ungeduld und Grausamkeit besteht. Gavriel bleibt nichts anderes übrig, als in den Sattel zu steigen und langsam mit seinem Pferd davonzutrotten, während auf der anderen Seite des Flusses versprengte Soldaten hilferufend die Arme heben. Sie haben Hunger, wollen Brot.

Luìs ist noch während seiner Genesungszeit nach Braida gegangen, wo einige aus Vignale in die Flucht geschlagene Soldaten sich einquartiert haben. Er hat Pietro Giuseppe mitgenommen und geht mit großen Schritten, ohne sich um die kurzen Beine des Sohnes zu kümmern, um den Regen, der wieder fällt. Im Schloßhof herrscht ein großes Durcheinander, zwischen den Wasserlachen spielen barfüßige Kinder, Frostbeulen an den Fingern. Lange ist Luìs nicht mehr dagewesen, und der Verfall hat Mauern und Ställe zerfressen. Sowie die Cavaliera von seiner Ankunft erfährt, schickt sie nach ihm, und er läßt den verstörten Pietro Giuseppe bei den anderen Kindern zurück, ein runder reifer Apfel zwischen vielen kleinen wurmstichigen.

Die Cavaliera ruht ausgestreckt auf ihrer *dormeuse*, der lange Marderumhang liegt auf dem Boden, ihre kurzsichtigen Augen suchen ihn blind, der Geruch ihrer essiggetränkten Lappen verbreitet sich in dem großen, kahlen Salon, und es herrscht solche Kälte, daß es Luìs vorkommt, als sei kein Unterschied zwischen drinnen und draußen. Sowie er eintritt, macht sie ihm ein Zeichen, näher zu treten, und es gelingt ihm nicht einmal, den Grund seines Besuches zu nennen, da beginnt die Cavaliera schon zu sprechen, und sie spricht so hastig, daß man kein Wort zwischen einen Satz und den nächsten schieben kann. Sie erzählt, die Cavaliera, von den Österreichern und den Franzosen, als sie dort vorbeikamen, von den Russen, die gegen Napoleon kämpften. Sie erzählt von Unglück und Pracht und fragt Luìs, was sie nun tun, die jungen Soldaten des Habsburger Kaisers, der soeben den Thron bestiegen hat. Doch bevor Luìs antworten kann, ist sie schon weiter, hat sich die Antwort selbst gegeben, und der kleine freundliche Mund bewegt die Speckfalten der Wangen. Die Hände, in soviel maßlosem Überfluß klein, zart und blaß geblieben, streichen das alte, mottenzerfressene Fell des Umhangs glatt, während der Singsang ihrer Stimme fast wie eine Musik ist.

Als es Luìs gelang, ihr zu entkommen, ging er in die Ställe, wo fünf Soldaten rund um ein Feuer, das sie mit den Futterkrippen angezündet hatten, Brot und Würste aßen. Das Dach war teilweise eingestürzt, und das Wasser tropfte ihnen auf den Rücken, aber sie brieten weiter mit vom Rauch tränenden Augen die Würste. Sie aßen schweigend, und die Knechte rundherum schauten auf jeden ihrer Bissen. Als sie Luìs sahen, machten sie ihm Platz, während die Soldaten nicht einmal den Kopf hoben und seine Fragen mit Schulterzucken beantworteten: Es gab kein Heer mehr, es gab keinen König mehr. Die Österreicher? Vielleicht schon in Turin, in Asti, in Vercelli... In ihren Dialekten, einer ligurisch und ein anderer aus Cuneo, fluchten sie auf die Generäle, den Regen, den Hunger. Kerzengerade zwischen den Knechten hörte die Antonia aufmerksam zu, so schmächtig, daß Luìs sie in der Finsternis des Stalls einen Augenblick lang für ein Kind hielt. Sie sah die Soldaten an, dann sah sie Luìs an und wartete darauf, daß er etwas sagte. Doch Luìs enttäuschte sie; die Soldaten aßen bis zur letzten Wurst des Hauses alles auf, und die Antonia glitt im Schweigen ihres dunklen Kleides davon.

Als er hinaustrat, mußte Luìs nach Pietro Giuseppe suchen, den eins von den Mädchen der Cavaliera auf einen Rundgang durch das Schloß mitgenommen hatte. Es war schon fast dunkel, als er sich schließlich mit dem Kind auf den Weg machte auf den Brettern, die man über den Schlamm geworfen hatte. Es schien, als sollten er und die Antonia sich weder damals noch überhaupt je begegnen, doch plötzlich tauchte sie auf der anderen Seite des Steges vor ihm auf, und sie waren einander so nahe, daß die Antonia auf dem Gesicht den Geruch des Weins spürte, den Luìs gerade getrunken hatte. Seine Hände hielten sie, damit sie nicht herunterfiel: Die Antonia war mager, das konnte nicht anders sein in einem Haus, in dem es schlecht und wenig zu essen gab, aber in ihrer Magerkeit waren weiche volle Kurven. Luìs' Arme schlossen sich instinktiv, um sie festzuhalten, und sie ließ sich lächelnd ohne die mindeste Schüchternheit umarmen. Dann gaben die Arme sie frei, und Luìs trat in den Schlamm, damit sie vorbeikonnte, während er das Kind in die Höhe hielt.

Bevor sie im Hof verschwand, drehte sich die Antonia um, als wollte sie etwas sagen, doch dann war das einzige Wort, das über ihre Lippen kam, *merci.* Luìs hätte ihr gern in derselben Sprache geantwortet, aber er konnte kein Französisch, und so nahm er mit dem Kind an der Hand die Straße, die am Fluß entlangführte. Es hatte zu regnen aufgehört, und er wollte dem Sohn das Wehr zeigen, wo das Wasser in weißen Spritzern aufschäumte.

Die Träume der Antonia hatten anders ausgesehen. Die Geschichten, die die Mutter ihr aus ihrer Jugend erzählt hatte, waren ihr wie die Bilder einer Laterna magica erschienen. Auf dem verblaßten Putz, der noch Spuren der Überschwemmung von 39 aufwies, hatte ihre Phantasie den Erzählungen der Cavaliera Leben eingehaucht, und die Liebe war erstrahlt im Schein von tausend Kerzen, in Salons mit Marmorsäulen hatte sich ihr Körper dem Tanz hingegeben, das Herz hatte Freitreppen hinauf geklopft, wo die Schleppen Stufe für Stufe erglänzten.

Träume, die dazu bestimmt waren, Träume zu bleiben, denn so dunkelhäutig wie sie war, hätte keiner sie genommen in jenem Hof, wo man einem Ei nachjagte und jeden Augenblick Gefahr lief, sich auf den abbröckelnden Treppenstufen den Hals zu brechen. An jenem Abend stieg sie, nachdem Luìs fortgegangen war, zur Mutter hinauf, legte ihren Kopf auf den Marderpelz und erzählte ihr von der Begegnung kurz zuvor auf dem Steg. Die Cavaliera streichelte ihr übers Haar, und als die Hand über die Augen fuhr, spürte sie, daß sie naß waren von Tränen. Die Antonia weinte.

Auch Luìs hätte nie daran gedacht, sich wieder zu verheiraten, und noch dazu mit einer so armen Frau, die kein Land besaß, ja nicht einmal neue Bettlaken, weil die Cavaliera die Aussteuer für ihre jüngste Tochter mit den Überbleibseln ihrer eigenen bestritten hatte. Leintücher, mit Wappen bestickt, aber voller Flicken, und Handtücher aus Flandern, durch die man hindurchsah, so abgewetzt waren sie. Eine Schande, hatte die Maria gesagt. Nicht einmal die Limasa hätte gewagt, sich unter solchen Bedingungen in einer Familie vorzustellen. Sogar die Laken von der Marlatteira waren mit *Ajourstich* bestickt und aus so fester Baumwolle, daß man sie nur mit Mühe falten konnte. Dieses eine Mal war die Fantina mit der Schwester einig und sagte, wenn sie die Antonia sehe, komme es ihr vor, als sehe sie die Jungfrau von Crea, die durch die Unbilden des Wetters nachgedunkelt sei.

Warum Luìs es so eilig gehabt hatte, um sie anzuhalten, konnte sich niemand erklären, er lebte weiter so wie jeden Tag und ging nur zweimal in der Woche abends nach Braida, wo die Cavaliera ihn auf der *dormeuse* empfing und ihm von ihrer Jugend in Moncalieri und Turin erzählte, von Rom, wo ihr Mann Außerordentlicher Botschafter gewesen war und der Papst ihn dreimal gesegnet hatte, bevor er ihn zum Ritter des Heiligen Grabes ernannte. Sie erzählte von Festen, von Zeremonien, von der Reise bis nach Paris im Gefolge des Königs, und sie sprach von ihren fünfzig Ringen, von denen jeder einen anderen Stein hatte. Opal aus Japan, Zirkon aus Peru, Karneol aus Sibirien. Saphir aus Ceylon; und ein Aquamarin, der der Frau Peters des Großen gehört hatte, von einem tiefen Blau, das der damaligen Farbe ihrer Augen geglichen hatte. Und im Halbdunkel des großen Saals blickten die Augen der Cavaliera Luìs fest an, beinahe als glühte in ihnen noch die Flamme einer Kerze.

Die Antonia saß auf einem Schemel dabei und fror, ihre dunkle Haut wurde vor Kälte grau. Zwischen den leichtgeöffneten Lippen kam weißer Atem heraus, und sie lauschte verzaubert, die Hände um die mageren Knie gefaltet. Wenn Luìs sich verabschiedete, begleitete sie ihn die dunkle Treppe hinunter, hielt sich aber auf Abstand; und wenn Luìs versuchte, ihre Hand zu streifen, spürte er, daß sie eisig war. Und doch sprachen jene schmalen Finger, fein wie braune Zweiglein, ihre eigene, seltene Sprache. Sie versprachen viel und schworen Treue und Liebe.

Ungebildet war die Antonia. Die Cavaliera hatte ihre Kinder nie zur Schule schicken wollen, aber als es bei der letzten soweit war, hätte sich nicht einmal der Benefiziat mit dem begnügt, was sie zu zahlen bereit war. Also hatte die Antonia mit den aus der Überschwemmung geretteten Büchern lesen gelernt, mit französischen *mémoires* aus dem siebzehnten und achtzehnten Jahrhundert, in denen die Abenteuer von Madame de Maintenon und der Du Barry erzählt wurden, die Intrigen Mazzarinos, Henriettes von England und des Duc de Guise. Sonst wußte sie nichts, und wenn Luìs sprach, runzelte sie beim Zuhören die Stirn vor lauter Anstrengung, etwas zu verstehen, ob es sich nun um die Gesetze für Landverpachtung oder um die Schlachten Napoleons handelte. Sie folgte mit gleicher Aufmerksamkeit einem im »Gazzettino Letterario« veröffentlichten Gedicht und der Botanikabhandlung von De Candolle.

Ihre Augen hingen an Luìs' Lippen, bereit, jede Einzelheit zu erfassen. Und manchmal lachte sie, wenn ihr etwas komisch vorkam. Dann bedeckte sie sich den Mund mit der Hand, denn sie meinte, er sei zu breit; und diese Geste war, ohne daß sie es wußte, voller Koketterie.

Luìs konnte es kaum erwarten, sie zu heiraten, angetrieben von der Neugier und von dem Begehren, das jede ihrer Bewegungen in ihm weckte. Selbst ihre Art, nun, da der Sommer gekommen war, barfuß herumzugehen, wie sie es seit ihrer Kindheit getan hatte, war eine so natürliche Freiheit, daß sie dadurch nicht verletzbar wurde, sondern Kraft gewann. Und es gab keinen, weder Mann noch Junge, der gewagt hätte, es ihr gegenüber an Respekt fehlen zu lassen, auch wenn zuweilen bei einer brüsken Bewegung ihre glatten dunklen Waden aufblitzten. Eine Haut, die mit der Sonne ihre graue Winterblässe verloren hatte, während der Geruch ihres Schweißes Luìs frösteln ließ.

Man erzählte viele Geschichten über die Antonia, man sagte, sie sei das Ergebnis einer späten Liebe der Cavaliera zu einem Soldaten aus Santo Domingo, der im Gefolge Napoleons nach Italien gekommen und nach dem Sturz des Kaisers geblieben war, um die Adeligen von allen möglichen Krankheiten zu kurieren. Ein Mestize, der den rheumaverkrümmten Rücken des Außerordentlichen Botschafters, welchen der Papst dreimal segnete, mit Salbe eingerieben hatte. Und die Berührung seiner Finger war so wunderbar gewesen, daß die Cavaliera sie auch hatte spüren wollen; von dem Tag an war der ehemalige Soldat aus Santo Domingo ein zweiter Herr geworden. Und als der Botschafter starb, war die in den Jahren schon fortgeschrittene Cavaliera im dritten Monat schwanger, und der französische Mestize fuhr in einem Vierspänner durch Moncalieri. Doch im Verlauf weniger Monate hatten die Schulden den Palazzo aufgefressen, die Kutschen und die Pferde, die fünfzig Ringe, von denen jeder einen anderen Stein hatte, und die Antonia war in jenem allgemeinen Durcheinander zur Welt gekommen, die auf große Veränderungen folgt, zwischem einem Umzug und einer Pfändung, Tränen, krachend zugeworfenen Türen. Denn der ehemalige Soldat Napoleons war mit dem letzten Schmuck verschwunden, darunter auch dem Aquamarin, der der Zarin Eudocia gehört hatte, und nur die Zinkwanne, in der er jeden Tag ein Bad genommen hatte, erinnerte noch an ihn; da legte nun die Amme das Kind zum Schlafen hinein. Groß, tönend, mit Kupferfriesen umrandet, hatte ihr bloßer Anblick der Cavaliera entsetzliche Schmerzen an den Schläfen verursacht. Jene Schmerzen, die sie einige Zeit später mit essiggetränkten Lappen auf der Stirn auf die *dormeuse* gezwungen hatten.

Jetzt würde die Cavaliera gern die Hochzeit beschleunigen, doch in Braida gibt es keine Lira mehr, um auch nur die bescheidenste Zeremonie zu veranstalten. Das Geld ist, wie es nun seit jeher geschieht, ausgegeben worden, bevor es hereinkam, und die Cavaliera läßt jeden Tag anfragen, ob die Summe eingetroffen sei, die ihr ältester Sohn, Hauptmann im Heer des Königs, versprochen hat. Die einzige, die keine Eile hat, ist sie, die Antonia, die leidenschaftlich in Luìs verliebt ist. Sie hat Angst. Jedesmal, wenn sie sich im Spiegel betrachtet, zittert sie bei dem Gedanken, sich ihm so braun zu zeigen, ein Körper, der an seinen geheimsten Stellen dunkel wird wie ein Wald. Und mit der Hand vor dem

Gesicht betrachtet sie ihr Spiegelbild durch die Finger, entsetzt, weil ihr scheint, es drücke etwas Animalisches aus.

In jenem Sommer im Juli starb Karl Albert. Die deutschen Truppen hatten sich schon seit geraumer Zeit zurückgezogen, nachdem sie wieder Ordnung geschaffen, Steuern und eine beträchtliche Reihe von Verboten auferlegt hatten und der neue König die Verpflichtung eingegangen war, sie zu beachten. Auch die kurze Episode der Römischen Republik war abgeschlossen, und der Skandal um die Tränen des Propstes verziehen. Asti, Turin, Casale waren verschont geblieben, und alles schien wieder wie früher zu werden. Pietro Giuseppe hatte Windpocken bekommen, doch nach viel Sorge um seine Gesundheit hatte er eines Morgens wieder angefangen, mit der Katze zu spielen; und ein paar Tage später war der Benefiziat mit seinem schwarzen Rock und den Schuhen, die die Maria so störten, wenn sie im Zimmer auf und ab gingen, wieder aufgetaucht. Und die Limasa hatte auf einmal bemerkt, daß sie das Kind nicht mehr auf ihren Schultern reiten lassen konnte, so groß und schlaksig war es geworden.

An einem Spätnachmittag im August bog der Wagen, der die Magna Munja brachte, wieder in die Allee ein. Pietro Giuseppe hörte zu essen auf und schaute zu, wie sie mit ihren noch makellosen Leinwänden abstieg. Die Magna Munja war, falls das überhaupt sein konnte, noch größer geworden, noch größer das vom Brustschleier umschlossene Gesicht, fester das Fleisch; und als sie sich herunterbeugte, um ihn zu küssen, empfand Pietro Giuseppe ihr ganzes Gewicht fast wie eine zentnerschwere Last, die ihm den Atem nahm. Aber er schloß nicht mehr die Augen und starrte sie unbewegt an, wie die alten jüdischen Völker den Golem angestarrt hatten, um sie zu bezähmen. Erst abends, wenn die Magna Munja die Familie zum Rosenkranz versammelt, überfällt ihn das Fieber, und er liegt mit geballten Fäusten im Bett wie tot, während die Limasa ihm die Stirn befeuchtet.

Die Begegnung zwischen der Magna Munja und der Antonia geschah an einem Nachmittag, an dem es so heiß war, daß die Blätter leblos herabhingen und das Gras unter den Sohlen knisterte. Als die Magna Munja sie die Allee heraufkommen sah, allein und ohne Hut, tat sie, als hielte sie sie für eine Zigeunerin, und bekreuzigte sich. Die Antonia war unter den Apfelbäumen stehengeblieben, und Pietro Giuseppe war ihr entgegengelaufen, er liebte die Antonia, ihm gefielen ihr Schweigen und ihre große Ruhe. Ihre Küsse, die auch selten waren und keinen schlechten Atem verströmten wie die der Fantina oder der Magna Munja. An jenem Nachmittag nahm er sie bei der Hand und führte sie zur Tante hin, die unter dem Nußbaum malte. Erst da gab die Magna Munja zu erkennen, daß sie verstanden hatte, wer das Mädchen war, und ließ zum Zeichen der Überraschung den Pinsel fallen. Ein plötzlicher, bodenloser Haß hatte ihre Lippen erbleichen lassen.

Da, das war sie: Sie würde sich auf den Schemel vor dem Spinett setzen, würde abends im Garten die Kühle genießen in dem kleinen Korbsessel, als hätte er schon immer ihr gehört, würde die Limasa und die Marlatteira herumkommandieren. *Sie* würde Luìs in seiner Leichtfertigkeit und seinem erbärmlichen Vergessen, in seiner dummen Untreue ihnen allen aufzwingen.

Sie würde berühren, benützen, fortwerfen, was noch

übrig war, würde mit ihrer dunklen Gestalt die flüchtigen Sonnenspuren der Teresina von den Maturlin auslöschen. Mit unbeholfener und untrüglicher Einfühlung begriff die Magna Munja, was Luìs angezogen hatte. Blitzartig sah sie die Kurven, die Haut, ahnte das Tier unter dem verblichenen Kleiderstoff. Sie bückte sich, um den Pinsel vom Boden aufzuheben, und sie hatte sich schon eine Strategie zurechtgelegt.

Als sie sich wieder aufgerichtet hatte, hob sie zerstreut den Blick, und die Lider senkten sich leicht zum Zeichen des Grußes, dann kehrte sie mit dem Pinsel zur Leinwand zurück, während die Antonia, bereit, auf sie zuzugehen, mit ausgestreckten Händen stehenblieb, den Mund schon zum Kuß gespitzt. Schweigen breitete sich aus zwischen der jungen Frau, die da stand, und der Nonne, die vor der Staffelei saß. Eine tauchte den Pinsel in die Farbe und probierte sie auf der Palette aus, als ob nichts sonst auf der Welt für sie zählte, die andere stand im Schatten des Nußbaums und versuchte, etwas über die auf der Leinwand gemalten Früchte zu sagen, und ihre Worte fielen ins Leere. Wirkungslos, unhörbar für die Ohren der Nonne versanken sie im Summen einer Wespe, zwischen den kraftlosen Petunien, den Zwergnelken.

Pietro Giuseppe beobachtete eine Eidechse, regungslos auf dem Kies: Zack! und blitzartig fing die Zunge ein nicht wahrnehmbares Insekt. Pietro Giuseppe zuckte zusammen: »*Mama*«, sagte er, an Antonias Hand ziehend, »*Mama* ...« Der Haß der Magna Munja traf auch ihn, wie eine Gewehrsalve. Zitternd wegen der Beleidigung spürte die Antonia, wie das Weinen ihr den Hals zuschnürte, aber sie hätte eher dort auf dem Kies Wurzeln geschlagen, als sich zu unterwerfen. Vor lauter

Anstrengung, ihre Stimme in die Gewalt zu bekommen, hatte sie zu schwitzen angefangen. »Sind das *Portugalen*?« hatte sie gefragt und mit ausgestrecktem Finger auf die Leinwand gezeigt, auf der einige Apfelsinen gemalt waren. Ihre Augen brannten, und die Magna Munja konnte ihre Eindringlichkeit fühlen, auch ohne sie anzusehen, aber sie antwortete nicht: Es gab keine Antonia, sie war gar nicht da. »Schau, *Portugalen*«, hatte die Antonia daraufhin zu dem Kind gesagt, das, vom Blick der Tante vernichtet, dabeistand; und noch bevor Pietro Giuseppe etwas erwidern konnte, hatte sie ganz laut zu rufen begonnen: »Luìs«, schrie sie, »Luìs, *viens voir, Portugalen* ...«, und ihre Stimme brach vom Weinen.

Sie heiratete, sie heiratete sofort. Ohne eine Lira, ohne ein einziges neues Kleid, nicht einmal ein weißes. Sie heiratete ärmer als die Maria vor vielen Jahren, als der Pidrèn aus dem Krieg zurückgekehrt war. Die Schwester aus Vigevano schickte ihr ihr Brautkleid, es war zu lang und spannte über der Brust, aber sie würde sich schon hineinzwängen, um den Preis, darin zu ersticken. Sofort, Luìs, sofort: Die schmalen, verschwitzten Hände verschränken sich mit den seinen, es ist, als würde sie sich kopfüber hinunterstürzen, dem Mund gelingt kein Lächeln mehr. Die Beleidigung der Magna Munja hat sie am empfindlichsten Punkt getroffen, dort, wo die Fäden ihres Daseins zusammengehalten werden, und ihr Stolz ist jetzt wie ein glühendes Eisen. Luìs wagt noch nicht, sie in die Arme zu schließen, und seine Hände bewegen sich nach oben zu den an den Schläfen gestrafften Haaren, ziehen ein paar Klammern heraus, die Haare fallen dunkel und schwer herab, sie rührt sich nicht: Nun wird Luìs davonlaufen, sich ihrer schämen. Aber es ist, als hätten sich Luìs' Hände verfangen auf ihrem Kopf, seine Augen sehen sie an, was er sich von ihr erwartet, ist viel mehr, als sie glaubt und befürchtet, ihm nicht geben zu können, er will die Kraft, die er in ihrem Körper spürt, die Ausdauer und die Klugheit, die Gelassenheit ihrer Schritte und ihr seltenes Lächeln. Alles übrige zählt nicht, weder die Magna Munja noch das durch Hypotheken verlorene Land oder die Geschichte mit dem Soldaten aus Santo Domingo.

Das Wort Liebe ist zwischen ihnen nie gefallen, und auch jetzt sagt Luìs es nicht, sie kneift die Augen zusammen, um es sich nicht zu wünschen. Weder jetzt noch jemals in Zukunft.

Von Luìs' Hochzeit mit der Antonia wurde noch lange gesprochen. Sie lieferte Gesprächsstoff bis nach Moncalvo, Lu, Giarole, denn eine solche Hochzeit hatte man noch nie gesehen. Im Hof hatten sich, als die Antonia in dem weißen Kleid herunterkam, die Knechte und etliche Dörfler versammelt, die neugierig darauf waren, wie die Sache ausgehen würde. Der älteste Enkel der Cavaliera war gekommen, um sie zum Altar zu geleiten, ein langer blonder Junge, und er war derart erstaunt darüber, sich dort zu befinden, daß er aussah wie zu Holz erstarrt.

Die Cavaliera kam nicht herunter, verließ nicht einmal an diesem Tag die *dormeuse*, weil sie keine Schuhe mehr besaß, die sie hätte anziehen können, und segnete die Tochter im Saal mit ihrer kleinen, von den Jahren schwach wie ein Blatt gewordenen Hand. Sie hielt ihren Kopf fest im Schoß, und die Antonia tauchte ihr Gesicht in die Seide des Kleides, die immer noch alle Gerüche barg, welche sie von klein auf kannte. Sie liebte an ihrer auf der *dormeuse* zusammengesunkenen Mutter diesen herben Geruch nach großem Wal, den die Strömung an den letzten Strand gespült hat, und blieb stumm, den Mund gegen den Stoff gepreßt. Es war noch nie vorgekommen, daß die Cavaliera sie so lange an sich drückte, und ihr Herz begann, in dem weißen Kleid eingeschnürt, über Gebühr zu klopfen.

Von ihrer Familie war außer dem jungen Enkel, der nun in einem Winkel der Kapelle Geige spielte, keiner gekommen, während Luìs' Familie sich vollständig in den beiden wackeligen Bänken links vom Altar zusammendrängte. Dicht an dicht schwitzten sie in ihren Festtagskleidern voller Taftrüschen und Bänder, die zwar bei der Hochzeit in Ivrea durchaus vorteilhaft gewesen waren, nun aber das andere Wetter und die andere Jahreszeit deutlich machten; und die Tauben, die in der Nische über dem Altar ihr Nest gebaut hatten, flogen durch die scheibenlosen Fenster aus und ein. In den leeren, vergeblich für die Angehörigen der Cavaliera hergerichteten Bänken hatten sich allmählich scheu die Knechte eingefunden und betrachteten hingerissen den jungen blonden Epheben, wie er, die Wangen purpurrot vor Unbehagen, den Geigenbogen vibrieren ließ. Der Propst hatte Mühe, das Notwendige für die Messe zu finden, und, von der Stimmung des Tages angesteckt, liefen die Ministranten den Gänsen nach, die vom Hof her über die Schwelle hereinsahen. Pietro Giuseppe verfolgte sie mit dem Blick und zitterte vor Begierde, sich ihnen anzuschließen, doch die Limasa hielt ihn fest an der Hand, zur Rührung bereit, wenn sich nur eine Gelegenheit dafür geboten hätte.

Aber die Gelegenheit kam nicht. Die Rede des Propstes war kurz, trocken, wenige Sätze, die zur Treue und

Gottesfurcht ermahnten, denn Gott sehe alles, »auch eine schwarze Ameise in einer schwarzen Nacht auf einem schwarzen Stein...« Und den Anwesenden, denen die Braut, so eingeschnürt in dem weißen Kleid, noch dunkler erschien, verursachte die Anspielung auf die »schwarze Ameise« ein gewisses Unbehagen. Die Augen des Propstes ruhten auf Luìs: Was in seinem Gesicht zu lesen war, kam ihm recht beunruhigend vor. Und außerdem handelte es sich um eine zweite Ehefrau. Zwar hatte alles seine Ordnung: Aber wenn er je in den Himmel kommen sollte, neben wem würde Luìs dann Platz nehmen?

Die einzige, die an dem Tag triumphierte, majestätisch in ihrer unbefleckten Tracht, war die Magna Munja, die die Hitze, die Gänse, das Toben der Ministranten ertrug, ohne mit der Wimper zu zucken. Diese Zeremonie war die gerechte Strafe Gottes, und ein verächtliches Lächeln hob sie aus der übrigen Familie heraus und schützte sie vor dieser beschämenden Komödie. Und doch wurde ihr Herz klein und bitter, eine unaufhaltsame Traurigkeit ging von dieser Kapelle aus, von den durch die Feuchtigkeit unkenntlich gewordenen Fresken, von dem vom Steinfraß brüchigen Altar. Der Gedanke an den Tod beherrschte jene Überlagerung der Ereignisse, die unkenntlich machte, was einst lebendig und leuchtend war. Ihr war, als sehe sie sogar Pietro Giuseppe mit anderen Augen: im Übergang, flüchtig. Und während sie zuschaute, wie er sich ungeduldig an der Hand der Limasa hin und her wand, konnte sie den Gedanken nicht loswerden, daß dieses Kind bald nicht mehr dasein würde. Sie sah den Jungen, und dann den Mann. Vergänglich war Pietro Giuseppe, vergänglich wie die junge Nonne, die bei Sonnenuntergang spazierengegangen war und von Gott und Mozart gesprochen hatte, vergänglich war Luìs, der seine schwangere Frau um die Taille gefaßt hatte, als das noch ungeborene Kind in ihrem Schoß strampelte. Neben ihr die Mutter weinte still. Vor Rührung? Vor Scham? Oder warum sonst? Es war fast wie ein Piepsen, und wenn die Magna Munja eine gute Nonne und der christlichen Barmherzigkeit geneigt gewesen wäre, hätte sie die Hand, die sich müde und von der Arthritis verunstaltet auf die Bank stützte, zwischen die ihren nehmen müssen. Aber die Magna Munja konnte nicht verzeihen; und außerdem ließ der Geiger seinen Bogen auf den letzten Noten einer Musik erzittern: Und sie glich auf grausame Weise der, die die Magna Munja an den nun so fernen Sommerabenden vernommen hatte.

Es gab keine Hochzeitsreise für Luìs und Antonia, der Mais mußte gemäht und gedroschen werden, die Weinlese stand bevor. Sie waren nur drei Tage fort, doch keiner erfuhr je, wo Luìs sie mit seiner neuen Frau verbrachte, und die Maria legte sich krank zu Bett, um mit niemandem über die Hochzeit in Braida sprechen zu müssen, und die Magna Munja verlängerte die abendlichen Fürbitten und betete die Geheimnisse aller drei Rosenkränze.

Der Tag, an dem Luìs und die Antonia wieder zurückwaren, schien wie alle anderen zu sein, heiß und fliegenverpestet. Alles ging seinen gewöhnlichen Gang, und die Antonia nahm bei Tisch neben der Maria Platz, als ob sie schon immer dort vor dem Fenster mit den angelehnten Läden gesessen hätte, zwischen denen man die Apfelbäume durchsah. Keinem wurde klar, daß sich an jenem Tag etwas zutiefst veränderte, genauso wie viele Jahre lang keiner je bemerkt hatte, daß das Haus durch eigene Kraft weiterfunktionierte gleich einem von der Strömung getragenen Boot. Die Maria kümmerte sich schon lange um nichts mehr, und die Fantina hüllte sich, wenn sie nicht mit den Schatten sprach, in Schweigen; und wenn sie trank, gingen ihre Reden wie ihre Wünsche weit über die Mauern des Hauses hinaus.

Die Autorität der Antonia kam unerwartet. Unbestritten, je zurückhaltender sie war. Ihr gelassener Ton kannte keine Unsicherheiten, er schwankte niemals, auch in den schwierigsten Augenblicken nicht. Sie sprach Dialekt, unter den sie Sätze in einem feierlichen, reinen Französisch mischte. »Schwarze Ameise in einer schwarzen Nacht«, außer Gott hatte auch Luìs sie gesehen.

Er hatte für sie beide das große Zimmer gewählt, das auf den Nußbaum hinausging, und sie lag zum erstenmal zwischen frischgestrichenen Wänden in einem Bett, das so groß und bequem war, daß man mit ausgebreiteten Armen darin versinken konnte; und nie hatte es in ihren Träumen von schönen Landsern des Königs so ergreifende Augenblicke gegeben. Luìs legte ihr die Hand auf den Mund, um ihre Schreie zu dämpfen, denn beim geringsten Knarren des Bettes intonierte die Magna Munja mit lauter Stimme Gebete, damit der Erzengel Michael den Teufel vertrieb, der sich im Haus einnistete.

Sechstes Kapitel

Der Dragoner Junot

Die Antonia und Luìs bekamen fünf Kinder, und wäre es nicht wegen Luìs gewesen, hätte sie noch ein paar mehr gewollt. Die Schwangerschaft beeinträchtigte ihren Rhythmus, ihren Hunger, ihren Tatendrang nicht. Der zierliche, kräftige Körper sammelte sich geschlossen um den Schoß, und sie trug jenes Gewicht so, wie sie als Mädchen die Wassereimer zur Mutter hinaufgetragen hatte, und lief bis zum letzten Tag unermüdlich treppauf, treppab, räumte auf, half Luìs bei den Abrechnungen. Die Kinder wurden alle mit Haaren auf dem Kopf geboren, eines dunkel und eines kastanienbraun und wieder eines so zartblond, wie die Herren von Braida gewesen waren. Manche hatten eine helle Haut, manche eine dunkle und Augen, süß wie Kastanien. Keines kam zu einer Amme: Wie eine Wilde, sagte die Magna Munja, hängte sie sich die Kinder an den Busen und nahm sie nicht mehr ab, bis sie allein Treppen steigen konnten. Alle gleich stimmgewaltig vom ersten Augenblick ihres Lebens an; und wenn im Stall der erste Schrei des soeben zur Welt gekommenen Kindes zu hören war, wußte man, daß die Madame wieder entbunden hatte.

Denn in kurzer Zeit war das dunkle und oft barfüßige Mädchen, das im Sommer die Haare wie eine Bäuerin unter einem Kopftuch zusammengebunden trug, zur

Madame geworden. Ein Titel, den die Maria nie erhalten hatte, ihr aber hatte man ihn nach kurzer Zeit verliehen wie eine Investitur. Es waren die Stimme, der Gestus, die Schritte. Der Blick, der Klugheit und eine fernliegende, mit der Pracht ihrer Familie zusammenhängende Liebenswürdigkeit vereinte. Die Herren von Braida waren Kreuzfahrer gewesen, Gouverneure von Mailand unter den Spaniern, manche hatten am Hof der Gonzaga verkehrt, andere am Hof der Valois. Darin, wie die Antonia der Marlatteira ein Ei aushändigte oder mit dem Kamm durch Pietro Giuseppes zerrauftes Haar fuhr, unterschied etwas ihre Bewegungen von denen der anderen. Auch ihre Geduld war uralter Prägung, bestand aus Warten und Gewißheit, so wie es bei den Herrschern von einst gewesen sein mußte. Und wenn sie einen Befehl erteilte, wurde ihr bereitwillig gehorcht, fast als hätte sie mehr Recht darauf als die anderen und eine höhere Macht ihre Stimme zum Befehlen ausersehen. Doch vor allem verlangte Madame nie Unnützes oder Dummes.

Die Kinder, die um sie herum aufwuchsen, körperlich so verschieden voneinander wie weiße, schwarze und getigerte Kätzchen, besaßen allesamt die Anmut ihrer Mutter. Das Elend, die Entbehrungen ihres Mädchenlebens hatten dem Charisma ihrer Geburt jeden Hochmut genommen und nur jenen glänzenden Faden übriggelassen, der sie zu durchziehen schien wie Gold.

Sie hätte glücklich sein müssen, war es vielleicht in einigen Augenblicken. In anderen aber, wenn die Müdigkeit eine plötzliche Leere in ihr schuf, pflegte sie eine mechanische Geste zu machen, die sie verriet. Mit dem Nagel des Zeigefingers zerkratzte sie jeden Gegenstand, der sich in ihrer Reichweite befand, so empfindlich er auch sein mochte. Unaufhaltsam schürfte sie den Lack auf, drang zum Holz vor, zum Gips, bis sie blutete. Wenn sie dabei überrascht wurde, belebte sie sich sofort, um ihre Schuld vergessen zu machen. Aber die Anstrengung kostete sie eine grausame Mühe, die Lippen wurden weiß, die Augen schienen aufgesogen von der grauen Blässe des Gesichts. Oft schaute sie verträumt durch das kleine Fenster am Ende des Ganges auf den kupfergedeckten Zwiebelturm. Woran sie dachte, konnte sich niemand vorstellen, so sehr stand jene Haltung im Gegensatz zu ihrer gewohnten, praktischen, ruhigen Art, fern aller Träume. Es schien, als warte sie auf das Schlagen der Stunden, das allein sie aus dem geschlossenen Kreis ihrer Pein hätte herausreißen können, während der Fingernagel den Kitt wegkratzte, der das Glas festhielt, und das Fensterbrett sich mit Blutströpfchen befleckte.

Und doch war Luìs ein guter Ehemann, und wenn zuweilen auf der Straße aller Beherrschung zum Trotz sein Blick noch einem schönen Mädchen folgte, ging er doch nicht mehr zum Tanzen und wollte seine Frau nicht betrügen.

Einmal, nur ein einziges Mal geschah es. Es war während des Krimkrieges, als die Cousine Monette ankam mit ihrem kleinen Sohn Tomà, der milder Hügelluft bedurfte. Sie war die Frau eines fernen Verwandten der Maria, eines Kapitänleutnants, der sich nach Sebastopol einschiffen mußte und seine kleine, kostbare Familie den nächsten Angehörigen anvertrauen wollte, da seine Frau aus der Fremde kam, aus einem fernen Land namens Neukaledonien. Der Cousin reiste gleich wieder ab, und seine Frau richtete sich mit ihrem Kind im Hause ein.

Die Cousine Monette trug ihr feines blondes Haar

offen bis zur Taille, und ihre Musselinkleider erforderten beim Bügeln große Sorgfalt. Ideal für den Sommer, ließen sie ihren Hals und ihre runden, goldbraunen Arme frei. Sie kam ins Haus wie ein Wind unbekannter Herkunft, der vielleicht von Bananenstauden und Kokosbäumen, hoch in den Himmel ragenden Palmen kündete, oder vielleicht vielmehr von Vulkanen mit schwarzer Lava, die in der Nacht erglühten, niemand kannte Neukaledonien, und sogar Luìs hatte Mühe, es auf der Weltkarte zu orten.

Ihr Italienisch war kümmerlich, weshalb sie oft gezwungen war, das Französische zu Hilfe zu nehmen, und ihr kleiner Sohn Tomà ritt auf den Ziegen, kletterte von Ast zu Ast bis in die Spitze des Nußbaums hinauf und wanderte nachts im Hemdchen durchs Haus, tauchte an den unvorstellbarsten Orten auf, von einer geheimnisvollen Krankheit befallen, die ihm den Schlaf verwehrte. Tomà besaß eine modulierte, durchdringende, ohrenbetäubende Stimme, mit der er alle Tiere nachmachen konnte und auch die Rufe, mit denen man das Vieh antrieb. Doch wenn er wütend wurde, sprach er abgehackt in einer unbekannten Sprache. Danach bereute er es, kniete sich seiner Mutter zu Füßen und küßte ihr den Rocksaum.

Pietro Giuseppe und seine Geschwister, an die ruhige Ordnung im Haus gewöhnt, sahen ihn bestürzt an, geblendet vor Verwunderung. Tomà war ein wunderschönes Kind, aber sein schmächtiger, scheinbar gelenkloser Körper machte angst, weil es schien, als würde er jeden Augenblick umknicken und verwelken. Wenn er beim Spiel gestoßen wurde, auch von einem der Kleinsten, stürzte er meterweit weg zu Boden, ohne sich weh zu tun, so leicht war er. So leicht, daß an dem Tag, als er vom Nußbaum herunterfiel und alle Blut und Schreie erwarteten, Tomà unvermutet wieder aufsprang: »*Pardon*«, sagte er, denn er hatte einen Ast abgebrochen.

Die Cousine Monette bestickte Tüll und nahm als Garn ihre langen Haare, auch setzte sie sich ans Spinett, das so lange stumm geblieben war. Sie spielte alte französische Lieder, die die Kolonisatoren aus der fernen Heimat mitgebracht hatten und die vielleicht in Frankreich nicht mehr gesungen wurden. Ab und zu mischte sie unter den Gesang andere Töne, klagende, beklemmende, die jede Lust am Zuhören nahmen. Nur Tomà freute sich darüber und klatschte glücklich in die Hände, fiel auch zuweilen mit seiner Stimme in den Gesang seiner Mutter ein.

Doch die große Leidenschaft der Cousine Monette war das Tarot. Sie trug stets ein altes Kartenspiel bei sich, von dem sie sagte, es habe ihrer Urahnin gehört, einer Zuckerbäckerin, die zum Tode verurteilt worden war, weil sie mit vergifteten Beignets einen Anschlag auf das Leben des Grand Condé verübt hatte. Diese fettigen, verblaßten Karten ließ sie beim Mischen herumwirbeln zwischen ihren rundlichen Händen, die so kurz waren, daß sie auf dem Spinett hin und her springen mußten, um vom c zum g zu gelangen. Sie legte der Maria die Karten, aber auch der Limasa und der Marlatteira. Der Limasa sagte sie einen lahmen reichen Ehemann mit zwei Goldzähnen voraus. Der Marlatteira einen Sohn, der General werden würde. Luìs ein Feuer.

»Was für ein Feuer?« lacht Luìs im Schatten des Nußbaums, der Duft der Cousine Monette ist eine Mischung, die so gut zum feinen Blond der Haare, zu ihrer goldenen Haut paßt. Vielleicht ist das der Geruch von Kokosnüssen und Mangofrüchten, von Blüten, die sich im Tropenwald öffnen.

»*Peut-être ici*«, sagt sie und legt sich eine Hand aufs Herz, die runde Brust unter dem hellen Musselin umfangend. Die Antonia kommt auf ihren Gängen zwischen Kindern und Haus vorbei, lächelt der neuen Cousine zu, deren Mann auf einer Brigg mit geblähten Segeln dem Schwarzen Meer zustrebt. Sie weiß wenig von Krieg, Krim und Türken, aber sie kann gut Französisch und begreift im Flug jenes Strömen von Düften und Blicken im Schatten des Nußbaums.

Sie wird nicht eifersüchtig sein, die Antonia, oder falls doch, wird sie es nicht zeigen, und wenn die Offensichtlichkeit zu unverkennbar werden sollte, wird sie darüber hinwegsehen. Auch an dem Tag der Weinlese, an dem sie alle gemeinsam zum Kranichhof hinaufsteigen und die Cousine aus Neukaledonien sich in Nichts aufgelöst zu haben scheint, Luìs mit seinem Strohhütchen und dem Stock vom Gran Masten ebenfalls verschwunden ist, sie allein mit Gavriel auf all die Kinder aufpassen muß, die zwischen den Rebstöcken herumspringen, Schaden anrichten, hinfallen, weinen.

Wann wird dieser verwünschte Krieg endlich aussein? Schiffe, die untergehen, Russen, Franzosen, Cholera. Wann, Gavriel? Gavriel lächelt ihr zu, drückt ihr zum Trost die unvermittelt mutlose, von den vielen Kindern rauhe Hand. Ein Kleiner stürzt, die Antonia steht auf, um ihm zu helfen, nimmt ihn auf den Arm, wischt ihm den erdverschmierten Mund ab, die Sonne geht grau verblassend im rosigen Dunst des Tages unter, an den abgeernteten Rebstöcken sind manche Blätter schon rot, die Ochsen schwanken auf der Straße los, die Trauben füllen die Wagen. Das Land ist so schön zu dieser Jahreszeit, mit den hellen Grüntönen des Schilfrohrs entlang den Gräben, den Pfirsich- und Kirschbäumen hie und da am Ende der Reihen, dem schon strohtrockenen Mais und der blauen Luzerne, die im vergehenden Tag schimmert. Dort unten im Schilfrohr bewegt sich etwas; es kann ein Hase sein, eine Wildkatze. *Peut-être ici*, hat die Cousine Monette gesagt und auf ihr Herz gezeigt. Aber es ist spät, man muß ans Heimgehen denken, die Kinder ins Bett bringen, die Limasa ist schlimmer als die Kleinen und spielt Verstecken, ohne sich ums Dunkelwerden zu kümmern, die Marlatteira steht schon fertig da und wartet mit dem Korb voll Trauben auf dem Kopf. Aus Tomàs Lippen ist alles Blut gewichen, er springt wie ein Geist zwischen einer Furche und einer anderen herum.

Abends ist der Zanzìa gekommen, der in der Jugend alle Zähne verloren hat und ein selbsterfundenes Instrument spielt: Geige, Ziehharmonika und große Trommel. Die Musik, die dabei entsteht, weckt eine unwiderstehliche Lust sich auszutoben, und die Kinder entwischen aus den Betten, Pietro Giuseppe tanzt schon mitten im Hof und dreht sich, dreht sich mit Haaren, aus denen der Schweiß tropft, bloßen, vom Staub schwarzen Füßen, keiner schafft es, ihn aufzuhalten, und rundum klatschen die Geschwister in die Hände, versuchen, ihn am Hemd zu packen. Es tanzt der Sohn vom Gerumin mit einem steifen Bein, es tanzt die Marlatteira samt den Frauen, die zur Weinlese gekommen sind. Die Limasa hat Pietro Giuseppe um die Taille gefaßt, und während sie, gleichfalls barfuß, tanzt, wirkt sie wie eine Hexe, die aus dem Stamm des Nußbaums herausgesprungen ist. Die Trauben gären im letzten

Septembermond, noch nie hat man so einen Abend gesehen, die Hitze und der Staub vernebeln die Luft, der Zanzìa lacht mit all dem leeren Zahnfleisch und spielt immer rasender, schlenkert dazu wie wild mit dem Kopf, von seinem eigenen Klang verrückt gemacht. Die Fantina und die Maria sitzen regungslos auf ihren Stühlen und gleichen zwei Totems im Dunst der Nacht, für das, was sie sich mitzuteilen haben, genügt hie und da ein einsilbiges Wort, auch jetzt verharren sie in Schweigen, als säßen sie im Theater, während die Kinder nach allen Seiten davonlaufen, die Marlatteira mit dem Besen in der Hand hinter ihnen her.

Gavriel ist auf dem Pferd davongeritten und wird erst zurückkehren, wenn die Sonne hoch steht und Luìs sich damit abgefunden hat, ohne ihn auszukommen. Die Antonia ist nach Braida gegangen, die Cavaliera, die den Tod nahen fühlt, hat sie zu sich rufen lassen. Sie hat das Fest gar nicht beginnen sehen, den Zanzìa und sein selbsterfundenes Instrument auch nicht, und kniet nun neben der *dormeuse*, legt den Kopf in den Schoß, der alle Gerüche eines Universums umschließt, eines Universums, das vergeht. Sie legt die Wange auf das, was einst ein berühmter Marderumhang war in geräuschlosen Schlitten auf dem Schnee, zwischen den Fackeln der Pagen, in den Theaterfoyers, und betrachtet forschend das breite, weiße Gesicht der Mutter im Halbschatten: eine zerlaufene Torte, bei der jede Erinnerung an die köstlichen Zutaten von früher verlorengegangen ist. Ein geliebtes Gesicht, das sie gern wieder zusammensetzte, mit der abhanden gekommenen Würde versähe. Die Antonia weint über ihre Ohnmacht, und die Finger der Cavaliera, die ihr ins Haar gefahren sind, rutschen ab. Eine Liebkosung, eine noch. Die letzte.

Und Luìs, und die Cousine Monette? Die Kerzen zu beiden Seiten des Spinetts sind angezündet, aber das Wohnzimmer ist leer, die Luft schweift Ende September heiß und mondhell umher, die Stechmücken klammern sich fadenförmig an die Vorhänge. Wenige haben das alte französische Lied vernommen, das mittendrin abbrach, erstickt durch die Musik vom Zanzìa, durch den Lärm des Tanzes. Die Limasa schaut zum Gartenfenster hinein, Pietro Giuseppe zieht sie am Arm, er will weitertanzen. Sie schüttelt ihn ab, laß mich, sagt sie, laß mich, und schaut neugierig, unsicher, ob sie eintreten soll, um die Kerzen auszublasen oder nicht. Und während sie schaut, kommt es ihr vor, als höre sie einen unterdrückten Schrei, ein Stöhnen aus dem Schatten dringen, sofort fallen ihr die Geschichten über den Giai wieder ein, der, nachdem er gestorben war, kam und Geige spielte. Sie packt Pietro Giuseppe, läuft davon, stolpert, fällt der Länge nach auf die Wiese. Heilige Jungfrau, was für eine Angst! Angst vor Werwölfen, die in den Mondnächten unterwegs sind, vor den Toten, die nie Frieden finden. Eng umarmt sie Pietro Giuseppe und fühlt, wie heiß und verschwitzt er ist. Gemeinsam betrachten sie im Liegen den Mond mit seinen Gestalten, die aussehen wie auf Eis gemalt. Der Zanzìa will mich heiraten, sagt sie, wenn ich ihn heirate, kauft er mir ein Kleid und ein Paar Schuhe wie die von der Cousine Monette. Gefällt er dir denn? fragt Pietro Giuseppe und drückt sie noch fester. Nein, antwortet sie, ich will einen schönen jungen Mann. Dann wart auf mich, wenn ich groß bin, heirate ich dich. Die Limasa lacht, er umarmt sie weiter unten, wo seiner Vorstellung nach ein Mann eine Frau umarmt, sie schubst ihn weg, daß er durchs Gras rollt, dann richtet sie sich auf und starrt reglos mit gefalteten Händen in den Mond. Wer weiß, was sie erbittet, was sie verspricht, während die Lippen unverständliche Wörter murmeln.

Pietro Giuseppe blieb auf der Wiese liegen und schlief mit einem Arm unter dem Kopf ein. Man weiß nicht, wer ihm im Vorübergehen ein Tüchlein aufs Gesicht fallen ließ, weil es unheilbare Krankheiten und Epilepsie verursacht, im Mondlicht zu schlafen. Ihm schien, als sei es die Cousine Monette in dem leichten Kleid, das das Gras berührte, und er versuchte, sie zu rufen, doch sie ging dahin wie im Traum und biß in einen Apfel, weitere hielt sie mit einem Arm an die Brust gedrückt und drehte sich nicht um. »Cousine Monette!« schrie er lauter, das Tüchlein wegziehend. Die Äpfel rollten auf den Boden, und sie bückte sich, um sie aufzuheben, während das Kleid ihren nackten Körper durchscheinen ließ.

Da erinnerte sich Pietro Giuseppe, was sein Vater über die Bewohner von Neukaledonien gesagt hatte, daß sie ohne Kleider herumliefen und sich den Körper bemalten. Außerdem hatte er noch erzählt, daß jene Männer und jene Frauen zum Jagen ein gekrümmtes Holz benutzten, das wieder zurückkam, wenn man es nach der Beute geworfen hatte. Eines dieser Hölzer hatte der Knabe Tomà in seinem Zimmer, und es waren seltsame Zeichen hineingeritzt. »Cousine Monette!« rief er aufs neue, aber sie hatte schon die Äpfel in den Rock gesammelt und ging weiter. »Cousine, Cousine ...«, aber auf einmal war ihm, als röche es nach Friedhof, so wie früher, wenn er mit der Magna Munja dorthin ging, und sein Herz machte einen Satz. Vor Aufregung, aber mehr noch weil er sich wünschte, es wäre seine Mama vorbeigekommen in jener Nacht, um ihm das Tüchlein über das Gesicht zu breiten. Die Teresina von den Maturlin.

Die Maria und die Fantina blieben auf bis zuletzt, mit im Schoß gefalteten Händen und einem schwarzen Schirm über dem Kopf, der sie vor der Feuchtigkeit der Nacht schützen sollte. Sie rührten sich auch dann nicht, als die Magna Munja das Fenster aufriß und zu zetern anfing, es müsse endlich Schluß sein mit all dem Krach und den Sünden: Gott habe sie alle einzeln erkannt und werde sie strafen, Gavriel und Luìs, die Cousine Monette, die Limasa und den Zanzìa, die Knechte, die heimlich Wein stahlen. Sie schrie so laut, daß auch dem Zanzìa der kalte Schweiß ausbrach und er seinen ganzen Mut zusammennehmen mußte, um weiterzuspielen. Die Kinder, die schon im Bett waren, steckten den Kopf unter die Decken und hielten sich die Ohren zu, um sie nicht zu hören. Nur die Maria und die Fantina rührten sich nicht weg unter ihrem Schirm: Von einem solchen Fest wollten sie nichts verpassen, Gott allein wußte, ob sie noch eines erleben würden.

Luìs und die Cousine Monette waren die einzigen, die das Geschrei der Magna Munja nicht hörten. Die Kerzen zu beiden Seiten des Spinetts waren heruntergebrannt, und das letzte Wachs war auf den Leuchter getropft. Als alle, vor Wein und Musik wirr im Kopf, schlafen gingen, kam Luìs und schloß die Fenster; seine Schritte klangen abgehackt durch die verheerende Stille des Hauses. Der Tag graute bereits, und es lohnte sich nicht mehr, zu Bett zu gehen; er schaute in den Garten hinaus und sah im ersten farblosen Licht, in dem sich die Apfelbäume abzeichneten, Pietro Giuseppe mit dem Tüchlein auf dem Gesicht zusammengekauert auf der

Wiese liegen. Er versuchte, ihn zu schütteln, aber der Kleine schlief so fest, daß er sich nur schaudernd auf die andere Seite drehte. Da nahm Luìs ihn auf den Arm, obwohl er schon groß und schwer war, das hatte er noch nie getan, und während er mühsam die Treppe hinaufstieg, empfand er Zärtlichkeit und Schmerz zugleich. Es schien ihm, als sei Pietro Giuseppe mehr sein Kind als die anderen, mehr sein eigen, aber gleichzeitig fühlte er, daß er ihn weniger liebte.

Die Cousine Monette reiste mit dem ersten Nebel ab, von der Krim trafen immer ungewissere Nachrichten ein, und Tomà hatte wieder Wechselfieber bekommen. Die Cholera, die ein Jahr lang rundum grassierte, gelangte mit einem Fremden, der Vieh kaufen wollte, ins Dorf. Eine große Furcht hatte alle ergriffen, und rasch schlossen sich die Türen, die Hühner, die auf die Straße entwischten, wurden lauthals wieder hineingerufen. Schwermut hatte die Cousine Monette erfaßt, und als die Rosetta vom Fracin wegen des Todes der Cavaliera zum Beileidsbesuch kam und vorschlug, sie mitzunehmen, stimmte sie freudig zu. Vom Haus des Camurà aus, sagte die Rosetta, könnte sie dann nach Genua weiterreisen, wo Tomà Meeresluft und sie neue Nachrichten von der Krim bekommen würde.

Als Mädchen hatte die Rosetta vom Fracin, wenn ihr Vater einer Arbeit halber nach Braida ging, mit der kleinen Antonia gespielt. Vergnügt hatten sie sich im Labyrinth der Gänge versteckt, zwischen den hohen Bücherregalen, und oft war die Antonia ihr auf den Rücken geklettert, glücklich, an die roten Haare der einzigen Tochter vom Fracin geklammert, herumzukutschieren. Nun sitzt die schöne Ehefrau vom Camurà im

Wohnzimmer, und in Taft und Spitzen gekleidet, lernt sie eines nach dem anderen Luìs' Kinder kennen; am meisten gefällt ihr Sofia, die die dunklen Augen der Mutter hat und die helle Haut von Luìs. Sie nimmt sie auf die Knie und singt ihr das Lied vom *Hinkenden Ferkel* vor.

Gavriel steht mit gekreuzten Armen da und sieht sie an, die Liebe ist so offenkundig in seinen Augen, daß die Worte auf ihren Lippen erzittern, und als sie sich an der Türe verabschiedet, fängt sie an zu weinen. Alle denken, es sei wegen der Cavaliera, die ihr Seidenbänder schenkte, wenn sie als junges Mädchen ins Schloß kam. Doch Gavriel weiß, welches der wahre Grund ist, und wird grob zu seiner Schwägerin, obwohl er vorher glücklich war über den Besuch, denn sie und Luìs haben etwas, was er und die Rosetta nie haben werden. Da hat die Rosetta vom Fracin ihre Kraft zusammengenommen, hat ihre Tränen getrocknet, und der Antonia tief in die Augen sehend, hat sie angeboten, die Cousine Monette fortzubringen.

Die Cousine Monette kam im Dezember in Genua an und erfuhr dort, daß ihr Mann von einem Kanonenschuß verletzt worden war, den ein türkischer Schoner abgefeuert hatte: Aber die Tarotkarten sagten ihr, daß er schon tot war. Das schrieb sie in einem Brief an die ganze Familie, der Brief war in Schönschrift, aber aus so vielen verschiedenen Sprachen zusammengesetzt, daß er schwer zu entziffern war. Sie dankte allen und sehnte sich zurück; sie schrieb *regrette*, und nur die Antonia verstand, was sie meinte. Die anderen dachten an die Weinlese, an das Fest und an die schönen Tage, an denen die Cousine Monette im Schatten des Nußbaums Tüll mit ihren langen Haaren bestickt hatte.

Luìs las den Brief mehrmals laut vor, verweilte bei jedem Wort, die Kinder saßen auf dem Boden und spielten mit der Katze, Sofia wiegte die Puppe, die die Rosetta vom Fracin eigenhändig genäht und ihr geschickt hatte. Pietro Giuseppe lernte mit dem Benefiziaten in dem Zimmer, das zum Hof hinausging, und man hörte die Stentorstimme des Priesters, der mit hinter dem Rücken verschränkten Händen auf und ab ging. Die Antonia, in Trauer, flickte ein Paar Kinderhosen. Durch die Fenster sah man nur Nebel, und an den Scheiben lief das Wasser herunter: Die Weinlese, das Fest und die große Trommel vom Zanzìa verschwammen in der Ferne, den Abschluß bildete jener letzte Anblick der beiden Frauen, die davongingen, eine blond und eine rothaarig. So verschieden und doch irgendwie auch ähnlich mit den weiten Röcken und den Umhängen, die die Backsteine des Pfades streiften. Zwischen ihnen, leicht wie ein Schmetterling, der Knabe Tomà.

Der Mann der Cousine Monette war im September in einem Hospital in Balaklawa gestorben. Er hatte unter dem Durst und der Hitze gelitten, war von Fliegen gequält worden, und die Flöhe waren unter seine Verbände gekrochen, er hatte immerzu an seine Frau gedacht, die er sich aus jenem Land am Ende der Welt geholt hatte. Mit ihr war er einige wenige Jahre glücklich gewesen, zu wenige. Er diktierte seinem Bettnachbarn einige Briefe und nannte seine Frau bei den zärtlichsten Kosenamen, sagte, daß er jede Nacht von ihr träume, und sobald er zurückkäme, würden sie ein Haus auf dem Hügel nehmen, dort mit dem Knaben Tomà leben und sich nie wieder trennen. Den letzten Brief diktierte er bei hohem Fieber. Er redete wirr, und sein Bettnachbar hatte Mühe, mit dem Schreiben nachzukommen. Vielleicht vergaß er ein paar Wörter, zog andere zusammen.

Im Dorf wurde die Cousine Monette nicht mehr gesehen. Sie verheiratete sich wieder mit einem Portugiesen, der mit Diamanten handelte, und fuhr auf einer Brigg mit Schaufelrad um die Welt. Sie starb in Athen an Pocken, und zu ihrem Sohn Tomà, der in Genua geblieben war, kehrte auf dem Seeweg ihr Schrankkoffer mit den hellen Musselinkleidern und den Tarotkarten zurück. Und eine geheime Vertrauensperson überbrachte ihm ein Säckchen blauer Saphire aus Ceylon, die seinen Unterhalt während der Studienzeit sicherstellen sollten.

Das große Ereignis der folgenden Jahre war der Krieg von 59, als Viktor Emanuel II. sein Hauptquartier zuerst in San Salvatore aufschlug und dann für einige Tage in Occimiano, das kaum vier Kilometer entfernt lag.

Der Krieg begann im Frühjahr; seit kurzem war der Schnee geschmolzen, und morgens verwischte der Nebel noch die Bäume, die Limasa mußte durch die Zimmer gehen und die Öfen anzünden, damit die Kinder sich beim Aufstehen nicht erkälteten.

Sie hatte niemanden geheiratet, die Limasa, weder einen schönen jungen Mann noch einen reichen Hinkefuß mit zwei Goldzähnen. Ihre Liebesgeschichten begannen im Hof vor den Ställen und endeten in den Heuschobern, mit dem Jungen, der die in Pomaro gefischten Karpfen und Hechte zum Verkauf brachte, oder mit dem Catagrata, der mit einem Käsekarren vorbeikam. Den Predigten der Fantina über die Tugend der Keuschheit leistete sie feindselig Widerstand, ihr Blick verfinsterte sich, und die Nase erhob sich in dem breiten, vom Schweigen flach gewordenen Gesicht noch spitzer. Die Jungfräulichkeit der Fantina interessierte sie nicht, und was die Vorsicht anging, wußte sie besser Bescheid als alle anderen Frauen im Haus. Die Ciapa Rusa hatte ihr alles erklärt, als sie, noch ein Kind, für eine Schale Hirse oft bei ihr die Wäsche wusch, die sie mit den Männern schmutzig machte.

Aber in jenem Jahr hatte sie Pech. Alles begann mit dem ersten französischen Dragoner, der auf seinem Pferd oben an der großen Straße auftauchte. Der Helm glänzte regennaß, und er sah sich um und schwenkte dabei den Federbusch; am Ende beschloß er, langsam zwischen den Pfützen tänzelnd hinabzureiten. Andere folgten ihm, und die Kinder liefen hinaus, um sie zu sehen, und hinter den Kindern her die Frauen, die Jugendlichen, die Hunde, die bellten, ohne einen Augenblick den feierlichen Schritt der Hengste aus dem Takt zu bringen. Die Limasa kam dazu, als sie schon über den Platz defilierten, sie trug den Duardin auf dem Arm, und an der anderen Hand hielt sie die Sofia, während Pietro Giuseppe ihr mit einem vom Regen schlappen Hut folgte, die Hände in den Taschen.

Die Dragoner ritten die Straße auf der anderen Seite des Dorfes wieder hinauf und verschwanden zwei und zwei mit den glatten, prallen Pferdehintern, den mächtigen Flanken. Der letzte Dragoner hielt sein Pferd an und stieg vor dem Bäckerladen ab. Der Laden war klein, und es schien, als könne er den Mann gar nicht fassen, durch die offengebliebene Tür sah die Limasa die Uniformspiegel blitzen. Für so einen Dragoner hätte sie alles gegeben, den Duardin, Pietro Giuseppe und die kommenden Jahre.

Die Limasa war achtundzwanzig Jahre alt und hatte

eine Kinderseele, obwohl sie schon durch mehrere Hände gegangen war, immer einzig und allein aus Liebe. Jetzt kam es ihr vor, als sei sie bereit, ihr Herz wegzugeben, und als der Dragoner sie beim Verlassen des Ladens mit einer Tüte Kekse in der Hand fragte, wo er *le phlébothome* finden könnte, war sie der Ohnmacht nahe. Der Duardin glitt ihr aus den Armen: »Wen?« fragte sie mit ersterbender Stimme, vom Glanz der Uniform geblendet. Pietro Giuseppe erklärte ihr, daß der *phlébothome* der Bader Bigiot war, der Blut abzapfte. Den Blick fest auf die Krümel gerichtet, die nach und nach den Schnurrbart des Dragoners übersäten, hatte die Limasa Mühe zu verstehen. »*Phlébothome*«, wiederholte der Dragoner geduldig, nahm den Helm ab, und ein rotblonder Löwenkopf überstrahlte die Uniformspiegel.

Ein Geistesblitz durchzuckte die Limasa, sie vertraute die Kinder Pietro Giuseppe an, und auf sich selbst deutend, machte sie dem Dragoner ein Zeichen, ihr zu folgen. Blaß und zitternd schritt sie an seiner Seite über den Platz. Sie stolperte über die Steine, und jedesmal, wenn sie beinahe hinfiel, stützte der Dragoner sie mit seiner knotigen, von rötlichen Härchen bedeckten Hand. Das Pferd trottete hinterher, ohne daß man es am Zügel führen mußte, und sie fühlte die Spritzer von den Hufen auf ihrem Kleid.

Sie durchquerten das ganze Dorf, und die Limasa sah beim Gehen gerade vor sich hin, während ihre Füße in den Pfützen versanken, und jedesmal, wenn sie auszurutschen drohte, schien es ihr, als umschließe sie jene Hand, die sie eilfertig auffing, ganz, Leib und Seele. Der Bigiot war nicht zu Hause, und sie setzten sich draußen auf eine Bank und warteten, bis es dunkel wurde, der Dragoner erzählte ihr von seinem Dorf und seinem Leben, sie konnte kein Französisch, verstand aber trotzdem alles und lachte oder weinte, je nachdem, ob das Erzählte lustig oder traurig war. Wenn sie weinte, trocknete der Dragoner ihr die Tränen mit seinen dicken Fingern. Mehr tat er nicht, es war ein Dragoner, der keine Frauen liebte und aus einem Dorf in der Auvergne namens Le Puy stammte, einem Dorf mit sieben Felsen und sieben Burgen, einer oben auf jedem Felsen.

Als der Bigiot eintraf, hatte es zu regnen aufgehört, der Dragoner lud ihn aufs Pferd, und sie verschwanden in der Dunkelheit. Die Limasa ging ohne die mindeste Angst, allein durch die Nacht zu laufen, nach Hause, und kaum war sie angekommen, ließ sie sich von Pietro Giuseppe den Namen des Dragoners und seines Dorfes aufschreiben. Sie nähte rasch ein kleines Säckchen und steckte den Streifen Papier hinein, auf dem mit Tusche geschrieben stand: Junot Julien, Le Puy. Sie hängte es sich um den Hals und gelobte, es nie wieder abzunehmen.

Der Dragoner Junot kam noch dreimal durchs Dorf, und jedesmal stand die Limasa aufrecht und würdevoll am Straßenrand und winkte. Der Regen lief über den Helm des Dragoners, tropfte von den Schulterklappen und durchnäßte das Tuch der Uniform, den Sattel aus schwarzem Schafleder, das Pferd wieherte, von den Zügeln gebremst, und er ritt so nah an ihr vorbei, daß die Limasa seinen schönen glänzenden Stiefel hätte berühren können.

Als das Regiment verlegt wurde, gesellte sich die Limasa zu den Frauen und Kindern, die in der Hoffnung, den König zu sehen, jeden Tag nach San Salvatore hinaufstiegen. Es waren fast sieben Kilometer, zumeist quer durch die Felder bergauf, und um nicht abzurutschen, zog die Limasa die Holzschuhe aus. Sie verletzte sich die Füße, die Fersen wurden rissig und bluteten, aber nichts hielt sie auf, und die Glückseligkeit jenes Monats Mai schien ihr anders als alles je empfundene Glück zu sein. Eine Glückseligkeit, die so gut zu dem leichten Regen paßte, welcher in Tröpfchen auf den Haaren liegenblieb, frisch zwischen die Lippen glitt. Für sie schickte Gottvater ihn jeden Tag: tauig, fein, wiesengrün.

Ein Mai, der ganz ins Wasser fällt, das sprießende Getreide, das sofort auf dem sumpfigen Boden kraftlos zusammensinkt, und die Frauen, die zum Pomahof hinaufgehen, um den König zu sehen, bedecken sich den Kopf mit Säcken, und beim Rückweg sind die Kleider so naß, daß sie an den Beinen kleben. Pietro Giuseppe folgt der Limasa auf all ihren Wegen und geht hinter ihr her bis hinauf nach San Salvatore, und auf dem Heimweg ist er froh, weil sie den Dragoner Junot nicht gesehen hat. Er rutscht den Hang hinunter, singt mit der schönen Stimme, die er von seiner Mutter hat, die Frauen bleiben stehen, um ihm zuzuhören, er wird rot vor Scham, doch in der Dämmerung fällt es niemandem auf. Nur sie, die Limasa, bleibt gleichgültig, sie hört ihn nicht einmal; sie hat den Dragoner Junot nicht gesehen, aber sie ist dennoch glücklich, weil sie ihn gewiß morgen sehen wird. Und wenn nicht morgen, dann ganz sicher übermorgen.

Doch an dem Tag, an dem die Nachricht kommt, daß die Franzosen in Valenza sind, um die Österreicher aufzuhalten, genügt es der Limasa nicht, bis San Salvatore zu kommen. Sie will auf den Wagen vom Zanzìa steigen, mit dem er herumfährt und den Soldaten Wein verkauft. Da ist ein dumpfes Grollen unter den tiefhängenden Wolken, man versteht nicht, ob es der Donner ist oder die Kanone, die in der Ferne abgefeuert wird, die Limasa schürzt ihre Röcke, klammert sich an den Rand und hievt sich hinauf, bis sie zwischen den dunklen Weinfässern auf dem Karren sitzt. Hinter ihr springt Pietro Giuseppe mit einem Satz auf, und sie verkriechen sich unter die Plane, die zum Schutz über die Ladung gebreitet ist. Der Karren fährt mit einem Ruck los, der Regen fällt wieder heftiger, er schlägt auf die Zeltplane, und der Zanzìa flucht, weil er gern an Pietro Giuseppes Stelle bei der Limasa in der Wärme wäre. Sie fahren und fahren, weit über den Pomahof hinaus, was hast du dem Zanzìa dafür versprochen, daß er dich mitnimmt, fragt Pietro Giuseppe sie, nichts, nichts, antwortet die Limasa und kriecht noch mehr unter der Plane zusammen, ich schwöre es. Der Karren schwankt und wird langsamer, die Straße wirkt wie Seife, und die Schläge sind gewiß kein Donner mehr, es ist die Kanone. Die Limasa umfaßt schweigend ihre Knie, die Augen voller Licht und Erwartung.

Es ist dunkel geworden, und von der Limasa und Pietro Giuseppe keine Spur. Luìs hat jemanden auf die Straße nach San Salvatore geschickt zum Nachsehen, aber die letzten, die zurückkamen, sagten, es sei niemand oben geblieben, die Soldaten haben alle fortgejagt, weil sie freie Straßen brauchen für die Truppen. Die Österreicher haben den Po überquert, und die Soldaten kommen von allen Seiten, um sie aufzuhalten. Die Kinder weinen in der Küche, wo in der Nähe des Feuers die Wäsche zum Trocknen aufgehängt ist, die Marlatteira drückt sie tröstend an die Brust, sie hören eine Minute lang auf und fangen dann sofort wieder an.

Der Karren vom Zanzìa steht im Schlamm, er weiß nicht mehr, ob er weiterfahren soll oder versuchen, umzukehren, der Regen fällt so dicht, daß er die Sicht nimmt. Die Späher zu Pferd kommen vorbei und sagen, daß die Österreicher vorrücken, sie haben bei Frassineto den Po überquert. Und plötzlich fangen sie an, gegen die Zivilisten zu wettern, was macht die Frau mit dem Jungen da, weg, weg, nach Haus, unter den Pferdehufen spritzt der Kot auf, die Limasa weint, sie hat Angst, Pietro Giuseppe beißt wutschnaubend die Zähne zusammen, er nicht, sagt er, er hat keine Angst, und jetzt, wo sie schon bis dahin gekommen sind, will er noch weiter, die Franzosen sehen, die Kanonen, die Österreicher. Er ist fast fünfzehn, groß und kräftig; die Haare schauen unter der Mütze hervor; und der Zanzìa sieht ihn unsicher an, ob er ihm recht geben soll, die Limasa wagt nichts mehr zu sagen.

Gavriel hat das Pferd satteln lassen, die Maria ist aus der Starre erwacht, die sie bei Einbruch der Dämmerung überkommt, und fleht ihn an zu warten, es sind doch Kinder, sagt sie, die Limasa ist ja auch völlig kopflos, seit sie den Kopf an den Dragoner verloren hat, vielleicht sind sie schon auf dem Heimweg, vielleicht haben sie sich in einem Bauernhaus untergestellt, sie in der Dunkelheit zu suchen ist verlorene Zeit. Warte nur, warte, du wirst sehen, daß sie zurückkommen... Sie hält ihn am Ärmel fest, die Finger drücken mit aller Kraft, sie sieht den Winter wieder, den sie mit Gavriel im Haus vom Mandrognin verbracht hat, es kommt ihr vor, als rieche sie wieder den Ledergeruch der Sättel, die Geräusche jener klaren, strahlenden Morgen. Warte noch ein wenig... An Gavriel, an seiner Traurigkeit hängt sie insgeheim in ihrem Herzen.

Es ist Nacht geworden, und der Po hat die Felder überflutet, hat den Karren vom Zanzìa hochgehoben und weit fortgeschwemmt, die Späher zu Pferd haben die Limasa und Pietro Giuseppe vergessen und sind mit dem Licht der im Regen qualmenden Fackeln verschwunden, das Wasser umspült die Munition, trägt die Streu für die Pferde davon, reißt Sträucher und Tiere mit. Bei Tagesanbruch ist Luìs hinter Gavriel aufs Pferd gestiegen, und sie sind mühsam nach San Salvatore hinaufgeritten. Beim Pomahof dringt gelbliches Licht durch die Fenster, aber die Soldaten lassen keine Zivilisten herankommen. Von der Limasa und Pietro Giuseppe weiß keiner etwas, man weiß auch wenig davon, was dort unten passiert ist, am Po, es sind Soldaten umgekommen, andere sind verwundet. Wieder andere sind verschollen und vielleicht ertrunken. Die Hunde heulen im Morast, und das Vieh, aus den überschwemmten Ställen herausgezerrt, ist den Franzosen im Weg, die hergekommen sind, um die Österreicher zu verjagen.

Luìs geht es schlecht, und Gavriel läßt ihn in der Wirtschaft zurück, um auf den Turm zu steigen, den Napoleon zur Zeit der Schlacht von Marengo gebaut hat. Inzwischen ist heller Tag, und von dort oben kann er die Ebene bis nach Alessandria überblicken, die weite Biegung des Tanaro, silbrig zwischen den Pappelufern. Aber er sieht keinen Karren, keinen, der der Limasa und dem Jungen gleichen könnte.

Luìs hat sich auf eine Bank fallen lassen, sein Bart ist wirr und die Haare sind struppig. Er zittert vor Kälte. Ein Soldat hat ihn mit einem Umhang zugedeckt und dem Wirt befohlen, ihm etwas zu trinken zu bringen. Aber Luìs hat hohes Fieber und bekommt die Zähne nicht auseinander, der Wein tropft ihm auf den Umhang. Er redet irre, und statt des Soldaten ist es, als hätte er eine Frau vor sich, du bist ganz naß, sagt er zu ihr, du kannst doch nicht so ins Bett kommen, deine Füße, deine Hände sind eisig. Seine Augen verlieren sich in denen des Soldaten, der über ihn gebeugt ist; und der Soldat läuft hinaus, um laut nach Gavriel zu rufen, weil sein Bruder im Sterben liegt.

Ist es möglich, eine ganze Nacht und den folgenden Tag zu schlafen, ohne je aufzuwachen, in einer Gegend, die von Plänklern, Sturmpionieren, Zuaven, Turkos, Trompetern und Landsern durchstreift wird? Am Nachmittag kam eine Marketenderin vorbei und legte ein Viertel Brot neben die Limasa, sie aßen es im Schlaf und erkannten kaum die Hosenbeine, die unter dem Rock hervorschauten, und kauten, ohne die Augen zu öffnen. Pietro Giuseppe träumte lange, manche Träume waren grauenerregend, andere ganz im Gegenteil unvergeßlich wegen ihres Glücksgefühls.

Als er sie der Marlatteira erzählte, stellte sie viele Vermutungen über seine Zukunft an, doch viele jener Träume waren inzwischen im Geist durcheinandergeraten, und das einzige, woran sich Pietro Giuseppe deutlich erinnerte, war eine glühende Nadel, die ihm Löcher ins Fleisch brannte; aber dann fuhr eine Zunge über seine Haut, frisch und leicht glitt sie über seinen ganzen Körper, und jenes Feuer wurde lau wie das Gras im Juni, und seine Haut bedeckte sich vor Lust mit Federn. An dieser Stelle schaute ihm die Marlatteira prüfend ins Gesicht, sah den noch weichen Bart, die weiten grauen

Augen und die Ringe darunter, einen Adamsapfel, der am Hals zu wachsen anfing wie ein Hühnerknochen; und ein Lächeln, das kein Lächeln war, sondern ein zweifelndes Sichkräuseln des Gesichts, huschte wie ein Schatten zwischen ihr und dem Jungen vorüber. Dann wandte sie sich zum Herd um und murmelte irgend etwas über Leute, die unter freiem Himmel schlafen. Die Eichen, sagte sie dann, sind Treffpunkte der Hexen, nie soll man sich nachts unter Eichen aufhalten. Mit den Hexen kommt oft auch der Teufel in Gestalt von Katze, Esel oder auch Pferd.

Es war so gekommen, daß Pietro Giuseppe und die Limasa, als der Karren des Zanzìa vom Wasser fortgerissen worden war, gerade noch hatten abspringen können. Sie hatten den Karren schwanken, anstoßen und schließlich umkippen sehen, mit dem Zanzìa, der sich rettete, indem er sich an einen Ast klammerte. Die Limasa schien wie versteinert, während das Wasser um ihre Beine strudelte, und sie schwor, daß sie, falls sie noch einmal davonkommen sollte, so leben würde, wie die Fantina es wollte. Nichts mehr, mit keinem Mann. In jenem Augenblick war es Pietro Giuseppe gelungen, sie zu packen und einen kleinen Hügel neben der Straße hinaufzuziehen. Dort hatte er Luft geholt und war, sie fest umschlungen haltend, losgelaufen. Ein Soldat aus Occimiano, der dort vorbeigekommen war, hatte sie erkannt und ihnen zugerufen, sie sollten anhalten, er würde sie auf sein Maultier nehmen. Doch Pietro Giuseppe war nicht mehr zu bremsen; und als die Limasa dann nicht mehr laufen konnte, weil ihre Füße so zerschunden waren, lud er sie sich auf die Schultern. Die Limasa war kräftig, wie leblos, er aber war noch weiter hinaufgestiegen, während er an all die Geschichten über die Überschwemmung von 39 dachte. Als er sie erschöpft am Fuß der Eiche fallen ließ, regnete es nicht mehr, und hier und da tauchte ein Stern zwischen den Wolken auf. Die Eiche hatte so dichtes Laub, daß die Erde darunter trocken wirkte, und sie waren einer in des anderen Arm eingeschlafen wie früher, wenn Pietro Giuseppe als Kind in ihr Bett kam, um sich zu wärmen.

Im Unterschied zu Pietro Giuseppe träumte die Limasa nichts. Sie erinnerte sich nicht einmal, das Brot gegessen zu haben, und als ein Zuave begann, sie links und rechts zu ohrfeigen, damit sie wieder zu sich komme, setzte sie sich erschrocken auf. Ihre Kleider waren in Unordnung, und der Zuave betastete ihre Beine.

Gavriel aber glaubte nicht an die Geschichte von der Eiche und den Hexen, Luìs lag noch krank im Bett, und so machte er es sich zur Aufgabe, Pietro Giuseppe zu bestrafen. Er ging die Peitsche suchen, und der Lieblingsneffe wurde zum ersten und einzigen Mal in seinem Leben ausgepeitscht.

Nicht einmal der Sacarlott war seinerzeit je soweit gegangen, und die Maria und die Fantina beugten sich erschüttert über Luìs' Erstgeborenen, und über seinem Körper fielen sie sich in die Arme und sprachen miteinander wie einst. Pietro Giuseppe schüttelte ihre Liebkosungen ab, ging hinaus auf die Wiese zu den kleineren Geschwistern und begann mit einem zahmen Raben zu spielen, ruhig, als sei nichts geschehen. Ab und zu schaute er zur Limasa hin, die den Evasio auf ihrem Rücken reiten ließ. Ihr Gesicht war ihm teuer: Platt, von den Pocken entstellt, mit einer Nase, wie gewisse Puppen aus Brotteig sie haben, die auf den Jahrmärkten verkauft werden, sah er es in seiner ganzen Häßlichkeit, ohne es deshalb weniger zu lieben. Er bereute nichts, und wenn sie einen Augenblick innehielt, würde er ihr zulächeln. Doch die Limasa schien alles vergessen zu haben, die Kanone, die in Valenza Schüsse abfeuerte, den Karren vom Zanzìa und das Wasser, das wie ein Sturzbach die Straße hinunterschoß, die lange Nacht, die sie eng umschlungen unter der Eiche verbracht hatten. Sie kreischte, weil die anderen Kinder sich an ihren Rock hängten, um Evasios Platz einzunehmen, und scheuchte sie mit Fußtritten fort.

Die Limasa verzichtete nicht auf den Dragoner Junot, und Pietro Giuseppe folgte ihr, wohin sie auch ging. Die Österreicher kamen bis Casale, und wie zehn Jahre zuvor wurde alles vorbereitet für den Fall, daß Husaren und Ulanen je im Dorf auftauchen würden. Aber die Österreicher kamen auch diesmal nicht, und keiner sah die gefürchteten Ungarischen Grenadiere: Man erzählte sich von ihnen, daß sie den Frauen, während sie sie besaßen, die Ohren abrissen.

Statt dessen kam Napoleon III. in offener Kalesche vorbei, und alle gingen hin, um ihn zu sehen, auch die Maria und die Fantina unter dem schwarzen Schirm; aber sie sahen fast nichts, ferngehalten von all dem Pferdestampfen, dem Staub, den aufspritzenden Steinen. Hinter dem Kaiser ritt im Galopp auch der Dragoner Junot in Galauniform, und die Limasa versuchte, ihn inmitten der anderen zu erkennen. Es war nicht leicht, aber auf einmal löste der Dragoner sich von den Kameraden und ließ im Vorbeigehen ein Sträußchen noch grüner Ähren vor ihre Füße fallen. Im Nu war alles vorbei; dann verschwand die Kaiserkutsche auf der

Straße in Richtung Occimiano, und von den Dragonern blieb nur ein ununterscheidbares Gemisch aus Menschen und Pferden, ein Blitzen am Horizont, das einer Luftspiegelung glich.

Solange der König sein Hauptquartier in der Villa der Marchesi von Passano aufgeschlagen hatte, ging die Limasa jeden Nachmittag mit den Kindern nach Occimiano. Es waren kaum mehr als drei Kilometer, alles in der Ebene, und auch die Marlatteira, die eine große Zahl Lieder kannte, kam mit. Die Erde roch noch nach Regen, und Schlamm bedeckte die Schuhe, die Brennesseln stachen an den Beinen; sie gingen auf den grasbewachsenen Rändern, und die Limasa sang ebenfalls, die Kinder hörten aufmerksam zu. Pietro Giuseppe, der nicht zu ihnen gehören wollte, ging mit den Händen in der Tasche hinterher. Doch wenn ein Soldat vorbeikam und die Geschwister sich umdrehten, sagte er: »Zuave« oder »Landser, Artillerist«.

In Occimiano holte die Marlatteira die Polenta aus dem Korb hervor, und sie setzten sich auf die Bänke am Platz und vesperten, während die Soldaten kamen und gingen, die Räder der Kutschen auf den Pflastersteinen hallten und mit großem Gepolter Oberleutnants und Generäle vorüberkamen. Die Kinder schauten mit offenem Mund zu, mit von der Bank baumelnden Beinen, einmal sahen sie den König und fanden ihn wunderschön, auch wenn er es nicht war. Er hatte ein pockennarbiges Gesicht, und dies machte die Limasa glücklich. Ich bin wie der König, sagte sie und berührte ihre Wangen. Die Soldaten scherzten mit ihr, und vergessen war der Schwur, den sie erst wenige Tage zuvor getan hatte. Sie scherzten sogar mit der Marlatteira und bestanden darauf, mit der Hand ihre beiden Herzen schlagen zu fühlen. Pietro Giuseppe biß abseits in seine Scheibe Polenta und schämte sich für sie. Und zugleich mit der Scham empfand er Wut und Verachtung.

Vor dem Dunkelwerden kehrten sie nach Hause zurück, und unterwegs schlief der Evasio bei der Limasa auf dem Arm ein, die Marlatteira hielt die anderen beiden an der Hand, die sich mit vor Müdigkeit zufallenden Augen hinterherziehen ließen. Niemand sang mehr, und die Schwalben flogen tief, um die Insekten der Dämmerung zu verspeisen. Unerwartet, feucht, heftig spürte man den Frühling.

Montebello, Palestro, Magenta, Melegnano. Zu viele Soldaten, zu viele Pferde, zu viele Franzosen, die umsonst essen und trinken. Auch wenn die Schlachten gewonnen werden und Städte, die so fern erschienen, plötzlich in Reichweite gerückt sind, auf den vernachlässigten Feldern die Quecke leichtes Spiel hat und die Räder der Geschütze die eben aufgegangenen Maishälmchen in den Furchen niederwalzen. Die Hufe der Pferde verwüsten die Weinberge. Die Steuern schlucken die Ersparnisse. Gavriels Locken sind nicht mehr so dicht wie früher, wenn man ihn von der Seite betrachtet, sieht man einen Schädel durchschimmern, der wirkt, als sei er aus Kastanienholz geschnitzt, mehr quadratisch als rund. Er verbringt nun alle Abende zu Hause, und keiner wagt, ihn etwas zu fragen.

Gavriel träumt seit Jahren nicht mehr, er hat aufgehört zu phantasieren, und seine Gedanken erzeugen immer das gleiche Knirschen, wie die Kette eines Ziehbrunnens. Die Rosetta vom Fracin hat das Haus mit der großen Eiche und dem dichten Blumengarten verlassen, sie bewohnt nicht mehr die Zimmer mit den niedrigen Decken, vollgestopft mit den Mitbringseln vom Camurà, der seine Ankunft mit Peitschenknallen ankündigte. Sie ist nach Alessandria gezogen in einen Palazzo, in dem die hohen Decken mit Fresken bemalt sind und die Möbel bernsteinfarben schimmern. Der Camurà verhandelt ebenbürtig mit Finanzleuten und Industriellen, ist selbst Industrieller, da er so viel Geld besitzt, daß er es in verschiedene Unternehmen investieren kann. Als Gavriel mit dem Umhang und dem Hut in der Hand eingetreten ist, ist die Rosetta vom Fracin ihm im makellosen Glanz ihrer Reife entgegengekommen, die Haare mit dem feuerroten Schimmer offen über dem blütenweißen Hals. Sie schwört, daß sie ihn liebe wie eh und je, aber sich im Haus zu treffen ist nicht mehr möglich, zwei stattliche, dunkel gekleidete Zofen durchqueren die Räume, um die Lichter anzuzünden, und nennen sie *Madame*, auf französisch, indem sie die Köpfe mit den Häubchen neigen. Feindselig blicken sie auf Gavriels schmutzige Stiefel, seinen regennassen Umhang. Der Camurà hat aufgehört, durch die Welt zu reisen, und sitzt in einem Büro gegenüber vom Bahnhof, mit sechs Angestellten, die auf seine Anweisungen warten. An manchen Tagen überfällt ihn morgens die Sehnsucht nach seiner Frau, von der er so wenig gehabt hat, und er kommt noch vor Mittag nach Hause zurück.

Es geht nicht, weder im Haus noch anderswo, die beiden gescheckten Pferde vor der Kutsche vom Camurà kennt jeder. Denn er hat die Dinge im großen Stil gemacht, der ehemalige fliegende Händler, der mit Stoffen hausierte, er will, daß im ganzen Landkreis bis nach Turin von seinem Geld gesprochen wird. Wo also? Sie schüttelt nachdenklich den Kopf, stützt die Stirn mit der Hand, um sich zu sammeln, wie schön ihr fleischiger Mund ist, schön ihre Schultern und der Schwung ihres Rückens, der wie für die Liebe gemacht ist. Wo? ... Sie hat die Hand wieder in den Schoß fallen lassen, sieht ihn jetzt mit großer Zärtlichkeit an und sagt, weißt du noch, das eine Mal unten am Fluß und dann noch das andere, und das erste Mal, erinnerst du dich an das erste Mal. Ein Schauer überläuft sie; aber wo sagt sie nicht, jenes *wo* gibt es nicht mehr. Es ist unmöglich, siehst du?

Dieser Juni ist auch für die Limasa voller Pein. Der König und Napoleon III. sind abgereist, und ihr Einzug in Mailand war ein Triumph, die Festbeleuchtung hat die Nacht erhellt, und die Leute haben auf den Plätzen getanzt zur Niederlage der Truppen des verhaßten Radetzky. Auch Alessandria hat seinen glanzvollen Augenblick erlebt, als im Königlichen Theater der Kaiser der Franzosen mit all seinen Orden erschienen ist, am lautesten Beifall klatschte ihm der Camurà, der als Junge den Karren auf die Märkte zog und nun eine eigene Loge hat, wo er neben derjenigen sitzt, die einmal die Tochter des anarchistischen Schmieds war.

Die Limasa hat den Dragoner Junot in den Feldlagern gesucht, hat jeden Soldaten nach ihm gefragt, den sie traf. Keiner wußte etwas, bis sie eines Tages einem Zuaven aus Kabylien begegnete, der auf ihre Frage zu lachen anfing, ja, er hatte ihn gesehen, den Dragoner Junot, und wie er ihn gesehen hatte, es kommt nicht alle Tage vor, daß man einen Dragoner ohne Hosen Reißaus nehmen sieht vor einem Grenadier, der ihm eine Ladung Schrot verpassen will ... Der Zuave aus Kabylien ist klein und untersetzt, hat einen Schnauzbart, der ihm zu beiden Seiten bis zum Hals herabhängt, und eine

Nase, die aus Holz zu sein scheint, so hart und fleischlos, groß und gebogen ist sie und wirft ihren Schatten über die Wangen, einmal rechts und einmal links. Er streckt die Hand aus, um die Limasa anzufassen, um zu sehen, ob sie echt ist, ihr Körper so kompakt und wohlgestaltet. Sie läuft davon, und der Zuave packt sie an der Schürze, die Limasa reißt sich los, und die Schürze bleibt dem Zuaven in der Hand. Es ist eine neue Schürze, sagt sie, gib sie wieder her. Sie weint. Der Zuave wirft ihr die Schürze auf den Boden, sie dauert ihn mit ihren Pokkennarben, sonst hätte sie vielleicht sogar ein hübsches Gesicht. Dein Dragoner, sagt er zu ihr, ist... Die Limasa kennt das Wort nicht und glaubt, es handle sich um einen Ort, eine Stadt. Sie hebt die Schürze auf und fragt, wo es denn sei, dieses..., es ist spät, sie muß nun nach Haus. Warum kommst du morgen nicht wieder, sagte der Zuave, dann erkläre ich es dir, ich bin zwar kein Dragoner, aber für bestimmte Dinge eigne ich mich besser, das schwöre ich dir. Du wirst schon sehen, probier's aus.

Der Zuave aus Kabylien trank: Bier, Wein, Cidre, alles, wenn es nur nach Alkohol schmeckte. Schuld war eine Flasche Apfelschnaps, die zur Feier des Sieges aufgemacht worden war. Ein Schnaps, der der Limasa ihren Kopf durchsichtig gemacht hatte, sie sah alle ihre Träume vorbeiziehen, als würden sie sich einer nach dem anderen bewahrheiten, und ihr Körper hörte nicht mehr auf zu wollen. Es stimmte, daß der Zuave bestimmte Dinge gut konnte, gewiß besser als der Dragoner, der keine Frauen mochte, aber auch besser als der Catagrata oder der Junge, der in Pomaro die Karpfen und Hechte angelte, und sein Atem schmeckte nach Feuer. Die Limasa vergaß, was die Ciapa Rusa sie gelehrt hatte, als sie für eine Schale Hirse bei ihr Wäsche waschen ging; und als sie sich daran erinnerte, war es zu spät. Nicht einmal die Schneemadonna konnte das Wunder vollbringen.

Der Zuave wollte sie heiraten, aber er besaß weder Haus noch Land, er besaß nichts außer seinen Tugenden beim Liebemachen. Und dazu war er stets bereit. Aber er war häßlich, und Seife kannte er kaum, nicht einmal der Apfelschnaps konnte seinen Gestank übertönen. In der Nacht lag die Limasa wach und betastete sich die Brust und den Bauch, und eines Nachmittags beschloß sie, die Ciapa Rusa aufzusuchen.

Als sie die Tür aufschob, sah sie niemanden, es war sehr dunkel im Zimmer, und am Kamin war eine Ziege angebunden und scharrte mit den Hufen auf dem Boden. Dann drang vom Bett her die Stimme der Ciapa Rusa zu ihr. Sie war so klein geworden, daß sie wie eine Lumpenpuppe aussah, die schütteren grauen Haare standen ihr wirr zu Berge wie ein Hahnenkamm. Vom Bett aus sagte sie ihr, was sie tun sollte. Man verstand wenig, weil ihr die Zähne fehlten, und es stank im Zimmer so sehr nach Moder, daß die Limasa, anstatt sich wiederholen zu lassen, was die Ciapa Rusa soeben gesagt hatte, ihr Scherflein aufs Bett legte und davonlief. Und nie waren ihr der Himmel, die Felder, die Sonne, die in einer goldenen Staubwolke unterging, so schön erschienen.

Nachts träumte sie, sie befinde sich in der Mitte eines Zimmers und von den Wänden streckten sich Hände aus, um sie zu packen; sie wand sich und sah voller Schrecken Blut von jenen Händen tropfen. Und als sie unter großer Anstrengung die Augen öffnete, gewahrte sie, daß sie mit tränennassem Gesicht in einer Ecke kauerte. Am nächsten Morgen erzählte sie der Marlatteira den Traum, während sie in der Küche saß und große Lust hatte, sich über ihrem Teller zu übergeben. Es war ein schöner Morgen mitten im Sommer, und das Licht fiel durchsichtig auf die Kupferkessel, die an der Wand aufgehängt waren, die Marlatteira hatte ihre Hände ergriffen und hielt sie fest in den ihren, hielt die Augen geschlossen und ging rückwärts den Traum der Limasa durch. Die Limasa blickte auf ihre Stirn, wo die zuletzt gewachsenen Haare grau und kraus die Sonnenstrahlen durchscheinen ließen, und zwischen jenen Haaren sah sie Schweißtröpfchen glänzen, die immer dichter wurden. Dann ließ die Marlatteira die Hände fahren und öffnete langsam die Augen, sie waren rund, und die Iris war von einem dunkleren Rand umschlossen: Sie hatte alles verstanden, die Limasa war schwanger, und zwar nicht von dem Dragoner Junot. Sie gedachten gemeinsam der Cousine Monette, die der Limasa einen reichen Hinkefuß mit zwei Goldzähnen als Ehemann vorausgesagt hatte und der Marlatteira einen Sohn, der General würde. Wahrscheinlich, sagte die Marlatteira, hatte sich die Cousine Monette geirrt, den reichen Hinkefuß würde sie heiraten und die Limasa den Sohn bekommen, der General würde. Sie sollte das Kind behalten und den Zuaven zur Hölle schicken.

Die Limasa weinte und sah nichts mehr, nicht die schweißbedeckte Stirn der Marlatteira, nicht die Kupferkessel, die die Sonne spiegelten. Blind weinte sie um den Dragoner Junot, den sie für immer verloren hatte, weil sie sich nun, auch wenn sie ihm wieder begegnet wäre, vor Scham weggedreht hätte. Besser den Zanzìa heiraten, sagte die Marlatteira, als einen Zuaven, der sie an irgendeinen wilden Ort verschleppt hätte, wo sie mit ihrem Kind elendiglich sterben würde.

Aber die Limasa wollte weder den Zanzìa noch irgendeinen anderen heiraten, sie wollte dem Dragoner Junot treu bleiben, der durch wer weiß welches Unglück gezwungen worden war, ohne Hosen davonzulaufen.

Geschichten wie die von der Limasa hatte die Antonia im Hof von Braida schon mehrere gehört, und als sie ihr erzählte, sie sei von dem Dragoner schwanger und er sei im Tanaro ertrunken, tat sie so, als glaubte sie ihr, und fuhr ihr mit einem Taschentuch über das tränenüberströmte Gesicht.

Der Maria und der Fantina wurde gesagt, die Limasa ginge fort, um einem französischen Soldaten angetraut zu werden. In aller Eile, weil die Truppen des Kaisers dabei waren, nach Hause zurückzukehren. Gavriel lud sie auf den Karren, der jeden Dienstag Stockfisch zum Verkauf nach Lu brachte, und noch einmal erwies sich der Mandrognin als nützlich.

Die Limasa saß unter dem Feigenbaum, wo einst die Maria gesessen hatte, und flocht Stroh zu Körben. In Villafranca war der Frieden unterzeichnet worden, und Napoleon III. hatte sich bei einem Feuerwerksreigen in Genua eingeschifft. Der Zuave war in seine Heimat zurückgegangen, und kein einziger französischer Dragoner war mehr übrig, je zwei und zwei waren sie mit ihren Pferden über die Alpen heimgeritten. Von oben konnte die Limasa die Bauern wie jedes Jahr hacken, umgraben und mähen sehen, dunkel und fern unter ihren breiten Strohhüten. Die letzten Kutschen rollten in einer Staubwolke vorbei, und der Catagrata hinkte mit seinem Karren auf der Straße umher, die sich rund wie ein Band um den Hügel schlang. Der Mandrognin sprach nie, nur manchmal, wenn er den Brotteig knetete, sang er. Es war immer dasselbe Lied: *La pôvra Olanda / L'è na fumna d'un tamburín / La va girée taverna pir taverna / A sirchée lo soi marí ...* Die arme Olanda / die ist das Weib vom Tamburmajor / sie zieht von Wirtshaus zu Wirtshaus / auf der Suche nach ihrem Mann ... Die breiten Hände hoben den Teig und klatschten ihn in den Trog, und die Limasa sah den Mandrognin feindselig an, weil es ihr vorkam, als enthielte das Lied eine böswillige Anspielung; er aber dachte an anderes, und die Läuse sprangen zwischen seinen Haaren herum. Mit der Limasa redete er nie, denn seine große Schwäche war immer gewesen, schöne Frauen zu lieben, und die Limasa wollte er nicht einmal anschauen.

Am härtesten von allen traf es Pietro Giuseppe, der keine Sekunde lang an die Geschichte von der Heirat mit dem französischen Soldaten glaubte. Es fiel ihm nicht schwer, aus der Marlatteira die Wahrheit herauszubekommen; doch als er dann alles erfahren hatte, hätte er am liebsten jedes Wort der Geschichte ausradiert, so sehr veränderte sich die Welt, weil er nun wußte, daß die Limasa einen Bastard mit einem Zuaven gezeugt hatte, während sie den Dragoner Junot liebte. Dumm, verlogen, treulos hatte die Limasa ihn getäuscht. Er hatte die Liebe zu dem Dragoner ertragen können, weil er sie in gewisser Weise für rechtmäßig hielt, diese Ungeheuerlichkeit aber war vernichtend für ihn.

In der ersten Feuchte des Herbstes ging er über die Felder, trat mit Gewalt gegen die Erdschollen, stolperte, verrenkte sich die Füße, die Kehle ausgetrocknet vom zu langen Laufen. Er setzte sich, mit dem Rücken an einen Maulbeerbaum gelehnt, und zu den Hügeln von Lu hinblickend, fluchte er auf sie und die Kinder, die aus dem Bauch der Frauen geboren werden. Mit lauter Stimme ergriff er Partei für den von der Nichtigkeit der Gefühle beleidigten Dragoner. Er rannte mit dem Kopf gegen den Stamm des Maulbeerbaums, kniff dabei die Augen zusammen, um die Tränen zurückzuhalten, und bedauerte zum ersten Mal sein Dasein als Waisenkind.

Eines Nachmittags bei der Heimkehr fand er Gavriel, der an der Allee auf ihn wartete, und sowie er in Hörweite war, begann Gavriel ihm Vorwürfe zu machen, er müsse aufhören, sagte er zu ihm, mit dem Herumstreunen, während sie sich schier die Knochen brächen vor Arbeit. Luìs, sein Vater, hatte nach dem Fieber, das er sich im Mai seinetwegen zugezogen hatte, wieder Schmerzen in seinem Bein bekommen und war trotzdem jeden Morgen bei Tagesanbruch schon draußen. Ohne etwas zu erwidern, ging Pietro Giuseppe weiter die Allee hinauf, und als er an ihm vorüberging, versuchte Gavriel, ihn am Arm zu packen. Pietro Giuseppe riß sich los, blieb dann weiter vorne stehen und starrte ihn aus seinen weiten grauen Augen an. Gavriel hörte seine eigene Stimme in der Kehle aufsteigen und ersterben, er fluchte im Dialekt, und es kam ihm vor, als hasse er ihn, diesen nachlässigen, kräftigen Burschen. Geh, sagte er zu ihm, du gehörst nicht zu uns, du bist vom Stamm der Maturlin.

Pietro Giuseppe runzelte kaum die Augenbrauen, die Beleidigung traf ihn an einem unbestimmten Punkt, dessen Verletzlichkeit er noch nie erwogen hatte. Er wandte ihm den Rücken zu und trat ins Haus, wo ihm die Geschwister entgegenliefen und Sofia auf den Arm genommen werden wollte. Er legte sich zu ihnen auf den Boden, und beim Licht des Kaminfeuers schien er mit seinen von der Luft frischen Farben wieder zum Kind geworden zu sein, während er zuließ, daß die Sofia auf seinen lang ausgestreckten Beinen herumkletterte und der Evasio mit den Knöpfen seiner Jacke spielte.

Seit er ausgepeitscht wurde, ist Pietro Giuseppes Kindheit vorbei, vorbei ist die Zeit der Zärtlichkeit und Selbstvergessenheit, die der Urteile ist angebrochen, und seine sind schon im Entstehen erbarmungslos. Auch was dich angeht, Onkel Gavriel, der du dir eine nach der anderen die Gelegenheiten, die das Leben dir bot, hast entgehen lassen. Er schaut ihn an, wie er am Tisch sitzt und mit der Antonia die Abrechnungen macht, wie seine Finger der Sofia durchs Haar gleiten, wie das Feuer die geflickten Socken an seinen Füßen beleuchtet, geflickt von der Limasa, die abends an sein Bett kam, um das Licht zu löschen. Was wissen die anderen davon, was ihm die Limasa bedeutete, ihm, der keine Mutter und so wenig Vater gehabt hat, was wissen sie schon von ihrem Geruch nach Weizen und Milch, der ihn stets über die Dunkelheit hinwegtröstete. Von ihrem Lachen, das dem Flackern der Kerze glich, während sie hinausschlüpfte und ihm das Herz im Halse pochen ließ.

»Pietro ...« Gavriel ruft ihn, er bereut, was er zu ihm gesagt hat. Pietro Giuseppe hebt den Kopf, den Kopf heben auch die Sofia, der Duardin, der kleine Evasio. »Pietro!« Gavriels Stimme ist lauter geworden, eine schroffe, aber irgendwie auch flehende Stimme, und die Sofia rutscht von den Beinen ihres Bruders herunter, die Antonia unterbricht das Rechnen. Mit zu Berge stehenden Haaren auf dem Boden sitzend, wirkt Pietro Giuseppe jetzt wie eine große Puppe mit aufgemalten Bakken. Alle warten auf das, was Gavriel sagen will, und plötzlich überwältigt der Sinn fürs Komische den Schmerz, die Wut, sogar den Stolz, und Gavriel lacht. Er lacht wie damals, als er ein Junge war, bevor die Elisabetta abreiste und der Vater ihn aus dem Haus jagte, bevor Gioacchino in den Flügeln seines braunen Jäckchens herunterflatterte.

Die Antonia und die Kinder lachen. Auch Pietro Giuseppe lacht ein leichtes, kaum von der Verlegenheit entstelltes Lachen, die Hand kratzt zwischen den Haaren, an denen Erde und Baumrinde klebt. Aber die Verzeihung, die Gavriel erwartet, die verweigern Pietro Giuseppes Augen wie aus Zerstreutheit.

Zu Beginn des Frühlings brachte die Limasa ein Mädchen zur Welt. Sowie die Hebamme das rote Schnupftuch sah, das der Mandrognin als Zeichen an den Feigenbaum gehängt hatte, stieg sie den Pfad voller Löcher hinauf. Ein heftiger Wind blies dort oben, und der Mandrognin hatte schon Wasser abgekocht, und neben dem Feuer lagen Tücher bereit, doch wie die Hebamme die Limasa erblickte, erschrak sie: Sie war blau angelaufen und wand sich und knirschte mit den Zähnen, und als sie zu ihr trat, packte sie sie und grub ihr die Fingernägel ins Fleisch. Der Mandrognin wartete regunslos in der Tür, daß ihm gesagt würde, was er tun sollte, der Szene gegenüber so gleichgültig, als hätte er sie schon viele Male gesehen. Die Hebamme schickte ihn hinaus, weil die Limasa bei seinem Anblick noch unruhiger wurde, und der Mandrognin ging türenschlagend davon, ohne sich um das Zittern Gedanken zu machen, das die Frau erfaßt hatte, und durch die beschlagenen Fensterscheiben sah sie seinen großen weißen Kopf vorbeigleiten. Falls es stimmte, daß dort der Teufel zu Haus war, so war er bestimmt im Bauch der Limasa eingeschlossen; und anstatt ihr zu helfen, begann die Hebamme Gebete herzusagen. Dann riß ein Windstoß das Fenster auf, und man hörte die Stimme vom Mandrognin, der sang: *La pôvra Olanda / L'è na fumna d'un tamburín* ... Die Limasa stieß einen Schrei aus, und der Hebamme blieb keine Zeit mehr, die Hände auszustrecken, da war das Kind schon mit dem ganzen Kopf draußen.

Es war ein langes, dünnes Mädchen mit blonden Haaren, durch die hindurch man die Adern am Schädel pulsieren sah, aber das Gesicht war rund und rosig, und die Hebamme erinnerte sich nicht an ein so reizendes Neugeborenes. Sie begann sofort, es zu waschen und sorgfältig zu windeln, vergaß darüber die Limasa, die wieder blaß geworden war, während die Pockennarben in dem schmerzverzerrten Gesicht hervorstachen, der Körper von Schauern geschüttelt wurde. Der Mandrognin sah durchs Fenster herein und fragte, was es sei, die Hebamme zeigte ihm das Mädchen auf dem Fensterbrett. Der Mandrognin hatte soeben das Brot aus dem Ofen geholt und lud sie ein, unter dem Feigenbaum mit ihm davon zu essen. Es wurde dunkel und die Kälte des Abends legte sich beißend auf die Haut, der Mandrognin ging den Wein holen, aber nach dem zweiten Glas erinnerte sich die Hebamme an die Limasa und lief erschrocken hinein. Die Limasa hatte sich nicht gerührt, hatte das Kind, das neben ihr im Bett lag, nicht angefaßt; und wenn die Hebamme nicht zurückgekommen wäre, hätte sie mit geschlossenen Augen verbluten und sterben können, kalt, als hätte man sie auf Schnee gebettet.

Die Limasa wollte das Kind Olanda nennen, und niemand konnte sie umstimmen. Über dem Taufstein gab der Priester der Kleinen auch den Namen Maria, doch kaum hatte sie die Kirche verlassen, war jenes Maria schon vergessen. Die Limasa erholte sich rasch, und zwei Tage nach der Niederkunft war sie schon am Brunnen zum Wäschewaschen, im Morgengrauen, damit sie keiner sähe. Einen Monat lang behielt sie die Kleine bei sich, und wenn sie nachts weinte, war es der Mandrognin, der sie schaukelte und ihr zu trinken gab, denn wenn die Limasa sie einmal gestillt hatte, rührte sie sie nicht mehr an. Und der Mandrognin wählte auch die Amme, zu der das Kind kommen sollte, eine junge, kräftige Bäuerin mußte es sein, die nicht allzu weit weg in den Hügeln wohnte. Als er sie endlich fand, versprach er ihr, daß er, wenn sie die Kleine gut behandelte, einen Tag in der Woche umsonst für sie arbeiten würde. Egal, welche Art von Arbeit.

Die Limasa kam in Trauerkleidung zurück: Ihr Mann, der Soldat, war gestorben, sagte sie, und sie trat ihre Stellung wieder an. Die Kinder empfingen sie voller Freude und hörten gar nicht mehr auf, sie zu umarmen und zu küssen und am Rock zu zupfen. Einige Zeit später fragte sie den Propst, ob sie die Trauerkleidung ablegen dürfe, die die Hausbewohner bedrücke. Der Propst gab ihr zu verstehen, sie solle sich ruhig anziehen, wie sie wolle, es ändere ja doch nichts daran, wenn sie nur Buße tue für ihre Sünden. Und alles wurde wieder wie früher.

Nicht für Pietro Giuseppe. Als die Limasa von dem Karren gestiegen war, der sie wieder nach Hause brachte, und die Kinder ihr entgegengelaufen waren, hatte er so getan, als sähe er sie nicht, und während sie mit Einzelheiten ausgeschmückt vom Tod des Soldaten, ihres Bräutigams, und von ihrem kurzen, wunderbaren Glück erzählte, hatte er zu lesen begonnen und war wenig später, verärgert über den Lärm, aus dem Zimmer gegangen. Abends, als die Limasa die Zimmertür öffnete, um ihm das Licht zu löschen, lag der Raum schon im Dunkeln, und aus jenem Dunkel fragte eine Stimme, die sie nicht wiedererkannte, was sie denn wolle, sie hielt einen Augenblick unsicher inne, bis dieselbe Stimme sie bat, die Tür wieder zu schließen, er wolle schlafen.

Wie Luìs und Gavriel zählte von nun an auch Pietro Giuseppe zu den Menschen, die die Limasa einschüchterten. Nur manchmal ruhten die Augen des Jungen auf ihrem Gesicht und schienen sich grau und versonnen zu fragen, was wohl geschehen sei, daß sich die Bedeutung der Ereignisse so sehr ins Gegenteil verkehrt hatte. Welche negative Kraft sie dazu gebracht hatte, die Wünsche des Herzens zu besiegen, um sie den Trieben zu opfern. Zu verraten, wenn wir eigentlich treu sein wollen. Das zu vergessen, woran wir uns bis zum Tod erinnern wollten. Also, sagte jener Blick, meine Kindheit in deinen Armen, meine an dir gewachsene Hand, unser Leben, Limasa, nichts ist der Mühe wert, darum zu leiden.

Im Herbst kam unvermutet die älteste der Schwestern Maturlin zu Besuch, dieselbe, die sich den Pelzmantel aus *rat musqué* samt Muff und Mütze geholt hatte. Sie war nun verheiratet und saß elegant wie alle Maturlin-Schwestern unter dem Nußbaum, noch immer schön, überaus schön mit den großen blauen Augen und dem Lächeln. Doch der Zauber, diese Art Herausforderung des zarten und zugleich brutalen Gesichts, diese Mischung aus Vulgärem und Anmut, die ihr Verhalten so beeindruckend machte, war in der gelassenen Zufriedenheit der vollen Wangen, der entspannten Züge untergegangen. Sie war eine reife Signora, die gern lachte und die Kinder streichelte, so froh über das Leben, daß sie alles wunderbar fand: den Nußbaum, das Haus, die Kuchen der Marlatteira. Sie fächelte sich mit den Handschuhen Wind zu, und die Bienen umsummten ihren Hut, der reich mit Blumen, Früchten, Vögeln garniert war, und wenn ein Kind ihr die schmutzige Hand auf die Seide des Kleides legte, zeigte sie keinerlei Unmut. Sie war viel gereist, war in Le Havre, in Marseille, in Vichy gewesen. Sie sagte Vichy und zog dabei die Buchstaben in die Länge, fast als schlürfe sie sie zwischen den Lippen. Doch die Stadt, die ihr am besten von allen gefallen hatte, war Bordeaux. In Bordeaux hatte sie ihren Mann kennengelernt, einen Rechtsanwalt, einen großen Rechtsanwalt. Diesen letzten Satz hauchte sie hin, beinahe als sei er Teil eines geheimen Schicksals.

Sie wurde eingeladen, die Nacht über zu bleiben, und die Mietdroschke zurückgeschickt. Die durch den Besuch aufgeregten Kinder wollten nicht schlafen gehen, und die Marlatteira lief zwischen der Küche und dem Zimmer hin und her, um auch die Geschichten über Bordeaux und Vichy zu hören. Aber der Blick der ältesten Maturlin wandte sich zwar im Gespräch an alle, kehrte jedoch beharrlich immer wieder zu Pietro Giuseppe zurück. Und zwischendurch fragte sie ihn, was er lerne und was er am liebsten mochte. Vor dem Dunkelwerden bat sie die Limasa, ob sie sie auf den Friedhof begleiten könne.

Unterwegs, auf der Straße zwischen den brennenden Stoppelfeldern, von denen weiße Rauchsäulen aufstiegen, sprachen sie und die Limasa lange miteinander. Irgendwann sagte die älteste Maturlin zur Limasa, sie solle ihr etwas Minze pflücken, das erinnere sie an ihre Jugend, und zeigte ihr in der Ferne die Hügel, die zu ihren Ländereien gehört hatten. Es war spät, und der Wächter wollte den Friedhof gerade zuschließen, sie gab ihm eine Silbermünze und hieß die Limasa auf sie warten, sie würde rasch wiederkommen. Doch kehrte sie erst zurück, als man kaum noch etwas sah, der Kies leuchtete weiß, und die Limasa merkte, daß sie weinte, an die Mauer gelehnt, wo die blauen Glockenblumen sich schon geschlossen hatten.

Abends bei Tisch war es dann schwierig, sich ihr Gesicht mit den Tränen vorzustellen, sie schwatzte unermüdlich und legte eine große Vorliebe für Wein an den Tag. Sie sprach nun von Genua, wo sie wohnte, und rühmte die Bogengänge, Piazza de Ferraris und die Albaro-Hügel, auf die sie ging, um reine Luft zu atmen, die vielen verschiedenen Schiffe, die im Hafen anlegten.

Am nächsten Morgen, als die Kutsche schon abfahrbereit wartete, schlug sie Luìs vor, er solle Pietro Giuseppe mit nach Genua reisen lassen. Wenn er sich bei ihr wohl fühlte, könne er die höhere Schule besuchen und dann auf die Universität gehen. Sie hätten keine Kinder, fügte sie hinzu, und sie würde Pietro Giuseppe ein schönes Zimmer zum Platz hinaus ganz für sich allein geben. Sie sah Luìs an, und während sie auf eine Antwort wartete, lächelte sie ruhig, doch ihre Halsschlagader pochte vor Furcht, daß er ablehnte.

Die Bitte überraschte Luìs. Er wollte Zeit, um darüber nachzudenken. Die älteste Maturlin stieg in die Kutsche, der Wagenschlag schloß nicht recht, und man mußte ihn mehrfach zuschlagen, sie beugte sich aus dem Fenster und drückte dem Neffen lange die Hand; dann fuhr die Kutsche die Allee hinunter, und die Kinder nahmen ihr Spiel mit dem Leiterwagen wieder auf, die Antonia trat ins Haus, und Luìs folgte ihr. Pietro Giuseppe kniete sich auf den Boden, um mit weingetränkten Brotkrumen den Raben zu zähmen.

Abends sprach er mit dem Vater. Sein größter Wunsch, sagte er, sei es, zur Tante nach Genua zu gehen. Er hatte Wunsch gesagt, aber in den zu Luìs erhobenen Augen stand eine Entschlossenheit zu lesen, die unerschütterlich war. Die leise, unmelodische, noch rauhe Stimme des Übergangsalters verriet, welche Anstrengung es ihn kostete, mit dem Vater zu sprechen. Nichts und niemand würden ihn je von dieser Idee abbringen können.

Im Winter gebar die Antonia die letzte Tochter, Pia getauft zu Ehren von Pius IX. Luìs teilte die Verehrung seiner Frau für den Papst nicht, war aber dennoch auch diesmal mit ihr einverstanden, und Pia, genannt Piulott, wurde im Laufe einer Woche die neue große Liebe der Limasa.

Sie war die nie geborene Tochter des Dragoners, und wenn die Antonia ihr die Brust gab, geriet die Limasa beim Zuschauen in Ekstase, konnte sich nicht aus dem Zimmer losreißen. Sie hob ein Tuch auf, bereitete eine Windel vor, nur um das Gluckern der Milch im Hals der Kleinen zu hören, jeden Augenblick mitzugenießen. Nachts schaukelte sie sie, auch wenn es gar nicht nötig war, und was sie bei den anderen soviel Mühe gekostet hatte, wurde mit der Piulott zur Glückseligkeit. Das Schmatzen ihrer Küsse hörte man von einem Zimmer ins andere, und ihre Stimme, die den *Cavalier Franseis* sang, machte die Marlatteira verrückt, so oft am Tag war sie gezwungen, das Lied zu hören.

Die Piulott begann beinahe sofort zu lächeln, und mit einem Jahr sprach sie, zur großen Verwunderung des Hauses. Sie war sehr klein, fast ohne Haare und ähnelte niemandem. Wenn sie aufrecht in ihrem Kinderstuhl saß, schaute sie sich mit den neugierigsten Augen um, die man je gesehen hatte, und kreischte und wand sich, bis sie sie aussteigen ließen. Die Limasa hatte ihr ein kurzes rotes Kleid genäht, und damit lief die Piulott durchs ganze Haus, trotz der Gefahr, umgerannt, wenn nicht gar getreten zu werden, weil sie so klein und flink war und einem unerwartet zwischen die Füße geriet. Die Limasa lehrte sie sehr früh das Singen, und der Vizepropst, der eines Tages zur Antonia auf Besuch kam, sagte, daß im Dorf seltsame Gerüchte umgingen. Er wollte wissen, ob es wahr sei, daß das Kind, das den Namen Seiner Heiligkeit Pius' IX. trug, durch die Gegend lief und dabei *Cavalier Franseis* sang.

Die Piulott wurde herbeigeholt, und anstatt zu singen, begann sie, kaum daß sie des schwarzen Priesterrockes ansichtig wurde, zu weinen, mit Schluchzern, die einem Wolfsgeheul glichen. Der Vizepropst erschrak, segnete sie und riet, sie zur Wallfahrtskirche von Crea zu bringen. Und was hatte es mit dem roten Kleid auf sich? Rot war die Farbe des Teufels.

Die Limasa warf das rote Kleid ins Feuer und nähte ihr ein hellblaues, das war die Farbe der Madonna und der Engel. Sie lehrte die Piulott das Lied von der *Heiligen Maria Magdalena auf dem sturmgepeitschten Meer*; doch die Haare auf dem Kopf der Kleinen ähnelten weiterhin dem Flaum eines Vogels, und auch mit dem himmelblauen Kleidchen entwischte sie mit der Geschwindigkeit einer Maus zu den Küken, den Kaninchen, den Hühnern, die mit den Flügeln schlugen. Und die Antonia beschloß, sie nach Crea zu bringen. Sie war wieder schwanger, und um keine Mißverständnisse aufkommen zu lassen, würde sie auch das noch Ungeborene weihen.

Aber es kam nicht dazu, die Piulott bekam die Masern, und einen Monat lang wich die Limasa nicht von ihrem Bett. Nachts beim Schein der Öllampe sah sie zu, wie der Kopf der Piulott immer kleiner wurde und der Flaum vor Schweiß am Kissen klebte, so dunkel kam er ihr vor, wie der Kopf eines Hündchens. Eine unendlich tiefe, düstere, bedrückende Stille verdichtete sich in den Ecken; vor Angst einzuschlafen, biß sie sich die Fingernägel blutig und überdachte indessen ihr ganzes Leben, von dem Augenblick an, als Gavriel sie ins Haus gebracht hatte, bis zu ihrer Begegnung mit dem Dragoner, als sie bei Bigiot auf der Bank saßen und er ihr von der Auvergne und seinem Dorf namens Le Puy erzählt hatte. Sie streichelte der Piulott die Hand, die kraftlos auf dem Leintuch lag, und es schien, als seien die kleinen braunen Finger aus Erde geformt und würden gleich zerbröseln. Das war nicht die Tochter des Dragoners und auch nicht die Tochter von Luìs und der Madame, sie war aus ihrem Atem geboren und wurde von ihrem Atem am Leben gehalten.

Die Antonia ging nach Crea, um eine Gnade zu erbitten, und nahm die anderen Kinder mit. Durch den Bauch, der sie in der Kutsche beengte, und die Kinder, die das Stillsitzen nicht gewohnt waren und sich auf ihren Plätzen verrenkten, war die Fahrt sehr aufreibend. Eine staubige, bewegungslose, stehende Hitze pochte in ihren Schläfen, und kein Fächer konnte sie erträglicher machen. Schwarze Wolken hatten sich am Horizont zusammengeballt und hingen dort blitzedurchzuckt über den gelben Feldern. Vor der Jungfrau von Crea kniete die Antonia auf der Erde nieder und blieb fast eine Stunde in dieser Stellung, ihr Leib war hart, als wäre er zu Stein geworden. Die Kinder hatten sich, angezogen von den Kerzen und vom Kommen und Gehen der Pilger, in der ganzen Kirche verstreut; und während die Antonia immer mehr auskühlte, schwitzten sie beim Fangenspielen zwischen den Beichtstühlen, verfolgt vom Mesner, der nicht herausfand, wem all diese Kleinen gehörten.

Was die Antonia die ganze Zeit zur Schwarzen Jungfrau von Crea sagte, was sie an jenem Tag größter Hitze versprach, erfuhr niemand; sie wurde ganz eisig, und um ihre im Gebet gefalteten Hände voneinander zu lösen, mußten sie ins Wasser getaucht werden. Als Luìs sie abends zurückkommen sah, grau wie der Staub, der ihr Kleid bedeckte, erfaßte ihn ein großer Schrecken. Er bemerkte die schlaftrunkenen Kinder gar nicht, die ins Bett getragen wurden. Fest umarmte er seine Frau: Der Bauch drückte gegen ihn, während sie immer schmaler zu werden schien, nichts mehr zu sein schien außer jenem Bauch, die Haut naß von Tränen der Müdigkeit. Luìs preßte sie an sich, und ihm war, als würde sie ihm entgleiten und er sie für immer verlieren, wenn er auch nur einen einzigen Augenblick die Arme lockerte. Es geht ihr besser, flüsterte er ihr ins Ohr, es geht der Piulott besser, das Fieber ist gesunken, sie schläft... aber er spürte, wie Antonias Körper immer schlaffer wurde, während ein inneres Zittern sie schüttelte, beinahe wie eine letzte Feder, die noch bebte, bevor sie ganz nachgab.

Die Maria und die Fantina schauten seiner Umarmung zu und waren verstummt. Luìs küßte seine Frau auf die Stirn, auf die Augenlider, die nicht mehr die Kraft hatten, sich zu heben, befeuchtete ihr mit Speichel die trockenen Lippen: Ein Leben ohne sie, wie es ihm einen Augenblick lang vor Augen gestanden hatte, als er sah, wie sie sich aufs Haus zuschleppte, erschien ihm unerträglich. Jeder kleinste Teil von ihm sträubte sich gegen diesen Gedanken. Geht nur, geht, sagte er zur Mutter und zur Fantina, nahm die Antonia auf die Arme und stieg Stufe für Stufe langsam mit ihr die Treppe hinauf, trug sie ins Schlafzimmer, zog sie aus und legte sie ins Bett; er brauchte zu allem unendlich viel Zeit, so groß war die Sorgfalt, die er auf jede einzelne Handreichung verwandte, als könnte sie sich bei der ersten unachtsamen Bewegung auflösen.

Die Piulott wurde gesund, die Jungfrau von Crea hatte das Wunder vollbracht. Obgleich sie die Piulott recht unheilig fand, willigte die Magna Munja ein, das Bild zu malen, das nach Crea gebracht werden sollte, um der Jungfrau bis in alle Ewigkeit zu danken.

Sie malte ein kleines Mädchen, das so dunkel war, daß es aus dem schwärzesten Afrika zu stammen schien, während die Antonia einem Häufchen Lumpen auf dem Fußboden glich. Oben in einer Ecke erstrahlte die Madonna von Crea in wattigen Wolken, und die Limasa stand aufrecht zu Füßen des Bettes, die Zöpfe so oft um den Kopf geschlungen, daß sie eine Krone bildeten. Sie, die Dienstmagd, Bankert und Mutter eines Bankert, schien die zu sein, die durch ein Wunder geheilt worden war, mit barmherzig nach oben gewandten Augen und zwei Tränen wie Perlen auf den Wangen.

Die Limasa küßte das Bild, küßte die Hände der Magna Munja und bat inständig, man möge sie schikken, um das Gemälde nach Crea zu bringen. Die Antonia lag noch zu Bett wegen jenes Kindes, das nach sieben Monaten zur Welt gekommen war und nur einen Tag gelebt hatte: Geh nur, meinetwegen, sagte sie, den Blick auf die Blätter des Nußbaums geheftet, die sich allmählich dunkel färbten. Jenes Zittern, jene innere Feder, die Luìs gespürt hatte, als er sie bei ihrer Rückkehr von Crea umarmte, hatte aufgehört, sie war nun ruhig. Aber nach der Geburt jenes letzten Kindes war ihr, als habe sie einen anderen Raum betreten, einen Ort, wo die Wünsche und Triebe zerfielen, noch bevor sie Form gewannen. Ich freue mich, daß du gehst, fügte sie hinzu, und der Blick wanderte von den Blättern des Nußbaums zum Gesicht der Limasa: eine schreckliche Sehnsucht nach der Zeit, als sie ein Mädchen war und barfuß im Hof von Braida umherlief.

Der Zanzìa erbot sich, alle auf seinem Karren hinzufahren, den er neu gebaut hatte, nachdem der andere auf den Wassern des Po davongeschwommen war, und die Marlatteira kochte und füllte einen Korb mit Speisen. Die letzten Sterne funkelten noch, als die Limasa mit den aus dem Schlaf gerissenen Kindern den Karren bestieg und die Piulott versuchte, allein hinaufzuklettern vor Angst, zurückgelassen zu werden.

Es war eine unvergeßliche Reise. Der Zanzìa scherzte mit der Limasa und machte beständig seufzend Anspielungen, sein zahnloser Mund sah aus wie nackt. Die Limasa antwortete im gleichen Ton und holte ununterbrochen Süßigkeiten, Feigen, noch lauwarme Scheiben Polenta aus dem Korb. Vom Zanzìa gepeitscht, fiel das Pferd gelegentlich in Galopp, unter dem Jubel der Kinder und den Schreien der Limasa, die einmal dieses, dann jenes am Gewand festhielt aus Angst, sie würden hinausgeschleudert, und sich dabei selbst an die Wagenwände klammerte, um nicht auf dem Boden zu landen. Es war Oktober, und auf dem Gipfel der Alpen sah man fern den ersten Schnee glitzern, die Stoppeln brannten auf den Feldern und erfüllten die Luft mit Herbstgeruch. Je mehr die Limasa kreischte, um so mehr machte es dem Zanzìa Spaß, das Pferd zu peitschen, und als sie zwischen den Buchen in den Weg zur Wallfahrtskirche hinauf einbogen, blieben die Gläubigen, die zu Fuß langsam im Chor der Gebete zur Muttergottes pilgerten, bestürzt stehen beim Gepolter jenes Karrens mit dem Zanzìa, der den Hintern und die Peitsche schwenkte, als zöge er in den Krieg.

Kaum waren sie vor der Kirche angelangt, erkannte der Mesner die Kinder wieder und verbot ihnen einzutreten, nur der Piulott gab er die Erlaubnis, weil sie durch das Wunder geheilt worden war, und die anderen rannten zusammen mit dem Harmonika spielenden Zanzìa in den Wald hinunter. Die Limasa stellte das Bild der Jungfrau zu Füßen, und in der Kirche verbreitete sich eine große Stille, alle erkannten sie in der Frau mit der Zopfkrone, und auch die Piulott schien zum ersten Mal ein kleines Mädchen wie alle anderen zu sein, den Kopf vom weißen Schleier bedeckt, gesammelt und schweigend an der Hand der Limasa.

Als sie heimkehrten, war es schon Nacht, und der Mond stand hoch, der Zanzìa hatte getrunken und war melancholisch geworden, der Staub der Straße hob sich kaum unter den Hufen des Pferdes. Die Kinder schliefen auf dem Stroh, das auf dem Karrenboden ausgebreitet war, und die Limasa legte zum Schutz eine alte Decke über sie. Nur die Piulott war noch wach und betrachtete, an den Wagenrand geklammert, den Mond, die riesigen Ulmen, die einen schwarzen Schatten auf die Felder warfen. Die verstreuten Häuser, hell in der Landschaft, an denen sich beim Vorbeifahren des Karrens Hundegekläff erhob. Es war zum erstenmal, daß die Piulott das Schauspiel der Nacht erlebte, und ihre Augen weiteten sich in dem langen, glatten Gesicht. Die Limasa hatte sie in ihren Schal gehüllt, und bei jedem Holpern des Karrens rutschte der Schal weiter herunter, sie glich nun nicht mehr einem Hündchen oder einer Maus, sie war ein kleiner Geier, der sich mit seinen Krallen ans Holz klammerte. Stumm, aufmerksam, so als hätte allein sie die große Bedeutung jenes Schauspiels begriffen, hielt sie sich bereit, ihren geflügelten Geschwistern entgegenzufliegen, die reglos zwischen den Sternbildern saßen.

Im Februar starb der Mandrognin. Man fand ihn einige Tage später, noch auf dem Stuhl sitzend; der Wind, der Schnee an der Tür aufgehäuft hatte, hatte ihn unversehrt erhalten, ganz weiß, mit zur Faust geballten Händen. Niemand konnte sie ihm öffnen, und viele phantasierten etwas von wer weiß welchen Goldmünzen, vielleicht Napoleondors aus der Zeit, als Napoleon durch die Gegend gekommen war.

Wie alt er war, wußten nicht einmal die Maria oder die Fantina zu sagen. Als sie ihn kennengelernt hatten, war er schon erwachsen und trug noch den Zopf, wie es damals üblich war. Neunzig, vielleicht hundert; er war immer kerzengerade geblieben, verrückt, aber klar im Kopf, und noch nach dem letzten Schneefall hatten sie ihn den Weg freischaufeln sehen, die Ziege, die mit ihm lebte, stakste hinterdrein.

Wäre die Luison noch am Leben gewesen, hätte sie von seinem Leben als jungem Burschen erzählen, von seinem Spitznamen sprechen können, der vielleicht noch aus dem Dorf stammte, in dem er geboren war (aber nicht einmal das wußte man), oder aber von dem prächtigen Mantel in dem Lied *Bel Galant u s'è spartí* herrührte. Im Brotschrank wurden, in ein Seidensäckchen eingenäht, dreihundert Silberlire gefunden. Darauf, mit rotem Faden gestickt, hatte der Mandrognin geschrieben: Mitgift für Olanda, genannt die Suava.

So nämlich hatte der Mandrognin die Tochter der Limasa genannt, wenn er sie einmal in der Woche bei der Frau, bei der sie in Pflege war, besuchte. Er arbeitete, und die Kleine kauerte sich neben ihn, *suava*, sanft und leise, wie er sagte. Er wagte nicht, sie zu berühren, und niemals wurde gesehen, daß er sie streichelte oder auf den Arm nahm. Aber er achtete darauf, daß sie im Winter Strümpfchen anhatte und ihr Kleid immer geflickt war.

Die Limasa versteckte die dreihundert Lire an einem Ort, wo niemand sie würde finden können, und holte ihre Tochter wieder zu sich. Die Suava hatte keine Kleider, hatte kein Bündel, nichts, und die Limasa führte sie an der Hand davon. Das letzte Stück Weg nahm sie sie auf die Schultern. Das Kind hatte sie noch nie gesehen und schwieg die ganze Strecke still, die Limasa versuchte, eine Geschichte zu erzählen, aber die Stimme blieb ihr im Halse stecken; und als sie es mit einem Lied probierte, während sie sie rittlings trug, blieben die Hände, die sich an ihrem Hals festhielten, wie vorher, gerade so leicht aufgestützt, daß sie nicht herunterfiel. Wenn du groß bist, wirst du eine Mitgift haben, eine richtige Mitgift, sagte sie wieder und wieder zu ihr, und dieses Wort füllte ihr die Lungen, machte ihr den Weg leicht; doch die Kleine begriff nichts von dem, was die Mutter ihr erzählte, und als sie durchs Hoftor traten, begann sie zu zittern. Die Dunkelheit brach herein, und es herrschte eine große Stille, die nur vom Muhen einer Kuh unterbrochen wurde, und die Limasa nahm sie auf den Arm. Sie empfand sie starr, fremd, und auf dem Gesicht spürte sie auf einmal in ihrem Atem wieder den Geruch des Zuaven.

An dem Tag, an dem sie zur Trigesimamesse für den Mandrognin läuteten, wurde die Maria tot im Bett gefunden, den Kopf auf das Laken geneigt. Ihre noch dunklen und dichten Haare wirkten wie ein liegengelassener Skalp, so klein war das Gesicht geworden. Unter dem Kissen fand man die Tabaksdose, die ihr Monsieur La Ville in Casale geschenkt hatte. Darinnen war nur Staub, vielleicht die Überreste der Hirtenflöte, die Gioacchino sich aus der Spitze eines Schilfrohrs gebastelt hatte. Doch wer konnte das sagen; genau wie nie jemand erfahren würde, welcher der drei Männer ihres Lebens der wichtigste gewesen war, der Giai, der Pidrèn, der dann zum Sacarlott wurde, oder der Mandrognin. In der letzten Zeit sprach sie fast nie und hatte aufgehört, Patiencen zu legen, sie verbrachte lange Stunden am Fenster und sah auch dann noch weiter hinaus, wenn der Nebel jede Form auslöschte. Sie wurde unter Gioacchino beigesetzt, wie sie es immer gewünscht hatte, und Gavriel ritt nach Alessandria, um ein mit Efeuranken verziertes Steinkreuz zu kaufen. Auf der Rückfahrt schoß jemand von hinten auf ihn, vielleicht um ihn auszurauben; aber es gab auch Stimmen, die von einer Rache des Camurà sprachen. Gavriel konnte sich retten, indem er sich flach auf den Hals des Pferdes legte, und das verletzte Tier ließ eine lange Blutspur im Schnee zurück.

In jenem Sommer kehrte die Magna Munja zum erstenmal nicht heim, und ihr Zimmer blieb leer. Die Mutter lebte nicht mehr, und Pietro Giuseppe war ihr nun fremd geworden, nahe davor, jener Mann zu werden, den sie am Tag der Hochzeit von Luìs und Antonia voll Schrecken vorausgesehen hatte.

Gewissenhaft, folgsam stand Pietro Giuseppe jeden Morgen vor Tagesanbruch auf und folgte dem Vater, stapfte mit den Stiefeln durch das Erdreich, durchnäßt, wenn es regnete, schwitzend, wenn es heiß war. Ohne sich je zu beklagen. Doch wenn Luìs oder Gavriel sich nach ihm umwandten, wenn er hinter ihnen herging, genügte ein Blick, um zu verstehen: Ob es sich um Mais oder Weinstöcke, Luzerne oder Hafer handelte, er betrachtete alles mit der gleichen Teilnahmslosigkeit. Der gleichen, unaufhaltsamen Langeweile. Er ging durch das Schilf oder an den Rebenreihen entlang über das Land, wo sich dauernd das Licht, die Farben, die Gerüche änderten, ohne daß irgend etwas, weder ein Tier noch ein Baum, seine Aufmerksamkeit anzog. Ohne zu sprechen, ohne zu lächeln. Sie gingen zum Kranichhof hinauf, und er blieb mit gekreuzten Händen auf der Tenne stehen. Einzig der Kirschbaum gefiel ihm, der sich im Frühling wie ein großer Schirm mit weißen Blüten bedeckte und dann mit Früchten von einem Violett, das fast schwarz war. Gedankenversunken aß er jene Kirschen und spuckte die Kerne weit fort.

Es war die Antonia, die sich für ihn einsetzte. Pietro Giuseppe küßte die Geschwister eines nach dem anderen und legte seinen Kopf lange auf die Schulter der Stiefmutter; dann stieg er auf den Karren, der Möbel für einen Umzug nach Novi brachte. Von dort würde er nach Genua weiterreisen. In einem letzten Aufflackern von Groll hatte Luìs beschlossen, daß die Eisenbahn für den Sohn zu teuer sei.

Die Limasa lag die ganze Nacht wach und hörte alle Geräusche des Hauses, von dem Trippeln der Piulott, die zur Suava ins Bett schlüpfte, bis zum Schnarchen der Marlatteira. Bis zu jenem feinen Knirschen, das die Fantina im Schlaf von sich gab, und das dem Nagen eines Holzwurms glich. Pietro Giuseppes Abreise trennte sie unwiderruflich von ihrer Jugend. Es war, als stünde das Mädchen, das sie gewesen war, aufrecht auf der rückwärtigen Plattform eines Zuges, der allmählich zwischen Feldern und Wiesen verschwand: Ihre Jugend war dort, im Schütteln des letzten Wagens, und wurde immer undeutlicher. Auf jener Plattform fuhr die Cousine Monette davon, der Junge, der in Pomaro die Hechte und die Karpfen gefangen hatte, der Zuave und der Dragoner Junot, Pietro Giuseppe, der sie unter der Eiche im Arm hielt. Der Wind rüttelte an den Zweigen des Nußbaums und schlug sie gegen die Fensterläden, die Suava beklagte sich, daß sie nicht schlafen könne mit der Piulott, die im Bett um sich trat, sie aber tat, als hörte sie es nicht, die Augen im Geiste fest auf jenen Zug geheftet, der immer schneller davonfuhr und zugleich mit dem Dragoner und der Cousine Monette auch alle Männer mitnahm, mit denen sie Liebe gemacht hatte. Vielleicht hatte sie keinen von ihnen geliebt und hätte von dem Zug für sich nur Pietro Giuseppe herunterreißen mögen.

In der Nacht vom 7. Februar 1863 wurde der Zanzìa umgebracht. Er starb, im Schlamm erstickt, unten an der kleinen Brücke, und keiner in den Häusern rundum wollte etwas gesehen oder gehört haben. Und doch mußte es laut zugegangen sein, denn das Brückengeländer war durchgebrochen, und überall waren Blut und Kleiderfetzen. Es war nicht das erste Mal, daß ein Verbrechen im Dorf geschah, aber der Tod vom Zanzìa ließ einem die Kälte in die Knochen fahren. Es war ihm nichts gestohlen worden, und im Wasser wurde seine volle Brieftasche wiedergefunden, zusammen mit der Uhr, die ihm König Viktor Emanuel geschenkt hatte, als er in Occimiano aufgespielt hatte. Doch jetzt fuhr der Zanzìa schon seit Jahren nicht mehr mit seinem Instrument durch die Gegend, er war reich geworden und hatte sich ein Haus an der Via Barbecana gekauft und erregte Anstoß, weil er ein Mädchen aus dem oberen Malenco-Tal bei sich wohnen ließ.

Das Mädchen wurde herbeigeholt und nach Alessandria mitgenommen, sie konnte fast kein Italienisch, und bei der Frage, wie sie sich denn mit dem Zanzìa verständigt habe, begann sie zu lachen. Aber sie war volljährig, und mit dem Tod vom Zanzìa hatte sie alles zu verlieren und wurde einstweilen zurückgebracht, bevor man sie wieder dorthin schickte, woher sie gekommen war. Die Gendarmen kehrten im neuen Haus an der Via Barbecana das Unterste zuoberst, sie durchwühlten es vom Keller bis zum Speicher auf der Suche nach einem Beweis für den Salzschmuggel, der, wie alle wußten, den Zanzìa reich gemacht hatte. Aber sie fanden nur leere Säcke und jenes Instrument, Harmonika, große Trommel und Geige, das er erfunden hatte und noch ab und an zu seinem Vergnügen spielte.

In der Nacht seines Todes hatte die Marlatteira einen Traum gehabt. Weder schön noch häßlich, aber die Straße, auf der sie ging, führte zwischen rotblühendem Klee geradewegs zum alten Haus vom Fracin, wo früher der Schmied groß und breit mit herabhängendem Schnauzbart das glühende Eisen gehämmert hatte. Und dort endete sie. Und während die Gendarmen die Räume des Hauses in der Via Barbecana nach wer weiß welchen Reichtümern durchsuchten, saß sie in der Küche und forschte in ihrem Gedächtnis nach einer Frau, denn sie war sicher, daß der Tod vom Zanzìa die Rache eines eifersüchtigen Mannes war. Oder eines Betrogenen, denn der Zanzìa hatte schon immer Frauen belästigt.

Die Limasa weint, zu ihr ist der Zanzìa nie böse gewesen, sie hatten zusammen gelacht und gescherzt, und er wollte sie sogar heiraten. Jetzt denkt sie, wenn sie ihm vor Jahren ihr Jawort gegeben hätte, wäre der Zanzìa nicht so gräßlich verendet, wäre nicht all das Blut dagewesen. Die Krähen landen krächzend auf dem, was vom Schnee noch übrig ist, während der Klang der Kindertotenglocke durch die beschlagenen Scheiben hereindringt, und jene Glocke, die im Himmel freudig die Ankunft einer unschuldigen Seele einläutet, wenn arme Säuglinge von der tückischen Krankheit fortgeholt werden, ohne Stimme, um noch zu weinen, hat sie nie zuvor so bekümmert. Die Buben sind herangewachsen und lernen im Nebenzimmer, die Stimme des Benefiziaten dröhnt wie eh und je, sie haben glattrasierte Köpfe und Hosen bis übers Knie; sie streiten sich um eine Feder, um ein Blatt Papier. Die Sofia ist in der Klosterschule bei der Magna Munja, und die Suava geht, obgleich sie eine Mitgift besitzt, noch im Dunkeln los, um nähen zu lernen, mit einem halben Apfel und einer Scheibe Polenta zum Mittagessen. Manchmal ein paar getrockneten Kastanien, an denen sie ihre Zähne wetzen kann.

Und der Zanzìa ... Tränen treten der Limasa in die Augen. »Hör auf«, sagte die Marlatteira, »der war ein Schwein.«

Die Limasa besuchte das Mädchen, die mit dem Zanzìa gelebt hatte, bevor sie wer weiß wohin zurückgeschickt wurde, denn ein Zuhause hatte sie nicht. Sie tat ihr leid, weil keiner sie berühren oder mit ihr sprechen wollte. Die Kleine war schön und schmutzig und aß Haselnüsse, die sie mit den Zähnen knackte. Die Limasa hatte ihr zwei Würste und ein Stück Fladen mitgebracht, und sie hatte alles genommen, obwohl es im Haus nicht an Vorräten mangelte und der Zanzìa die Speisekammer mit Lebensmitteln aller Art gefüllt hatte. Sie sagte nicht einmal danke; doch als die Limasa zur Tür trat, um fortzugehen, legte sie ihr einen Zinnleuchter in Form einer Hühnerkralle in die Hände. Die Limasa fürchtet sich vor dem Leuchter, jene Kralle kam ihr vor wie der Fuß des Teufels. Aber die Kleine bestand darauf, ihre Augen waren rund und töricht, in ihrem abgelegenen Dorf im Gebirge gab es keine Straße, vielleicht hatte das Dorf nicht einmal einen Namen. »Da, da«, drängte sie und versteckte ihr den Leuchter unter dem Rock, damit die Verwandten vom Zanzìa ihn nicht sähen, die wie Fliegen eingefallen waren, um sich die Sachen aufzuteilen.

Aber den Mörder hat man nicht gefunden. Der Sommer ist gekommen, und die Sofia ist aus der Klosterschule zurückgekehrt, hat ihre Geschwister wieder umarmt, und ihre Stimmen erfüllen das Haus. Die großen feuchten Stellen in der Küche, die der Putzlappen hinterlassen hat, sind noch nicht aufgetrocknet, da wird schon wieder alles schmutzig gemacht fürs Abendessen. Die Marlatteira schnaubt, und die Mädchen, die gekommen sind, um ihr zu helfen, elf-, zwölfjährige Kinder, die es kaum fassen können, ab und zu Huhn oder Kaninchen zu essen, polieren fleißig das Kupfer und lauschen dabei verzückt den Geschichten der Marlatteira über die Fantina, die den Kopf vom Giai auf das Meßgewand des Propstes stickte, oder über die Gonda, die in der Kirche gestorben und direkt in den Himmel gekommen war. Viele haben in der Frühmesse ihre Seele gesehen, wie sie nach oben schwebte, sagt die Marlatteira, leicht wie das Flämmchen einer Kerze. Der Zanzìa dagegen ist bestimmt in die Hölle gekommen, denn auch wenn die Gendarmen den Mörder nicht gefunden haben, weiß man im Dorf, daß es der zweite Sohn vom Fracin gewesen ist, der zusammen mit seinem Bruder den Zanzìa mit dem Kopf im Schlamm ertränkt hat.

Den kleinen Mädchen kann sie nicht mehr sagen. Sie kann nur von ihrem Traum sprechen, der zum Haus an der kleinen Brücke unten führte, wo die Luft krank ist und die Stechmücken im Sommer keine Ruhe geben. Keiner spricht gern davon, was dem Zanzìa zugestoßen ist, der ein sechzehnjähriges verkrüppeltes Mädchen mit Wolfsrachen, aber mit zwei Brüsten so hart wie Quitten, geschwängert hat. Was sollte ein Vater sonst tun, außer ihn wie einen Wurm zu zerquetschen; und den Gendarmen gegenüber hat niemand etwas verlauten lassen, die suchen immer noch bei den Hintermännern und haben den Navot eingelocht, den Geschäftspartner vom Zanzìa.

Und doch ist in jenen von der Feuchtigkeit grünlichen

Häusern mit den höhlenähnlichen Fenstern mehr als einer in jener Nacht aus dem Schlaf aufgeschreckt. Mehr als einer hat den Zanzìa schreien hören, das Krachen des Brückengeländers gehört, das hinunterstürzte, und dann nichts mehr, während sie durch die rasch abgewischten Scheiben seine Beine immer schwächer haben um sich schlagen sehen. »Ich weiß nichts, ich weiß nichts!« sagen sie zu den Gendarmen durch einen Türspalt, haben alle blind und taub geschlafen.

Durch dieselben Fenster, durch die sie ihn haben sterben sehen, haben sie dem Zanzìa andere Male zugeschaut, wenn er gegen Mittag herunterkam und leise das Mädchen rief, sie solle kommen und die Geschenke ansehen, die er ihr mitbrachte, Glaskettchen, Fläschchen mit Essenz, die er ihr unter die Nase hielt und sich dabei, Bauch an Bauch, an ihrem Körper rieb. Altes Schwein von einem Zanzìa.

Und jetzt wettert der neue Propst, ein kämpferischer junger Mann, der aus den Bergen um Biella stammt, von der Höhe der Kanzel herab gegen die weißgestrichenen Grabmäler, gegen die Leute, die sehen und nicht reden, einen Vater nicht auf die Gefahr hinweisen, die seiner Tochter droht. Sie schauen zu und amüsieren sich, und sonntags kommen sie dann in die Messe, um sich an die Brust zu schlagen. Das Mädchen hat fast einen Liter Petersiliensud getrunken, wenig fehlte, und sie wäre daran gestorben, was ist das bloß für eine Welt?

Die Limasa schlägt die Hände vors Gesicht, sie kann diese Geschichte nicht glauben. Das Mädchen wird ihn gereizt haben... flüstert sie der Marlatteira zu. Halt den Mund, Dummkopf! Sie weiß, daß die Leute durch die höhlenähnlichen Fenster die ganze Geschichte verfolgt, gesehen haben, wenn der Zanzìa ins Haus schlüpfte, sowie die Mutter es verließ, um aufs Feld zu gehen. Einmal war das Mädchen am Fenster aufgetaucht, sie war nackt und schien wie verrückt, sofort hatte der Zansìa sie hineingezogen, und danach hatte man die beiden winseln und stöhnen hören. Ein sechzehnjähriges Mädchen... Die Marlatteira schaut die Suava an, die mit schulterlangen Locken um sie herumstreicht; und wenn jemand das mit ihr machte, sagt sie zur Limasa. Die Limasa zuckt zusammen, die Suava ist ein kostbares, seltenes Wesen, sie empfindet beinahe Scheu vor ihr, und wenn die Kleine nicht ihrem Naturell nach brav und ruhig wäre, könnte sie sie niemals so ausschimpfen, wie sie die Piulott ausschimpft.

Bei den verschiedenen Mischungen, die zur Suava geführt haben, mußte auch ein großer Herr oder eine unglückliche Madame mit feinen Gesichtszügen und wächserner Haut beteiligt gewesen sein. Sogar wenn die Limasa sie mit dem Dragoner gezeugt hätte, hätte das Kind nicht schöner werden können. So oft wäre sie versucht, die Goldmünzen anzugreifen und ihr ein neues Kleid zu kaufen, eine Schleife, mit der sie ihr die dichten, dunklen Haare zusammenbinden könnte: Aber das geht nicht, das darf man nicht.

Nachts, im Dunkeln, sieht sie den Zanzìa wieder vor sich, sieht, wie er das Haus betritt, das dem Fracin gehört hatte, unten an der kleinen Brücke, und sieht das Mädchen mit dem Wolfsrachen. Ein Schauder überläuft sie eisig im Bett, und sie beginnt die Ablaßgebete herzusagen, denn irgendein Ausweg ist dem Zanzìa ja vielleicht geblieben, vielleicht hat Gott sich seiner erbarmt, er war doch ohne Zähne von Jugend auf; und vielleicht läßt er ihn dann nach tausend oder zweitausend Jahren Fegefeuer schließlich doch ins Paradies hinein.

Siebtes Kapitel

Die Geige vom Giai

Im Sommer kam Pietro Giuseppe für die Ferienzeit heim, und die Geschwister hingen immerzu an ihm, folgten ihm noch bis vors Hoftor und stritten sich darum, wer neben ihm gehen dürfe, bis er es satt hatte und sie mit lauter Stimme wieder nach Hause schickte. Sie gehorchten schweren Herzens und folgten ihm mit dem Blick, während er die staubige Straße hinunterging, die Hände in den Taschen und den Strohhut auf den Haaren nach hinten geschoben. Fasziniert und eingeschüchtert von diesem Bruder, der zu dem Prestige des höheren Alters jetzt noch jenes andere, dunklere und aufregendere fügte, aus einer großen Stadt zu kommen, die am Meer lag und wo es Paläste gab, Theater, Schiffe an der Reede.

Ihnen erscheint Pietros Leben wie die flackernden Lichter, die in der Ferne mit ihrem Blinken ein Dasein anzeigen, das durch die Dunkelheit noch unwirklicher wird. Denn Pietro Giuseppe erzählt nie etwas von sich, und wenn er von der Ankunft eines Schiffes oder einer Theateraufführung spricht, weicht er jeder Frage aus, die ihn betrifft. Es fehlen seine Gefühle. Wo ist er, in seinem Studentenrock oder in dem weiten Umhang aus schwarzem Tuch, der an den kalten, windigen Abenden unentbehrlich ist, wenn der Mistral vom Hafen herüberbläst und die Schiffsmasten schwanken läßt?

Statt dessen ist er freigebig mit Einzelheiten über Tante Marianne, so nennt er sie, über ihr Haus mit den schweren Vorhängen, in dem die Schritte kein Geräusch machen und wo jeden Nachmittag aus der Konditorei warme Brioches heraufgebracht werden, die Tante Marianne in ihre heiße Schokolade tunkt. Zu ihrer Bedienung hat Tante Marianne einen *boy*, der sie begleitet, wenn sie ausgeht, und kerzengerade hinten auf der Kutsche auf einem extra dafür vorgesehenen Bänkchen sitzt.

»Einen ... was?« fragt der Duardin. »*Boy*«, wiederholt Pietro Giuseppe lakonisch. Die Sofia kratzt sich nachdenklich am Ohr, die Piulott, die dünne, dunkle Piulott aber geht weg, weil sie nicht versteht. Pietro Giuseppe ruft sie zurück, nimmt sie auf die Knie, ein Diener, erklärt er ihr, ein kleiner Mohr, den Tante Marianne in grellbunte Seide kleidet. Die Geschwister reißen den Mund auf vor Staunen, während die Piulott sich an seine Brust lehnt, als könne sie gar nichts verblüffen; und von dieser Vorzugsstellung aus blickt sie den Duardin, die Sofia, den Evasio herausfordernd an.

Tante Marianne besitzt auch eine Geige mit Griffbrett, ein modernes und seltenes Instrument, Demoiselle Ginette spielt für sie die Arien aus der *Italienerin in Algier*, einer Oper, die Tante Marianne leidenschaftlich liebt und mit in die Hand gestütztem Gesicht anhört, während ihre Augen im rötlichen Halbdunkel der Vorhänge glänzen. Demoiselle Ginette ist ein »Flüchtling«, vor was oder wem sie geflüchtet ist, weiß man nicht, sie ist ein Mädchen mit krausen, an der Stirn hochstehenden Haaren und kleinen, sehr hellen Augen, die den Gesprächspartner mit verwirrender Festigkeit anblicken können. Nicht schön, wird Tante Marianne später sagen, aber sehr temperamentvoll.

Tante Marianne, die weit das Fenster öffnet und die flammendrote Sonne der Winterdämmerung hereinströmen läßt, auf die rohseidenen Diwane, die Tische aus falschem Marmor, die auf den Sesseln liegengebliebenen Schals. Am Fenster gibt sie jemandem unten auf dem Platz ein Zeichen, während das Licht des frühen Sonnenuntergangs in ihren blauen, schmachtenden Augen funkelt. Und wenn sie sich umdreht und den Neffen erblickt, zuckt sie zusammen, ihr Gesicht wird purpurrot. Das Gesicht eines Mädchens: Dort unten stehen die ehemaligen Liebhaber der ältesten Maturlin. Sie kommen sie aus allen Teilen der Welt besuchen, aus Vichy und aus Bordeaux, aus Aversa; und der erste, nie vergessene aus Bosco Marengo. Sie verständigt sie vom Fenster aus, wenn der Weg frei ist, weil ihr Mann ihnen nicht gern begegnet, und dann sitzen sie mitten in dem Gold und dem Rot der Sessel und sprechen mit ihr über die gemeinsamen Erinnerungen, trinken heiße Schokolade, bezaubert von ihrem Lächeln, das das Blut noch immer in Wallung bringt. Sie bringen ihr ausgefallene Süßigkeiten mit, Essenzen mit exotischen Namen, die sie vom *boy* wegwerfen läßt, sowie sie gegangen sind; so groß ist Tante Mariannes Liebe zu ihrem Mann und die Furcht, daß ein Nichts ihn beunruhigen könnte. Ungewöhnliche Blumen wie die Akelei, ein anderes Parfum als jenes *Jasmin de Corse*, das sie schon damals benutzte, als er sie in Bordeaux kennenlernte und nach einer Woche fortholte, damit sie seine Frau würde.

Abends sitzt sie am Feuer, das im Kamin angezündet ist, und spricht mit ihrem Ehemann über die Konditorrechnung, die Ereignisse des Tages, das Gesicht rosig gepudert, die Hände zur Flamme hingestreckt, während die lange Perlenschnur ihr in die Furche zwischen den Brüsten gleitet. Aus einem Winkel betrachtet der Neffe sie stumm, überwältigt von ihren Metamorphosen. Tante Marianne lächelt ihm zu, aber es ist, als sähe sie ihn nicht, als sei er ihr schon aus dem Gesichtsfeld geraten und als wähnte jenes Lächeln ihn dort draußen, auf den von einer Gaslaterne erleuchteten Stufen. Demoiselle Ginette hat die Geige mit dem Griffbrett wieder eingepackt, ein Lächeln verabschiedet auch sie, die Füße des Mädchens sind geräuschlos auf dem Teppich, und einen Augenblick lang, als sie sich zur Tür wendet, scheint das Feuer in ihren über der Stirn hochstehenden Haaren zu knistern, ihre blassen Wangen zu entzünden. Tante Marianne hebt ein brennendes Holzscheit auf, das heruntergefallen ist, und rutscht dabei langsam vom Sessel in die Knie vor der Flamme, während die Schals sich üppig um sie herum ausbreiten.

Was konnten ein junges Mädchen, ein Flüchtling, und Luìs' ältester Sohn tun, knapp über zwanzig, gedrängt, ermutigt, aus dem Zimmer, aus dem Haus, aus dem schönen, massiven Nußbaumportal hinauszugehen? Sie gingen. Der Abend mit den Gerüchen, die vom Meer her wehten, gefiel beiden, sie waren jung und spürten die Kälte nicht, der Wind prickelte auf den Wangen, und Demoiselle Ginette steckte die Hände in den Muff. Falls Pietro Giuseppes Hände auch eisig wären, dürfte er sie mit hineinstecken. Sie gingen und sprachen, stiegen zu den Gassen am Hafen hinunter, und wenn sie einem Betrunkenen begegneten, beschützte er sie unter seinem weiten schwarzen Umhang. Sie folgten der Uferstraße, und zuweilen benetzten die Spritzer den Umhang, sie sahen die Lichter im Wasser zittern und die Schiffsmasten im Schwarz der Wolken verschwimmen. Aus den Kneipen rund um das Hafenbecken hörte man die rauhen Schreie der Würfelspieler, Demoiselle Ginette überspielte die Furcht mit kleinem, hellem Lachen, das aus der Tiefe ihrer Augen aufzusteigen schien.

Als der Frühling kam, begannen sie sich weiter vorzuwagen, bis zur Vorstadt, wo Demoiselle Ginette einige Freunde hatte. Dort gab es abends keine Beleuchtung, und man mußte achtgeben, wohin man seine Füße setzte, die Leute riefen sich von einem Haus zum anderen zu, und die Fenster waren mit Papier ausgebessert, man hörte die Kinder weinen. Der Hafen war weit weg, und die Fischer breiteten ihre Netze am Kanal entlang aus, der Geruch nach Frühling vermischte sich mit dem Geruch des Wassers, in dem Abfälle faulten. Sie traten in das ein, was Demoiselle Ginette *les milieux* nannte, dort gab es mehr solche Flüchtlinge wie sie, und die Petroleumlampen stanken, machten die Nasenlöcher schwarz. Im Eifer der Diskussion vergaß Demoiselle Ginette Pietro Giuseppe, und auf einem Stuhl stehend, redete sie laut in dem ihr eigenen rauhen Südfranzösisch.

Nachher, wenn es nicht zu spät war, liebten sie sich in einem auf dem Kanal vertäuten Boot, im Schutz eines Wachstuchs. Und den gleichen Eifer, den sie in der Diskussion gezeigt hatte, zeigte Demoiselle Ginette auch bei jenen langen Umarmungen im schwankenden Boot.

Im Sommer 64 fanden die Geschwister Pietro Giuseppe verändert. Er hatte jede Lust verloren auszugehen, und wenn ein Freund vorbeikam, der ihn mitnehmen wollte, lehnte er mit einer Ausrede ab. Er blieb lieber zu Hause, und sei es nur, um Blindekuh zu spielen, ein Spiel, das er schon seit seiner Kindheit haßte.

Oft legte er morgens alle seine Bücher in einen Korb und stieg zum Kranichhof hinauf, wo er sich im Schatten des Kirschbaums hinsetzte, um zu lesen und Notizen zu machen, ein umgekehrtes Faß diente ihm als Tisch. Er lobte die Luft auf dem Kranichhügel und sogar die Schwüle an gewissen Tagen, wenn alles reglos stillstand und rund um ihn Schweigen herrschte, bis auf das Schnattern der Gänse, die zum Trinken herunterkamen. Anfangs waren auch die Limasa und die Geschwister mit ihm hinaufgestiegen und hatten sich, um ihn nicht zu stören, in einiger Entfernung niedergelassen, doch dann waren sie daheim geblieben, weil die Kleinen Mühe hatten, bei der Hitze den Berg hinaufzukommen, und die Bauern konnten ihn vom Feld aus allein dort oben unter dem Kirschbaum sehen, wie er, die Ellbogen auf das umgedrehte Faß gestützt, gleichmäßig in den Büchern blätterte. Ein großes aufgeschlagenes Heft vor sich, über das er ab und zu den Kopf neigte, wenn er schrieb, die Feder, die hin- und herging zwischen Heft und Tintenbehälter auf dem Faß.

Sowie er zurückkommt, schließt er die Bücher in seinem Zimmer ein und öffnet sie nur selten, während er das Heft ab und zu hervorholt, um etwas aufzuschreiben. Was, weiß man nicht, und auf jede Frage gibt er ausweichende Antworten. Mit seinen Prüfungen hat es nur teilweise zu tun. Eigentlich weniger, mit den Prüfungen, da hat er noch Zeit. Aber mit seinen Studien, ja, dafür ist es sehr wichtig. Er runzelt die Augenbrauen, kratzt sich am verschwitzten Kopf. Lächelt mit seinen grauen Augen.

Demoiselle Ginette hat er nur nebenbei erwähnt, und keiner vermutet, daß die Briefe, die zweimal in der Woche ankommen, von ihr stammen. Es sind blaue Umschläge, beschriftet mit festen, langen, männlichen Buchstaben. Pietro Giuseppe steckt sie ein, ohne sie zu öffnen, als wüßte er schon, was sie beinhalten, und auf die Fragen des Vaters oder der Antonia hebt er zerstreut den Blick, selbst neugierig auf die Neugier der anderen.

Oft redet er in der Abenddämmerung noch mit den Knechten, setzt sich zu ihnen in den Stall und sieht gebückt beim Melken zu. Aber gewiß nicht, um etwas zu lernen: Er zählt die Tage, die ihn von der Rückkehr nach Genua trennen, und hat sich einen kleinen Holzkalender angefertigt, auf dem er sie einen nach dem anderen ausstreicht. Eine Sehnsucht zurückzufahren, die nie durchscheint; und abends setzt er sich ans Spinett und findet mit der außergewöhnlichen Begabung, die er von der Mutter geerbt hat, die Noten der *Italienerin in Algier* wieder. Die Geschwister fangen an zu tanzen, er greift lustig in die Tasten; die Suava kommt ebenfalls mit ausgebreiteten Armen, bereit, zum Flug anzusetzen.

Durch die Fenster dringt der Geruch nach Gras und Abend herein, und die Kinder, von der Musik erregt, laufen kreuz und quer, stoßen aneinander, schreien. Die Großen, etwas plumper, tanzen auch. Die Antonia sieht zur Tür herein, und es kommt ihr vor, als gehörten jene Jugendlichen und jene Kinder auf dieselbe Weise zur Natur wie die Äpfel draußen auf den Bäumen, die wilden Kaninchen auf den Feldern. Pietro Giuseppe ist in voller Blüte, in jenem Alter, in dem die Farben lebhafter sind und die Bewegungen ungestümer, und der Körper eine Kraft hat, von der man meint, man könne sie in der Luft greifen.

Sie schaut ihn voller Bewunderung an, wagt aber nicht einzutreten. Ein Glücksgefühl, das der Kinder und ihres, hält in jenem Augenblick ab, was es an Bedrohlichem außerhalb jenes Gartenwinkels gibt, auf den das Licht des Abends fällt.

Pietro Giuseppe sieht sie an der Tür stehen, und ihr zugewandt lächelt er zurück, ohne mit dem Spielen aufzuhören.

Die Nachricht von seiner Verhaftung, im Februar, traf sie wie eine Kanonenkugel. Gavriel, wurde beschlossen, sollte nach Genua fahren, es lag überall Schnee, und er brauchte drei Tage, und als er zum erstenmal das Meer sah, empfand er keinerlei Gemütserregung. Jenes kalte, blau sich kräuselnde Leuchten in der Ferne erschien ihm unbedeutend. Er war müde, und jene Schönheit zu ausgedehnt.

Pietro Giuseppe durfte er nicht einmal sehen, er war mit sechs weiteren Internationalisten verhaftet worden, und niemand durfte ohne richterliche Erlaubnis zu ihnen. Im Haus von Tante Marianne herrschte großes Schweigen, und die älteste Maturlin schlug sich andauernd die Hände vors Gesicht vor Bestürzung. Die Geige mit Griffbrett war weggepackt: Demoiselle Ginette war im Gefängnis, auch sie unter Arrest. Niemand kam aus der Konditorei herauf, um warme Brioches zu bringen, und es wurde Kaffee serviert, das einzige Getränk, das in einem solchen Augenblick das Herz unterstützen kann. Der schwarze *boy* saß im Vorzimmer, beleidigt, niedergeschlagen, wie ein Lumpenhäufchen. Gavriel fand ihn grauenhaft.

Ohne sich auszuziehen, schlief er in jener Nacht auf einem Sessel am Feuer, und als er mitten in der Nacht mit Eiseskälte in den Knochen aufwachte, zog er eine Decke vom Bett und verkroch sich darin. Unter der Tür drang ein schmaler Lichtstreifen durch, und man hörte die Stimme von Tante Marianne, die mit ihrem Mann sprach, eine Kleinmädchenstimme, bestehend aus Geflüster und Wörtchen. Hie und da, in Abständen, wie auf einem anderen Instrument gespielt, klang die des Mannes dazwischen. Ein dumpfes, aufgebrachtes Grollen.

Als Gavriel endlich nach Hause zurückgekehrt war, gab es eine lange Besprechung hinter verschlossenen Türen. Die Antonia weinte, und die Limasa stieg mehrmals die Treppe hinauf, um ein paar Worte zu erlauschen, die sie beruhigen würden. Hat er gestohlen? fragte sie. Hat er jemanden verletzt? Ein Raufhandel? Ein Duell?

Ein Duell hätte Tante Marianne am ehesten verziehen. Auch einen Raufhandel, wenn dabei die Liebe im Spiel gewesen wäre. Aber das, was geschehen war, ging über ihr Verständnis. Als es ihr endlich gelang, den Neffen zu besuchen, und sie ihn, nachdem sie in den Gefängnisgängen ihr *Jasmin de Corse* verströmt hatte, hinter den Gitterstäben sah, unrasiert und mit einer Wut, die sich noch in der Blässe der Kinnlade ausdrückte, mußte man ihr Riechsalz geben. Es hatte ihr genügt, ihn anzuschauen, und die ganze Wahrheit war ans Licht gekommen und hatte jeden im Schatten gebliebenen Winkel ausgeleuchtet: Demoiselle Ginette, die nie abgelegten Prüfungen, die Bücher, die abendlichen Ausgänge.

Tante Marianne kam an einem Nachmittag Ende März. Der Schnee war noch nicht ganz geschmolzen, und sie hatte einen weiten Umweg gemacht, um alle Beschwerlichkeiten zu vermeiden. Sie war fett und quälte sich mühsam die kahle Asternallee hinauf. Luìs empfing sie in seinem Arbeitszimmer, und sie sprachen lange miteinander, die Limasa klopfte, kam mit einer heißen Schokolade herein und schaute angstvoll in das schöne Gesicht der ältesten Maturlin. Aber die Weinlese war schlecht gewesen, und die Konkurrenz der französischen Weine hatte die Lage noch verschärft: Luìs war nicht bereit, auch nur eine Lira herauszurücken, und die lange, schmale Nase wies auf Tante Marianne, zeigte auf sie als die Schuldige. Tante Marianne nahm sich zusammen wie in den schlimmsten Augenblicken ihres Lebens, um nicht die Fassung zu verlieren. Sie verlor sie nicht, aber Luìs gab nicht nach. Er könne, sagte er, nicht einmal die Gründe für soviel Torheit verstehen. Was Pietro Giuseppe denn wolle, die Revolution, die Könige auf dem Schafott, die Knechte als Herren auf seinem eigenen Gut? Tante Marianne blickte ihn an und nickte mit dem Kopf: Die graue Luft, die Unmöglichkeit, seine trockene, unerbittliche, grausame Ablehnung ins Wanken zu bringen, bedrückte sie.

Wie beim vorigen Mal wurde sie eingeladen, über Nacht zu bleiben. Beim Abendessen war die Antonia die einzige, die sich mit ihr unterhielt, dann umringten sie die Kinder nach und nach, und Tante Marianne vergaß ihre Qualen. Sie begann, Geschichten zu erzählen von früher, als sie und ihre Schwestern junge Mädchen waren, und die Kinder lachten, in den Mündern der kleineren sah man die Lücken, wo ihnen die Zähne ausgefallen waren. Die Limasa hatte wieder Mut gefaßt und kam fortwährend aus der Küche herauf, um Tante Marianne eine neue Kostprobe anzubieten: Quittenmus, eingemachte Früchte, Marmeladen, die sich auf dem Tisch anhäuften und die Tante Marianne an die Kinder verteilte, indem sie Mund für Mund mit dem Löffelchen die Runde machte. Die Antonia saß ihr gegenüber: Alles gefiel ihr an Tante Marianne, sogar ihre Fettleibigkeit.

Es hatte wieder zu regnen begonnen, und als Tante Marianne am nächsten Morgen abreiste, begleiteten sie sie alle zusammen bis auf den Platz, die Kinder hielten sich dabei ihre Kittelschürzen über den Kopf. Nur Luìs sagte ihr kaum auf Wiedersehen, und wie die Antonia zurück war und er auf ihrem Gesicht den Wunsch las, ein gutes Wort für die Sache des Sohnes einzulegen, begann er hinkend die Treppe hinaufzusteigen. Ich will nicht mehr darüber reden, sagte er zu seiner Frau. Die Antonia blieb bestürzt mit der Hand auf dem Treppengeländer stehen. Ihr Geist hatte sich verdunkelt, jener Mann, der mühsam Stufe um Stufe erklomm, der Mann, den sie in Freud und Leid geliebt hatte, kam ihr vor wie ein Fremder. Fremd in dem Sinn, daß er es war, der jede Zugehörigkeit ablehnte, wo er sich nicht wiedererkannte; es hätte wenig gefehlt, dachte sie mit einem Schaudern, und auch sie hätte herausgleiten können aus seinem Leben, für immer.

Um den Rechtsanwalt zu bezahlen, verkaufte Tante Marianne das Besteck aus vergoldetem Silber, das dem Khedive von Ägypten gehört hatte. Sie stieg viele Treppen hinauf und fand überall Verständnis für einen Jungen, der bei keiner Polizei des Reiches als verdächtig geführt wurde und seit seiner Geburt ohne Mutter aufgewachsen war. Ihre Briefe rührten mehr als einen

Freund, der bei den Mächtigen zählte. Ein wenig Sorgen machte Pietro Giuseppe mit seiner starrköpfigen Haltung; aber bevor der Sommer kam, war er wieder frei, noch in seine Wintersachen gekleidet in einer Stadt, die von den hellen, tiefen Lichtern der ersten Hitze durchzogen war. Tante Marianne erwartete ihn an der Ecke in einer geschlossenen Mietdroschke.

Was sie sich dort drinnen im Schutz der heruntergelassenen Vorhänge sagten, erzählte keiner von beiden jemals. Vielleicht forderte sie von ihrem Neffen eine bedingungslose Kapitulation. Vielleicht war es Pietro Giuseppe, der sich bei jener so legalitätsliebenden Tante in eine trotzige Weigerung ohne Reue verrannte. Es sollte das letzte Mal sein, daß sie sich sahen; als Pietro Giuseppe aus der Kutsche stieg, blickte Tante Marianne ihm nach in der Hoffnung, er würde sich ein letztes Mal umdrehen. Der Neffe hatte die Straße bergab zwischen den grünen Büscheln genommen, die aus den Gärten herüberhingen, hielt den Umhang unter dem Arm und war ohne Hut. Unten lag das Meer, und einige Buben wagten erste Sprünge in das trübe Wasser des Hafens, er ging rasch, ohne sich je umzudrehen, nicht einmal, als er hörte, wie die Kutsche wendete.

Das schöne Haus an der Piazza De Ferraris betrat er auch nicht mehr, um seine Kleider abzuholen, sie wurden ihm zusammen mit den Büchern in die Via Pietro Micca geschickt, wo er ein Zimmer bei einer Teppichflickerin gefunden hatte. Ihm Kost und Logis zu bezahlen übernahm Gavriel.

Die Antonia schickte ihm mehr als einen Brief, doch er antwortete nie, und schließlich schrieb sie ihm nicht mehr in jener seltsamen Sprache, derer sie sich bedient hatten, halb Dialekt und halb Französisch. Zu Weihnachten erhielt die Piulott ein Päckchen mit Muscheln, die er während der langen Spaziergänge am Meer gesammelt hatte, wenn er zwischen den Felsen herumkletterte und sich ab und zu in kleine Sandbuchten setzte, die sich fächerförmig öffneten. Zu Ostern schickte er ihr wieder welche.

Im Sommer 66, als die *Re d'Italia* auf Grund ging, wurde nach den Eltern eines Freiwilligen gesucht, der in Genua an Bord gegangen und am Morgen des 26. Juli in den Gewässern von Lissa verwundet worden war.

Die Suche dauerte mehrere Wochen, und als man endlich bis zu Luìs gelangte, war Pietro Giuseppe schon auf dem Weg der Genesung, und man hatte ihn von Ancona per Schiff nach Genua gebracht. Dort fanden Luìs und Antonia ihn, schon wieder auf den Beinen, mit kahlrasiertem Kopf, die bloßen Füße in den Holzschuhen. Es war ein heißer Tag, und sie setzten sich alle drei auf eine Bank im Schatten einer Akazie. Sie sprachen vom Land, vom Duardin, der die Militärlaufbahn einschlagen wollte, von der Sofia, die nun lange Röcke trug. Andere Verwundete liefen im Hof herum, manche mit Krücken und manche noch mit Verbänden. Jemandem war ein Teil des Gesichts weggerissen worden, und anderen fehlte eine Hand, ein Arm, oder eine schwarze Binde bedeckte Augen, die nicht mehr da waren. Auf die Fragen des Vaters erzählte Pietro Giuseppe den Ablauf der Schlacht und welche Strategie Admiral Tegetthoff von Anfang an verfolgt hatte, als er mit seiner Flotte am Horizont in Ancona aufgetaucht war, um dann zu verschwinden, bevor jemand daran dachte, ihm nachzusetzen. Er benutzte Fachausdrücke, die die Antonia nicht verstand, mit der Schirmspitze zeichnete sie in den

Staub des Hofs. Auf der Reise war ihr kalt geworden, und sie rückte in die Sonne.

Pietro Giuseppe beschrieb das Meer bei Sturm und die Schwierigkeiten, bei Regen und Wind die Segel aufzuziehen. Er beschrieb auch den Brand, der durch eine Granate ausgebrochen war; doch von sich sagte er, wie immer, nichts; und als die Antonia ihn nach der Verwundung fragte, hob er die Hände zum Kopf, als hätte er sie vergessen. Er erinnerte sich nicht, sagte er, was ihn getroffen hatte.

Vor der Rückfahrt fragte Luìs ihn, wann er wieder nach Hause käme. Es war die Vergebung. Pietro Giuseppe, mit noch blassem Gesicht und dem runden Kopf ohne Haare, lächelte: Der Vater meinte, daß er genug gebüßt habe. Ich weiß nicht, wann sie mich entlassen, antwortete er, bis jetzt bin ich noch Soldat. Sie umarmten einander, und Pietro Giuseppes Kopf stank wie sein Körper und seine Kleider. Die Antonia verließ das Hospital und war überzeugt, daß der Stiefsohn ihnen in wenigen Tagen nachkäme. Es war August, und der Krieg war zu Ende; sie bat Luìs, ihr den Hafen zu zeigen. Die schattigen Gassen hinunter hüllte sie sich fester in den Schal, ihre Hände waren eisig und das Gesicht grau, beinahe bläulich rund um die Nase.

Der Besuch hatte sie getröstet, beiden war Pietro Giuseppe gesprächiger und umgänglicher als früher erschienen und dafür, daß er noch auf dem Wege der Genesung war, bei guter Gesundheit. Vielleicht war die Verwundung nicht so schwer gewesen, wie sie im ersten Augenblick befürchtet hatten. Was immer ihn dazu getrieben haben mochte, sich freiwillig zu melden, ihn, einen Internationalisten, der Knechte und Herren gleichberechtigt wollte auf der Erde, Luìs war sich ganz sicher, daß der Grund in seiner Reue zu suchen war. Er hatte den begangenen Fehler eingesehen und sich rehabilitieren wollen. Die Antonia dachte eher an eine Frau, sagte es aber nicht. Sie gelangten zum Hafen, und die Rufe, das Hin und Her auf den Landungsstegen und der Mole überfluteten sie im Gleißen eines Lichts, das fast zu hell war. Die Antonia mußte sich auf ein Bündel Taue setzen. Ihr war schlecht. Luìs, erregt vom Salzgeruch, der ihm die Lungen füllte, wäre am liebsten nie mehr vom Kai weggegangen. Beide hatten sie Pietro Giuseppe vergesssen; auch die Antonia hatte nicht begriffen, daß die Schlacht von Lissa für Luìs' Sohn die Hölle bedeutet hatte.

Pietro Giuseppe war zu den Kameraden zurückgegangen, er hatte Brotkrümel in der Tasche und begann, sie den Spatzen hinzustreuen, die unter der Akazie hüpften. Wie sein Großvater, jener Sacarlott, der bis zum Tod nie die Begegnung mit den Kosaken in den Ebenen Rußlands erwähnte, hatte auch er geschwiegen. Er hatte nicht darüber gesprochen, wie die *Re d'Italia* in Ancona zum erstenmal unter einem Himmel voller Sterne ausgelaufen war und er geglaubt hatte, sie steuerten auf Venedig zu, den Kurswechsel gar nicht bemerkt und schweigend die Julinacht bewundert hatte, ohne Angst. Die war später gekommen, war im Laufe der Tage gewachsen wie ein Samenkorn, das in seiner Brust Wurzeln geschlagen hatte. Und am Morgen, als die Insel Lissa mit auf das Meer gerichteten Kanonenmündungen am Horizont aufgetaucht war, hatte der Wind die Wellen hochschlagen lassen, und die Wolken trieben rasch am Himmel. Das Wetter war allmählich immer schlechter geworden, und im Morgengrauen des nächsten Tages waren die österreichischen Schiffe aus dem Regen aufgetaucht, während der Sturm die Masten verbog und Sturzbäche vom Meer und vom Himmel auf Deck niedergingen.

Vier Panzerkreuzer waren es gewesen, die die *Re d'Italia* umzingelt hatten, und einer, die *Erzherzog Ferdinand Max*, hatte plötzlich mit dem Kiel die Breitseite gerammt, da war die Dampffregatte aufgegangen wie eine Nußschale, während Planken und Segelfetzen durch die Luft flogen. Die Erinnerung an jenen dumpfen Schlag, ein Getöse, das beinahe die Welt hätte entzweireißen können, sollte mit den Jahren zurückkommen. Nicht die regengepeitschten Sturmwellen, nicht das Feuer, nicht die hin- und hergeworfenen Körper der Kameraden und ihre Schreie. Aber jener Schlag: aufs Herz, aufs Gehirn, aufs Leben.

Pietro Giuseppe kehrte nicht zurück. Wer an eine Frau gedacht hatte, deretwegen er als Freiwilliger gegangen war, hatte sich nicht geirrt, und um sich einer Situation zu entziehen, die ihm immer unerträglicher wurde, war ihm nichts Besseres eingefallen. Den Namen der Frau brachte Gavriel nicht heraus, und er vermutete, es sei Demoiselle Ginette mit den blassen Wangen und den krausen, über der Stirn hochstehenden Haaren. Vielleicht war es jedoch die Teppichflickerin aus der Via Pietro Micca: Der Neffe schickte ihm seine neue Adresse. Ein schönes Zimmer, schrieb er, mit einem Fenster zum Hafen.

In kurzer Zeit beendete Pietro Giuseppe sein Studium, und nachdem er sich bei der Justizbehörde als Richter beworben hatte und angenommen worden war, ging er nach Livorno, um dort sein erstes Amt anzutreten. Er war sechsundzwanzig Jahre alt und schrieb sich nur mit Gavriel. Zu Weihnachten und zu Ostern schickte er der Piulott wieder die Muscheln, die er auf seinen sonntäglichen Spaziergängen am Strand sammelte; er drang dabei zuweilen bis nach Viareggio und Cinquale vor. Es begleitete ihn jener Cousin namens Tomà, der in Livorno ein Büro für den Import von Datteln und Sultaninen aus dem Orient eröffnet hatte.

Pietro Giuseppe war der erste gewesen. Dann kam der Duardin an die Reihe, der in die Kadettenschule eintreten durfte. Das hatte er sich gewünscht, seit sie in langer Prozession nach Occimiano gewandert waren, um die Leutnants und Generäle im Säbelklirren und Sporenschlagen vorbeiziehen zu sehen. Der Evasio, obwohl man noch nicht recht begriff, was er in seinem langen, schmalen Kopf hatte, zeigte ein großes Interesse für die Tiere und saß stundenlang auf einem Stühlchen, um Gänse und Hühner zu beobachten, und Truthähne, die mit runden, gelben Augen Rad schlugen. Er war schmächtig und wurde ebenfalls ins Collegium geschickt.

Danach war die Sofia dran, sie wurde mit achtzehn dem Besitzer einer Spinnerei der Bielleser Gegend angetraut, der gekommen war, um die Seide der Seidenraupen zu kaufen. Es war eine Liebe auf den ersten Blick, und das Porträt, das ihr Mann auf der Hochzeitsreise von Fotograf Bossi in Mailand von ihr machen ließ, zeigt ein Mädchen mit langen, üppigen Haaren und rundlich ovalem Gesicht mit ausgeprägtem Kinn. Sie stützt sich auf die Rückenlehne eines Sessels mit rohseidenem Bezug, und eine Mantille bedeckt ihre Schultern bis zum Ellbogen. Sie ist schön, und die großen kastanienbraunen Augen schauen ein wenig verblüfft ins Leere.

Der Ehemann wollte sich nicht mit abbilden lassen,

ihm fehlte das linke Auge, und er trug eine Klappe darüber. Er hatte ein abenteuerliches Leben hinter sich, auch wenn er Tranquillo, der Ruhige, hieß: Mit sechzehn war er von zu Hause fortgelaufen, um sich Garibaldi anzuschließen, und hatte sich in den Sümpfen von Comacchio verirrt. Die Sofia war seine zweite Frau.

Im Haus waren noch die Piulott und ihre unzertrennliche Gefährtin, die Suava, übrig. Die Limasa hatte aufgehört, an Männer zu denken, und auch wenn sie nicht mehr so fröhlich war wie früher, sang sie. Ihr Repertoire war umfassend, und ihr schien, daß in jedem Lied etwas von ihrem Leben erzählt wurde. Liebe, Verrat, Tod oder Krieg. Und seit der Zanzìa umgebracht worden war, auch Verbrechen.

Für die Landwirtschaft waren es die letzten guten Jahre, und Luìs hatte einen Pflug Marke Sack für den neuen Anbau von Reis und Zuckerrüben gekauft. Aber das Geld floß spärlich, die Steuern waren hoch wegen der vielen Kriegsschulden und die Collegien teuer. Daher wurde die Marlatteira zurückgeschickt in ihr Haus unten an der kleinen Brücke, wo die Feuchtigkeit die Lungen angriff und die Stechmücken sich in Wolken vom stehenden Wasser erhoben. Die Marlatteira hatte wieder als Weißnäherin zu arbeiten begonnen, aber es gab wenig zu tun, und sie stieg fast jeden Tag die Asternallee hinauf und setzte sich mit der Limasa in die Küche. Sie erzählte ihre Träume; und die Piulott und die Suava hörten ihr, auf Schemeln sitzend, zu, die Hände auf den Knien, um den Rock festzuhalten.

Nach der Reise nach Genua war die Antonia lange an den Bronchien krank gewesen, und seitdem bekam sie jedesmal, wenn die Jahreszeit wechselte, Husten. Wenn er nachts heftiger wurde, stand sie auf, um Luìs nicht zu wecken, und betrachtete durch das Fensterchen am Ende des Ganges lange den Kirchturm mit dem weißen Zifferblatt in der Nacht. Durch das mit Spinnennetzen zugewobene Gitter starrte sie darauf, als hätte sie den Turm von Braida vor sich.

Die Mauern waren dort anders, dick und eindrucksvoll, mit jener überwältigenden Ausstrahlung von Verfall, die den Geist erregt. Nicht wie diese, die die Feuchtigkeit aufsaugen und leicht abbröckeln, gezeichnet von leicht vergänglichen und unbekannten Spuren. Es kommt ihr vor, als sei sie in diesem Haus ein Gast gewesen und als hätten nur all die Kinder sie davon abgelenkt, es zu bemerken; und nun weist das Haus sie langsam zurück, stößt sie aus wie einen Fremdkörper, die Zimmer erkennen sie nicht mehr als eine der ihren an, und sie fühlt, daß sie nicht dazugehört. Auch im finstersten Elend war in Braida immer viel passiert, Geburten, Tode, Hochzeiten, an denen alle teilgenommen hatten im Schatten jener allmächtigen und schmerzlichen Präsenz, welche die Mutter auf ihrer *dormeuse* dargestellt hatte. Hier dagegen umgibt sie das Schweigen: von Luìs, von Gavriel, von der Fantina. Ein Schweigen, das mit den Jahreszeiten wächst.

Im Sommer geht sie zuweilen bis nach Braida hinüber und bleibt vor dem Torbogen des Hofes stehen. Der neue Besitzer hat die Straße richten lassen, und die Wagen, die ein und aus fahren, sind nicht mehr – wie früher – in Gefahr umzustürzen, die Knechte sind andere, sie gehen an ihr vorbei und ziehen den Hut, ohne in ihr die jüngste Tochter jener Cavaliera zu vermuten, von deren ehemaligem Reichtum und verheerender Leidenschaft für den Soldaten aus Santo Domingo man sich noch erzählt.

Sie nimmt die Piulott und die Suava mit und beschreibt ihnen von außen die Burg mit all ihren Zimmern und den Mauern, wo sich die Schießscharten für die Arkebusen öffnen. Aber hineingehen, nein, das täte sie nie, der Stolz verbietet es ihr. Unter einem Baum reicht sie den beiden durstigen Mädchen eine Weintraube, und während sie essen, schließt sie die Augen vor Scham, jener Schwäche nachgegeben zu haben. Auf dem Rückweg dreht sie sich nicht um, und wenn an einer Biegung der gedrungene Turm mit der in der Sonne glanzlosen Kupferkuppel auftaucht, stößt sie einen Seufzer der Erleichterung aus, als hätte sie sich von einer Last befreit. Die Mädchen laufen voraus, sie verlangsamt den Schritt, klein, hoch aufgerichtet unter dem leichten Stoffschirm. Erschöpft von der Hitze und all dem Gehen.

Im Winter, in dem die Fantina starb, kam sie als größte Stickerin des gesamten Monferrato in die Zeitung. Der Artikel im »Gazzettino«, gezeichnet Giov. Batt. Saletta, zählte einige ihrer schönsten Arbeiten auf, unter anderem das Meßgewand mit dem Kopf des Jesuskindes und die Aussteuer der Nichte von der Signora Bocca, welche einem Statthalter von Karl Felix vermählt worden war. Die Zeitung brachte auch das Porträt, das der Giai mit der Feder von ihr gezeichnet hatte, als er noch unter dem Nußbaum Geige spielte. Sie erscheint darauf jung und schlank am Klöppelkissen. Doch als sie gestorben war, wog sie fast hundert Kilo, und das Bett hatte nachgegeben. Sie stand seit Monaten nicht mehr auf, und die Antonia kümmerte sich um sie und kämmte ihr das schüttere Haar, in der Farbe noch den Flusen gleich, die sich in den Ecken sammeln. Eine Farbe, auf die die Fantina sehr stolz war; und während die Antonia ihr mit dem Kamm über den Kopf fuhr, betrachtete sie sich im Spiegel, damit von diesen Haaren auch nicht ein einziges verlorenginge.

Aus ihrem Leben war ihr nichts im Gedächtnis geblieben, nicht der Giai und nicht einmal die Bastianina, die dann Suor Geltrude Rosalia geworden war, dafür sprach sie immer von Moncalvo und nannte die Antonia *Mama*, wie sie als kleines Mädchen die Luison genannt hatte. Jede Nacht, wenn der Kirchturm die frühen Morgenstunden schlug, begann sie zu sprechen: »Mama«, sagte sie, »wo hast du meine Schwester hingeschickt? Wo hast du sie hingeschickt?« Es war jede Nacht die gleiche Frage, die sie mehrmals wiederholte, immer im selben Ton, bis die Limasa schließlich aufstand und ihr die Decken zurechtzog.

Die Piulott hörte sie von ihrem Bett aus, und jene Stimme erschreckte sie nicht, sondern tröstete sie. Es war ein Klagelied, das die Schatten zerteilte und dem Krähen des Hahns vorauszugehen schien, noch in der Finsternis. Sie streckte eine Hand aus, um die neben ihr schlafende Suava zu berühren, spürte aber, daß nur sie selbst verstand, was die Fantina wollte, fast wie der Ruf eines Vogels, der die versprengten Gefährten zur Sammlung aufrief. Es war ein Ton, in dem die früheste Kindheit mitschwang, wenn das Grün der Bäume und das Ziehen der Wolken noch Flüssigkeiten gleichen, die ineinanderfließen, und wenn die Wörter und die Dinge, nicht von den Sinneswahrnehmungen getrennt, Formen annehmen, die sich ständig wandeln. Und von weit her, von dort, wo jener Singsang herkam, zog er magisch wie der Rattenfänger von Hameln mit seiner Pfeife die formlosen Gestalten der Träume an. Denen der ersten Lebensjahre so ähnlich, oder vielleicht diese selbst.

Pietro Giuseppes Abwesenheit dauerte zwölf Jahre. Auch die Antonia hatte aufgehört, auf ihn zu warten; der Stiefsohn und Luìs schienen ihr in ihrer Gegensätzlichkeit eine Ähnlichkeit zu besitzen, die sie erschreckte. Und wie für Luìs jene erste, mit achtzehn gestorbene Frau allmählich zum Sinnbild für die verlorene Jugend und das verlorene Glück geworden war, hatte sich Pietro Giuseppe für sie schließlich zu einem ebenso schmerzlichen Sinnbild gewandelt. Wenn sie sich in den ersten Monaten so sehr eine Rückkehr gewünscht hatte, so hatte sie, je mehr Jahre hingegangen waren, ohne es selbst zu merken, immer mehr seine Spuren getilgt, die vergessenen Bücher weggeworfen, die Hefte aus seiner Kinderzeit.

Der Brief, der ihr seine Ernennung zum Appellationsgerichtsrat in Turin mitteilte, traf sie unvorbereitet. In dem Brief sprach Pietro Giuseppe von seinem Umzug an den neuen Ort und von seiner Absicht, eine Weile zu kommen und seine Ferien mit ihnen zu verbringen. So könnten sie die verlorene Zeit wieder wettmachen, schrieb er; und ganz unten, fast wie eine Fußnote, hatte er hinzugefügt, daß der Cousin Tomà, der im November 55 zwischen seiner Mutter und der Rosetta vom Fracin davongegangen war, sich all die Jahre nichts anderes gewünscht habe, als noch einmal wiederzukommen. Wenn sie nichts dagegen hätten, würde er ihn mitbringen.

Sie kamen an einem Junisonntag, und Pietro Giuseppe ließ den Cousin allein das Gepäck zusammensuchen: Plötzlich war die Ungeduld stärker gewesen, und ein Bub lief voraus, um seinen Vater zu verständigen. Luìs ging ihm zusammen mit seiner Frau und seinem Bruder entgegen, während die Piulott und die Suava, von jäher Scham überwältigt, in den Kornspeicher hinaufstiegen, wo zwischen dem auf Matten ausgebreiteten Obst die Muscheln aufgereiht waren, die Pietro Giuseppe so viele Jahre lang geschickt hatte. Und als sie ihn durch die flach an den Fußboden geduckten Fenster daherkommen sahen, zogen sie sich zurück, erschreckt über das, was geschehen würde.

Aber es geschah nichts. Pietro Giuseppe säuberte sich die staubigen Schuhe am Fußabstreifer, und durchs Treppenhaus vernahmen sie seine Stimme, die von Luìs, die von Gavriel, die von der Antonia. Es war Ende Juni, und Pietro Giuseppe schwitzte, die Reise hatte lange gedauert, und er fragte die Limasa, ob es möglich sei, ein Bad zu nehmen.

Die Piulott trat auf den Treppenabsatz hinaus und zog unwillkürlich an dem Glockenstrang, der einst das Zimmer vom Giai mit dem Rest des Hauses verbunden hatte. Pietro Giuseppe hob den Kopf und erspähte sie, während sie zurückwich. »Piulott!« rief er. »Komm herunter, ich habe dich erkannt.« Sie ließ sich, auf das Geländer gestützt, die Stufen hinabgleiten, und als sie vor dem Bruder stand, blieb sie stumm: Was sie vor sich hatte, war ein Herr mit einem Bauchansatz und großem, kastanienbraunem Schnauzbart. Die Augen, die sie ansahen, waren von gleichmäßigem Grau. Sie schienen ihr die Enttäuschung vom Gesicht abzulesen. Sie nahm seine Hand und küßte sie. »Ich bin doch kein Bischof«, Pietro Giuseppe hatte die Hand weggezogen, und im selben Moment begegnete sein Blick dem der Suava, die noch auf der Treppe war, groß und unerhört schön. Eine Sekunde lang betrachtete er sie, dann beugte er sich hinunter, nahm das Gesicht der Piulott zwischen die Hände und küßte sie auf die Stirn. Er nahm den Geruch des Kornspeichers auf ihr wahr, einen Geruch von Obst und Staub. Die Piulott lachte, kehlig, und das Lachen endete sofort. Sie war siebzehn und Pietro Giuseppe vierunddreißig.

Als erstes wurden ihm die Muscheln gezeigt. Das schräg einfallende Licht im Kornspeicher traf die Rocksäume, die Gesichter im Schatten lassend, und ein paar Wespen kreuzten, angezogen von dem Obst, das auf den Strohmatten ausgebreitet lag, die warmen, gebündelten Strahlen der Nachmittagssonne. Die Piulott nahm die Muscheln nacheinander auf und las laut die Namen, die sie mit Hilfe des Benefiziaten daraufgeschrieben hatte. Die Bezeichnungen waren absurd, und Pietro Giuseppe lachte, unter dem Schnauzbart erschienen seine vereinzelten, vom Tabak ruinierten Zähne. Sie sprachen miteinander wie Geschwister, die sich seit jeher kennen, doch wenn sich ihre Blicke trafen, war es, als sähen sie sich zum ersten Mal. Die Suava ging stumm auf und ab, um die Muscheln wieder an ihren Platz zu legen, dunkel baumelte der Zopf zwischen ihren Schulterblättern.

Pietro Giuseppe war müde und hatte sich auf einen kleinen, alten, zwischen den Strohmatten abgestellten Sessel gesetzt, in seiner Nähe zählte die Suava die Muscheln, den schmalen weißen Hals geneigt.

Aber die Piulott hatte sich vor ihm aufgebaut, und er nahm ihre Hände, vielleicht, um sie beiseite zu ziehen und die Suava nicht aus den Augen zu verlieren. Die Aufregung der Rückkehr verwirrte ihn, die Hände der Piulott in den seinen waren rauh, stark. Ruckartig entzog sie sie ihm, um sich auf seinen Schoß zu setzen wie früher, als sie noch ein Kind war. Eine spontane, unwillkürliche Geste.

»Du bist jetzt groß, das geht nicht«, Giuseppe hatte

sie weggeschoben, sie hatte sich achselzuckend entfernt, was für eine Dummheit, hatte sie gesagt, ist es nicht gleich? Sie hatte eine Muschel in die Hand genommen und polierte sie mit Spucke, die Suava hatte sich umgedreht und schaute verwundert zu. Aber die Limasa rief von unten, das Bad sei fertig, und Pietro Giuseppe erhob sich; als er den Kopf heruntergebeugt hatte, um durch die Tür zu kommen, hatten sie dort, wo die Haare allmählich schütter wurden, die Narbe gesehen.

Später, gegen Abend, als Pietro Giuseppe sich ans Spinett setzte, um auszuprobieren, ob er sich noch an die Melodien von früher erinnerte, näherte sich die Piulott nicht mehr, sondern blieb an der Tür stehen. Die Suava nahm ihren Mut zusammen, und eine Hand auf das Holz des Spinetts gelegt, fragte sie ihn, ob er das Lied *Dona Lumbarda* kenne.

Es war ein feuchter, beinahe nebliger Abend, denn am Tag war es sehr heiß gewesen, und nach der ersten Euphorie spürte man im Haus ein Gefühl von Unbehagen, wie nach einem herbeigesehnten Ereignis, dessen Folgen man aber nicht abgeschätzt hat. In der Küche verzierte die Antonia die Torte mit Creme und fragte sich, wie sie den Stiefsohn nennen sollte, wenn sie mit der Limasa sprach. Die gleiche Verlegenheit empfand die Limasa, und so erwähnten sie ihn gar nicht. Die einzige, die glücklich war, war die Suava, die mit in die Handfläche gestütztem Kinn Pietro Giuseppe singen hörte: *Sa ve digo dona lumbarda, spusème mí, spusème mí...*

Seine Stimme hatte das klare Timbre bewahrt, das schon seine Mutter gehabt hatte, und unerklärlicherweise verursachte jene Stimme der Antonia einen Schauder, die Creme zitterte auf der Torte.

An jenem Abend feierten sie, die Kunde von Pietro Giuseppes Rückkehr hatte sich verbreitet, und nach und nach waren die Freunde von damals eingetroffen, Jungen, die früher mit ihm durch die Felder gestrolcht waren und sich zwischen den Rebenreihen die Hosen zerrissen hatten; nun waren sie erwachsen und schauten ihn, verlegen in ihren guten Anzügen, eingeschüchtert und neugierig an. Pietro Giuseppe trank und ermunterte sie zum Trinken, und in kurzer Zeit war die Schüchternheit überwunden, die Sprache freier, Pietro Giuseppe lachte, und in der Lustigkeit schienen seine Augen die Farbe zu wechseln. Später kam der Sohn von Bigiot mit seiner Ziehharmonika, da holten sie die Ehefrauen und Schwestern herein, die im Hof die Kühle genossen, und fingen an zu tanzen.

Der beste war der Cousin Tomà, und seine Haare flatterten im Tanz, er war nimmermüde und forderte alle Frauen auf, junge und weniger junge, er hätte auch mit der Antonia getanzt, wenn sie es nur gewollt hätte. Die Suava hielt er hoch über dem Boden, und alle fragten sich, woher er die Kraft nehme, so dürr wie er war. Als er sie wieder absetzte, war der Suava schwindelig im Kopf, und wo die Hände vom Cousin Tomà sie gedrückt hatten, tat es ihr weh.

Die Piulott tanzte mit Pietro Giuseppe, und er hatte Mühe, sie fernzuhalten: Ihr gefiel sein Geruch nach Wein, der Schnauzbart, der Schweiß, der ihm in den Kragen rann. Ihr gefielen auch seine vom Tabak ruinierten Zähne, die er im Eifer des Tanzes zusammenbiß.

Genug, hatte die Antonia zu den beiden Mädchen gesagt, geht ins Bett. Und während die Suava bereitwillig gehorcht hätte, war die Piulott zum Vater gegangen, der mit dem Bürgermeister und dem Bigiot im Wohnzimmer sitzen geblieben war, und hatte um Aufschub gefleht. So könne ein solcher Abend nicht enden, hatte sie gesagt, nie mehr würden sie einen ähnlichen erleben, und sie rang vor Erregung die Hände, während ihr Gesicht im Lichtkegel der Lampe strahlte.

Die Piulott hatte einen Mund, der auch in den glücklichsten Momenten einen Schatten von unerklärlicher, unbegründeter Traurigkeit bewahrte. Sogar wenn sie lachte und die Lustigkeit einen Augenblick lang ihr Gesicht verwandelte, behielt der Mund noch eine Spur von jener Traurigkeit. Groß, weich zeichnete er sich in dem schmalen Gesicht ab, wie herausgeschnitten aus der Tiefe der Seele. Luìs hegte zu ihr eine besondere Zuneigung, zuweilen gemischt mit einem Gefühl von Mitleid, als könnte die innere Spannung, die jenes dunkle, schmale, in seiner Reinheit beinahe wilde Gesicht verriet, ihren schmächtigen Körper aus der Bahn werfen. Nun blickten die grünlichbraunen, seitlich leicht heruntergezogenen Augen ihn erwartungsvoll an. Gut, hatte er gesagt, aber macht nicht zu lange. Das Lächeln der Piulott hatte einen Augenblick aufgeleuchtet, bevor es wieder aus dem Lichtkegel der Lampe verschwand. Und zum Schluß waren sie und die Suava auf den Stühlen eingeschlafen, und die Limasa hätte sie beinahe ins Bett tragen müssen, während sich zur Ziehharmonika des Sohns vom Bigiot einer Vogelpfeife gleich die Flöte des Cousins Tomà gesellt hatte.

In jener Nacht weinte die Suava. Die Tränen hatten das Kissen naßgemacht und die um das Gesicht gebreiteten Haare. Die Piulott war aufgestanden: Durch die Läden drang ein beginnender Tag, und sie hatte weit das Fenster geöffnet zur Wiese, über die jenes graue Licht glitt, das der Morgenröte vorausgeht. Es war so schön, daß sie sich mit den Ellbogen auf dem Fensterbrett aufgestützt hatte. Piulott ... Aus dem Dunkel der Haare tauchte das Gesicht der Suava noch weißer auf, von den Tränen verwüstet, komm, sagte sie, komm in mein Bett, nur einen Augenblick. Schweren Herzens hatte sich die Piulott vom Fenster gelöst, und wie sie unter das Laken geschlüpft war, hatte sie den Körper der Suava beben gespürt, ihre Hände hatten sich an sie geklammert wie Nägel. Weinend sprach die Suava weiter, verlaß mich nie, sagte sie, nie, schwör's mir, nie. Da hatte sie sie gestreichelt, ihr mit den Haaren die Tränen getrocknet, wie dumm du bist, sagte sie zu ihr, auf was für Gedanken du kommst ... Aber zum erstenmal störte es sie, als sie spürte, wie sich die Beine der Suava um die ihren schlangen, und sie lag starr, die Füße gegen die Matratze gestemmt.

Anfang Juli kam auch der Evasio; und eine Woche später rollte dann der Karren mit dem Gepäck von der Sofia die Allee herauf, sie kam mit ihren beiden Kindern zu Besuch.

Die Sofia hatte aus Biella für alle Stoffe als Geschenk mitgebracht, und die Piulott ließ sich von der Marlatteira ihr erstes Kleid aus Wolltuch nähen. Der Cousin Tomà bereitete jeden Tag etwas vor, einen Ausflug oder ein Picknick beim Kranichhof, wo sie sich unter den Kirschbaum setzten. Oder sie gingen am späten Nachmittag die Straße, die zur Schneemadonna führte, entlang, und die vom Feld heimkehrenden Bauern sahen sie in Gruppen lachen und scherzen, während die Kinder von der Sofia hin und her rannten. Die Bauern nahmen respektvoll den Hut ab und wunderten sich ein wenig, daß der Herr Rat so zwanglos mit dem langen, hageren Cousin zusammen herumlief, der immer dazu aufgelegt war, herumzufuchteln und die anderen zum Lachen zu bringen.

In den heißesten Stunden spielten sie im Wohnzimmer bei halbgeschlossenen Fensterläden Karten, und die Stimme der Sofia klang hell. Ihr Mann war sehr ernst und sah ihre Hände am liebsten beschäftigt, mit Nähen oder Sticken, und sie erinnerte sich nicht, sich je so gut unterhalten zu haben wie bei diesen Partien mit dem Cousin Tomà. Wenn sie zuschaute, mit wieviel echter oder gespielter Leidenschaft er mit seinen riesigen Händen die Karten auffing. Endlos waren diese Partien, und sie gingen oft abends weiter, wenn das Abendessen abgetragen war und durch die offenen Fenster der Gesang der Grillen und das Quaken einiger Frösche hereindrang. Und wenn nicht die Karten der Anlaß waren, blieben sie auf, um Blindekuh zu spielen, und keiner sprach mehr davon, daß die Kinder ins Bett sollten. In ihrem Zimmer hörte die Antonia sie noch lachen und lärmen, Tomàs Stimme, die alle anderen übertönte. Denn Tomà ist von Sofia an seiner karierten Jacke gepackt worden; und man verstand nicht, ob sie es war, die unter dem Tuch hervorblinzelte, oder er, der sich so greifen ließ, daß ihre Finger sich in seinen blonden Haaren verfingen. Die Kinder kreischten aufgeregt und kamen näher, damit die Mutter sie auch finge.

Flöte hatte der Cousin Tomà öffentlich nicht mehr gespielt. Vielleicht war es am Festabend geschehen, weil er getrunken hatte. Er spielte allein, in sein Zimmer eingeschlossen, und durchs offene Fenster drangen die Töne in den Garten, wo die Sofia unter dem Nußbaum saß und die Kinder Schulaufgaben machen ließ. Sie hob die Augen zu den Vorhängen, die sich in der Sonne blähten: Es war eine langsame Musik, mit langen Pausen in der Melodie, und die Sofia wurde abgelenkt, gab den Kindern falsche Antworten oder legte sich einen Finger auf den Mund zum Zeichen, daß sie schweigen und sie nicht mit so vielen Fragen quälen sollten, während der Blick den Kreisen der Bienen folgte: ein kurzes Zurückweichen und dann der Leib, der kaum über der Blüte erzitterte, schließlich der lange Flug zu einem fernen Ziel.

Auch die Suava blieb unten an der Treppe stehen, um dem Klang der Flöte zu lauschen, und die Musik vom Cousin Tomà, so verschieden von der, die sie gewohnt war, beunruhigte sie. Der Evasio tauchte im Eingang auf, und sie sah ihn im Spiegel der Garderobe, seine Augen suchten die ihren, als könne der indirekte Blick das ausdrücken, was ihm direkt verboten war. Die Suava sah ihn durchdringend an, dann drehte sie den Kopf weg und stieg rasch die Treppe hinauf, während der Klang jener Flöte sie den Gang entlang verfolgte.

Denn die große Leidenschaft der Suava ist die Musik, und jedesmal, wenn Pietro Giuseppe sich ans Spinett setzt, nähert sie sich ihm, groß und aufgerichtet, die langen Augen dunkel im Gesicht mit den ausgeprägten Wangenknochen, die Lippen bereit zum Mitsummen. Für sie spielt Pietro Giuseppe *Dona Lumbarda* und manchmal auch das Lied, von dem die Suava ihren Namen hat: *La pôvra Olanda / l'è na fumna d'un tamburín* . . .

Ab und zu, wenn er darum gebeten wird, spricht der Cousin Tomà in jenem seltsamen Idiom, das er mit seiner Mutter verwendete, und die Piulott und die Sofia lachen, bis ihnen die Tränen kommen; die Antonia dagegen muß das Gesicht abwenden, so sehr schmerzen sie diese Klänge in der Erinnerung an einen nunmehr fernen Sommer. Und wenn sie bei Tisch sitzen und die Piulott und der Evasio aufstehen, mit den Gabeln spielen, die Kinder auf den Stühlen schaukeln, dann lastet sie dieses große Durcheinander Tomàs Gegenwart an, seiner Art, alles wie ein Spiel zu nehmen, während die Sofia, die ihm gegenübersitzt, zu essen vergißt, um ihn anzuschauen.

Denn die Sofia nimmt die Augen nicht von ihm, und an dem Cousin gefällt ihr so vieles, sie wüßte auch nicht genau zu unterscheiden, was. Seine Verstiegenheit belustigt sie, doch vielleicht mag sie noch lieber seine plötzliche Ernsthaftigkeit, oder die Gesten von äußerster Zartheit. Wenn er der Kleinen eine Schleife bindet oder ihr, der Sofia, ein winziges Insekt vom Kragen ihres Kleides entfernt. Und wenn sie abends, nach dem Abräumen, wieder dasitzen, um die Partie Karten zu Ende zu spielen, folgt sie aufmerksam den Erklärungen über *Piquet* und *Reversis*. Der Cousin Tomà scheint nämlich beim Spiel großen Eifer an den Tag zu legen und dafür nie ernst zu nehmen, was für die anderen einschneidend und wichtig ist, und auch wenn er mit Luìs zusammensitzt, um über den Handelsvertrag mit Frankreich zu reden, muß er sich anstrengen, sein Gesicht im Zaum zu halten, während die helle Haut sich auf den Wangen rötet. Schüchternheit oder unbezwingbare Langeweile? Es ist schwer zu sagen; und wenn Gavriel das Thema des Kampfes um die türkischen Grenzen anschneidet, ein Thema, das ihn interessieren müßte wegen seiner Importgeschäfte mit Datteln und Sultaninen, sieht sie, wie sein Mund mühsam ein Gähnen zurückzuhalten scheint.

Die Wahrheit ist, daß der Cousin Tomà es verabscheut, über Krieg und Gewehre zu reden, und wenn der Handelsvertrag mit Frankreich ihn kaltläßt, läßt das Dardanellenproblem ihn zu Eis erstarren. Eines Abends hat er der Sofia, als sie die Asternallee entlangspazierten, von seinem Vater erzählt, der in der Fremde gestorben ist, durch einen Schuß, den ein türkischer Schoner abgefeuert hat. Sie hat ihm mit mitfühlenden Augen zugehört, während vom Haus das Geräusch der Fensterläden herübertönte, die geschlossen wurden, die Stimmen der Kinder, die ein letztes Mal hintereinander herrannten. Er sprach von jenem abgelegenen Winkel auf der Krim, wo die Flöhe unter die Verbände krabbelten und Durst und Fieber den Vater verzehrten. Von jenem Brief, dem Zeltkameraden diktiert, als er schon irre redete, in dem geschrieben stand, welche Qualen er litt um seine Frau in der Ferne. Zwischen den herabhängenden Haarsträhnen war sein Gesicht wachsweiß erschienen, und die langen, dürren Hände hatten nach denen gegriffen, die die Sofia ihm tröstend hinhielt, während seine Augen in die ihren eingetaucht waren. Augen wie Wasser, wie Gras, die die Finger der Sofia in den seinen hatten erzittern lassen.

Ein Sommer, der sich allerdings von den anderen unterscheidet. Sofias Mann will wissen, wann sie mit den Kindern wieder nach Hause kommt, sie läßt ihm ausrichten, daß sie noch nicht kann, die Kleine hat Fieber bekommen, und die große Hitze läßt die Reise nicht ratsam erscheinen. Die Hitze ist so stark, daß niemand mehr einen Ausflug vorschlägt, und sogar zum Picknick auf den Kranichhügel zu steigen ist mühsam geworden. Die Brombeeren sind vertrocknet, noch bevor sie reifen konnten, und die Sonne brennt auf die Fensterläden, trocknet jeden Tropfen Wasser. Wenn es nicht regnet, wird der Klee verdorren und die blaue Luzerne, der Mais wird nur halb so große Körner tragen, und für den Reis wird es noch schlimmer sein, so eingezwängt in einen Boden voller Risse. Der Cousin Tomà leistet der Sofia im Zimmer des kranken Kindes Gesellschaft, er nimmt die beiden Holzkosaken, etwas verblichen in ihren Uniformen des Zaren Alexander, und läßt sie zwischen den Falten der Bettüberdecke reiten: Das, sagt er, ist der Schnee in Rußland, während seine große erschrockene Hand den Sacarlott darstellt, wie er noch Pidrèn hieß und glaubte, er müsse sterben. Die Kleine lacht mit fieberrauhen Lippen, die Sofia erzählt von damals, als der Knabe Tomà, der auf den Nußbaum gestiegen war, herunterfiel, weil ein Ast abgebrochen war, und *pardon* sagte.

Doch sowie die Dämmerung kommt und der Schatten die gelbliche Hausmauer entlangkriecht, gehen sie in Grüppchen auf der Straße nach Lu spazieren. Auch die Suava darf mit, und die Füße versinken im dicken Staub, der fein ist wie Puder. Ein Staub, der auf den Hecken liegt, auf den armseligen Grashalmen am Wegrand, in den Rocksäumen. Die Piulott geht neben Pietro Giuseppe her, damit sie kein einziges Wort verpaßt von dem, was er sagt, und ärgert sich über die Stimme vom Cousin Tomà, der ihn dauernd unterbricht. Doch sie wagt nichts zu sagen, und die grünlichbraunen Augen schließen sich zwischen den Lidern, während ein Sonnenuntergang, der ebenfalls Staub zu sein scheint, Staub und Gold, vom Boden zum Himmel aufsteigt.

Abends, wenn es dunkel wird und die Suava die Kerzen zu beiden Seiten des Spinetts ansteckt, folgt die Piulott regungslos mit dem wimpernbeschatteten Blick ihren Bewegungen, dem dunklen Schwanken des Zopfes zwischen den Schultern; und ihre Unwissenheit belastet sie, sie wüßte nun gern etwas von den Frauen, denen der Bruder begegnet ist. Von Demoiselle Ginette mit den krausen, über der Stirn hochstehenden Haaren und den bleichen Wangen.

Pietro Giuseppe sieht sie und lächelt; ihm gefällt die Neugier der Piulott, ihre unvermittelte Trägheit, wenn sie mit halbgeschlossenen Augen unter dem Nußbaum sitzt, selbstvergessen, als schliefe sie. Ihn belustigt ihre natürliche, wehrlose, aber unbesiegbare Anarchie, und wenn sie über die Felder gehen, schaut er ihr zu, wie sie geht, ohne sich um die Sonne zu kümmern, die ihre Haut bräunt, ohne sich Gedanken zu machen, ob eine Dornenranke ihr die schon kärglichen Kleider zerreißt. Aber vielleicht will die Piulott noch etwas mehr, und Pietro Giuseppe hebt den Blick von den Tasten und betrachtet im Kerzenlicht forschend ihr langes braunes Gesicht mit dem ein wenig weichen Kinn, das ganz versunken ist im Zuhören. Er hört zu spielen auf, und sogleich heben sich ihre Lider, die Augen sehen ihn beunruhigt an. Er muß lachen: *Dona lumbarda, spusème mí, spusème mí . . .*

Sofias Mann ist gekommen, um sich seine Frau wiederzuholen. Er ist groß, kräftig, und ein dichter Bart rahmt sein Gesicht ein, glänzend, dunkel, von Silberfäden durchzogen. Einige seiner »Merinos« sind auf die Weltausstellung nach Paris gekommen, und er saugt zufrieden an der Pfeife, zieht, stößt den Rauch nach oben aus, in kleinen konzentrischen Kreisen, die die Kinder freuen. Beim Abendessen erzählt er davon, wie er mit sechzehn von zu Haus ausgerissen war, Garibaldi in der Toskana eingeholt hatte und ihm bis Rom gefolgt war. Er erzählt von der Ankunft in San Marino und von der Reise auf einer Tartane bis zur Küste von Magnavacca, auf der sie von österreichischen Schiffen verfolgt wurden. Sein eines, von roten Äderchen durchzogenes Auge glänzt im Schein der Lampe. Er besitze noch, sagt er, die Uniform mit der roten Jacke und das Käppi, das blutbefleckte Hemd von damals, als er sich in Magnavacca im Sumpf verlaufen und ein Ast ihm ein Auge ausgestochen hatte. Die Piulott lauscht mit offenem Mund, die Geschichte kennt sie zwar schon, aber viele der Einzelheiten hört sie zum erstenmal, und sie kaut langsam, während die Sofia, die die Geschichte und die Einzelheiten kennt, eine artige Aufmerksamkeit zeigt. Nur der respektlose Cousin Tomà knetet dauernd das Weiche vom Brot zu kleinen Kügelchen und bedroht damit die lachenden Kinder. Ab und zu klimpert er mit den Augenlidern, als störe ihn das Licht, oder vielleicht der Anblick jener schwarzen Klappe, die aussieht wie ein Loch auf dem schönen Gesicht von Sofias Ehemann.

Als die Antonia in jener Nacht wegen der großen Hitze das Fenster öffnen ging, schien es ihr, als sehe sie den Cousin Tomà lang und schmal im Garten herumschleichen. Aber es wurde auch gesehen, wie er katzenartig auf den Nußbaum kletterte, der Körper am Stamm entlangglitt und der Blondschopf hier und da aus den Blättern auftauchte. Einer der Kuhhirten erwachte beim Schlagen der Tür, die zu dem kleinen Stall führte, wo die Kapaune gemästet wurden, und dachte an einen Dieb. Er kam mit der Heugabel heraus, sah aber niemanden. Dann hörte er den Klang der Geige vom Giai, rein und klar, ein Klang, der einen Augenblick lang vom Brunnen zu kommen schien, dann wieder unter der Pergola hervorstrich; und nachdem er die Heugabel weggestellt hatte, legte er sich wieder im Stroh schlafen.

Nur Sofias Ehemann, wenig geneigt, an Übernatürliches zu glauben, trat ans Fenster: »Wer da?« rief er. Ein-, zweimal. Die Sofia, im Bett, sagte nichts von der Geige, die die Fantina so viele Jahre lang im Geigenkasten aufbewahrt hatte und die durch Motten und Feuchtigkeit weich geworden war wie Papier; ein Klang, der in manchen besonderen Augenblicken wiederkam, auch wenn keiner mehr wußte, wo die Geige hingekommen war. »Laß offen«, sagte sie zu ihrem Mann. Jener Klang gab ihr eine große Mattigkeit, eine Leichtigkeit, in der die vergessenen Wünsche aufstiegen. Und während der Mann das Fenster wieder schloß, weil die Nachtluft schädlich ist, hörte sie weiter jene Töne durch die Scheiben und die Vorhänge, die Federn des Kissens.

Vielleicht aber war es die Flöte vom Cousin Tomà, der zwischen den Ästen im Nußbaum saß, auch wenn der Klang der Flöte ganz anders ist als der der Geige, und die Antonia, nun wieder im Bett, war froh, daß Sofias Mann gekommen war, um sie sich wiederzuholen, obgleich jede Trennung sie schmerzte. Wer weiß, wie lange die Sofia sich sonst noch weiter für den Krimkrieg interessiert hätte, sich abends auf der Asternallee davon hätte erzählen lassen, auf den Schultern einen Schal, der so leicht war, daß sie gar nicht merkte, wenn sie ihn verlor. Wer weiß, wie lange es noch diese endlosen Kartenpartien gegeben hätte, bei denen die Limasa in der Küche auf einem Stuhl einschlief, während sie darauf wartete, die Lichter zu löschen. Die Finger, die sich auf dem Tischtuch berührten, die Karten, die von Hand zu Hand gingen: Wunderbar, du hast schon wieder gewonnen ... Das gilt nicht, das gilt nicht, empörte sich die Piulott, Tomà schummelt, er schiebt der Sofia die Karte zu, die sie braucht, um zu gewinnen!

Nun ist die Sofia abgereist, die Kleine, noch nicht ganz wiederhergestellt, trug der Ehemann auf dem Arm, und sie schmiegte sich an seinen Hals. Abgereist ist auch der Cousin Tomà, zurück zum Zählen seiner Datteln- und Sultaninenlieferungen. Er hat versprochen, im nächsten Jahr wiederzukommen, und er hat auf den Kutschbock der Postkutsche steigen wollen, auf dem Platz schauten ihn alle an mit seinen buschig herabfallenden Haaren, die in der Sonne glänzten, dem Hut, den er zum Gruß schwenkte, den langen, ungelenken, baumelnden Beinen. Auf dem Rückweg, die Straße hinauf, auf der die Wagenspuren sich im Staub verlieren, sind die Piulott und Pietro Giuseppe beide schweigsam, sie sieht ihn ab und zu stirnrunzelnd an. Pietro Giuseppes Gesicht ist braungebrannt, schmaler, jeder Bauchansatz ist verschwunden, und unter der Hutkrempe hervor erwidert er ihren Blick wie tief in Gedanken. Bist du traurig, fragt sie. Nein, warum sollte ich? Die Augen betrachten sie, staubgleich, undurchdringlich.

Jetzt sind noch sie vier übrig, sie, die Suava, Pietro Giuseppe und der Evasio, und das Leben ist wieder ins Alltagsschweigen verfallen. Der Evasio muß lernen, und oft schaut er morgens magisch angezogen durch die Gitterstäbe am Fenster des Arbeitszimmers den beiden Mädchen zu, wie sie Obst auflesen: Feigen, heruntergefallene, noch nicht reife Birnen, die sie aufs Fensterbrett legen. Nachmittags ist der Garten leer, der September wirft erste Schatten auf die Wiese, die beiden Mädchen sind Pietro Giuseppe auf die Jagd gefolgt, und da hält sie nichts. Sie überqueren Gräben, zerkratzen sich zwischen den Sträuchern, springen, wo gesprungen werden muß, und wer ihnen auf den Feldern begegnet, der Hund vorneweg und Pietro Giuseppe zwischen den beiden, eine schmal und dunkel, die andere groß, den schönen Kopf hoch erhoben, der stellt sich viele Fragen über den jungen Appellationsgerichtsrat und die uneheliche Tochter der Limasa. Bei jedem Treffer bringt der Hund eine Wachtel oder einen Fasan, manchmal einen Hasen, und die Suava dreht den Kopf weg beim Anblick des Tieres in den letzten Todeszuckungen, während die Piulott es dem Hund aus dem Maul nimmt und es erledigt, indem sie es gegen einen Stein schlägt. Das Blut befleckt ihr die Hände, das Kleid.

Die Suava kommt von solchen Spaziergängen mit gerötetem Gesicht zurück, mit einem für sie ungewöhnlichen Schwung, die Limasa murrt, weil sie ihre Zeit vergeudet, anstatt Sticken zu lernen, den *Venezianer Stich* und den *Ardanger*, den Schnörkel für die feine Wäsche, aber es gelingt ihr nicht, ein unwillkürliches Wohlgefallen zu verbergen. Die Schönheit der Suava ist zu groß, als daß sie sich bei den Gefahren aufhalten könnte, die all jenes glückliche Herumvagabundieren birgt, und wenn sie sieht, wie sie zu dritt losgehen, oder die Suava atemlos vorbeiläuft, unaufmerksam für alles, was nichts damit zu tun hat, Pietro Giuseppe zu erreichen, der wartend auf dem Weg steht, dann überkommt sie eine Art Benommenheit.

Sie waren immer zusammen. Pietro Giuseppe nahm die beiden Mädchen zu einem Besuch nach Pomaro mit, wo die Sireina lebte, die in ihrer Jugend eng mit den sechs Schwestern Maturlin befreundet gewesen war und nun, bevor sie starb, den Sohn der Teresina kennenlernen wollte, der in Turin Appellationsgerichtsrat geworden war.

Die Sireina hieß in Wirklichkeit Maria Carlotta und

hatte einen der Herren von Pomaro geheiratet, doch um ihr Ziel zu erreichen, hatte sie solche Verführungskünste anwenden müssen, daß der Volksmund ihr den Namen *Sireina*, kleine Sirene, gegeben hatte. Jetzt war sie alt und dick, und jener Spitzname freute sie mehr als der Titel, auf den sie Anspruch gehabt hätte. In einer Mantille mit gelben Fransen spazierte sie auf den Alleen umher und rief die Pfauen, die beim Klang ihrer Stimme Rad schlugen, indes ihre Haubenfedern wie Blütenstempel erzitterten. Die beiden Mädchen folgten ihr voller Bewunderung, auf die schwarzen, heruntergefallenen Nadeln der Libanonzedern tretend, die so hoch waren, daß sie den Himmel verdunkelten. Alle paar Schritte blieb die Sireina stehen und lobte laut die Schönheit der Suava, ihre Haare, ihren Teint, ihre Augen. Später, als sie mit Pietro Giuseppe ein wenig abseits saß, fragte sie ihn, wer sie sei, und als sie erfuhr, daß die Suava das Aussteuernähen erlernte, bot sie an, sie eine Weile bei sich im Schloß aufzunehmen, damit sie ihre Bettwäsche erneuerte.

Die Alte war ein wenig schwerhörig und hatte mit lauter Stimme gesprochen, die Suava, die ganz in der Nähe war, hatte sich umgedreht und rot vor Verlegenheit Pietro Giuseppe angeschaut, um zu sehen, was er antworten würde, während ihre kleinen, von der Nadel zerstochenen Hände sich umeinanderwanden. Wer aber antwortete, war die Piulott: Das sei eine ausgezeichnete Idee, sagte sie, gewiß würde niemand etwas dagegen haben. Dann brach sie ab, weil ihr der Mut fehlte.

Es hatte sie ja keiner gefragt, und die Sireina sah sie verblüfft an, während die Augen der Suava gläsern starrten und bis zum Rand voll Tränen standen. Pietro

Giuseppe hatte gar nichts gesagt, und das hatte der Piulott neuen Mut gemacht. Ja, hatte sie wieder begonnen, die Suava sticke sehr gut und würde gewiß glücklich sein, an einem Ort zu leben, wo es sogar eine Schaukel gab! *Sbalòusia* hatte sie die Schaukel genannt, die die Sireina pompös mit *balançoire* bezeichnet hatte, und nun ließ sie den Blick schweifen auf der Suche nach weiteren Attraktionen, das Gesicht bleich vor Erregung. An die eiserne Rückenlehne gelehnt, die Beine auf der Höhe der Waden gekreuzt, wie Tante Marianne es ihn gelehrt hatte, die Zigarre zwischen Zeigefinger und Daumen, schaute Pietro Giuseppe sie an, ohne einzugreifen.

Der Besuch endete in Schweigen, die Sireina, die sich plötzlich erinnerte, daß sie eine Marchesa war, strich der Suava gütig über den Kopf und bot der Piulott die Hand zum Kuß. Die Piulott tat, als sähe sie sie nicht, und mit dem ganzen Körper deutete sie das an, was sie für eine Verbeugung hielt, dann ging sie voraus, um den Heimweg anzutreten. Und kaum war sie draußen, erfaßte sie eine große Fröhlichkeit.

Es war der Abend, das Ende des Besuchs, aber vor allem das, was sie in Pietro Giuseppes Blick gelesen hatte. Eine blinde Vergebung, eine Nachsicht, die alle Hoffnungen übertraf. Sie umarmte die Suava, versicherte ihr, daß keiner sie wegschicken wolle, und nahm sie an der Hand, damit sie mit ihr über die Felder hinunterliefe, wo ein leichter Nebel die Füße verschluckte. Die Suava ließ sich mitziehen, hier und dort entzündete sich am Himmel eine Wolke, und die Luft schien mit ihren satten Farben in die Lungen einzudringen. Die Piulott zog sich die Haarnadeln heraus, die ihre Haare zusammenhielten, und am liebsten hätte sie sich den Gürtel abgerissen, die Rockschnüre, so groß war der Freiheitswunsch. Die Suava schaute sie fassungslos an, und sobald es ihr möglich war, zog sie die Hand weg.

»Und die Pfauen, waren die nicht schön?« Die Piulott ist stehengeblieben, die Suava ragt mit hoch aufgerichtetem Oberkörper aus dem stehenden Nebel, die Augen gleichen Sternen, halten der Herausforderung stand: »Hast du die Apfelbäume gesehen?«

»Hexe!« schreit die Suava ihr zu. »Hexe, Hexe...« Und fort war sie, als würde sie schwimmen in dem Wattenebel, ein leichtes Segelboot im Knirschen der Schritte.

Die Piulott hat Pietro Giuseppe auf der Straße eingeholt, sie haben sich an der Hand genommen, ihre Finger brannten. Am Himmel war jede Farbe erloschen, und sie sind langsam gegangen, die Suava haben sie nie eingeholt. Als sie in die Asternallee eingebogen sind, haben die Hände sich losgelassen, aus dem Haus kamen Töne, die eine unsichere Hand auf dem Spinett zusammensuchte: *Dona lumbarda, spusème mí, spusème mí...*

Luìs saß unter dem Nußbaum und hat sie gerufen. Er hat dem Sohn vor dem Abendessen ein Glas Wein angeboten. Pietro Giuseppe hat von ihrem Besuch in Pomaro erzählt. Sie hatte die Angewohnheit, Tabak zu schnupfen, als sie jung war, sagt Luìs von der Sireina, und ihre Nase war immer gerötet... Aber während er spricht, bemerkt er in der Aufmerksamkeit des Sohnes etwas Gezwungenes, so als wolle er sich wie die anderen darstellen, einfach sein, während doch so viele Dinge das Gegenteil beweisen; und er schweigt und schenkt ihm noch mehr Wein ein.

Aber nicht einmal Luìs fragt sich, wieso Pietro Giuseppe der Gesellschaft erwachsener Männer, ihm ähnlicherer Menschen, die von zwei unwissenden jungen Mädchen vorzieht. Und wenn der Gedanke ihn streift, dann bezieht er sich immer auf die Suava, die Suava, die nun Trauben für das Abendessen pflücken gegangen ist, und unter der Pergola auftaucht wie ein heller Fleck im dichten Schatten der Haare.

Der Evasio ist an der Tür erschienen: »Die Mama will, daß du ins Haus kommst«, hat er zur Piulott gesagt. Vielleicht war er es, der *Dona Lumbarda* gespielt hat, und Pietro Giuseppe betrachtet seine Hände, während er sich zu trinken einschenkt: Hände, die leicht zittern und immer ein wenig verschwitzt sind. Die klaren Augen, die er von den Leuten von Braida geerbt hat, sind von hellem Blau, und das könnte sehr schön sein, wenn der Evasio nicht ununterbrochen gerötete Augen hätte. Los, sagt er noch einmal zur Piulott, die Mama wartet auf dich, der Blick sucht die Suava, sie ist regungslos unter der Pergola stehengeblieben, nicht einmal die Schere ist mehr zu hören.

Die Piulott ist unlustig aufgestanden, und bevor sie sich entfernt, neigt sie sich von hinten über den Stuhl, auf dem Pietro Giuseppe sitzt, legt ihm die Arme um den Hals, um ihm rasch einen Kuß zu geben. Es ist ein Kuß der Dankbarkeit, aber die Lippen sinken auf die Wange nieder und gleiten langsam darüber hin, Pietro Giuseppe hält ihre Hand auf seiner Schulter fest, sie lacht leise. Und alles ist so natürlich, niemand wundert sich, nicht einmal der Evasio. Einen Augenblick lang erscheint alles vollkommen: der Abend, der kleine runde Eisentisch, der Nußbaum, die Schritte der Suava auf dem Weg.

Die Suava erkrankte. Sie, die am wenigsten wußte, hatte begriffen, daß etwas Unerträgliches im Gange war. Sie wurde in die Kammer der Limasa verlegt, und die Mutter machte sich ein Lager zu Füßen des Bettes. Es war ein lästiges Sommerfieber, mit dem Kopf auf dem Kissen starrte die Suava auf das kleine, vergitterte Fenster und ließ jede Handarbeit wieder fallen, die die Limasa ihr in die Hände legte, und sei es auch nur ein Taschentuch, das gesäumt werden mußte, so groß war die Erschöpfung. Wenn sie jemand auf dem Gang vorbeigehen hörte, wandte sie den Kopf in der Hoffnung, es sei die Piulott.

Aber die Piulott trat selten herein, und die Finger, die mit der auf die Decke gesunkenen Handarbeit spielten, hatten etwas Grausames in ihrer Ungeduld, weckten in der Suava den Wunsch zu sterben. Sie wechselten wenige Sätze, und die Antworten der Piulott waren nichtssagend: In der Großen Messe hatte der Propst eine Predigt über den Teufel gehalten. In Pomaro, nein, da waren sie nicht mehr gewesen ... Ihr Blick schweifte ruhelos umher, und kurz nachdem sie eingetreten war, stand sie schon wieder an der Tür, das lange, gebräunte Gesicht in einer letzten Unsicherheit an den Türrahmen gelehnt.

So hätte jener Sommer enden können, mit der Suava, die langsam wieder gesund wurde, und der Piulott, die mit Pietro Giuseppe und dem Sohn vom Bigiot auf der Jagd ist. Einer Wachtel, die auffliegt, dem Gewehrschuß, dem Hund, der losläuft und der Piulott, die ihm entgegensieht, um ihm das Tier aus dem Maul zu reißen. Dem feinen Nebel der Dämmerung. Den ersten Regenfällen, den Abenden, die kühler werden. Pietro Giuseppe, der *Dona Lumbarda* spielt, und der Suava, die von ihrem Zimmer aus zuhört.

Die Einladung überbrachte der Gemeindediener. Er blieb unter dem Nußbaum stehen und wartete darauf, daß ihm jemand etwas zu trinken anbiete. Aber jenes Kärtchen hatte solch einen Aufruhr verursacht, daß sie ihn alle vergessen hatten: Streng persönlich lud es den Hochverehrten Mitbürger, der glorreich in der Schlacht von Lissa verwundet worden war, zur Einweihung des Denkmals für die im Kampf um die Unabhängigkeit Gefallenen ein, die in Alessandria stattfinden sollte. Um die Beschwerlichkeit der Reise zu mildern, stellte die Gemeinde eine Kutsche mit Fuhrmann zur Verfügung.

Pietro Giuseppe war nicht zu Hause, und als er zurückkehrte, begleitete er den Boten die Allee hinunter. Ob er die Einladung annehmen werde oder nicht, sagte er zu ihm, werde er baldmöglichst wissen lassen. Seine Ferien gingen zu Ende, und er würde bedauern, auch nur zwei Tage davon einzubüßen. Der Bote nickte, als schulde er ihm bedingungslose Zustimmung, doch als er am Tor angelangt war, blieb er stehen: Vielleicht habe er nicht recht verstanden, er wolle ablehnen? Die Augen sahen ihn ungläubig an, und er wiederholte die Sache mit der Kutsche. Eine Kutsche mit gepolsterten Sitzen, sie hatten sie schon reisefertig im Schuppen des Rathauses stehen.

Bei Tisch hatte sich auch Luìs über die Unentschlossenheit des Sohns gewundert und versucht, ihn zur Teilnahme zu bewegen, beinahe eingeschüchtert von soviel Gleichgültigkeit. Sag doch ja, sag, daß du fährst, hatte die Stimme der Piulott hell und schrill geklungen, bitte, und dann nimmst du mich mit... Sie wechselte gerade seinen Teller, und in ihrer Weichheit hatte die aufs Tischtuch gestützte Hand noch einmal die Adoleszenz verraten. Bitte. Das Ungestüm und die Klage.

Luìs hatte sie überrascht angesehen, Gavriel hatte zu essen aufgehört. Sie war rot geworden, vielleicht hatte sie zuviel gewagt, und die Mutter tadelte sie nun, so etwas frage man nicht, hatte sie gesagt, sie sei von niemandem eingeladen worden. Ich weiß, ich weiß, hatte sie eilig geantwortet, aber auf diese Weise bleibe ich immer zu Hause und komme nirgends hin. Die Hand auf dem Tischtuch flehte.

Pietro Giuseppe hatte noch gar nichts gesagt und schaute den Vater ruhig an. »Wenn der Piulott soviel daran liegt...«, hatte er dann hinzugefügt, und die Augen, grau wie Staub, schienen die Entscheidung Luìs anheimzustellen.

»Ja, mir schon, ja!« beinahe lächerlich, ihre Freude.

Niemand hatte Einspruch erhoben, auch die Antonia hatte geschwiegen, beeindruckt von dem Blick, mit dem die Piulott in die Runde gesehen hatte: In jenen grünlichbraunen Augen lag die Glückseligkeit, die sie schon lange nicht mehr kannten. Die Hand hatte sich von der Tischdecke zurückgezogen, die Piulott stand noch mit dem Teller in der Hand da, Pietro Giuseppe spürte sie im Rücken. Überwältigt, hingerissen von dem, was sie erreicht hatte.

Die Kutsche war eine Berline mit abgewetzten grauen Vorhängen, der Barbissa, der die Pferde lenkte, wog mindestens achtzig Kilo, und alle Holzteile ächzten, als er auf den Kutschbock stieg. Die Leute liefen auf die Straße hinaus, um die Kutsche zu sehen, die auf Einladung des Präfekten von Alessandria Luìs' Sohn abholen gekommen war, und, in die Kissen zurückgelehnt, lachte die Piulott vor Staunen, ihr großer, schwermütiger Mund zitterte leicht. Sie hatte ihr gutes Kleid angezogen, aus kariertem Wollstoff, und preßte die Finger zusammen vor Aufregung. Sowie die Berline in die große Straße einbog, lagen sie einander schon in den Armen.

Sie küßten sich lange, stundenlang, schweigend. Sie küßten sich das Gesicht, die Haare, Pietro Giuseppes Lippen schlossen sich in der weichen Halsbeuge. Aber weiter gingen sie nicht. Und obgleich die Piulott keine Zweifel mehr hegte über das Wesen ihrer Wünsche, hinderte eine Art Blindheit sie daran, sie an das Bewußtsein weiterzuleiten. Die Glückseligkeit war zu groß, sie mußte ganz ausgelebt werden. Sofort.

Durch die Vorhänge sahen sie die Sonne sinken und dann sterben, und als der Barbissa die Kutsche anhielt und, von all dem Schweigen mißtrauisch gemacht, die Wagentür öffnete, konnten sie ihre Gefühle nicht verhehlen. Alles im Innern der Kutsche bezeugte, was geschehen war. Der Barbissa schlug die Tür wieder zu: Einen Augenblick lang hatte sein großes breites Gesicht in seiner Bestürzung die Ungeheuerlichkeit des Gesehenen gespiegelt. Doch für sie war es noch nicht genug, und kaum zogen die Pferde wieder an, drückte Pietro Giuseppe sie an seinen Körper wie damals, als sie noch ein Kind war, so fest, als wolle er sie in sich aufnehmen.

Abends im Hotel beim Abendessen waren sie sehr fröhlich. Für die Piulott war alles neu, und bei so vielen Gerichten wußte sie nicht, was sie bestellen sollte, der Tisch füllte sich mit Tellern. Die wenigen Männer, die noch zu Abend aßen, die Serviette in die Weste gesteckt, betrachteten sie neugierig. Sie bildeten ein wahrhaft ungewöhnliches Paar, er ließ unter dem gutgeschnittenen Anzug einen massigen, bäuerlichen Körperbau erkennen; sie dagegen, sehr, sehr jung, trug ein Kleid, bei dem die Schere es nicht so genau genommen hatte, während die langen und scharfen Gesichtszüge einem anderen Stamm angehörten, jenen Herren von Braida, die ihre Vorfahren bis zu den Kreuzzügen zurückverfolgen konnten. Und zudem von einer übermäßigen Intimität, mit jener Gabel, die vom Teller des einen zu dem des anderen ging. Ein Appellationsgerichtsrat und seine junge Schwester, flüsterte der Kellner.

Nachts, in ihrem Zimmerchen zum Hof, lag die Piulott wach und zählte die Stunden, die der Kirchturm schlug. Sie strich sich mit den Händen über Gesicht und Hals, über die Haare, um zu spüren, was Pietro Giuseppe unter den Lippen gespürt hatte. Keinen Augenblick hatte sie Gewissensbisse, die einzigen Gedanken, die ihr wie Blitze durchs Gehirn schossen, betrafen den Montag, wenn sie denselben Weg andersherum zurücklegen würden. Gegen Tagesanbruch trat sie ans Fenster, die Luft war kalt, und eine hinkende Magd zog geräuschlos Wasser aus dem Brunnen herauf, die Kette war geölt worden, damit die Gäste nicht gestört würden, und sie drehte langsam, achtete darauf, daß der Eimer nicht an die Ränder stieß. Dann sah sie auf einmal aus einem der Torbögen im Hof den Barbisssa herauskommen, noch ganz verschlafen, die grauen Haare wirr auf dem Kopf; und erschrocken trat sie zurück.

Gewiß war er es, der geredet hatte. Was er sagte und wem, das erfuhr die Piulott nie: Jene Rückreise in der Kutsche blieb für immer in die hintersten Winkel ihrer Seele verbannt. Während Pietro Giuseppe zum Mittagessen in der Präfektur weilte, erschien die Rosetta vom Fracin im Hotel, um sie mit zu sich nach Hause zu nehmen. Sie habe die Erlaubnis des Bruders, sagte sie, sie einige Tage dazubehalten, um ihr die Stadt zu zeigen. Die Piulott stieg in ihren mit scharlachrotem Samt ausgeschlagenen *landeau*, ohne zu begreifen, daß das eine endgültige Trennung bedeutete; und lachte, als ihr an der Haustür der Camurà entgegenkam und sich zum Handkuß verbeugte, sehr geehrt, sagte er, eine Enkelin der Cavaliera zu Gast zu haben.

Den ganzen Nachmittag wartete sie darauf, daß Pietro Giuseppe ihr nachkäme. Sie war sich dessen ganz sicher und schaute bei jedem Kutschengeräusch auf den Platz hinunter, wo die Platanen die ersten gelben Blätter fallen ließen. Die Rosetta vom Fracin hatte ihr ein großes, mit wenigen Möbeln eingerichtetes Zimmer zugewiesen, und als es dunkel wurde, erleuchtete die Petroleumlampe den zweirädrigen Wagen der Aurora, der an die Decke gemalt war. Sie wartete noch den nächsten Tag, schlenderte durch die Zimmer und hörte beim Mittagessen dem Camurà zu, der von seinem Leben als armer Bub erzählte, als er nach Braida ging, um abgelegte Sachen zu kaufen und manchmal zwischen den Lumpen einen Ärmel oder ein *revers* fand, die von den Kleidern der Cavaliera stammten: Stoffe, die so fein waren, daß die Mädchen sich Haarbänder daraus machten. Als es wieder dunkel wurde und sie begriff, daß Pietro Giuseppe nicht mehr kommen würde, warf sie sich aufs Bett und schlief wie ein Stein, verzweifelt. Ohne Träume, ohne Tränen.

Die Rosetta vom Fracin zeigte ihr jede Straße, jede Kirche der Stadt, in der nahe beim Hauptaltar die Lichtchen brannten. Sie zeigte ihr den Bahnhof und den Tanaro. Der *landeau* fuhr auf das Kiesbett des Flusses hinunter, und die Pferde blieben stehen, wo das Wasser begann, die Rosetta vom Fracin lobte die Geschicklichkeit des Kutschers, die Schönheit der Pappeln, die mit silbrigen Blättchen erzitterten, während all das Geglitzer im stumpfen Blick der Piulott zu erlöschen schien. Eines Abends gingen sie mit dem Camurà ins Königliche Theater, wo sie sich in die hinterste Ecke der Loge flüchtete: Sie schämte sich ihres Kleides und hielt die ganze Zeit die Augen niedergeschlagen, taub für das, was um sie herum vorging.

Am nächsten Tag ließ die Rosetta vom Fracin die Kutsche am Stadtrand halten, wo auf dem flachen, von Wasserläufen durchzogenen Land die ersten Fabriken entstanden. Der Rosetta vom Fracin gefiel diese Landschaft, es hatte geregnet, und die Luft war feucht, ein Streifen Sonne leuchtete am Horizont. Sie hatte den Hut abgenommen und bot das Gesicht dem leichten Wind dar, der sich von der Erde erhob: Sie war noch schön, und ihr Umhang aus hellem Tuch, dem Gefieder einer Ringeltaube ähnlich, dämpfte ihre Gesichtsfarbe, die sich, vor Schmerzen geschützt, erhalten hatte. Mit der Schirmspitze deutete sie auf ein rotes Backsteingebäude: die zukünftige Fabrik vom Camurà. Die Piulott hatte seit zwei Tagen fast nichts gegessen, ihr Kleid, immer noch dasselbe, zerknittert, verfleckt, war am Saum mit Kot bespritzt. Das Gefühl, das sie für jene schöne elegante Frau empfand, als sie sie so beschäftigt sah, ihr mit der Schirmspitze zu zeigen, was sie alles besaß, grenzte an Haß. Die niedrigen Wolken, von Sonnenfäden gestreift, lasteten drohend über den Wasserpfützen. Sie war davongelaufen und hatte sich in die Kutsche geflüchtet, das Gesicht gegen die Sitzpolster gedrückt. Als die Rosetta vom Fracin dazukam, fand sie sie schluchzend. Ich will wieder nach Hause, sagte sie zwischen einem Schluchzer und dem nächsten, ich will wieder zu Mama.

Gavriel kam sie abholen, und im Zug, der sie nach Giarole brachte, sagte er ihr, daß Pietro Giuseppe nach Turin zurückgekehrt sei. Sie schien nicht zu hören und schaute weiter hinaus auf die Pappelreihen an den Gräben, die Bauernhäuser, die Weinfelder, auf denen sich die Blätter zu röten begannen. Als sie in der Nähe von Villabella waren, fragte sie, ob man vom Zug aus das Gehöft der Maturlin sehen könne, und Gavriel zeigte es ihr, ganz oben, mit der langen krummen Ulme davor. Eine Frau, die die Schwestern Maturlin als junge Mädchen gekannt hatte, begann von ihrer großen Schönheit zu sprechen: Beim Tanz, sagte sie, waren alle jungen Männer nur für sie da, und den anderen blieb keiner mehr übrig. Sie erzählte auch, daß die Jüngste am meisten Pech gehabt hätte, sie habe mit siebzehn geheiratet und sei bei der Geburt des ersten Kindes gestorben. Weder Gavriel noch die Piulott erwähnten, was sie mit den Schwestern Maturlin verband, und ein Herr, der gegenübersaß, fügte hinzu, daß Schönheit nicht immer Glück bringe. Der Maturlin hatte sie vor allem Unglück gebracht.

Die Piulott wollte nicht mehr mit der Suava in einem Zimmer schlafen, sie hatte fast eine Abneigung gegen die von jeher gewohnte Gefährtin entwickelt. Eines Tages, während die Suava beim Nähen saß, schnitt sie ihr den Zopf ab. Ein andermal zündete sie ihr das Kleid an, das sie ihr gerade erst aus Pomaro zum Geschenk gesandt hatten. Da weinte die Suava sehr, und die Antonia zwang die Tochter, sich auf den Knien zu entschuldigen. Die Piulott gehorchte; bleich, mit zusammengebissenen Zähnen, die Knie auf den Backsteinen, betonte sie jede Silbe, ohne einmal den Kopf zu heben.

Ein paar Tage später nahm Gavriel sie beiseite und sprach lange mit ihr. Es war Winter, und die Spatzen pickten, was sie unter den Bäumen finden konnten, die Erde war hart, braun, gefroren. Er sagte, ein Neffe vom Camurà habe sie im Theater gesehen und sei von ihrer Anmut beeindruckt, er habe ernste Absichten, er sei ein rechtschaffener Mensch und helfe dem Onkel bei seinen Geschäften, eines Tages würde er sehr reich sein, denn er sei der einzige Erbe vom Camurà. Die Piulott hörte ihn schweigend an und schaute draußen der Limasa zu, die den Backsteinpfad kehrte. Gavriel sagte zu ihr, sie solle es sich überlegen, denn es sei eine gute Gelegenheit, der Camurà habe dem Neffen ein Haus gekauft, gleich außerhalb von Alessandria, wo seine neue Fabrik entstehen sollte, und wäre sehr erfreut, eine Enkelin der Cavaliera zur Verwandten zu bekommen.

Die Piulott hatte sich umgedreht und den Onkel mit Augen angeschaut, die unter den Lidern zu schlafen schienen: »Ist er alt?« hatte sie gefragt.

Gavriel war einen Augenblick verblüfft gewesen: »Nein«, hatte er geantwortet, »ich glaube, er ist keine dreißig.«

»Ist er häßlich?« Sie wirkte wie ein eifriges Kind, das sich nach der Hausaufgabe erkundigt, während von dem Gesicht mit dem ein wenig fliehenden Kinn, das Gavriel zugewandt war, eine fast greifbare Traurigkeit ausging.

»Nein, im Gegenteil ...«, doch plötzlich hatte Gavriel verstanden, sie fühlte sich nicht so unwiderstehlich, und er mußte lachen: »Sei beruhigt«, hatte er hinzugefügt, »es ist kein *Aber* dabei.« Er war zu ihr hingegangen und hatte ihr über den Kopf gestreichelt, sie hatte wieder hinausgeschaut: Die Limasa war nicht mehr da, und es wurde allmählich dunkel. »Lach nicht«, hatte sie gesagt.

Evasios Liebe für die Suava dauerte noch den Herbst und einen Teil des Winters. Von Turin, wohin er mit seinen Anatomiebüchern zurückgekehrt war, schrieb der Evasio jede Woche nach Hause in der Hoffnung, daß die Suava, zumindest wenn sie der Mutter den Brief brachte, gezwungen sein würde, sich seiner zu erinnern.

Er wußte nicht, daß die Suava seine Briefe überhaupt nicht sah, sie erwartete von niemandem Post und stand frühmorgens auf, um die Via Barbecana hinunterzugehen, wo die Nonnen einen neuen Betsaal für die Mädchen aufgemacht hatten. Die Haare, die ihr allmählich nachwuchsen, standen wie ein Wald um das weiße Oval ihres Gesichts, und die Gefährtinnen faßten sie bewundernd an. Sie lernte einen neuen Stich, der *Persischer Stich* hieß, und die Nonne, die ihn ihr beibrachte und dabei neben ihr auf dem Bänkchen saß, sprach von dem Frieden im Kloster und den Wonnen, die die Muttergottes denen gewährte, die ihr ihre Jungfräulichkeit darbrachten. Die Suava hörte aufmerksam zu, genau durchstachen die kleinen Finger den Stoff mit der Nadel; aber was in ihrem Kopf vorging, konnte nicht einmal die stickende Nonne verstehen.

Zu Weihnachten kehrte der Evasio zurück. Niemand erwartete ihn, und er bog in die Allee ein, als es schon Nacht war und der Mond hoch am Himmel stand. Er kam zu Fuß aus Giarole und klopfte an die Scheiben des Wohnzimmers, wo sie beim Abendessen saßen. Die Mutter und die Piulott umarmten ihn, er aber suchte sogleich die Augen der Suava.

Der Bruchteil einer Sekunde, und ihr Blick, ruhig, dunkel, glitt davon. Der Evasio war noch nicht mit der Begrüßung fertig, da war die Suava schon mit ihrem Rock in der Küchentür verschwunden.

Es war eine aussichtslose Liebe, und der Evasio wußte es. Was er sich von der Tochter erhoffte, die die Limasa mit einem Zuaven bekommen hatte, machte Antonia angst. Doch vielleicht erhoffte der Evasio sich gar nichts, es war so, und Schluß; und an jenem Abend nahm er am Tisch Platz, trank viel Wein, um sich aufzuwärmen, und erzählte, daß ihm auf der großen Straße von Giarole Schritte gefolgt seien, die anhielten, wenn er stehenblieb. Und jedesmal, wenn er sich umgedreht habe, habe er niemanden gesehen, die Straße sei ihm immer leer erschienen, weiß unter dem Mond. Die Piulott schauderte und verknotete die Beine unter dem Stuhl, denn schon immer fürchtete sie, jemand Unsichtbares würde sie an den Füßen ziehen. Die Limasa dagegen dachte an den Zanzìa, er müsse es gewesen sein, sagte sie, er habe immer diesen Weg genommen, wenn er nachts hinter dem Rücken der Gendarmen das Salz holte. Aber der Zanzìa war mit dem Karren gefahren, und was der Evasio gehört hatte, waren die Schritte eines Mannes zu Fuß gewesen. An dieser Stelle überkam die Piulott eine große Bestürzung, und sie begann zu weinen.

Aber die Tränen wurden rasch vergessen. Der Evasio hat die Geschenke hervorgezogen, die er aus Turin mitgebracht hat: Das ist für dich, Piulott, damit kannst du dir die Tränen trocknen. Ein Geschenk für die Mutter, mit einem blauen Band umwunden. Eins für die Limasa. Ein silberner Fingerhut für die Suava. Ein Geschenk auch für den Onkel Gavriel und eines für den

Vater. Aber Luìs tut die Geldverschwendung und die Nutzlosigkeit jener Kleinigkeiten weh, draußen verschlägt einem die Kälte den Atem, und morgens haben die Kinder der Knechte keine Strümpfe für den Schulweg, die blau angelaufenen Füße können nicht gehen, von Krämpfen zusammengezogen in den Holzschuhen. Der Rostpilz hat den Reis befallen, und der Preis ist ins Bodenlose gesunken, genau wie der für Mais, Hirse, Weizen, und nicht einmal die neuen friesischen Rassekühe haben das Schicksal des Viehs aufhalten können. Die Ochsenhirten wandern in die Stadt ab, weil niemand mehr Geld hat, um ihre Unterkünfte auszubessern, und das Wasser auf die Betten regnet, die Mauern grün sind vor Feuchtigkeit. Sein Sohn kauft in Turin silberne Fingerhüte, seidene Stutzhandschuhe, ihm einen bestickten Tabaksbeutel.

Der Evasio fühlt die Schwere seines Blickes und wendet seine hellblauen Augen zum Vater hin, Augen wie Federn, wie Schmetterlingsflügel, Luìs sagt nichts, aber der Sohn versteht und dreht sich in einer Aufwallung von Ungeduld herum, um das Zimmer zu verlassen. Die Piulott folgt ihm, nimmt seine Hand, danke, sagt sie, die Geschenke sind wunderschön.

In der ersten Nacht des Jahres fiel sehr viel Schnee, und als sie morgens aufstanden, bogen sich die Sträucher unter der Last, der Backsteinpfad war nicht mehr zu sehen, und der Klang der Glocken drang gedämpft herüber, vergeblich, weil niemand zur Messe gehen konnte. Der Schnee türmte sich auf den Dächern, und von früher Stunde an waren alle kräftigen Männer draußen, um ihn herunterzuschaufeln, damit es nicht gehe wie jenes andere Mal, als er das Stalldach eingedrückt hatte. Der Evasio ging ebenfalls hinaus und griff mit seinen nichtsnutzigen, von bläulichen Adern durchzogenen Händen zu einer Schaufel, und das war für ihn ein Tag denkwürdiger Glückseligkeit. Er fühlte sich stark und voller Energie, der Schnee fiel ihm auf die Mütze, rutschte ihm in die Jacke, das Gesicht war gerötet, und er schaufelte und schaufelte, ohne innezuhalten. Die Suava, die groß und stark war, half auch mit und fuhr Schubkarren voll Schnee weg, einen bunten Schal auf dem Kopf. Doch dann war ihr warm geworden, und sie hatte den Schal abgenommen, der Schnee fiel ihr auf die Haare und schmolz auf ihrem erhitzten Gesicht, sie sog ihn mit den Lippen auf. Es war, als wäre sie wieder ein kleines Mädchen, und sie und die Piulott hatten jeden Groll vergessen, fröhlich gingen sie gemeinsam den Schubkarren am Ende des Gartens auskippen.

Später, als der Schnee ganz weggeschaufelt war, waren sie nicht ins Haus zurückgegangen, sondern hatten den Schlitten hervorgeholt und begonnen, sich gegenseitig zu ziehen. Sie fielen hin, standen wieder auf, versanken und liefen hintereinander her, während der Hund bellend um sie herumsprang. Die Suava vergaß den Betsaal und die Sticknonne, die sie den *Persischen Stich* beibringen sollte, und zog den Schlitten aus dem Tor.

Es schneite nicht mehr, aber der Himmel war verhangen und grau, und es würde gewiß noch mehr schneien, die Raben schüttelten den Schnee von den Ästen herunter, wenn sie sich darauf niederließen, ihre kleinen Dreieckskrallen zeichneten das unversehrte, schwellende Weiß. Die drei lachten und riefen sich zu, fuhren eng aneinandergeklammert den Abhang von Lu hinunter, und bergauf zog die Suava kräftig, ohne je zu ermüden.

Es gab einen Augenblick, in dem der Schlitten umkippte und der Evasio auf einmal die Suava im Arm hielt, den Mund so nah an dem ihren, daß er sie hätte küssen können: Ihre Augen lachten, und dem Evasio fehlte der Mut. Sie schlüpfte davon und lachte immer noch, den Rock mit den Händen aufhebend, lief sie durch den Schnee.

Die Limasa machte sich auf die Suche nach ihnen, weil es dunkel wurde, sie fröstelte in ihrem Schal, und schließlich sah sie sie wie Pünktchen auf der weiten, weißen Ebene, mit dem Hund, der hier und da hochsprang und jedesmal tiefer versank; und sie begann zu schreien. Sie sollten kommen, es sei spät, und sie wären wohl verrückt, sich bei der Kälte dort herumzutreiben.

Als sie ins Haus traten, waren sie so durchnäßt, daß die Mädchen in eine Decke gewickelt und ihre Kleider zum Trocknen in der Küche aufgehängt wurden, sie setzten sich indessen ans Feuer und tranken Glühwein. Dem Evasio fielen die Augen zu vor Müdigkeit, und die Hände hingen geschwollen und blau gefroren herunter, aber er bemühte sich, nicht einzuschlafen, und sah weiter die Suava an, die Füße, die in geflickten Strümpfen unter der Decke hervorschauten. Nie war die Suava schöner gewesen, und sie lachte noch leise, der starke, süße Wein stieg in den Kopf.

Am nächsten Tag reiste der Evasio mit einem Korb, in dem die Limasa sein Mittagessen verwahrt hatte, nach Turin ab. Die Mutter hatte ihm das Geld für die Postkutsche gegeben, und er fuhr zufrieden los, er wollte studieren und ein berühmter Chirurg werden, sein unmittelbarer Wunsch jedoch war, für den kommenden Sommer eine große Voliere zu bauen und Finken, Nachtigallen, Wiesenstelzen hineinzusetzen. Aber auch seltenere Vögel wie den Kolibri und den Paradiesvogel.

Die Piulott suchte nach Onkel Gavriel, um ihm zu sagen, daß sie den Neffen vom Camurà gar nicht sehen wollte: Fürs erste würde sie nicht heiraten. Vielleicht würde sie mit der Zeit ihre Meinung ändern. Und sie ging mit der Suava die Via Barbecana hinunter, weil sie die Sticknonne kennenlernen wollte, die mehr als hundert verschiedene Stiche beherrschte.

Bevor der Februar herum war, ließ der Bahnhofsvorsteher von Giarole Luìs herbeirufen. Auf einer Bank im Wartesaal liege sein Sohn, der Evasio, der mit so starkem Fieber aus Turin gekommen war, daß er sich nicht aufrecht halten konnte. Es wurde schon dunkel, und Luìs ließ dem Bahnhofsvorsteher ausrichten, ob er den Jungen bis zum nächsten Tag dabehalten könne. Zu zweit trugen sie den Evasio in das rote Häuschen neben den Gleisen, und drinnen wußten sie dann nicht, wo sie ihn unterbringen sollten, und legten ihn auf ein kleines Sofa in einer Ecke. Die Frau des Bahnhofsvorstehers jammerte, weil das Haus klein war, und der Junge, wer weiß, welche Krankheit er hatte; aber der unter dem Umhang zusammengekauerte Evasio hörte nichts mehr, die Stimmen drangen als undeutliches Durcheinander zu ihm. Die älteste Tochter des Bahnhofsvorstehers, noch ein kleines Mädchen, hatte Mitleid mit ihm und benetzte seine Schläfen mit Essig.

Luìs kam am nächsten Morgen mit einem Wagen, der mit einem Wachstuch bedeckt war. Etwas anderes hatte er so rasch nicht auftreiben können. Es war ein schöner Tag, und zwischen den letzten Nebelfetzen wurde der Himmel immer blauer, ein rosiges Licht schien zwischen den kahlen Pappeln hindurch, hier und dort gab es große Schneeflecken auf der dunklen Erde. Evasios hängender Kopf wackelte bei jedem Stoß des Karrens, und als Luìs versuchte, ihm etwas zu trinken zu geben, verlief sich das Wasser auf dem Kinn mit dem mehrtägigen Bart, einem Bart, der unglaublich dicht war für das Gesicht, das immer kleiner wurde, lang und schmal an den Schläfen. Luìs nahm seine Hand, die Adern zeichneten sich bläulich auf dem Handrücken ab, dessen Haut, weiß und fein, kalt war, und die Finger drückten die seinen, ein anderes Zeichen gab der Evasio nicht. Die Luft war mild wie schon lange nicht mehr, und die Raben glänzten im lichten Dunst, die Schlote der Häuser rauchten weiß. Der Enkel vom Gerumin, der die Stute lenkte, sang ein Kirchenlied, das einzige, was ihm für einen Kranken passend schien. So kamen sie nach Hause; sie brauchten fast zwei Stunden, und als die Antonia ihnen entgegenlief und sich über den Karrenrand beugte, begriff sie, daß der Sohn verloren war.

Drei Tage lebte der Evasio noch. Drei Tage, in denen Luìs sich nicht aus dem Zimmer rührte und ihm fest die Hand hielt. Die Krankheit war zu den Lungen vorgedrungen, und der Atem wurde immer keuchender, Luìs sah durchs Fenster den Tag verblassen und die Nacht heraufziehen und dann wieder das erste Licht des Morgengrauens spärlich ins Zimmer sickern; und jedesmal, wenn er versuchte, die Hand wegzuziehen, drückten Evasios Finger fester zu. In der Stille wurde jedes Geräusch riesig: die Schritte der Antonia, die kam und ging, der Klang des Löffels in der Tasse, der Zähne gegen das Glas. Und dazu fest auf einem Ton, einmal höher, einmal tiefer, jener schreckliche Atem.

Drei Tage, die zwischen ihm und dem Evasio eine

Innigkeit schufen, die nicht einmal ein Leben in engster Zuneigung hätte schaffen können. Sie verstanden sich mit einem Händedruck, einem kurzen Blick, einem Drehen des Kopfes. Am dritten Tag, als er daran dachte, wie geizig er immer zu dem Sohn gewesen war, steckte Luìs ihm eine geldgespickte Brieftasche unters Kissen. Das war für ihn, den Evasio, für alles, was er sich immer gewünscht hatte. Doch nun war es zu spät; die Antonia, die danebenstand, ließ sie beim Kissenzurechtrücken auf den Boden rollen. Der Evasio lag mit geschlossenen Augen da, er hatte nicht gesehen, wie der Vater ihm die Brieftasche unter das Kissen geschoben hatte, und bemerkte nicht, wie sie der Mutter hinunterfiel. Die Finger, ja, die hielt er fest um die Finger des Vaters geklammert, etwas anderes brauchte er nicht. Keine Suava mehr, keine Bäume mehr, keinen Schnee, keine Vögel. Keine Ängste mehr, keine Wünsche mehr. Nichts, nur jene Finger bis zum Ende.

Danach, als das Friedhofstor sich quietschend schloß, wurden die drei Tage für Luìs sehr wichtig; und während im Haus großes Wehklagen war und Erinnerungen ausgetauscht wurden und der Geruch der Farbe, die aufkochte, um die Kleider schwarz zu färben, einen den Tod fast im Mund schmecken ließ, empfand er, in sein Arbeitszimmer eingeschlossen, eine große Ruhe. Der Schmerz war ein Block mit genauen Umrissen, er brachte kein Ungeheuer hervor, kein Grauen, nicht einmal Verzweiflung. Schrecklich zu sagen, aber Luìs fühlte sich über die anderen erhaben. Er konnte dem Schmerz ins Gesicht sehen. Ihn erkennen, sich mit ihm messen. Keiner wagte es, die Tür zu öffnen, keiner klopfte, und während jenseits der dünnen Wand der Sturm zu wüten schien mit all seinem Donner, herrschte drinnen eine bewegungslose Ruhe, kaum überzogen von jenem klaren, kalten Winterlicht. Aus der knochigen Tiefe der Augenhöhlen glitten seine Augen über die Stühle, den mit einem Tuch bedeckten Tisch, die hinter Glas verschlossenen Bücher, die Bilder: Alles hätte für immer so weitergehen können. Ewigkeit, ein Wort, das Luìs zuwider war.

Die Piulott heiratete am ersten Sonntag im September. Es hatte kurz vorher geregnet, und sie machte sich am Arm des Vaters zu Fuß auf den Weg, das ganze Dorf stand an den Türen, um sie zu sehen, und die Tauben flogen über die Straße und setzten sich auf die Dächer. Überall duftete es nach Torte, und die Bäckerin, die die ganze Nacht den Kuchenteig gerührt hatte, stand ebenfalls mit mehlweißen Armen in der Tür, während die Kinder barfuß hinter dem Zug herrannten, weil verlautet war, daß der Camurà nach französischer Sitte *pralinés* verteilen würde.

An den Ringen vor dem Rathaus waren die Pferde der Freunde des Bräutigams angebunden, die zu dem Fest aus Alessandria gekommen waren. Der Propst wartete auf dem Kirchplatz mit dem Meßgewand für die großen Anlässe, das die Fantina gestickt hatte, und die Wespen setzten sich auf den glänzenden Kopf des Jesuskindes, als wäre es Honig. Als die Piulott die Kirche betrat, begann die Orgel zu spielen, und von den Bänken, die den Mädchen vom Betsaal vorbehalten waren, erhob sich durchdringend der Gesang. Der Altar war strahlend weiß von Blumen, und unter den Mädchen, die sangen, war auch die Suava mit einem weißen Schleier auf den Haaren.

Aber sie litt an Schwindelanfällen, und bevor der

Bräutigam der Piulott den Ring an den Finger steckte, fühlte sie sich der Ohnmacht nahe. Wegen der Menschenmenge, der Hitze, dem Geruch der Kerzen. Die Gefährtinnen brachten sie hinaus und legten sie auf die Stufen im Schatten der Platanen. Die Musik klang bis dorthin, sie hörte sie, und auf ihren geschlossenen Augenlidern ließen die Blätter der Platanen Schatten tanzen, die kamen und gingen.

Beim Mittagessen hatte sie sich schon erholt und half im Hin und Her der Frauen, die vom Kranichhof heruntergekommen waren, die Hühner, die Saucen, die Salami auftragen. Zuweilen sah sie zur Allee hinüber, als hoffte sie, jemanden zu erblicken, und einmal ging sie sogar bis zum Hoftor, wo die Kinder mit nackten Füßen im Staub auf ihren Anteil Kuchen warteten. Aber sie sah niemanden und kehrte auf die Wiese zurück, um das Brautpaar zu bedienen, das an einem langen, weißgedeckten Tisch zwischen den Freunden saß. Ein weiterer Tisch war im Wohnzimmer aufgestellt worden, und dort saßen Luìs und die Antonia mit den Verwandten vom Camurà und den anderen *particulari*, die zu diesem Anlaß auch aus San Salvatore und Moncalvo gekommen waren. Es war die jüngste Tochter, und Luìs hatte sich nicht lumpen lassen, ein Gang folgte dem anderen, und die Gläser waren niemals leer. Fast schwarzer Barbera und herber, rubinroter Grignolino. Und zum Schluß der Muskatellerwein, der in den Kopf stieg, süß, tabakfarben. Das Blut klopfte in den Schläfen, schlug im Hals, fast als hätte die Antonia da noch ein kleines Herz.

Der Duardin war mit seiner Verlobten gekommen, einem großen Mädchen mit breitkrempigem Strohhut, der sie vor der Landsonne schützen sollte. Als Mitgift brachte sie eine Wohnung in Novara und eine Villa mit Balkon auf den Lago Maggiore mit, und sie saß dünn und eifersüchtig neben dem Duardin in seiner Galauniform. Säbel, Knöpfe und Schulterstücke blitzten in der Sonne, und er schwitzte, weil die Uniform aus Tuch seinen Hals bis obenhin umschloß. Auch der Duardin war einen Sommer lang in die Suava verliebt gewesen, doch jetzt konnte er sie ruhig anschauen, ohne etwas zu empfinden; und wäre es nicht wegen dieser Verlobten neben ihm gewesen, hätte er gern auf die Blicke geantwortet, die ihm von allen Seiten zuflogen. Und doch richtete sich die Verlobte aus Novara jedesmal kerzengerade auf, wenn die Suava sich mit einer Platte näherte, und ihre Wangen wurden röter, während der große Strohhut seinen Schatten zwischen die Sonnenflecken breitete. Soviel Schönheit beunruhigte sie.

Aber die wahre Königin des Festes war sie, die Rosetta vom Fracin, mit einer Amethystkette um den Hals, die weichen Haarwellen unter einem bändergeschmückten hohen Hut zusammengefaßt. Sie plauderte unermüdlich, und als man auf das Brautpaar anstieß, ging sie herum, um ihre neuen Verwandten zu küssen. Auch Gavriel bot sie die Wange dar, legte sie im Erzittern der Bänder an sein Gesicht. Tortenkrümel hingen zwischen den Amethystperlen, und sie roch, dachte Gavriel, als hätte sie kurz vorher Liebe gemacht, schon bereit zu kommen. Gavriel wich zurück, und den Kuß gab es nicht.

Bis zuletzt hoffte die Piulott, daß Pietro Giuseppe käme. Sie hätte ihm so viele Dinge sagen mögen, wie der Tod vom Evasio sie verändert hatte, sie dadurch Schmerz und Glück verstanden hatte, die Leere und die Fülle, auf denen sie wie blind vorangeschritten war.

Noch bei Tisch schaute auch sie zwischen einem Gang und dem nächsten zur Allee hinüber, wo lang die Asternstauden standen.

Doch Pietro Giuseppe kam nicht; er hatte ihr eine goldgefaßte Muschel zum Geschenk geschickt. Es sei ein Anhänger, hatte er geschrieben, man könne ihn an einer Kette tragen oder an der Ziernadel befestigen, die er ihr schicken würde, sobald sie fertig sei. Sonst stand nichts in dem Briefchen, nicht einmal Glückwünsche; und noch vor dem Abend reiste das Brautpaar in dem *landeau* ab, den der Camurà ihnen zur Verfügung gestellt hatte und der mit scharlachrotem Samt ausgeschlagen war.

Keiner weiß, was der jungen Braut durch den Kopf ging, als der Wagenschlag geschlossen wurde und die Kutsche in die große Straße einbog. Der Mond ging am Himmel auf, der allmählich dunkel wurde, und der erste Stern, der Abendstern, funkelte hoch oben wie ein Nagel aus Licht.

Epilog

Es wird erzählt, daß Luìs und Gavriel, als sie allein übrigblieben, niemals mehr sprachen. Sie saßen vor dem Feuer, alt und hager, eingeschlossen in einen undurchdringlichen Kreis aus Schweigen. Das Rascheln der Mäuse, die immer zahlreicher wurden, das Geräusch des Regens und des Donners oder das Flattern eines Nachtfalters an den Scheiben, all das ging jenseits dieses Schweigens unter, ohne je die Grenze zu überschreiten. Nicht einmal die Geige vom Giai, falls sie noch spielte, hätte das gekonnt. Erst am Ende, wenn die Flamme das letzte Stück Holz verzehrt hatte (Apfelbäume, die keine Früchte mehr trugen, trockene Äste des Nußbaums und dann, späterhin, auch der Birnbaum vor dem Wohnzimmer), stand Gavriel, der ältere, auf: »Gehen wir schlafen«, sagte er. »Gehen wir«, erwiderte Luìs und streckte sein Bein, das nur noch aus Knorpel bestand. Und jene Worte, die einzig möglichen, verpufften im Haus und stoben dahin wie ein Wind im Dunkel der Zimmer. Sie wirbelten den Staub auf den Möbeln auf, und das ganze Haus ächzte wie ein Schiff an der Reede.

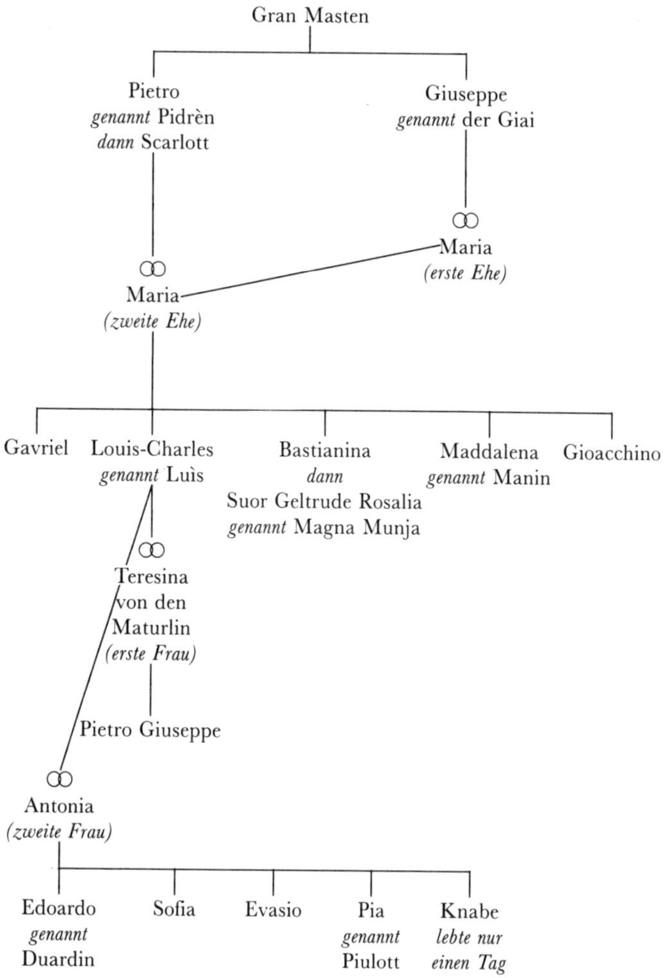
Gran Masten
Pietro
genannt Pidrèn
dann Scarlott
Giuseppe
genannt der Giai
Maria
(erste Ehe)
Maria
(zweite Ehe)
Gavriel
Louis-Charles
genannt Luìs
Bastianina
dann
Suor Geltrude Rosalia
genannt Magna Munja
Maddalena
genannt Manin
Gioacchino
Teresina
von den
Maturlin
(erste Frau)
Pietro Giuseppe
Antonia
(zweite Frau)
Edoardo
genannt
Duardin
Sofia
Evasio
Pia
genannt
Piulott
Knabe
lebte nur
einen Tag

Inhalt

Rosetta Loy, geboren 1931 in Rom. Ihr Vater stammt aus dem Piemont, ihre Mutter ist Römerin. Veröffentlichte außer dem vorliegenden Buch drei Romane: *La bicicletta* (1974), *La porta dell'acqua* (1976), *L'estate di Letuchè* (1982) und den Erzählungsband *All' insaputa della notte* (1984). Lebt heute mit ihren Kindern in Rom.